DER TEUFEL VOM RYCK

Emma Wittenstein

Der TEUFEL vom Ryck

OSTSEEKRIMI

Die Deutsche Nationalbibliothek verzeichnet diese Publikation in der Deutschen Nationalbibliografie; detaillierte bibliografische Daten sind im Internet über http://dnb.ddb.de abrufbar.

2. Auflage 2015
Herstellung: Hinstorff Verlag GmbH
Lektorat: Dr. Florian Ostrop
Titelbild: Fotolia
Karte nach: Dr. Karsten Igel, Zwischen Bürgerhaus und Frauenhaus. Stadtgestalt, Grundbesitz und Sozialstruktur im spätmittelalterlichen Greifswald (Städteforschung. Reihe A: Darstellungen 71), Böhlau Verlag 2010
Druck: GGP Media GmbH, Pößneck
Printed in Germany
ISBN 978-3-356-01400-6

MIX
Papier aus verantwortungsvollen Quellen
FSC® C014496

I

Die Sommersonne stand im Zenit. In der heißen Luft hing der Geruch von salzigem Wasser, wie er an Julitagen typisch für Greifswald war. Am Rande des Ryck, der sich entlang der nördlichen Stadtmauer durch die Felder bis zur Dänischen Wiek schlängelte, lagen im Schatten der Bäume fünf Jungen und vier Mädchen. Keines der Kinder war älter als zehn Jahre. Die Hitze hatte sie aus den engen Gassen zum Flussufer getrieben, wo sie zunächst ausgiebig im Wasser getobt hatten, bis das Spiel sie ermüdet hatte. Neugierig beobachteten sie nun das Treiben im Hafen, wo Tagelöhner die Ladung einer Kogge löschten. Eichenfässer wurden mit lautem Rumpeln über eine Planke gerollt und auf einen Pferdewagen gehoben. Gerade füllte das letzte Fass die Ladefläche und das Fuhrwerk setzte sich ächzend in Bewegung. Die Rösser kämpften mit der Last, als sie durch das Büchtor in die Stadt stapften. Von der Werft drang gleichmäßiges Hämmern und Sägen herüber. Männer reparierten dort ein Schiff, das vor Kurzem aus Bergen gekommen war und so bald wie möglich dorthin zurückkehren sollte.

Des Beobachtens überdrüssig schlug der Sohn des Bäckers vor, in die Baumkrone zu klettern. Dort wollten sie nach Schiffen Ausschau halten, denn Kaufmann Meier wartete schon seit

Tagen auf eine Ladung besten niederländischen Tuches. Die Jungen liebten dieses Spiel. Wer zuerst ein Schiff sah, kletterte herunter und lief zum Hafen, um die Ankunft zu melden.

Der Vorschlag stieß auf begeisterte Zustimmung. Unter den anfeuernden Zurufen der Mädchen begannen die Jungen, die Erle zu erklimmen. Nur ein Knabe zögerte: Martin Haffer, er hatte seiner Mutter gerade erst versichern müssen, nie mehr auf einen Baum zu klettern, nachdem er böse heruntergestürzt war. Gottlob hatte er nur einen gehörigen Schrecken und hässliche Flecken davongetragen. Martin schaute den anderen hinterher. Sein bester Freund, Heinrich Beck, war schon im Geäst verschwunden. Als der Bäckersohn aus dem dichten Blattwerk höhnende Worte rief, hielt ihn nichts mehr zurück. Seine Mutter würde es schon nicht erfahren. Um diese Zeit gab es im Hause des Ratsherrn Beck, bei dem sie als Magd diente, genug zu tun. Höher und höher stieg Martin in die Baumkrone. Keiner der anderen war so flink, so behände, so mutig wie er. Schon hatte er Heinrich überholt. Schließlich hielt er inne und sah über das Land zur Mündung des Flusses. Und ja, aus Richtung Stralsund segelte eine Kogge auf die Einfahrt in den Ryck zu. Die anderen hatten das Schiff noch nicht gesehen. Triumphierend reckte er einen Arm in die Luft. Wie immer hatte er gewonnen. Da ertönte ein Knacken unter ihm. Das Lächeln auf seinem Gesicht erstarb. Einen Augenblick verhielt der Junge mitten in der Luft, dann stürzte er verzweifelt nach Halt suchend in die Tiefe.

* * *

Mit schweißnassem Rücken fuhr Martin Haffer hoch. Kerzengerade saß er im Bett und rang nach Atem. Es dauerte einen

Moment, bis er wusste, wo er sich befand – in der winzigen Kammer, die er seit Jahren bewohnte. Seit Wochen hatte ihn der Traum von dem Unglück, das ihn vor mehr als zwanzig Sommern zum Krüppel gemacht hatte, immer wieder verfolgt. Erleichtert über sein Erwachen ließ er sich zurücksinken und zog die Bettdecke bis über die Nasenspitze. Draußen läuteten Kirchenglocken die siebte Stunde des Tages ein.

Zaghaft streckte Martin einen Zeh unter der Bettdecke hervor, zog ihn jedoch gleich wieder zurück. Die Luft im Raum war eisig. Noch immer herrschte Kälte. Dabei schrieb man schon den 12. März des Jahres 1490. Nach einem kühlen, verregneten Sommer war die Ernte des vergangenen Jahres miserabel ausgefallen. Zu allem Übel hatte sich Anfang Dezember Schnee über das Land gelegt. See- und Landhandel, von denen die Hansestadt lebte, waren zum Erliegen gekommen. Sogar das Wasser der Ostsee war im Dezember erstarrt. Viele Menschen waren verhungert oder erfroren. Besonders schlimm traf es die Hafenarbeiter und anderen Bewohner des Armenviertels, die in einfachen Bretterhütten wohnten, durch die der eisige Wind pfiff. Die Bauern hatten im Herbst wenig Getreide auf den Markt gebracht. Sie brauchten die geringe Ernte selbst, um den Winter zu überstehen. Und die Bürger, die eigene Felder vor den Stadttoren besaßen, hatten das Einbringen ihres Korns eifersüchtig überwacht. So war anders als sonst keine Ähre für die Armen liegen geblieben.

Martin hatte der strenge Frost nicht ganz so schlimm getroffen. Sein Zimmer befand sich in einem der steinernen Häuser ganz in der Nähe des Mühlentors. Die alte Müller knöpfte ihm zwar ein kleines Vermögen dafür ab, aber in Zeiten wie diesen war die Stube jeden einzelnen Schilling wert. Der Lohn, den er als Kopist bekam, reichte immerhin zum Leben.

Mit einem Ruck warf Martin das Federbett zur Seite. Die Methode hatte sich in den letzten Wochen bewährt. Nur mit einem dünnen Hemd bekleidet, lag er nun da. Er musste aufstehen, wollte er nicht erfrieren. Am ganzen Leib zitternd, erhob er sich und schlich zum Kamin hinüber. Dort versuchte er mit steifen Fingern Funken über einem trockenen Reisig zu schlagen. Endlich fing der Zweig Feuer und Martin konnte eine Kerze daran entzünden. Ein schwacher Lichtschein erhellte den Raum mit dem Tisch und dem Stuhl, über dem Hose und Hemd hingen. Nachdem Martin sich angezogen hatte, brachte er mit den Fingern ein wenig Ordnung in seine zerzausten dunkelbraunen Haare. Danach fühlte er kritisch über den Bart. Zum Barbier wollte er nicht gehen. Wenn Brot und Grütze noch teurer würden, würde er sein Geld besser dafür aufheben.

Schließlich nahm Martin seinen Umhang, löschte die Kerze und trat in den Flur. Langsam hinkte er die Treppe hinunter. Nach dem Unfall in seiner Kindheit war das rechte Bein nicht richtig zusammengewachsen und seitdem kürzer als das linke. Aber immerhin hatte er noch beide Beine, nicht wie andere, die in die Hände von Pfuschern gefallen waren und nun vor den Kirchenportalen um Almosen bettelten.

Martin war noch nicht ganz unten, als die Tochter seiner Vermieterin am Fuße der Treppe vorüberging. Das Mädchen erschrak über seinen Gruß, denn sie hatte ihn nicht bemerkt. Mit ihrer schlanken Gestalt und den blonden Haaren fand er Magda eigentlich recht hübsch, wenngleich er alles tat, um ihr keine Hoffnungen zu machen. Und das lag nicht an ihrem schlechten Sehvermögen. Es war der übertrieben tugendhafte Lebenswandel des Mädchens, der ihn störte. Sie ging täglich mehrmals in die Kirche, selbst bei diesem Wetter. Hinzu kam seine tiefe Abneigung gegen Magdas Mutter, deren selbstsüchtiges und gieriges Wesen ihn geradezu abstieß. Immer wieder versuchte sie, ihm für Kleinigkeiten Geld aus der Tasche zu ziehen.

Als Martin auf die Straße trat, zog er den wollenen Umhang unwillkürlich enger um sich. Ein Pelz wäre sicherlich wärmer gewesen, doch dafür reichte sein Lohn nicht. Auf dem Weg zur Arbeit ging er an den dem Rathaus gegenüber liegenden Buden der Schuhmacher, Rotgerber, Tuchhändler und Bäcker vorbei und überquerte den Markt. An dessen südlichem Ende bog er in die zum Fleischertor führende Fleischhauerstraße, wo er bei einem Grützmacher wie jeden Morgen etwas Buchweizengrütze aß. Wieder musste er mehr bezahlen als am Vortag, aber mit leerem Magen arbeitete es sich schlecht. Wenigstens war die Kopierstube gut geheizt. Der alte Klaas, dem sie gehörte, bemühte sich redlich, die Finger seiner Kopisten beweglich zu halten. Die 1456 gegründete Universität, die in den ersten Jahren ihres Bestehens zunächst einen regen Zulauf an Studenten verzeichnet hatte, beklagte zwar in der letzten Zeit einen Rückgang der Immatrikulationen. Gleichwohl bescherten ihre Aufträge der Kopierstube nach wie vor ein gutes Auskommen. Und der Alte lebte nicht schlecht von seiner Männer Arbeit, auch wenn mit der Erfindung des Buchdruckes Konkurrenz für die Kopierstube entstanden war. Martin erinnerte sich noch gut an die erschrockenen Gesichter seiner Kollegen, als sie von der neuen Anschaffung des einzigen Buchdruckers der Stadt hörten. Aus Neugier hatte Martin dessen Lehrling beim Bier darüber ausgefragt. Was er hörte, gab allerdings keinen Anlass zur Sorge. Ein einzelnes Buch zu kopieren, so wie es die Universität meist verlangte, rechtfertigte nicht den Aufwand,

Seite für Seite aus einzelnen Buchstaben zu setzen. Außerdem mussten Skizzen und Verzierungen immer noch mit der Hand gefertigt und eingefügt werden. Bisher beschränkte sich der Buchdrucker daher auf Werke, die in größerer Anzahl gedruckt werden sollten. Klaas hatte nur genickt, als Martin davon berichtet hatte. Der Alte hatte sich die Maschine ebenfalls zeigen und erläutern lassen. Auch er sah keine Gefahr für seinen Lebensunterhalt.

Martin fühlte sich dem alten Mann verbunden. Klaas hatte ihm Arbeit gegeben, als er vor fünfzehn Jahren das Haus der Ratsfamilie Beck verlassen wollte. Dort war er als Sohn der Magd Grete mit Heinrich, dem Sohn des Hauses, aufgewachsen. Seinen Vater hatte er nie kennengelernt, denn der war vor seiner Geburt mit dem Schiff in einem Sturm gesunken. Der Ratsherr hatte Martins schnelle Auffassungsgabe geschätzt und wollte ihn später in seinem Geschäft anstellen. Daher lernte Martin gemeinsam mit Heinrich nicht nur Lesen, Schreiben und Rechnen, sondern auch Latein, Griechisch und die Sprache der Nordländer, mit denen Ratsherr Beck Handel trieb. Dann war die Pest nach Greifswald gekommen. Viele waren ihr zum Opfer gefallen, auch Martins Mutter und Heinrich. Der Ratsherr hätte Martin gern an Sohnes statt angenommen, doch der fünfzehnjährige Junge wollte nicht in dem Haus bleiben, mit dem er so traurige Erinnerungen verband. Sein Weg führte ihn direkt zu Klaas, dem der schwarze Tod einige seiner Männer geraubt hatte.

Die Kopierstube befand sich in der Gasse, die den Fischmarkt mit der oberen Steinbecker Straße verband und unmittelbar an St. Nikolai endete. Mit seinen zahlreichen hohen Fenstern wirkte Klaas' Haus für Greifswald eher ungewöhnlich.

Im oberen Stock befanden sich eine helle, große Stube mit Tischen für fünf Kopisten und am Ende des Flures ein kleiner Raum, in dem bis vor einem halben Jahr Klaas gearbeitet hatte. Trotz seines hohen Alters hatte er von Zeit zu Zeit selbst Hand an die ihm anvertrauten Texte gelegt. Dann hatte die Gicht gesiegt und seine Finger steif werden lassen. Obwohl der Mann ans Bett gefesselt war, hielt er weiterhin das gesamte Haus in Schwung. Nach wie vor bestand er darauf, jede Arbeit zu sehen und ihre Güte zu kontrollieren, bevor man sie den Auftraggebern aushändigen durfte. Und wehe dem, der den Alten nicht zufriedenstellte. Mehr als einmal hatte Martin von einem Tag zum anderen ein freies Schreibpult neben sich vorgefunden. Von allen, die vor oder mit ihm angefangen hatten, arbeitete hier niemand mehr.

An diesem Morgen war nur einer der anderen Kopisten vor ihm angekommen. Klaas kontrollierte nicht, wann sie kamen und gingen. Er bezahlte sie nach der Anzahl der Seiten, die sie innerhalb einer Woche fertigstellten. Aus Erfahrung wusste er, wie viele Blätter eine geübte Hand in dieser Zeit übertragen konnte.

Martin hängte seinen Umhang neben die Tür, grüßte und begab sich zu seinem Tisch. Er arbeitete vor einem Fenster in nicht allzu großer Entfernung vom Kamin. Es bereitete ein wohliges Gefühl, als die Wärme im Körper aufstieg. Ein Kribbeln zog von den Beinen über seinen Rücken. Unwillkürlich schüttelte er sich.

Alles auf dem Pult befand sich dort, wo er es am vorangegangenen Abend abgelegt hatte. In der Rille am oberen Rand lagen Federn aller Größen und Breiten, die er benötigte, um einen Band des Bernard Gordon für die Medizinische Fakultät zu übertragen. Es gab Döschen für die unterschiedlichen Farben der Tinte, die er jedes Mal frisch herstellte, ein Bleigewicht, mit dem er die Seiten der Bücher auseinander hielt, das Vergrößerungsglas, welches er nur selten benutzte, und das Radiermesser zum Ausmerzen der Fehler. An der rechten Ecke des Tisches stapelten sich Pergamentbögen, denn der Auftraggeber hatte ausdrücklich auf die Verwendung dieses aus Tierhäuten hergestellten Materials bestanden.

In die linke Ecke des Tisches hatte Martin am Vorabend das ihm zur Kopie aufgetragene Buch gelegt. Erst jetzt, da er sich über seinen Platz beugte, fiel ihm der versiegelte Brief auf. Verwundert blickte er sich um. Der andere Kopist war in seine Arbeit vertieft. Noch bevor Martin sich setzte, griff er neugierig danach, erbrach das Siegel und entfaltete das Papier.

Greifswald, 12. März 1490

Verehrter Herr Haffer,
erweist mir die Ehre, Euch heute Abend gegen die siebte Stunde in meinem Haus zu empfangen. Ich darf Euch bitten, Stillschweigen über die Einladung zu wahren.

Professor Heiden

Es folgte die Anschrift, wo er sich einfinden sollte. Erstaunt blickte Martin auf. Wie war der Brief auf seinen Tisch gekommen? Und was wollte Heiden von ihm? Martin kannte den Professor vom Sehen. Er unterrichtete an der Medizinischen Fakultät und nahm seit Jahren die Dienste der Kopierstube in Anspruch, häufiger als andere. In der Regel gaben die Kunden dem alten Klaas ihre Bücher, damit dieser sie nach Gutdünken an seine Männer verteilte. Nur wenige wünschten einen bestimmten Kopisten für ihren Auftrag. Heiden hatte stets Martin ausgewählt und dafür sogar Wartezeiten in Kauf genommen.

Heidens Bücherauswahl war ebenso interessant wie anspruchsvoll. Die zahlreichen Skizzen und Verzierungen stellten ihn jedes Mal vor neue Herausforderungen. Überhaupt liebte Martin das Übertragen von medizinischen Büchern. Insgeheim bedauerte er es, nie selbst Medizin studieren und den Beruf eines Arztes erlernen zu können. Dennoch bildete er sich ein, in einzelnen Bereichen über mehr Wissen zu verfügen als Studenten der unteren Semester. Schließlich übertrug er die Bücher nicht einfach, sondern nutzte die Gelegenheit, aus ihnen zu lernen.

Martin überlegte. In der Stadt wusste man nicht viel über den Mann. Heiden sollte einer begüterten Familie aus dem Kölner Raum entstammen und genoss hohes Ansehen. Sein Ruf reichte weit über die Stadtgrenzen hinaus, der seiner Bibliothek ebenfalls. Allerdings gab es Menschen, die behaupteten, es gehe im Haus des Professors nicht mit rechten Dingen zu. Aus dem riesigen Keller sollten nachts merkwürdige Geräusche dringen. Martin gab nichts auf solche Gerüchte. Sie konnten nur von Betrunkenen stammen, die zu später Stunde nach Hause wankten. Ordentliche Bürger lagen jedenfalls nachts im Bett. Ungewöhnlich schien Martin allerdings Heidens Familienstand. Obwohl der Professor offensichtlich über sehr viel Geld verfügte, bewohnte er das Haus allein. Es gab keine Frau und bis auf einen Diener auch kein Hauspersonal. Und warum sollte er über die Einladung schweigen? Es gab ohnehin niemanden, dem er davon erzählen konnte. Wen interessierte schon das Leben eines Krüppels?

* * *

Kaum hörte Martin die Uhr von St. Nikolai sieben schlagen, legte er Feder, Buch und Kopien beiseite, blies die Kerzen aus, nahm seinen Umhang und trat hinaus in die Dunkelheit. Stille lag über der Stadt. Es schneite wieder. Ein milder Windhauch ließ die weißen Flocken in der Luft tanzen, bevor sie sanft zu Boden sanken. Der Schnee bedeckte den Unrat auf den Straßen und dämpfte alle Geräusche.

Martin folgte der Kleinschmiedestraße nach Westen, um in die obere Kapaunstraße zu gelangen. Der Professor wohnte in der Neustadt, wie es für die Universitätslehrer üblich war. Vor einem zweistöckigen Bürgerhaus mit Fachwerk hielt er inne. Martin atmete tief durch, bevor er den Ring an der Tür in die Hand nahm. Erschrocken ließ er ihn wieder los. Die Kälte des Eisens drang sogar durch seine Handschuhe. Hastig hauchte er die Finger an. Dann zog er sich den Umhang darüber und schlug den Ring krachend auf das Holz. Es vergingen nur wenige Augenblicke, bis sich eine schmale Luke in der Tür öffnete. Zwei unfreundliche Augen starrten ihn an, eine unwirsche Stimme fragte nach seinem Anliegen. Zögernd erwähnte Martin die Einladung. Sofort klappte die Luke zu und Riegel wurden zurückgeschoben. Die Tür öffnete sich einen Spalt. Ein hagerer, weißhaariger Mann musterte ihn stumm. Sein frostiger Blick ließ Martin schaudern. Wortlos bedeutete der Diener ihm einzutreten. Drinnen nahm er ihm den Umhang ab und führte ihn in einen fensterlosen Raum. Beim Eintreten hielt Martin den Atem an. Die Bibliothek, in der er jetzt stand, besaß ihren Ruf zu Recht. Nie zuvor hatte Martin eine solch unglaubliche Menge Bücher gesehen. Mit Ausnahme der Öffnung für die Tür und der Seite mit dem Kamin waren alle Wände mit massiven Regalen bedeckt. Und bis auf wenige Lücken waren alle gefüllt.

Diese Sammlung musste alt sein. Kein einzelner Mensch konnte im Laufe seines Lebens so viele Bücher erwerben. Abgesehen von dem an diesem Ort vereinten Wissen besaß die Bibliothek einen immensen Wert. Bücher waren wegen ihrer aufwändigen Herstellung sehr teuer. Ein Wink des Dieners lenkte Martins Aufmerksamkeit zurück. Schweigend wies der Weißhaarige auf einen Sessel vor dem Kamin. Nachdem Martin sich gehorsam gesetzt hatte, verließ der andere den Raum. Martin sah sich weiter um. Ein Bild über dem Kamin weckte sein Interesse. Es zeigte ineinander verwobene Leiber mit gequälten Gesichtern. Das Jüngste Gericht? In diesem Moment hörte er die Tür leise hinter sich schließen. Abrupt drehte sich Martin um und sah in das Gesicht eines schlanken Mannes seiner Größe. Er musste Mitte Vierzig sein, die dunklen Haare ergrauten bereits an den Schläfen. Als Martin sich erheben wollte, bedeutete ihm der andere, sitzen zu bleiben.

„Willkommen in meinem Haus, Herr Haffer. Wie ich sehe, seid Ihr meiner Einladung gefolgt. Habt Dank dafür. Der Weg hat Euch hoffentlich keine Unannehmlichkeiten bereitet?“

Statt zu antworten, schüttelte Martin wortlos den Kopf. Seine Anwesenheit war ihm plötzlich unangenehm. Was hatte ihn, den einfachen Kopisten, bewogen, der Einladung eines Gelehrten zu folgen? Heiden schien sein Unbehagen zu spüren und setzte sich in den Sessel gegenüber.

„Es ist mir eine Ehre, endlich dem Künstler persönlich gegenüberzustehen, der meine Bibliothek um einige kostbare Werke bereichert hat. Nein, keine Bescheidenheit! Ich verteile solch Lob nur selten, wie Euch alle, die mich kennen, bestätigen werden.“ Der Professor wies in den Raum. „Wie Ihr seht, brachte mich meine eindrucksvolle Sammlung mit manchem Eurer

Kollegen zusammen. Mit der Zeit habe ich mir ein geübtes Auge für die Güte der Kopien erworben. Und glaubt mir, selbst ich vermag Eure Kopie nur schwer vom Original zu unterscheiden. Euer Talent ist es, das mich nun mit einer Bitte an Euch herantreten lässt. Ich hätte einen Auftrag, der außer künstlerischem Geschick jedoch absolute Verschwiegenheit erfordert. Niemand dürfte von Eurer Tätigkeit in meinem Haus erfahren."

Martin zog die Augenbrauen hoch. Das Angebot erweckte seine Neugier. Warum gab der Professor das Buch nicht einfach in die Kopierstube? Heiden schien seine Gedanken zu lesen. Er rückte mit dem Sessel näher heran, beugte sich leicht nach vorn, als wolle er ihm ein Geheimnis anvertrauen und fürchte, es könnte ihn jemand in seinem eigenen Haus belauschen.

„Es handelt sich um ein sehr altes Werk, das ich mir geliehen habe. Wenn man den Quellen trauen darf, ist es das letzte Exemplar – alle anderen sind verschollen, vernichtet, der Zeit zum Opfer gefallen. Ihr könnt Euch nicht vorstellen, wie lange es gedauert hat, bis ich das Buch endlich in einer kleinen Klosterbibliothek fand. Darin liegt ein Grund, weshalb ich es nicht aus meinem Haus geben möchte. Außerdem benötige ich das Buch täglich. Sein Inhalt ist – trotz des unbekannten Autors – für meine Forschungen von immenser Bedeutung. Diese Kostbarkeit darf auf keinen Fall in Hände geraten, die ihren Wert nicht zu schätzen wissen."

Martin fand das Verhalten übertrieben, doch das Geld konnte er gut gebrauchen. „Es ist schon möglich, die Übertragung hier vorzunehmen. Ihr müsstet nur alles Notwendige besorgen: Federn, ein Bleigewicht, ein Radiermesser, Papier oder Pergament, je nachdem, was Ihr wünscht …"

„Wenn Ihr alles aufschreibt, wird es schon morgen für Euch bereitstehen. Allerdings muss ich ausdrücklich auf Eure Verschwiegenheit drängen. Das Werk ist unersetzlich. Und in Greifswald misstrauen einige Menschen meinem Streben nach Wissen. Aus diesem Grund muss ich Euch zudem eindringlich bitten, stets heimlich hierher zu kommen. Niemand darf Euch dabei sehen! Auf diese Weise vermeidet Ihr auch Unannehmlichkeiten mit Klaas. Er wäre wohl wenig erfreut, würde er von Eurer Arbeit für mich erfahren. Immerhin könnte er mit dem Auftrag einiges verdienen."

Martin nickte. Gab es wirklich so große Spannungen unter den Lehrern der Universität, wie man hinter vorgehaltener Hand munkelte? Lag der Grund dafür vielleicht sogar in dem Buch, das er hier kopieren sollte? Handelte es sich gar um eines jener Werke, die in geheimen Räumen in Venedig hergestellt wurden? Ketzerschriften, deren Besitz die Kirche verbot? Je länger Martin grübelte, desto unwohler fühlte er sich. Heidens nächste Frage riss ihn aus seinen Gedanken.

„Darf ich also morgen mit Eurem Kommen rechnen?"

* * *

Als Martin am nächsten Morgen die Augen aufschlug, kamen ihm die Ereignisse des Vortages sofort wieder in den Sinn. Eine innere Stimme warnte ihn eindringlich. Der Auftrag wirkte mehr als ungewöhnlich. Doch seine Entscheidung stand fest und er pflegte nicht, seine Entschlüsse zu ändern.

Mechanisch stand Martin auf, ging zur Kopierstube und verrichtete sein Tagwerk. Aber die Buchstaben wollten heute nicht recht gelingen. Bleiern lag die Luft im Raum, zäh verrannen die Stunden. Es schien, als könne man jedes Körnchen in der Sanduhr zu Boden fallen sehen. Ab und an wurde das Kratzen der Schreibfedern vom Anspitzen oder dem Umschlagen einer Seite unterbrochen. So sehr Martin sich anstrengte, es gelang ihm nicht, den vorangegangenen Abend zu vergessen. Wieder und wieder kehrten seine Gedanken in Heidens Bibliothek zurück.

* * *

Die Dunkelheit hatte sich bereits über die Stadt gesenkt, als Martin aus der Schreibstube trat. Sein Heimweg führte über den Schuhhagen zur Kuhstraße nahe der östlichen Stadtmauer. Martin verharrte kurz vor dem Haus, in dem er wohnte, und sah sich aufmerksam um. Seine kleine Laterne spendete wenig Licht. Friedlich lag die Stadt in ihrem weißen Gewand. Außer ihm schien sich keine Menschenseele im Freien aufzuhalten. Erst am Morgen war der Totengräber wieder mit seinem Karren durch die Straßen gezogen. Die Plane hatte nur notdürftig die Erfrorenen und Verhungerten verdeckt.

Noch einmal ließ Martin den Blick die Straße hinauf- und hinuntergleiten. Dann gab er sich einen Ruck und ging nordwärts, überquerte den Vilterhagen und setzte den Weg Richtung Stadtmauer fort. Kurz vor dem Kuhtor bog er nach links in eine parallel zur nördlichen Mauer verlaufende Gasse. Aus einer kleinen Holzhütte neben dem Steinbecker Tor drangen laute Stimmen. Anscheinend waren die Männer der Stadtwache beim Würfelspiel. Von ihnen unbemerkt, folgte er der breiten Steinbecker Straße stadteinwärts. Auf halber Strecke schwenkte er nach rechts und lief am Dominikanerkloster vorbei. In der oberen Kapaunstraße angekommen, blickte er sich ein letztes Mal um, dann gab er das vereinbarte Zeichen.

Ein verführerischer Duft nach gebratenem Hühnchen drang ihm beim Öffnen der Tür in die Nase. Sein Magen knurrte vernehmlich. Wie am Vorabend ging der Diener schweigend voraus. In der Bibliothek fiel Martins Blick sofort auf das Pult mit dem fünfarmigen Kerzenleuchter, das vor einem Regal aufgestellt worden war. Neugierig trat er darauf zu. Tatsächlich hatte der Professor alles Nötige besorgt. Auf dem Pult lagen Federkiele und ein Radiermesser. Zur Herstellung von Tinte warteten kleine Döschen mit Lampenruß, Galläpfeln und Mineralien sowie Mörser und Stößel auf ihn. Prüfend glitten seine Fingerspitzen über die Bögen. Offenbar bevorzugte Heiden Papier. Umso besser. Martin arbeitete lieber damit als mit Pergament, vor allem, wenn es von solch ausgezeichneter Qualität war. Vorsichtig hielt er ein Blatt gegen das Kerzenlicht. Nie zuvor war ihm dieses Wasserzeichen unter die Augen gekommen. Inmitten des Bogens zeichnete sich eine Mühle ab, unter der er das Wort „Fabriano“ entzifferte. Er hielt also bestes italienisches Papier in seinen Händen. Ehrfürchtig legte er es zur Seite. An Geld schien es Heiden wirklich nicht zu mangeln. Und zweifellos musste es sich um ein besonderes Buch handeln, wenn der Professor allein für die Bögen ein kleines Vermögen ausgab.

Auf der Suche nach dem zu kopierenden Werk schweifte Martins Blick über die Regale, bis ihn ein Geräusch zusammenfahren ließ. Heiden betrat den Raum. Er trug dieselbe Kleidung wie am Abend zuvor – schwarze Hose und samtene Weste über einem weißen, langärmligen Hemd. Mit einer Handbewegung lud er seinen Gast ein, Platz zu nehmen.

„Seid herzlich willkommen, Herr Haffer. Verzeiht mein Misstrauen, doch konntet Ihr unbemerkt hierher gelangen?“

Martin erwiderte den Gruß. Woher kam die Stimme in seinem Kopf, die ihm eindringlich riet, sofort zu gehen? Er schüttelte unmerklich den Kopf, um sie zu vertreiben. „Seid versichert, bei dieser Kälte verlässt niemand das Haus, die Straßen sind menschenleer. Zur Sicherheit wählte ich dennoch einen anderen Weg als gestern.“

Heiden nickte. „Ich danke Euch für Eure Umsicht. Bevor Ihr mit der Arbeit beginnt, gestattet mir, Euch zum Essen einzuladen. Mein Diener Johann ist ein begnadeter Koch.“

Martin erinnerte sich an den Duft im Flur. Allein bei dem Gedanken daran lief ihm das Wasser im Mund zusammen. Er überlegte nicht lange.

„Es ist mir eine Ehre, Eure Einladung anzunehmen und mit Euch zu speisen.“

Heiden läutete ein kleines Glöckchen, das auf dem Kaminsims stand. Erwartungsvoll schaute Martin zu, wie der Diener das Mahl auftrug. Heiden hatte nicht zu viel versprochen. Die knusprige Haut des Hühnchens schmolz auf seiner Zunge, der Kohl war ein Gedicht. Fast schwanden ihm die Sinne. Jegliche Zweifel an seiner Entscheidung verflogen. Und erst der Wein! Trotz der köstlichen Verlockung trank Martin nur wenig, denn bisher wusste er noch nicht, welche Schwierigkeiten sein Auftrag für ihn bereithielt. Heiden hatte ihm das Buch noch immer nicht gezeigt. Nach dem Essen räumte Johann das Geschirr ab, allein die Weingläser ließ er stehen. Schließlich erhob sich der Professor und trat an das Bücherregal hinter den Sesseln. Martin erkannte einige Titel, alles Werke der Mathematik. Aus dem unteren Fach zog Heiden ein Buch hervor. Fast ehrfürchtig strichen die feingliedrigen Finger darüber. Zögernd überreichte er es schließlich Martin, der gespannt wartete. Schon auf den ersten Blick erkannte er den Wert, ohne die Bedeutung des Inhaltes ermessen zu können. In seiner Hand hielt er ein Meisterwerk der Buchkunst. Der Einband wies keine Schäden auf, nicht ein einziger Kratzer hatte das Leder verletzt. Das Buch sah aus, als sei es gerade erst gebunden worden. Beim vorsichtigen Aufschlagen las er den Namen des Verfassers – Isaac Judaeus. Martin staunte, denn er erhielt selten Werke jüdischer Autoren zum Übertragen. Die Seiten zeigten keine Unregelmäßigkeiten. Sie schienen in einem Zug gefertigt – Zeilenbreite, Neigung der Buchstaben, Farbe der Tinte – alles wie er es nur von sehr wenigen Originalen kannte, die er im Laufe seiner Tätigkeit zur Übertragung erhalten hatte. Beim Durchblättern fiel ihm das Fehlen jeglicher Verzierungen auf – nicht ungewöhnlich bei wissenschaftlichen Werken. Allerdings unterbrachen Zeichnungen den Text.

„Nun, was meint Ihr? Wie lange wird die Übertragung dauern?", erkundigte sich Heiden.

Martin schluckte. „Es ist ein Meisterwerk, aber das brauche ich Euch nicht zu sagen. Der Text bereitet keine Schwierigkeiten und lässt sich schnell übertragen. Die Abbildungen hingegen werden einige Zeit in Anspruch nehmen. Wenn ich sie weglasse, könnte ich die Abschrift spätestens in acht Wochen fertig stellen, vorausgesetzt, ich arbeite jeden Abend wenigstens vier Stunden."

Aufgebracht widersprach Heiden. „Das kommt nicht in Frage. Ich brauche das Buch mit den Abbildungen, sonst ist es wertlos. Dafür nehme ich gern Verzögerungen in Kauf. Wenn Ihr dann also mit Eurer Arbeit beginnen wollt!" Damit drehte Heiden sich um, griff nach einem schweren Folianten und machte es sich in einem der Sessel bequem.

Martin schüttelte den Kopf. Schon das Titelblatt mit seinen kunstvollen Buchstaben forderte seine ganze Erfahrung. Behutsam hob er das Buch an die Nase. Erstaunlich! Das Maß und die Art des Pergaments ließen ihn das Alter auf weit über 300 Jahre schätzen und dennoch hielt sich auf den Seiten noch immer ein süßlicher Geruch. Nein, das Buch stammte nicht aus einem deutschen Land. Es musste im Mittelmeerraum hergestellt worden sein, denn dort verwendete man Duftstoffe, die einen Befall mit Schädlingen verhindern sollten. Unwillkürlich musste Martin wieder an ein geheimes venezianisches Hinterzimmer denken. Er schüttelte den Kopf, um das Bild zu vergessen. Sorgfältig wählte er eine passende Feder aus und begann mit der Übertragung. Als er den Titel aufmerksam las, blickte er erstaunt zu Heiden. *De febre variolarum, quae fere omnibus accidit.* Nicht nur einmal hatte er Werke kopiert, die sich mit der Behandlung der Pocken beschäftigten. Wozu also diese Geheimniskrämerei?

* * *

Als Martin vier Stunden später das Haus verließ, brannten seine Augen. Zwar spendete der Kerzenleuchter viel Licht, aber die stundenlange Konzentration hatte ihn ermüdet. Immerhin hatte er zuvor schon den ganzen Tag in der Kopierstube gearbeitet. Gleichwohl hinterließen die Geldstücke ein angenehmes Gefühl in seiner Tasche. Zufrieden dachte er an das fertige Titelblatt auf dem Pult.

Müde schleppte er sich nach Hause, ohne die aufgetragene Vorsicht zu vergessen. Der abnehmende Mond erhellte die sternenklare Nacht. Mit einem Mal glaubte er Schritte auf gefrorenem Schnee hinter sich zu hören! Unvermittelt blieb er stehen und drehte sich um. Hinter ihm lag nichts als Dunkelheit. Das Knirschen war verstummt. Er schalt sich einen Narren. Sicher hallten seine Schritte von den Wänden wider! Heidens Verfolgungswahn war offenbar ansteckend. Martin schüttelte den Kopf und setzte seinen Heimweg durch die leeren Straßen fort.

* * *

Fortan ging Martin morgens in die Schreibstube und abends zu Heiden, wobei er stets einen anderen Weg wählte. Jedes Mal aßen sie gemeinsam, bevor Heiden ihm das gut versteckte Buch aushändigte. Alle Versuche, etwas über das Werk oder den Professor zu erfahren, scheiterten am beharrlichen Schweigen seines Auftraggebers. Darum stellte er bald keine Fragen mehr und verrichtete stumm seine Arbeit. Am Ende eines jeden Abends nahm er seinen Lohn in Empfang und kehrte weit nach Mitternacht müde nach Hause zurück. Selbst am Sonntag widmete er sich dem Auftrag.

Am siebten Tag seiner geheimen Arbeit begab sich Martin nach dem Essen wie immer an das Pult, um sein Nachtwerk zu beginnen. Lange arbeitete er noch nicht, als Johann die Bibliothek betrat und Heiden ein Zeichen gab. Ohne ein Wort verließ der Professor den Raum. Dafür nahm der Diener vor dem Kamin Platz. Martin verfolgte das Geschehen aus dem Augenwinkel. Insgeheim ärgerte er sich über das Misstrauen. Bisher hatte er in dem Buch noch keine gefährlichen Geheimnisse erkennen können. Der Autor aus dem arabischen Raum begnügte sich auf den ersten Seiten mit der Beschreibung der Pocken. Soweit Martin sich erinnerte, stimmte diese mit der eines anderen arabischen Arztes namens Rhazes überein, dessen Buch „*Über die Pocken und die Masern*" er unlängst für Heiden in der Kopierstube übertragen hatte. Nach geraumer Zeit kehrte der Professor zurück und bat ihn, die Tätigkeit für diesen Abend zu beenden. Martin wunderte sich zwar, doch steckten ihm die vorangegangenen Abende in den Knochen. Daher stimmte er ohne Zögern zu.

Als er die Kapaunstraße ein Stück Richtung Norden gegangen war, nahm er ein paar Schritte entfernt zur Harmakerstraße hin einen Schatten wahr. Aufmerksam starrte er in die Dunkelheit. Dumpf fiel etwas zu Boden. Mit einem Schlag war Martins Müdigkeit verschwunden. Er fasste seinen ganzen Mut zusammen und schlug die Richtung ein, aus der das Geräusch gekommen war. Martins Herz schlug bis zum Hals. Dort, wo er zuvor den Schatten wahrgenommen hatte, führte ein Weg zwischen den Häusern entlang, vermutlich zu einem Innenhof. Unwillkürlich zuckte er zusammen, als eine Katze an seinen Füßen vorbeischlich. Vorsichtig hob er seine Laterne höher. Nichts. Er entschied, nicht auf dem Hof nachzusehen. Wahrscheinlich hatten ihm seine Nerven einen Streich gespielt.

Der Weg führte an diesem Abend am „Schwan" vorbei, einer kleinen Schänke. Seine trockene Kehle ließ ihn innehalten. In einem Wirtshaus in der Nähe der Rotgerberstraße würde wohl niemand auf seinen Besuch bei Heiden schließen. Beim Öffnen der Tür wich er einen Schritt zurück. Ein entsetzlicher Gestank aus menschlichen Ausdünstungen, Küchengerüchen und Rauch verschlug ihm den Atem. Misstrauisch warf er einen Blick auf die anderen Gäste: drei Huren und allerlei merkwürdiges Gesindel. Weiß Gott, woher sie Geld für Bier und Wein besaßen. Von denen würde sich keiner um ihn scheren. Martin wählte einen Tisch in einer dunklen Ecke, in der Nähe einer Feuerstelle, über der eine ekelhafte Flüssigkeit in einem speckigen Topf brodelte. Während er auf das Bier wartete, schaute er sich weiter um. Sein Blick fiel auf einen Blonden, der sich am Tresen mit einer Hure unterhielt. In dessen Gesicht zog sich eine Narbe senkrecht von der rechten Augenbraue bis zum Kinn, eines der Ohren fehlte. Unvermittelt drehte der Mann sich um und sah Martin mit stechenden Augen an. Ein Schauer jagte ihm über den Rücken. Heidens Diener wirkte im Vergleich zu dem Blonden geradezu warmherzig. Um Ärger aus dem Weg zu gehen, wandte Martin den Blick ab. Dabei entdeckte er am Tisch neben der Tür zwei Bauern. Er hatte sie beim Eintreten nicht bemerkt. Die gegerbte Haut und ihre Kleidung verrieten ihre ländliche Herkunft. Was taten sie hier? Weder im Sommer noch im Winter blieben Bauern über Nacht in der Stadt. Zu kostbar war das Vieh, das es zu versorgen galt. Hatten Geschäfte sie festgehalten? Mit einem Mal ärgerte sich Martin, einen Tisch so weit entfernt von den Bauern gewählt zu haben. So war es ihm unmöglich, ihrem erhitzten Gespräch zu folgen. Nach einem längeren Wortwechsel schüttelte der Ältere heftig den Kopf, sagte etwas und erhob sich von seinem Platz. Martin hatte die Worte nicht verstanden, doch es war mit einem Mal still im Raum. Alle Blicke ruhten auf den beiden. Der Jüngere versuchte den anderen am Arm zurückzuhalten. Der riss sich jedoch los und verließ das Gasthaus. Kaum war er zur Tür hinaus, wurden die Gespräche im Raum wieder aufgenommen. Wenig später schmiss der andere Bauer ein paar Münzen auf den Tisch und folgte dem ersten. Enttäuscht schaute Martin ihm hinterher. Dabei kreuzte er wieder den Blick des blonden Mannes, der sich allerdings betont interessiert wieder der Hure zuwandte.

Nachdem Martin sein ekelhaft schmeckendes Bier ausgetrunken hatte, schlug er den Heimweg ein. Müde schleppte er sich die Treppe zu seiner Kammer hoch und ließ sich ins Bett fallen. Es dauerte nicht lange und er schlief tief und fest.

* * *

Als Martin am nächsten Abend von Norden in die Kapaunstraße einbog, fühlte er sich beobachtet. Doch sosehr er sich anstrengte, er konnte niemanden entdecken. Um sicher zu gehen, zog er sich in jenen Durchgang zurück, den er am Vorabend ausgeleuchtet hatte. Hier wartete er einen Moment. Nichts geschah. Kein Mensch war zu sehen, keine Schritte hallten. Als er unvermittelt wieder in die Gasse trat, herrschte dort nur gähnende Leere. An Heidens Haus gab er das Klopfzeichen. Diesmal dauerte es länger, bevor Johann die Luke in der Tür öffnete. Nachdem der Diener sich seiner vergewissert hatte, ließ er ihn eintreten. Wie gewöhnlich lud Heiden ihn zum Essen ein, verließ aber nach dem gemeinsamen Mahl den Raum. An seiner statt blieb Johann, der sich ein Buch aus dem Regal griff und eifrig darin blätterte. Nach einiger Zeit vergaß Martin den Mann und widmete sich seiner Arbeit. Die detaillierte Zeichnung verlangte volle Aufmerksamkeit. Sie zeigte ein Handgelenk und einen Unterarm mit großen Pockenpusteln.

Plötzlich zuckte Martin zusammen. Johann stand aufrecht am Tisch, das Buch lag auf dem Boden. Hastig eilte der Diener aus dem Raum. Martin fluchte leise. Vor Schreck hatte er einen

Tintenfleck auf dem Buch hinterlassen. Bemüht, ihn vorsichtig zu beseitigen, scherte er sich nicht um Johanns Abwesenheit. Erst geraume Zeit später kam ihm die Einsamkeit zu Bewusstsein. Das passte gar nicht zu Heidens Verhalten! Mit einem Zug leerte er seinen Wein, ging zur Tür und öffnete sie einen Spalt. Warum war es im Flur so dunkel? Das Licht vom Kamin und den Kerzen in der Bibliothek reichte nicht, um den Eingang zu erhellen. Martin kehrte zu seinem Pult zurück und nahm den Kerzenhalter. Als er aus der Bibliothek trat, sah er weiter hinten einen Körper auf dem Boden – Johann. Besorgt kniete er sich neben ihn. Hier kam jede Hilfe zu spät. Der Kopf hing haltlos am Körper, die leblosen Augen starrten ins Leere. Martin spürte die Anwesenheit einer weiteren Person. Wo war der Professor? Er entdeckte einen schmalen Lichtschein, der aus einer angelehnten Tür am Ende des Flurs drang. Vorsichtig stieß er diese auf. Kühle, muffige Luft schlug ihm entgegen. Die Gerüchte über nächtliche Geräusche in Heidens Keller kamen ihm wieder in den Sinn. Martins Pulsschlag dröhnte in den Ohren. Drei Stufen führten zu einem kleinen Sockel, von dem aus sich die Treppe nach links in das untere Gewölbe wandte. Lautlos schlich er hinunter. Vom Absatz rief er leise Heidens Namen. Statt einer Antwort hörte er unten das Rascheln von Stoff. Dann lag wieder gespenstische Stille über dem Haus. So leise wie möglich stieg er Stufe um Stufe hinab, die Hand fest um den Kerzenleuchter. Je tiefer er kam, desto mehr erschloss sich ihm das düstere Gewölbe. Was er dort sah, ließ für einen kurzen Moment seinen Atem aussetzen. In den Regalen entlang der Wand standen Gläser, in denen fürchterliche Kreaturen in einer trüben Flüssigkeit schwammen. Daneben stapelten sich Bücher kreuz und quer.

Auf einem großen Tisch inmitten des Kellers lag ein nackter, männlicher Leichnam. Wo einst das Herz geschlagen hatte, klaffte eine leere Höhle. Um den Körper herum lagen dunkelrote Massen. Das mussten wohl die Organe sein, soviel konnte Martin sich zusammenreimen. Daneben erblickte er Messer verschiedener Größen. Am rechten Unterarm des Toten fehlte ein großes Stück Haut, dort trat rohes Fleisch hervor. Der beißend-süßliche Gestank im Raum erinnerte an die Gossen im Hochsommer. Abgestoßen und fasziniert zugleich hinkte Martin die letzten Stufen herab, jegliche Vorsicht vergessend. Das bleiche Gesicht des unbekannten Toten zog ihn magisch an. Noch einmal rief er nach Heiden. Als er an den Tisch trat, sah er den Professor auf der anderen Seite auf dem Boden. Um die Hände frei zu haben, stellte Martin den Leuchter ab und beugte sich zu ihm hinunter. In diesem Augenblick vernahm er wieder das Rascheln, jetzt unmittelbar hinter sich. Er reagierte zu spät. Dunkelheit umfing ihn, als er den Schlag auf seinem Kopf spürte.

* * *

Beim Erwachen hämmerte ein unvorstellbarer Schmerz in seinem Kopf. Außerdem fror er erbärmlich. Wo war er? Was war geschehen? Vorsichtig betastete Martin die Seite, wo ihn der Schlag getroffen hatte, und fühlte eine weiche Masse. Geronnenes Blut klebte an seinen Fingern. Mühsam richtete er den Oberkörper auf. Sofort schwindelte ihm. Seine Hände griffen nach Halt. Zuerst sah er alles durch einen Schleier. Erst nach einigen Momenten klärte sich der Blick. Unwillkürlich zuckte er zusammen. Was um alles in der Welt machte er an der

Stadtmauer? Warum war er nicht in seiner Kammer? Seine Knochen waren ganz steif. Nach einigen Anläufen gelang es ihm endlich, auf die Beine zu kommen. Ihm schwindelte erneut. Langsam kehrte seine Erinnerung zurück. Heiden! Er musste nach ihm sehen. Martin versuchte, sich zu orientieren. Unweit von ihm ließ Wind Schilf rascheln, schemenhaft ragte die Mühle in den Nachthimmel. Er befand sich ganz in der Nähe des Dominikanerklosters, wo die Stadt unmittelbar an den Ryck grenzte. Heidens Haus lag also nicht weit entfernt. Martin riss sich zusammen. Das Gehen fiel ihm schwer und er musste sich an den Hauswänden abstützen, von Zeit zu Zeit übergab er sich. Nach einer Ewigkeit gelangte er endlich zum Haus des Professors. Die Tür war unverschlossen. Er schlüpfte hinein und schob instinktiv die Riegel hinter sich zu.

Im Flur stieß er gegen Johanns Leichnam. Mit vorgestreckten Händen tastete er sich zur Kellertür und stieg hinab. Im Keller schien auf den ersten Blick alles unverändert. Dann plötzlich fiel es Martin wie Schuppen von den Augen. Konnten das die Nachwirkungen des Schlages sein? Deutlich sah er noch einmal die Szene vor sich, wie er die Treppe heruntergestiegen war und den Toten auf dem Tisch gesehen hatte. Jetzt lag dort der geöffnete Kadaver – eines Schweins. Martin schwanden die Sinne. Hätte er sich nicht abgestützt, wäre er gestürzt. Was war hier geschehen? – Heiden! Er ging um den Tisch herum und kniete sich neben den Mann. An seinem Hals erkannte Martin dunkle Flecken. Die Lippen waren blau, die Augen hervorgequollen. Der Professor war tot. Martin erhob sich, griff nach dem Leuchter mit den fast heruntergebrannten Kerzen, der noch immer auf dem Tisch stand, und stieg ins Erdgeschoss hoch. Die Tür zur Bibliothek war geschlossen. Das Buch! Ein kurzer Blick genügte. Es lag nicht mehr auf dem Schreibpult. Die Blätter, seine Kopien, waren ebenfalls verschwunden. Im glimmenden Feuer fand er ihre Überreste. Wer ging so barbarisch mit seiner Hände Werk um? Die Flasche mit dem Wein stand auf dem Tisch. In seiner Verzweiflung, vor allem aber um den Schmerz im Kopf zu betäuben, setzte Martin an und leerte sie in einem Zug. Erschöpft ließ er sich in einen der Sessel fallen und überlegte, was er tun sollte. Mit Unbehagen erinnerte er sich an die Erzählungen über die Hinrichtung von Dietrich Lange, Greifswalds ehemaligem Bürgermeister, und des Ratsherrn Nicolaus von der Osten. Beide hatte man vor Jahren des Mordes an Bürgermeister Heinrich Rubenow beschuldigt. Sie waren erschlagen und nachträglich auf das Rad gespannt worden. Nun, das Rad war denjenigen vorbehalten, die Verbrechen gegen den Rat, Mordbrennerei oder Kirchendiebstahl begingen. Gleichwohl war ihm der Tod durch Enthaupten gewiss, würde man ihn hier mit den Ermordeten finden.

Nach kurzem Nachdenken entschied er, nach Hause zu gehen. Da seine Kopien zerstört worden waren, gab es nichts, das seine Anwesenheit verraten würde. Im Flur fand er seinen Umhang. Gerade wollte er den Riegel lösen, als er von draußen aufgeregte Stimmen vernahm. Männer riefen den Namen des Professors und klopften gegen die Tür. Panik brach in ihm aus. Während die Männer gegen die Eingangstür hämmerten, schlich er in den Keller, in der Hoffnung eine Hintertür zu finden. Tatsächlich, dort war sie. Im Schloss steckte ein Schlüssel. Erleichtert schlüpfte er hinaus, als oben die Haustür krachend aufsprang. Im Durchgang zur oberen Kapaunstraße hielt er an und atmete tief durch. Seine Beine fühlten sich weich an und verweigerten den Dienst. Allein der Gedanke an das

Richtschwert verlieh ihm neue Kräfte. Vorsichtig schaute er um die Ecke. Die Straße lag verlassen. Aus dem Haus tönten laute Stimmen, wahrscheinlich hatte man den toten Professor gefunden. Schnell huschte Martin in die Kleinschmiedestraße, um an der nächsten Ecke in die Rotgerberstraße zu biegen, bevor ihm jemand folgen konnte.

Bald musste er sich wieder übergeben. Der Schlag hatte ihm schlimm zugesetzt. Wie von Ferne hörte er den Nachtwächter die zweite Stunde des Tages ankündigen. Erschöpft erreichte er seine Kammer und ließ sich samt Kleidung aufs Bett fallen.

* * *

Beim Erwachen spürte Martin wieder Übelkeit aufsteigen. Es gelang ihm gerade noch, seinen Kopf über den Nachttopf zu halten. Das Licht einer Kerze blendete seine Augen und ließ den Kopf noch mehr schmerzen. Instinktiv schloss er die Lider und sank zurück in das Kissen. Nach einiger Zeit dämmerte ihm, wo er sich befand. Wer hatte die Kerze entzündet? Wieso war es nicht mehr so eisig im Raum? Langsam kehrte die Erinnerung zurück. Johann, Heiden, der verschwundene Leichnam, der Schweinekadaver. Vorsichtig glitten seine Finger über die Wunde am Hinterkopf und fühlten eine Kruste über der Schwellung. Je mehr er über die Ereignisse nachdachte, desto stärker wurden Schmerz und Müdigkeit. Erneut schlief er ein.

* * *

Die Dunkelheit lag wie ein schützender Mantel über ihm. Als er wieder zu sich kam, war die Kerze verloschen. Er wehrte sich nicht gegen die Müdigkeit und schlief wieder ein. Ein Tasten an seinem Kopf weckte ihn später. Die verschwommenen Umrisse eines Mannes tauchten vor seinen Augen auf. Dunkle Haare, eine gebrochene Nase … im selben Moment wurde ihm ein kühles Tuch über Stirn und Augen gelegt. Martin wollte um ein wenig Wasser bitten, aber die Zunge versagte den Dienst. Der Mann schien dennoch zu verstehen. Sanft hob er Martins Kopf und setzte ihm ein Gefäß an die Lippen. Martin trank gierig das Wasser, sank zurück und schlief wieder ein. Später war der Mann verschwunden. Sein Gesicht verblasste im Strudel der Gedanken. Aus der Tiefe des Bewusstseins erschienen Bilder längst vergessener Personen, seine Mutter, sein Freund Heinrich. Als Martin nach ihnen griff, verschwanden sie.

Mit der Zeit wurde es klarer in seinem Kopf. Die Müdigkeit ließ nach. Benommen schlug er die Augen auf und sah sich aufmerksam in seiner Kammer um. Jemand hatte sie durchsucht. Die Stadtwachen? Hatten sie von seiner Anwesenheit am Ort der schrecklichen Tat erfahren? Während er grübelte, öffnete sich die Tür und Magda trat ein. In der Hand hielt sie einen Teller, von dem es wunderbar duftete. Graupen! Seit seiner letzten Mahlzeit mussten Stunden vergangen sein. Er richtete sich auf.

Magda setzte sich auf die Bettkante und reichte ihm den Teller. Wortlos nahm er ihn entgegen. Es kam ihm vor, als habe er in seinem Leben noch nie ein köstlicheres Mahl gegessen. Gierig wollte er die Graupen hinunterschlingen, aber das Mädchen legte ihm die Hand auf den Arm.

„Schlingt nicht so, Herr Haffer. Der Chirurg meinte, Ihr dürft nur wenig und sollt vor allem langsam essen, damit es Euch bekommt. Euer Bauch muss sich erst wieder an Nahrung gewöhnen."

Nachdenklich ließ Martin die Graupen im Mund zergehen. Der Mann, der seinen Kopf versorgt hatte, war also Chirurg gewesen. Hoffentlich nicht jener Stümper, dem er sein verkrüppeltes Bein zu verdanken hatte.

„Wie lange habe ich hier gelegen? Zwei Tage?“

Sie lächelte schüchtern. „Zwei Tage? Nein, heute ist der 29. März. Da ich Euch nicht zur üblichen Zeit das Haus verlassen sah, habe ich mir Sorgen gemacht. Ich fand Euch bewusstlos im Bett. Ihr habt so schrecklich ausgesehen, überall war Blut. Also holte ich Severo, den Chirurgen. Er behandelte Eure Wunde und gab Ratschläge, wie wir Euch pflegen sollten. Sagt, was ist Euch zugestoßen? Severo meinte, Ihr hättet einen heftigen Schlag auf den Kopf bekommen.“

Erschöpft ließ Martin sich ins Kissen sinken. Ihm schwindelte schon wieder, die Kopfschmerzen kehrten zurück. Der 29. März? In der Nacht zum 20. März hatte man ihn niedergeschlagen. Das war über eine Woche her. Klaas hatte ihn bestimmt schon vermisst. Da Martin kein Misstrauen bei dem Mädchen wecken wollte, erzählte er mit bemüht neutralem Tonfall.

„Als ich aus der Schreibstube nach Hause ging, schlug man mich hinterrücks nieder und raubte mir meinen Lohn. Wer es tat, weiß ich nicht. Wahrscheinlich irgendein armer Teufel, der kein Geld für Mehl und Holz hatte. Mit letzter Kraft schleppte ich mich hierher. Habt Dank für Eure Fürsorge, ich stehe tief in Eurer Schuld.“

Magda senkte schüchtern den Blick. „Welch schlechte Menschen es gibt! Euch hat man arg zugesetzt, obwohl Ihr niemandem etwas getan habt. Ihr müsst es unbedingt dem Vogt berichten! Und Ihr seid nicht der Einzige. Stellt Euch vor, den armen Professor Heiden hat man in seinem eigenen Haus ermordet, auch sein Diener starb. Wer tut so etwas? Der Professor war doch ein ehrenwerter Mann."

„Weiß man denn schon, wer Heiden umgebracht hat?"

„Ja, dem Herrn sei Dank. Der Vogt hat das Scheusal bereits gefunden. Mir graut bei dem Gedanken, mit ihm in einer Stadt gelebt zu haben."

„Zu haben? Wurde er schon gerichtet? So schnell?"

„Der allmächtige Gott hat ihn selbst gerichtet. Er ist tot. Erfroren!"

Martin stutzte. Er musste aufstehen, um mehr zu erfahren. Magda drückte ihn sanft ins Bett zurück.

„Ihr seid noch zu schwach. Der Chirurg sagt, Ihr müsst mindestens noch drei Tage liegen bleiben. Schlaft, das wird Euch gut tun. Von dem Mord und den anderen Dingen berichte ich Euch später mehr."

Damit ließ sie Martin allein. Welche anderen Dinge hatte sie gemeint? Und wer hatte sein Zimmer durchsucht, während er bewusstlos im Bett gelegen hatte? Weder Magda noch dem Chirurgen traute er so etwas zu. Blieb nur Magdas Mutter. Schließlich schweiften seine Gedanken ab und er gab sich dem Schlaf hin.

* * *

Wie viel Zeit vergangen war, wusste er nicht. Die Tür öffnete sich mit einem leisen Quietschen. Magda brachte ihm Suppe. Auch in den nächsten beiden Tagen besuchte sie ihn regelmäßig. Von ihr erfuhr er, was über den Mord in der Stadt geredet wurde.

Am 24. März hatte man in einer kleinen Nische in der Stadtmauer einen jungen Mann gefunden, Christof Metzner, seines

Zeichens Geselle des Barbiers Grothenberg. Er war erfroren, das hatten Severo und ein Kollege Heidens namens Lazar bei der Leichenschau festgestellt. In seinen Taschen hatte man ein Buch mit Heidens *ex libris* und einige medizinische Instrumente des Toten gefunden. Der Vogt war sich ganz sicher, den Mörder gefunden zu haben, zumal eine Nachbarin einen Mann aus Heidens Haus hatte schleichen sehen, kurz bevor man den toten Professor gefunden hatte.

„Heiden war ein guter Kunde des alten Klaas. Es tut mir leid um ihn." Bei der Erwähnung von Klaas zuckte es leicht um Magdas Mundwinkel. „Was ist? Geht es Euch nicht gut?", fragte er besorgt.

Sie senkte den Blick. „Es tut mir leid, es Euch sagen zu müssen. Klaas ist vor wenigen Tagen gestorben. Die Kopierstube ist seitdem geschlossen."

Martin entgleisten die Gesichtszüge.

„Niemand weiß, ob sie wieder geöffnet wird. Sein Sohn ist reich verheiratet und hat kein Interesse an Büchern."

Der alte Klaas tot? Was sollte nun aus ihm werden? Fahrig dankte er Magda für ihre Fürsorge und bat sie, ihn allein zu lassen. Nach einer Weile trübsinnigen an die Decke Starrens sammelte Martin seine Kräfte, um aufzustehen. Er konnte nicht einfach liegen bleiben, und wenn der Chirurg es noch so empfehlenswert fand. Unsicher griff er nach dem Stuhl. Mit wackligen Beinen tappte er zu seinem Versteck, rückte den Waschtisch beiseite und hob das Ende einer Diele hoch, um seine Hand hineinzustecken. Er fühlte das Leder zwischen den Fingern und zog den Beutel mit den Geldstücken heraus. Das reichte, um eine Weile zu leben. Doch wie lange? Klaas schuldete ihm noch Lohn. Er nahm etwas aus dem Beutel und versteckte ihn wieder. Es war besser, sofort nach einer Arbeit zu suchen. Jetzt, wo die Sonne höher stieg und die Tage wärmer wurden, könnte er Erfolg haben. Notfalls würde er im Hafen Säcke schleppen.

Schon bald drängte sich der Gedanke an Grothenbergs Gesellen in den Vordergrund. Martin war sich sicher, ihm nie begegnet zu sein. Das geheimnisvolle Buch jedenfalls konnte der Bursche nicht bei sich getragen haben, denn dieses trug nicht Heidens *ex libris*. Was wollte ein junger Barbiergeselle überhaupt mit einem medizinischen Buch? Egal welchen Inhalts, die Lektüre überstieg ganz gewiss sein Verständnis. Barbiere waren schließlich keine Ärzte, sondern kümmerten sich um einfache Knochenbrüche und zogen Zähne. Ab und an renkten sie Gliedmaßen ein, wenn sie die Kunden nicht zu den Chirurgen schickten. Hatte Metzner vielleicht ein Buch gestohlen, um es zu verkaufen? In Greifswald hätte er schon wegen des *ex libris* keinen Interessenten gefunden. Außerdem, warum schleppte der Bursche das Buch und die Instrumente drei Tage nach der Tat noch immer mit sich herum? Wie hatte er in kürzester Zeit die Leiche aus Heidens Keller verschwinden lassen, gegen ein Schwein austauschen und ihn an die Stadtmauer legen können? Grothenbergs Geselle konnte das alles nie und nimmer allein bewerkstelligt haben. Hatte ihm ein anderer geholfen? Und konnte der ihm am Ende auf der Straße begegnen? Je länger Martin darüber nachdachte, desto unerträglicher schmerzte sein Schädel. Mit der Zeit drängte sich gleichwohl ein unangenehmer Gedanke auf. Vielleicht hatte sich der Komplize mit Metzners Tod eines lästigen Mitwissers entledigt. Martin schluckte. In diesem Fall schwebte er in Gefahr.

II

Als Martin am nächsten Morgen durch die kleinen Fensteröffnungen sah, blendete ihn die Frühlingssonne. Bald würde sie die ersten Blüten aus dem Boden hervorlocken und das Leben in der Stadt wieder in geschäftigere Bahnen lenken. Das Heulen des Windes, ein ständiger Begleiter in den vergangenen Monaten, war verstummt. Die Stille war fast unheimlich. Während Martin eine Weile über die niedrigen Dächer in Richtung Marienkirche schaute, stimmte eine Amsel ganz in der Nähe ihr Lied an. Das Gezwitscher stimmte ihn froh, gab ihm neue Hoffnung. Bei einem Blick auf den Kleiderhaufen sank seine Zuversicht jedoch gleich wieder. Er besaß gerade noch ein frisches Hemd. Auf der Hose zeichneten sich dunkle Blutflecken ab. Da Martin keine andere besaß, musste er sie wohl oder übel weiter tragen. Das würde die Arbeitssuche nicht gerade erleichtern.

Um eine Begegnung mit seiner Vermieterin zu vermeiden, schloss er die Kammertür betont leise hinter sich und schlich die Treppe hinunter. Als er auf halber Höhe war, lief Magda unten mit einem Korb Wäsche vorbei, gefolgt von ihrer Mutter. Martin stöhnte innerlich auf. Natürlich bemerkte ihn die Alte sofort. Mit gespielter Freundlichkeit erkundigte sie sich nach seinem Befinden.

„Gott zum Gruße, Herr Haffer. Geht es Eurem Kopf besser?"

„Gott zum Gruße. Habt Dank für Eure Sorge. Es geht mir wahrlich besser. Ich stehe in der Schuld Eurer Tochter. Ohne ihre Fürsorge stünde es schlecht um mich."

Martin biss sich auf die Zunge. Auch wenn der Dank ehrlich gemeint war, er hätte das Wort ‚Schuld' nicht erwähnen sollen. Damit hatte er dem Weib ungewollt ein Stichwort gegeben, welches sie dankbar aufgriff.

„Wenn Ihr von Schuld sprecht, wäre da noch die Rechnung des Chirurgen zu begleichen. Wir waren so frei, ihm seinen Lohn vorzustrecken." Fragend schaute er sie an. „Das macht drei Schilling. Außerdem haben wir Eure Stube geheizt, da kommen noch einmal zwei Schilling dazu."

Widerwillig kramte Martin in seiner Tasche und drückte ihr das Geld in die Hand. Gierig ließ die Alte es in ihrer Schürze verschwinden.

Unverändert sah sie ihn fordernd an. „Könnt Ihr Euch die Kammer überhaupt noch leisten?"

Martins Laune sank weiter. Schroff fuhr er die Frau an. „Zerbrecht Euch nicht meinen Kopf! Bin ich Euch je etwas schuldig geblieben? Ich werde meine Verpflichtung schon erfüllen!"

Ihre Katzenfreundlichkeit widerte ihn an. „Ich meine ja nur, da der alte Klaas tot ist, bleibt die Schreibstube wohl für immer geschlossen. Sein Sohn hat sich ja nie dafür begeistert, mit eigenen Händen Geld zu verdienen. Eher gibt er das seiner Frau aus."

Mit diesem Satz verfiel die alte Müller in ein widerliches Lachen und warf den Kopf in den Nacken. Dabei öffnete sie ihren Mund, in dem einige Zähne fehlten und von anderen nur faulige Stumpen übrig geblieben waren. Martin drehte sich der Magen um. Gern hätte er das Gelächter mit einer Ohrfeige unterbrochen, doch noch brauchte er die Unterkunft. Er sah, wie Magda sich beschämt abwandte.

„Ich werde die Miete schon zahlen!"

Schlagartig verstummte die Frau. „Immerhin steht noch der Zins für die Tage Eurer Unpässlichkeit aus!"

Martin wollte keinen Streit. Erneut durchwühlte er die Tasche nach einem weiteren Geldstück. Nach langem Suchen fand er eines und drückte es der Alten in die Hand. Er bezahlte damit die Miete für eine erhebliche Zeit im Voraus. Das musste fürs Erste genügen. Verächtlich schob er die Frau zur Seite. Als er nach der Türklinke griff, richtete Magda verlegen das Wort an ihn.

„Verzeiht, Herr Haffer, werdet Ihr Euch ebenfalls in St. Nikolai einfinden?" Fragend blickte Martin sie an, er verstand nicht. „Die Universität trägt den Professor heute zu Grabe. Die Totenmesse wird am Nachmittag zur zweiten Stunde gelesen. Es wird bestimmt sehr feierlich. Der Rat, die Lehrer der Universität, alle werden ihm die letzte Ehre erweisen."

Martin überlegte einen Moment. Es war keine schlechte Idee, dem Begräbnis beizuwohnen. Ja, er würde hingehen, weniger aus Nächstenliebe als aus purer Neugier. Magdas Blick ruhte weiter auf ihm. Was wollte sie denn noch? Er brauchte ihr Mitleid nicht. Er brauchte niemandes Mitleid. Wortlos verließ er das Haus.

* * *

Greifswald kam ihm mit einem Mal fremd vor. Das lag nicht an der milden Luft, erfüllt mit den Gerüchen des Frühlings. Es schien ihm vielmehr, als habe die Stadt mit der schrecklichen

Tat ihre Unschuld verloren, auch wenn ihre Bürger dieselben geblieben waren.

Wie Martin es sich beim Ankleiden vorgenommen hatte, begab er sich zunächst auf den Weg zur Schreibstube. An einer Bude auf dem Markt kaufte er bei einem Bäcker einen Wecken, den er nachdenklich kaute. Wie sollte er Klaas' Sohn entgegentreten? Wie sein spätes Verlangen rechtfertigen? Die anderen Kopisten hatten ihren Lohn sicherlich bereits abgeholt. Schon von Ferne erkannte er vor dem Haus eine Menschentraube. Einige Bürger hinterließen ein Vermächtnis, um sich den Aufenthalt im Paradies durch eine barmherzige Geste zu verdienen. Viele Kaufleute ließen Messen lesen oder vermachten einem der Klöster Land außerhalb der Stadtmauern. Wie er von dem geschwätzigen Bäcker ungefragt erfahren hatte, hatte Klaas die Verteilung seines Hausstandes an die Armen angeordnet. Einem Lauffeuer gleich schien sich die Nachricht durch die Gassen verbreitet zu haben. Vor dem Haus erkannte Martin nicht nur Gesichter der Bewohner des Armenviertels, sondern auch die von Bürgern. Er blieb stehen und beobachtete das Geschehen ein Weilchen. Hin und wieder kam es zu Handgemengen um wertlose Gegenstände. Martin empfand diese Szenen als abstoßend und jeder, der sich daran beteiligte, war ihm zutiefst zuwider. Einen Moment glaubte er, die Enge der Stadt, in der alle einander kannten und übereinander tratschten, würde ihn ersticken. Vielleicht war es die beste Lösung, Greifswald einfach zu verlassen. In Rostock gab es auch eine Universität. Wenn er wirklich soviel Talent besaß, wie Heiden behauptet hatte, fand er dort sicherlich Arbeit.

In der Erwartung, ihre grenzenlose Raffgier würde seine Vermieterin ebenfalls hertreiben, ließ er seinen Blick über das Volk gleiten. Die Alte schien die günstige Gelegenheit allerdings ungenutzt verstreichen zu lassen. Mühsam gelang es Martin, sich unter Einsatz seiner Ellenbogen durch die Menge bis in den Flur des Hauses zu kämpfen. Vor seinen Augen eröffnete sich ein wüstes Durcheinander. Geschirr, Töpfe und Wäsche wurden von Helfern nach draußen gereicht, wo um jedes neue Stück ein heftiger Kampf entbrannte. Zwei Frauen, deren eingefallene Wangen mit schmutzigen Streifen überzogen waren, stritten erbittert um ein Stück Tuch, bis es schließlich entzwei riss. Martin bemerkte einen schalen Geschmack im Mund. So hatte sich der alte Mann die Umsetzung seines letzten Willens sicherlich nicht vorgestellt. Sachen, die Klaas sicherlich etwas bedeutet hatten, gingen zu Bruch oder landeten im Dreck. Immer wieder schubsten Packer ihn zur Seite, bis Martin endlich Klaas' Sohn gegenüber stand. Mit einer knappen Verbeugung erklärte er ihm sein Anliegen.

„Gott zum Gruße, mein Herr! Mein Name ist Martin Haffer. Ich war Kopist bei Eurem Vater. Seit etwa fünfzehn Jahren habe ich hier in der Stube für ihn gearbeitet. Stets war er mit meiner Arbeit zufrieden. Ich bin gekommen, weil mir mein Lohn für die letzten Tage vor Eures Vaters Tod fehlt. Es waren fünf Seiten, die mir noch nicht bezahlt wurden."

Der Sohn des alten Klaas sah ihn schief an. Die Hochzeit hatte ihm gut getan. Von dem schlanken, jungen Mann von einst sah man nichts mehr. Das Haar wurde an der Stirn bereits schütter. Die langen fettigen Strähnen reichten ihm bis zur Schulter. Sein Bauch hing wie ein lebloser Sack am Körper. Anstrengung hatte das feiste Gesicht gerötet, Schweiß perlte auf seiner Stirn, obwohl er beim Ausräumen offensichtlich nicht selbst Hand anlegte.

„Hier gibt es nichts mehr zu holen. Am Todestag habe ich einen Kopisten angewiesen, allen ihren Lohn auszuzahlen. Wenn du nicht da warst, ist das dein Pech. Die Gelegenheit, dein Geld zu erhalten, hast du verpasst!" Seine Augen verengten sich zu Schlitzen. „Am Ende hast du deinen Lohn schon erhalten und willst mich betrügen? Der Kopist, der sich um alles gekümmert hat, ist schon aus der Stadt, wollte sich in Rostock nach Arbeit umsehen. Ich kann also nicht mehr prüfen, ob deine Forderung berechtigt ist! Ich erinnere mich auch nicht, dein Gesicht je in der Kopierstube gesehen zu haben."

Wut stieg in Martin auf. Der andere log unverschämt. Vor seiner Hochzeit hatte er sich von seinem Vater aushalten lassen. Sie waren sich häufig auf dem Flur begegnet. Schon damals mochte Martin den Mann nicht. Trotzdem schluckte er seinen Zorn hinunter. „Ich war krank und konnte nicht kommen!"

Ein Lächeln umspielte den schmalen Mund des anderen. „Krank, sagst du? So so! Ich bleibe dennoch dabei. Du hast deine Gelegenheit verpasst! Nein, da könnte ja jeder kommen. Von mir bekommst du keinen einzigen Schilling! Verschwinde, bevor ich dich zur Tür hinauswerfen lasse!"

„Aber …", weiter kam Martin nicht. Auf einen Wink des anderen hoben ihn kräftige Hände hoch und warfen ihn schwungvoll zur Tür hinaus. Die Traube, die bei seiner Ankunft den Weg zum Eingang versperrt hatte, löste sich in einem einzigen Augenblick auf. Unsanft landete er im Dreck. Die Umstehenden starrten ihn mit aufgerissenen Augen an. Missmutig stand er auf. Durch das Getrampel war der Boden völlig aufgewühlt. Erde klebte an Umhang und Hose. Wie auf ein geheimes Zeichen hin machte ihm die Menge Platz. Enttäuscht kehrte er dem Haus den Rücken. Es war sinnlos, weiterzustreiten.

Im Rathaus erging es ihm nicht besser. Die Stadtschreiber begrüßten ihn mit einem hämischen Lächeln. Zwischen ihnen und den Kopisten gab es seit jeher Rivalitäten. Die Stadtschreiber hielten sich für etwas Besseres, ab und an versuchten sie die Kopierstube zu umgehen und neben ihrer eigentlichen Tätigkeit für den Rat auch noch Bücher zu übertragen. Einige Kunden hatten bei Klaas über schlechte Erfahrungen mit ihnen geklagt.

In der Großen Artistenfakultät, dem collegium maius, schüttelte man auf seine Frage nach einem Broterwerb ebenfalls nur den Kopf. Man machte sich nicht einmal die Mühe, ihn ausreden zu lassen. Ein abfälliger Blick war alles, was er bekam. Niedergeschlagen verließ Martin die Stadt durch das Steinbecker Tor und ging am Flussufer zum Hafen. Am Horizont sah er graue Wolken aufziehen. Sie passten prächtig zu seiner Stimmung. Womit hatte er Gottes Zorn auf sich gezogen? Was um alles in der Welt hatte er getan? Lag es an dem Buch, das er für Heiden kopiert hatte? Bisher hatte er sich aus allen Schwierigkeiten und Streitereien herausgehalten. Grübelnd ging er am Ufer des Ryck entlang. Würde es in der wärmeren Jahreszeit überhaupt Arbeit im Hafen geben? Man baute die Schiffe jetzt größer, damit sie mehr Ladung in einer Fahrt über die Meere tragen konnten. Seltener als in seiner Kindheit steuerten Kauffahrer den Greifswalder Hafen an, der mittlerweile zu klein geworden war und zu allem Übel versandete. Zwar bemühte sich der Rat immer wieder, das Fahrwasser freizulegen, doch es war ein schwieriges Unternehmen, dem Flussbett genügend Tiefe abzutrotzen.

Vor dem Hafenamt wartete bereits eine lange Schlange von Männern in zerlumpten Kleidern. Auch die Bewohner des Armenviertels suchten nach Arbeit. Die Ablehnung des

Hafenmeisters, er nehme nur Männer mit gesunden Armen und Beinen, traf Martin empfindlich. Resigniert gab er auf. Da er sich schon außerhalb der Stadtmauer befand, wollte er wenigstens noch einen Abstecher in das Heilgeist-Hospital machen, das an der Straße nach Stralsund vor den Toren der Stadt auf der nördlichen Ryckseite gelegen war. Reisenden, die es vor Torschluss nicht mehr nach Greifswald geschafft hatten, bot es bis zum nächsten Morgen ein Dach über dem Kopf. Daneben ermöglichten Vermächtnisse reicher Bürger, die wie der alte Klaas ihr Seelenheil sichern wollten, eine notdürftige Versorgung der Ärmsten der Armen mit Speisen und Medizin. Im Hospital angekommen, fand Martin nach langem Suchen jemanden, der seine Befürchtung bestätigte. Seit Wintereinbruch hatte kein einziger Fremder Schutz vor der Nacht gesucht.

* * *

Als Martin mit hängendem Kopf in die Stadt zurückkehrte, hörte er die Glocken von St. Nikolai zur Totenmesse rufen. Sollte er tatsächlich hingehen? Einerseits verband ihn nicht viel mit Heiden, andererseits hatte das Schicksal sie zusammengeführt. Sollte sich Metzners Komplize unter die Trauernden mischen, würde dieser Martin lebend sehen. Allerdings konnte sich auf der Beerdigung auch ein interessanter Anhaltspunkt ergeben. Was hatte er zu verlieren? Entschlossen schlug er den Weg zur Kirche ein. Vor dem Portal warteten bereits Trauergäste. Martin stellte sich etwas abseits, sodass man ihn nicht gleich entdecken konnte.

Alles in allem erweckte die Szene nicht den Eindruck einer Trauerfeier. Kinder der Bürger spielten mit denen aus dem Armenviertel. Sie sausten durch die Beine der Anwesenden. Hin und wieder erhob sich eine erboste Stimme, doch niemand setzte ihrem Treiben ein Ende.

Leicht abseits des Portals wartete eine Gruppe Männer. Ihrer Kleidung und dem Auftreten nach musste es sich um Gelehrte handeln. Tatsächlich wartete dort ein Professor, den Martin einmal bei einem Fest auf dem Marktplatz gesehen hatte. Das Gerücht, das er morgens in der Bäckerei unbeabsichtigt aufgeschnappt hatte, schien zu stimmen. Der kinderlose Heiden hatte wohl die Universität als Erbin eingesetzt. Allein die Bibliothek brachte ihr ein Vermögen. Deswegen war es für die Professoren aller Fakultäten Pflicht, der Beerdigung beizuwohnen, auch wenn dem einen oder anderen der Widerwille deutlich ins Gesicht geschrieben stand.

Unter den Lehrern stachen zwei Männer hervor. Der jüngere war in Martins Alter und hüllte seine schlanke Figur in schlichte dunkle Kleidung. Alles Geckenhafte lag ihm fern. Die braunen lockigen Haare lagen ebenso durcheinander wie bei Martin. Es schien, als erwarte er jemanden. Immer wieder sah er sich aufmerksam um. Neben ihm stützte sich ein hässlicher Mann mit spitzer Nase und wulstigen Lippen auf einen Stock. Er war wohl der älteste Lehrer. Wie seine Kollegen trug er einen bis zum Boden reichenden Umhang, der allerdings einige Flecken aufwies. Der dunkle Stoff verdeckte nur unzureichend die dünnen Beinchen. Der Alte war der Einzige, der seine Garderobe nicht dem Anlass angepasst hatte. Deutlich leuchtete unter dem Umhang ein rotes Wams.

Auf dem Vorplatz unterhielten sich einige Handwerker. Unter der Linde wartete der dicke Schlachter, der seine Frau, die er gerade im Arm hielt, ständig mit den Mägden im Badehaus betrog. Die Badestuben der Stadt waren beliebt, dienten sie doch der Reinigung und dem geselligen Beisammensein. Natürlich predigten die Pfarrer sonntags gegen diese Häuser und auch der Rat mahnte bei der Bursprake, der jährlichen Verlesung seiner Verordnungen, ein züchtiges Leben an. Da die Bäder dem Rat jedoch nicht unbeträchtliche Steuereinnahmen garantierten, hielt sich ihre Reglementierung in Grenzen. Wie es hieß, hatte der Schlachter schon oft Buße an das Amt seiner Zunft zahlen müssen, das über die Einhaltung von Sitte und Moral wachte. Es schien ihn allerdings nicht davon abzuhalten, die Badestuben weiter zu besuchen. Bei der sauertöpfischen Miene, welche die Frau an seiner Seite zur Schau trug, konnte Martin ihm dies nicht verdenken.

Zwischen den Trauernden sah Martin überall ärmlich gekleidete Menschen. Sie bettelten nicht nach Almosen. Es sah vielmehr so aus, als wollten sie Heiden ebenfalls die letzte Ehre erweisen. Vor allem die Anwesenheit der vielen Kinder erweckte seine Neugier.

Eine Familie fesselte Martins Aufmerksamkeit. Auf ihrem Arm trug die Frau ein kleines Bündel, das sie zärtlich in ihren Armen wiegte. Martin vermutete darin das letztgeborene Kind der Familie. Aufrichtige Trauer zeichnete sich auf dem Gesicht der Frau ab, Tränen liefen über ihre Wangen. Ihr Mann hielt zwei weitere Kinder an den Händen. Sein hilfloser Blick irrte umher. Der Knabe mochte vielleicht sechs Jahre alt sein, seine abstehenden Ohren schienen jedoch schon zu ihrer endgültigen Größe gewachsen. Die ernsten Augen passten nicht zu einem Kind seines Alters und für einen Augenblick glaubte Martin, sich selbst darin zu erkennen. Das schmächtige, wohl ein Jahr jüngere Mädchen hatte tiefliegende Augen und drückte sich an den Vater. Beide Kinder ließen sich nicht vom Spiel der anderen mitreißen, sondern verharrten schweigend neben ihren Eltern.

Etwas entfernt vom Schlachter unterhielt sich der zweite Bürgermeister Wedego Lotze mit einem jüdischen Kaufmann. In der Stadt gab es drei Bürgermeister, die unter den reichen Kaufleuten gewählt wurden. Der mächtigste war zweifelsohne der erste Bürgermeister, denn er war der Wortführer. Die beiden anderen besaßen weit weniger Einfluss, hoben sich allerdings in Funktion und Ansehen gleichwohl deutlich von den einfachen Ratsherren ab. Der zweite Bürgermeister, der sich gerade so angeregt unterhielt, war unter anderem für das Gesundheitswesen verantwortlich. Leider machte ihm ein schlimmes Gerücht zu schaffen. Das letzte Schiff aus dem Norden, in das er eine große Menge seines Vermögens gesteckt hatte, war vor dem Winter nicht zurückgekehrt. Wenn es wirklich in einem Sturm gesunken war, wie man munkelte, bedeutete dies seinen Ruin. Schon die bloße Vermutung genügte, um das Ansehen und den Kredit eines Kaufmannes sinken zu lassen. Und für Wedego Lotze, der einem angesehenen Geschlecht entstammte, ging es noch um mehr als sein Vermögen. Seine Stellung im Rat, für ihn unzweifelhaft das Wichtigste auf der Welt, war bedroht. Ein bankrotter Kaufmann konnte schlecht das Amt eines Bürgermeisters oder eines Ratsherrn bekleiden. Wahrscheinlich muss er sich beim Wucherer neues Kapital verschaffen oder der will seine Zinsen, dachte Martin. Als Martin den Blick nach rechts wandte, bemerkte er einen anderen Beobachter der Szene – Ratsherr Jakob Kannengeter, dessen Frau ständig an seinem Hemd zupfte. Kannengeters Interesse für das Amt des Bürgermeisters war stadtbekannt. Für ihn wäre es mehr als willkommen, wenn Lotze sein ganzes Vermögen verlöre. In diesem Moment würde sein Lager endlich den entscheidenden Vorstoß zu seiner Wahl unternehmen können. Damit wäre ein Zuwachs an Macht und vor allem der Zugriff auf das Stadtsäckel verbunden. Allerdings zeigte die Szene deutlich, wer in der Familie das Sagen hatte. Der Großteil von Kannengeters Vermögen stammte aus dem Erbe der Frau und sie war es gewesen, die die Wahl ihres Gatten in den Rat vorangetrieben hatte.

In diesem Moment drängte sich der massige Körper des Stadtmedikus Pfeifer auf den Platz. Wie ein außer Kontrolle geratenes Fass bahnte er sich den Weg zu den Lehrern der Universität. Ihm folgte eine Schar Kinder. Bis auf das älteste sah ihm keines wirklich ähnlich. Wenn man sich die körperliche Beschaffenheit des Arztes vor Augen führte, verwunderten die Gerüchte um seine Vaterschaft nicht. Martin lächelte still in sich hinein. Es grenzte für ihn ohnehin an ein kleines Wunder, den dicken Mann in Bewegung zu sehen. Auch aus dieser Entfernung sah man deutlich, wie heftig er nach Luft schnappte. Als Heilkundiger sollte er wissen, wie ungesund allzu viel Essen ist, dachte Martin bei sich.

Im Anhang Pfeifers erblickte er Menthe, den Inhaber der Apotheke am Markt, der sich angeregt mit der Gattin des Arztes unterhielt. Die schwarze Kleidung des Kräutermannes wirkte festlich, war jedoch zu groß geraten. Mit einem Kopfnicken stellte Pfeifer sich neben den jungen Lehrer. Der Apotheker wartete einen Schritt hinter der Gruppe. Neben dem hochgewachsenen Lehrer wirkte Menthe geradezu klein und schmächtig. Auf einmal musste Martin lachen. Der alte Professor mit dem leuchtend roten Wams rückte mit gerümpfter Nase vom Medikus ab. Sein verzogenes Gesicht brachte arrogante Abneigung gegen die beiden anderen unverhohlen zum Ausdruck. Das schien den jungen Lehrer und den Medikus nicht sonderlich zu stören. Sie vertieften sich in ein Gespräch, an dem sich ein soeben angekommener Mann mit dunklen Haaren rege beteiligte.

Endlich öffnete der Pfarrer die Pforte und alles drängte in die Kirche. Martin beschloss, die anderen vorangehen zu lassen. Während er wartete, bog ein grobschlächtiger Kerl mit seiner Frau vom Fischmarkt her ein und strebte auf das Portal zu. Es war Grothenberg, der Zunftmeister der Barbiere, dessen Geselle Heidens Mörder sein sollte.

Schließlich betrat Martin als einer der letzten die Kirche. Der vordere Teil des Mittelschiffs blieb wie bei jedem Gottesdienst den Ratsherrn vorbehalten, zu denen sich heute der Rektor und die Professoren der Universität setzten. Zwischen dem alten hässlichen Professor und einem anderen blieb ein Platz frei. Um den kunstvoll gearbeiteten Sarg standen lange weiße Kerzen. Ein riesiger Kranz aus Tannengrün bedeckte den Totenschrein. Nur wenige Blumen zierten das Holz. Die Kirche schien fast zu platzen, so viele Menschen wollten von Heiden Abschied nehmen. In einem der Seitenschiffe fand Martin endlich eine Stelle, wo er sich an die Mauer lehnen konnte. Verwirrt senkte er den Blick, als ihn jemand am Ärmel zupfte. An seiner Seite hielt ihm der kleine Junge mit den großen Ohren ein Stück Pergament hin. Verwundert nahm Martin es entgegen und las es aufmerksam. Als er die Augen wieder zum Altar richtete, sah er den jungen Professor, der sich mit dem Medikus unterhalten hatte, auf den frei gebliebenen Platz neben dem Hässlichen zusteuern. Einen kurzen Augenblick kreuzten sich ihre Blicke. Er nickte Martin zu. Gerade wollte der Mann sich setzen, da hob die Orgel zum Te deum an. Von hinten schritten Ministranten mit Kerzen zum Altar. Der folgenden Messe schenkte Martin allerdings ebenso wenig Aufmerksamkeit wie der Totenrede des Rektors der Universität. Seine Gedanken kreisten um die ihm zugesteckte Nachricht.

* * *

Die Totengräber mit ihren schwarzen Uniformen trugen den Sarg mit würdevollem Schritt aus der Kirche. Wo sie an den Menschen vorbeigingen, neigten alle ihre Köpfe. Draußen trennten sich die Wege der Trauergäste. Nicht alle begleiteten Heiden zu seiner letzten Ruhestätte. Die Kollegen des Toten waren gezwungen, dem Sarg zu folgen. Ihnen schlossen sich der Rat und die Familien aus dem Armenviertel an. Die Bürger wie Pfeifer, Grothenberg und Menthe zogen es vor, zu ihrem Tagwerk zurückzukehren. Martin reihte sich am Ende des Trauerzuges ein. Unmittelbar längs zur Domstraße hielt der Zug vor einer Grube. Die Männer setzten den Schrein vorsichtig auf Holzbalken ab. Martin hielt sich im Hintergrund und stellte sich unter einen großen Baum. Nicht weit von Heidens Grab bemerkte er ein großes Loch. Der Pfarrer sprach ein Gebet.

„'n Jammer ist's um ihn", brummte eine tiefe Stimme.

Erstaunt schaute Martin zur Seite. Ein Totengräber verfolgte, auf eine Schaufel gestützt, neben ihm das Geschehen. Martin erinnerte sich, den Mann im Winter mit seinem Holzkarren in der Stadt gesehen zu haben. Er hatte die Erfrorenen und Verhungerten eingesammelt.

„Ja, da habt Ihr Recht. Kanntet Ihr den Professor?"

Der Totengräber schüttelte den Kopf „Kenn' würd ich nich' sagen. Hat meiner Klein' vor zwei Jahr'n bei'n Pock'n geholf'n. Letztes Jahr hatt's dann mein' Sohn erwischt. Hat sich auch um ihn gekümmert. Wollt' überhaupt kein Geld nehm'. Hat sogar Ess'n gebracht, für die Kinder. Feiner Mann! Dafür hab ich ihm 'nen besonders schön' Platz rausgesucht. Direkt unter der Linde."

„Das ist wirklich freundlich von Euch. Sagt, für wen ist die Grube dort drüben?"

Der andere lachte leise. „Na, Ihr stellt Frag'n. Für die ganz'n Tot'n. Der Bod'n war gefror'n. Konnt'n niemand begrab'n. Die Spitzhack'n brach'n ausn'ander. Der Pfarrer hat gemeint, wir sollt'n sie inner Bretterhütte ableg'n. Hab'n wir, so gut's ging, auf die Schnelle gezimmert. Dort drüb'n. Wir konnt'n sie ja nich' drauß'n lieg'n lass'n. Allerdings war'n die Ratt'n schon dran."

Mit dem Daumen wies er über seine Schulter zu einer Bude. Natürlich! Martin schlug sich mit der Hand gegen die Stirn. Wie dumm er war! Der Totengräber sah ihn an, als sei er übergeschnappt.

„Entschuldigt, vielleicht könnt Ihr mir helfen? Als Professor Heiden starb, habt Ihr an den Tagen danach einen Mann gefunden? Er muss etwa in Eurem Alter gewesen sein, helle Haare und stämmig."

Der Mann blies die Wangen auf. „Wir fand'n 'ne Menge Leute. Sind durch die Straß'n gezog'n. Der Rat hat's befohl'n. Müss'n alle immer schnell weg, damit's keine Seuch'n gibt. Nur die vornehm' Bürger hab'n ihre Tot'n bei sich behalt'n und aufgebahrt. Der Herr Professor lag 'n paar Tage inner Fakultät. Aber wartet. Glaub da war einer."

Martin horchte auf.

„War der Tag nach'm Unglück mit'm Herrn Professor. Lag inner Nische der Stadtmauer, dort wo's am Dominikanerkloster zur Stadtmühle geht. Muss schon länger da geleg'n hab'n, war schon ganz steif. Hab'm beim Einsack'n wohl 'n paar Knoch'n gebroch'n. Was interessiert's Euch?"

„Nur so. Fiel Euch etwas an dem Mann auf?"

Der andere legte die Stirn in Falten. „Wenn Ihr so fragt … Muss mal 'ne harte Aus'nandersetzung gehabt hab'n." Er fuhr mit dem rechten Daumen vom Hals bis zum Bauchnabel. „Hatte 'ne Narbe von hier bis da. Ziemlich lang. Hab noch nie so was gesehen. Hab Severo draufseh'n lass'n. Der meinte, sie is' alt und der Mann erfror'n."

Martin konnte sich kaum noch beherrschen. „Ist er schon beerdigt?"

„Liegt inner Bude."

Martin machte sich sofort auf den Weg. Als er die Tür öffnete, huschten Ratten über den Boden. Ein süßlicher Geruch hing in der Luft. Die Toten bildeten inmitten der Bretterhütte einen Berg. Martin sah sich um. Tatsächlich lag da der Leichnam aus Heidens Keller. Ein kurzer Blick darauf verursachte Übelkeit. Die Verwesung war schon vorangeschritten. Die Kleidung des Toten war nicht nur zu groß, sondern auch zu vornehm. Vermutlich hatte man ihm Kleidung von Heiden oder Johann übergestreift. Mit spitzen Fingern hob Martin das Hemd des Toten an. Auch bei dem spärlichen Licht konnte er es eindeutig erkennen. Die Öffnung des Brustkorbs war mit feinen Stichen vernäht worden – und zwar nicht zu Lebzeiten des Mannes. Hier gab es keine Narbe, die Haut war eindeutig nicht zusammengewachsen. Selbst er als Kopist konnte das erkennen. War Severo blind, dumm oder hatte er etwas mit den Morden zu tun? Aber warum hätte er dann seinen Kopf behandelt, anstatt ihn als unliebsamen Zeugen aus der Welt zu schaffen? Eine günstigere Gelegenheit hätte es nicht gegeben. Martin wurde allmählich richtig schlecht, er brauchte dringend frische Luft.

Auf dem Rückweg glitt sein Blick über die Gräber. Nach wenigen Schritten stutzte er. Auf ihnen befanden sich einfache Holzkreuze mit verschiedenen Namen. Daneben waren Zeichen angebracht, manchmal ein kleines Kreuz, ein Kreis oder ein Viereck, auf anderen mehrere Symbole.

Als er neben dem Totengräber angekommen war, fragte dieser: „Na, habt Ihr'n gefund'n?"

Martin nickte. „Ja, danke. Sagt, was bedeuten die Zeichen auf den Kreuzen?"

Der andere kratzte sich im Nacken. Die Frage war ihm sichtlich unangenehm.

„Wisst Ihr, die meist'n inner Stadt könn' nich' les'n, nich' schreib'n. Wir, die Tot'ngräber nich' und die Arm' auch nich'. Nur der Steinmetz kann's. Also weiß keiner, wer wo liegt. Der Professor kam auf die Idee, Zeich'n neb'n die Nam'n zu mach'n. So findet jeder 's richtige Grab."

Martin pfiff durch die Zähne. Ein simples Prinzip.

„Kann ich Euch noch weiter helf'n?"

Martin schüttelte den Kopf, änderte aber seine Meinung, als er auf das Grab vor ihnen sah. Es war äußerst liebevoll gestaltet und musste zwei Personen in sich bergen. Alles lag akkurat angeordnet, als hätte jemand mit Lineal und Zirkel den Schmuck ausgerichtet. Durch die Tannenzweige, die die Bepflanzung im Winter vor dem Frost geschützt hatten, bahnten sich die ersten Blüten ihren Weg. Am Kopfende erhob sich ein schlichter grauer Stein. Martin beugte sich hinunter. „In ewiger Liebe“ stand neben einer gemeißelten Rose. Behutsam zeichneten seine Finger die Rillen nach.

„Gefällt’s Euch?“

„Ja. Jedes Blatt der Blüte ist wie von feiner Hand gezeichnet.“

„Hm, unser Italiener kann nich’ nur mit’m Messer umgeh’n. Könnt’ leicht sein’ Beruf wechseln.“

Martin schaute ihn fragend an.

Der Totengräber wies mit dem Kopf zu Heidens Grab. „Der Schwarzhaarige dort drüb’n, Severo, kam vor langer Zeit aus Italien. Soweit weg vonner Heimat und jetzt ganz allein, der Arme. Sohn und Frau lieg’n hier. Der Sohn starb im letzt’n Frühjahr. War’s einzige Kind und sein ganzer Stolz. Vielleicht sollt’ er mal ’s Geschäft übernehm’, wer weiß? Professor Heiden hat ihn behandelt. Half nichts. Nach’m Tod ging’n die Herrn sich aus’m Weg. Seine Frau kam nich’ drüber weg und starb im November. Die Leute sag’n, an gebroch’nem Herz’n. Wenn Ihr mich fragt, ich glaub’s nich’.“

„Warum?“

„Naja, unsereins sieht ja viele Tote.“ Der Mann überlegte. Bevor er weitersprach, spuckte er zu Boden. „Zum Teufel, aber ich sah die Furche am Hals. Möcht’ schwör’n, sie hat sich erhängt.“

„Seid Ihr sicher? Dann …“

„Dürft’ sie hier nich’ lieg’n, ich weiß.“ Verlegen kratze sich der Totengräber im Nacken. „Warum sollt’ ich’s sagen? Seht, Severo tat mir vor Jahr’n ’nen groß’n Gefall’n. Rettete mein Bein. Hab die Furche am Hals seiner Frau auch nur zufällig geseh’n. Der Deckel is’ beim Transport verrutscht.“

Martin runzelte die Stirn. Es hatte sich wohl etwas anders zugetragen. Nicht selten nahmen die Totengräber den Verstorbenen noch ihren Schmuck ab, bevor sie die Särge unter die Erde brachten.

Sein Gegenüber sah ihn unsicher an. „Meint Ihr, 's wär' Sünde, wenn sie hier liegt?"

„Nein", sagte Martin leise. Er hielt nicht viel davon, Selbstmörder außerhalb des Friedhofs zu beerdigen. Die verzweifelten Seelen dieser Unglücklichen taten den anderen sicherlich nichts. Mit einem freundlichen Kopfnicken nahm er Abschied.

* * *

Zögernd klopfte Martin. Das rundliche Gesicht einer Frau mit roten Locken und Sommersprossen erschien in der Tür. Sie lächelte wissend, als Martin ihr sagte, wer er sei. Zwar bat sie ihn freundlich einzutreten; ihrem an seinem Körper heruntergleitenden Blick entnahm er jedoch Missbilligung über sein Äußeres. Mit bescheidenem Erfolg hatte er auf dem Weg versucht, Staub und Schmutz abzuklopfen. Während die Rothaarige vor ihm die Treppe hinaufstieg, redete sie wie ein Wasserfall. Auf den letzten Stufen kam ihnen ein Mädchen mit langem, kastanienfarbenem Haar entgegen. Auf ihren Armen trug sie ein Bündel. Während sie wortlos vorüberging, blieben ihre dunklen Augen auf Martin geheftet. Verzückt sah er ihr hinterher – und stolperte über die letzte Stufe. Agnes, so hatte sich die Rothaarige vorgestellt, lachte laut auf.

„Na, nicht so stürmisch, junger Mann. Kaum einen Augenblick im Haus und Ihr lasst Euch von Sarah gleich den Kopf verdrehen."

Martin spürte, wie ihm die Röte ins Gesicht schoss. Er wollte etwas erwidern, wurde von Agnes jedoch sanft in einen Raum neben der Treppe geschoben. Hier sollte er auf Professor Lazar warten, der noch nicht aus der Universität zurückgekehrt war. Die Bibliothek, in der er sich jetzt befand, unterschied sich in jeglicher Hinsicht von Heidens. Hohe Fenster ließen viel Tageslicht herein, was dem Inneren eine freundliche Atmosphäre gab. Ein mächtiger Schreibtisch war direkt vor dem Fenster platziert. Martin warf einen neugierigen Blick auf die Kleinschmiedestraße hinaus, die im Volksmund auch Lange Straße genannt wurde. Unten herrschte emsiges Treiben. Die Menschen liefen dicht an die Hauswände gedrängt, damit sie im aufgeweichten Boden nicht knöcheltief versanken. Unweit des Hauses steckte ein Wagen im Schlamm fest, mehrere Männer versuchten dem Kutscher zu helfen. Doch jedes Mal, wenn sie die Räder aus einer Kuhle befreit hatten, rollte der Wagen in die nächste. Aus Richtung Vettentor trieb ein Junge zwei magere Schweine vor sich her. Ihm folgte der Mann, der ihm bei der Messe so freundlich zugenickt hatte. Martin zog den Kopf zurück und sah sich aufmerksam im Raum um.

An einer Wand hing das Porträt einer Frau, die kaum älter als zwanzig Jahre sein konnte. Engelsgleich schauten ihre grünen Augen voll Güte herab. Das Haar war unter einer Haube verborgen, nur eine braune Locke umspielte das mädchenhafte Gesicht. Ein Räuspern ließ ihn schließlich zusammenfahren. Als Martin den Kopf drehte, glaubte er zunächst zu träumen. Die gleichen grünen Augen musterten ihn. Ein Lächeln umspielte den Mund seines Gegenübers. Dabei erschienen Grübchen auf der Wange. Der Mann wandte seine Aufmerksamkeit ebenfalls dem Gemälde zu. Martin nutzte die Zeit, um Professor Lazar zu betrachten. Sie waren ungefähr im selben Alter und auch äußerlich ähnelten sie sich, wobei der Professor deutlich gepflegter aussah. Endlich löste Lazar seinen Blick vom Gemälde und wandte sich seinem Besucher zu.

Martin räusperte sich verlegen. „Entschuldigt, ich wollte nicht unhöflich sein…“

„Oh, seid unbesorgt. Jeder, der ihr Bild betrachtet, mag sich nicht davon abwenden. Eine wunderbare Frau, nicht wahr? Sie gleicht nicht nur den himmlischen Geschöpfen, sie war selbst eines von ihnen. Viel zu früh verließ sie meinen Vater und mich. Aber setzt Euch doch.“ Der Professor wies auf die Sessel. Während Martin Platz nahm, lehnte er sich ans Fenster. Er deutete auf Martins Kopf. „Ich habe von Eurem unangenehmen Erlebnis gehört. Auch wenn es im siebten Gebot heißt: ‚Du sollst nicht stehlen.‘ – Kann man es den Armen verdenken? Sie hatten nichts zum Essen und litten schlimm unter der Kälte.“

Nach einer kleinen Pause fuhr Lazar fort. „Ich freue mich, Euch in meinem Haus willkommen zu heißen. Wie Ihr Euch sicher vorstellen könnt, hat Klaas’ Tod uns Professoren tief erschüttert. Natürlich wussten wir, wie es um den alten Mann stand. Dennoch hat sein Tod uns unvorbereitet getroffen.“ Er seufzte. „Meine Kollegen und ich kennen und schätzen Euer Talent über alle Maßen. Klaas’ Kopierstube wäre ohne Euch weit weniger erfolgreich gewesen, und das sage ich nicht, um Euch für mein Anliegen milde zu stimmen. Das consilium universitatis hatte Angst, Ihr würdet Greifswald verlassen, wie die meisten anderen Kopisten. Tagelang habe ich nach Euch gesucht, wusste nicht, wo ich Euch finden konnte. Klaas’ Sohn war keine Hilfe. Zufällig lief mir heute ein Kollege von Euch über den Weg, der mir einen Hinweis gab, und die überaus reizende Tochter Eurer Vermieterin meinte, Ihr würdet vielleicht zur Beerdigung kommen. Sie war so freundlich, Euch zu beschreiben. Zum Glück behielt sie Recht und ich konnte Euch auf der Beerdigung eine Nachricht bringen lassen. Ihre Mutter ist übrigens eine sehr unangenehme Person. Sagt, wie haltet Ihr es dort aus?“

Sie lachten beide. Die freundliche, aufgeschlossene Art seines Gastgebers gefiel Martin. In vollem Bewusstsein seiner Stellung als Mitglied der Universität gab der Professor ihm dennoch das Gefühl der Ebenbürtigkeit.

Die Offenheit machte Martin verlegen. Warum kümmerten sich neuerdings alle um ihn? Um wenigstens etwas zu sagen, bedankte er sich für die Einladung. Nun trat eine kleine Pause ein. Nachdenklich betrachtete Martin den Professor. Der andere hatte es in seinem jungen Leben schon weit gebracht. Was wollte er von einem einfachen Kopisten?

Lazar nahm das Gespräch wieder auf. „Die Geschehnisse der letzten Zeit haben der Universität sehr zugesetzt.“ Da Martin glaubte, Heidens Tod sei gemeint, erstaunten ihn die folgenden Worte umso mehr. „Die Schließung der einzigen Kopierstube der Stadt stellt einen unvergleichlichen Verlust für die Schule und ihre Professoren dar. Das gilt im Besonderen für Eure Arbeiten. Gäbe es nicht das Zeichen der Kopierstube, man könnte die Kopie kaum vom Original unterscheiden. In den vergangenen Tagen hat deshalb das gesamte consilium universitatis darüber beraten, ob man Euch ein angemessenes Angebot unterbreiten kann, das Euer Talent an unsere Schule bindet.“

Das Lob machte Martin verlegen. War seine Arbeit wirklich so wertvoll, wie alle behaupteten? Er wagte nicht, etwas zu erwidern. Lazar schien seinerseits nach den richtigen Worten zu suchen.

„Leider verfügt die Universität nicht über ausreichend finanzielle Mittel, um Euch als Kopisten anzustellen. Einen

Universitätsschreiber, der dem Rektor zur Hand geht, gibt es bedauerlicherweise schon. Die medizinische Fakultät ist mit zwei ordentlichen Professoren, meinem verstorbenen Kollegen und mir, äußerst klein. Daher hat der Rektor die Anstellung eines eigenen Fakultätsschreibers unmissverständlich abgelehnt. Und leider sind meine Kollegen nicht bereit, etwas aus ihren eigenen Taschen beizusteuern, um der Universität Eure Dienste zu sichern. Stattdessen beauftragen sie lieber einen fremden Kopisten. Das ist unglaublich, nicht wahr? Ich habe daher dem consilium universitatis einen nicht ganz selbstlosen Vorschlag unterbreitet, der auf rege Zustimmung traf. Um es kurz zu machen, ich suche einen Sekretär, mehr noch eine rechte Hand. Jemanden, der meine Korrespondenz erledigt, mich bei Patientenbesuchen begleitet, ab und an ein Buch kopiert. Jemanden, der Loyalität und Ehrlichkeit zu schätzen weiß und absolut vertrauenswürdig ist. Wenn ich mich nicht in Euch täusche, seid Ihr genau der Richtige dafür."

Der Gedanke an eine feste Anstellung klang sehr verlockend und das Lob schmeichelhaft. Wie schon bei Heiden glaubte Martin einen Mann vor sich zu sehen, der kein Mitleid mit einem Krüppel empfand, sondern den Wert seiner Arbeit schätzte. Dennoch blieb er misstrauisch. Viele gesunde Kopisten suchten händeringend nach Arbeit und ausgerechnet auf ihn fiel Lazars Wahl. Warum? Offen stellte er die Frage.

„Ich glaube fast, Ihr hört mir nicht zu. Ihr besitzt ein außergewöhnliches Talent. Ich wäre ein Narr, würde ich Euch sehenden Auges fortziehen lassen." Lazar trat auf ihn zu, beugte sich zu ihm hinab. „Überdenkt mein Angebot! Es gibt in dieser Stadt keine andere Möglichkeit für einen Kopisten, sein Brot zu verdienen. Der Rat hat genügend Schreiber. Kein Mensch weiß, ob und wann eine neue Schreibstube öffnet." Nach einer kurzen Pause fügte er hinzu: „Ihr erhaltet hier Kost und Logis sowie ein kleines monatliches Salär. Wenn Euch ein Lehrer der Universität ein Buch zur Übertragung bringt, überlasse ich es Eurer Entscheidung, ob Ihr den Auftrag annehmen wollt. Allerdings gehen meine Aufgaben stets vor. Und es gibt noch eine weitere Bedingung. Gott, dem Herrn, verdanke ich mein Leben, meine Bildung und meinen Stand. In diesem Haus, das werdet Ihr bald sehen, gibt es Menschen, die einst vom Pfad der Tugend abgekommen sind. Sie erhalten von mir Hilfe und ein Einkommen und haben auf den rechten Pfad zurückgefunden. Ich verlange dafür nichts anderes als Dankbarkeit gegenüber unserem Schöpfer. Wir besuchen daher einmal täglich gemeinsam den Gottesdienst. Selbstverständlich steht es Euch frei, die Messe mehrmals zu besuchen. Außerdem richten wir unser Leben nach den christlichen Geboten aus. Das wird auch für Euch gelten, solange Ihr hier wohnt. Was Ihr außerhalb des Hauses macht, überlasse ich Eurer Verantwortung. Dafür müsst Ihr am Tage des Jüngsten Gerichts selbst dem Herrn Rechenschaft ablegen. Allerdings dulde ich keine gotteslästerlichen Reden oder Gedanken, weder in meinem Haus noch an anderer Stelle."

Mit diesen Worten schloss er und schaute erwartungsvoll. Noch nie hatte Martin sich große Gedanken über seinen Glauben gemacht. Was rief in einem Menschen solch eine tiefe Religiosität hervor? Er wog das von ihm Verlangte, seine Aussichten auf eine andere Stellung und die Möglichkeit auf Einblicke in die Universität gegeneinander ab. Nach reiflicher Überlegung entschied er sich.

* * *

Am nächsten Vormittag packte Martin das Wenige zusammen, was er sein Eigen nannte. Alles passte in ein kleines Bündel, das nicht schwer in der Hand wog. Er schmunzelte unwillkürlich, als er an das Gesicht seiner Vermieterin am Abend dachte. Mit schmierigem Lächeln hatte sie sich nach seiner Rückkehr erkundigt, was denn der Herr Professor gewollt habe. Seine Antwort hatte einen wahren Regenbogen hervorgerufen, von Puterrot zu Giftgrün hatte sich ihr Antlitz verfärbt. Wie er sich das vorstelle? Morgens erkläre er ihr, er wolle seine Stube unbedingt behalten und am Abend wolle er plötzlich ausziehen. Er glaube doch nicht etwa, den im Voraus gezahlten Mietzins wiederzubekommen. Erst als Martin sich dazu herabließ, ihr zu sagen, sie könne an seinem Gelde ersticken, verstummte sie und wünschte ihm einen „schönen" Abend. Magda hatte mit regungslosem Gesicht zugehört.

Bevor er seine Kammer endgültig verließ, holte er die restlichen Münzen aus dem Versteck und verstaute sie sorgfältig. Noch einmal drehte er sich um. So lange Zeit hatte ihm dieser kleine Raum als Zuflucht gedient. Jetzt fiel es ihm schwer, ihn zu verlassen und ein neues Leben zu beginnen. Er seufzte. Auf der Treppe rissen ihn die beiden Studenten, die ebenfalls bei der alten Müller wohnten, fast zu Boden. Mit Büchern unterm Arm stoben sie aus dem Haus. Bevor die Tür krachend ins Schloss fiel, sah er für einen Augenblick ihre fliegenden Umhänge. Vom Lärm aufgeschreckt, kam Magda aus der Küche. Als Martin sich verabschiedete, kämpfte sie sichtlich mit den Tränen. Ein Kloß steckte in seinem Hals. Das rührselige Gehabe der Weiber war nichts für ihn. Stumm trat er auf die Straße hinaus, sog mit einem tiefen Atemzug die kalte Luft ein und machte sich festen Schrittes auf den Weg zu seiner neuen Unterkunft.

Der herzliche Empfang dort berührte ihn unangenehm. Mehr noch als alles Mitleid hasste Martin es, im Mittelpunkt der Aufmerksamkeit zu stehen. Agnes machte ihn mit allen Hausangestellten bekannt. Das hübsche Mädchen von der Treppe hieß Sarah – wie er bereits wusste – und ging in Küche und Haushalt zur Hand. Erneut gelang es Martin kaum, den Blick von ihren Gesichtszügen zu wenden. Michel und Franz versorgten Lazars Pferde. Michel war ein etwa dreizehnjähriger Knabe, dessen blaue Augen Martin neugierig musterten. Franz stammte unüberhörbar aus dem süddeutschen Raum und reichte die linke Hand zum Gruß. Verwundert erkannte Martin den Stumpf am rechten Arm und dachte an Lazars Worte. Franz war offenbar des Diebstahls überführt worden. Den Garten versorgte Stefan. Ihm fehlten zwar keine Gliedmaßen, sein unverständliches Gebrabbel und die ruckartigen Körperbewegungen deuteten jedoch auf eine geistige Verwirrung hin. Zum Schluss stellte Agnes Klaus vor, dessen kalte Augen ihn durchdringend anstarrten. Martin erkannte die lange Narbe von der rechten Braue bis zum Kinn sofort wieder. Kein Zweifel, Lazars Diener hatte damals den Streit der Bauern im „Schwan" mitverfolgt. Der blonde Mann schien sich ebenfalls an ihn zu erinnern und bedachte ihn mit einem schiefen Lächeln.

Nachdem Martin alle Namen erfahren hatte, führte Agnes ihn in seine Kammer im hinteren Teil des unteren Stocks. Hohe Fenster machten diesen Raum genauso freundlich wie die Bibliothek. Der Blick ging in den Garten hinaus. Ein Bett mit dicken Federkissen und Decke, ein Tisch, ein Stuhl, ein Schrank sorgten für Gemütlichkeit.

Agnes schwenkte nicht nur in der Küche das Zepter, wie Martin zu spüren bekam, als er sich erschöpft auf sein Bett sinken ließ. Sofort trieb sie ihn, scherzhaft auf ihn einschlagend, wieder heraus. „Was fällt dir ein, dich in diesem Zustand auf das Bett zu setzen? Du verseuchst am Ende noch das ganze Haus! Eins sage ich dir gleich: Hier herrscht Sauberkeit! Ich weiß zwar nicht, wo du herkommst, aber hier wird sich regelmäßig gewaschen! So wie du aussiehst, beherbergst du unangenehme Plagegeister! Wann hast du überhaupt das letzte Mal ein Bad genommen?"

Martin sah an sich herunter und musste ihr Recht geben – Blutflecke auf der Hose, Schmutz vom Rauswurf am Vortag auf dem Umhang. Mit der Hand fuhr er sich über den Bart. Sein letzter Besuch in einem öffentlichen Bad lag lange zurück, seit dem Kälteeinbruch hatte er darauf verzichtet. Bevor Agnes in die Küche zurückkehrte, um Wasser aufzusetzen, nahm sie ihm den Umhang ab. Dann durchsuchte sie sein Bündel. Was sie an Kleidungsstücken fand, nahm sie ebenfalls an sich.

Martin protestierte. „He, soll ich nach dem Bad nackt herumlaufen? Lass mir etwas da!"

Agnes musterte ihn kurz von oben bis unten. „Etwas da lassen? Was denn? Den Fetzen willst du wohl wirklich nicht mehr anziehen, oder?" Angewidert hielt sie das blutverkrustete Hemd in der Hand, das er am Unglückstag getragen hatte. „Das werfen wir am besten gleich weg."

„Und was ziehe ich nachher an?"

„Mal sehen! Erst gestern meinte der Professor zu mir, er müsse neue Kleider anfertigen lassen und ich solle ein paar seiner Sachen den Armen geben. Hast du Geld?"

„Nein."

„Also bist du arm. Dann bekommst eben du Hemd und Hosen. Ich rufe dich nachher, wenn das Bad fertig ist. Obwohl,

… wenn ich's recht bedenke, wäre es besser, du würdest gleich mit mir kommen. Am Ende setzt du dich wieder auf das Bett!"

Bevor Martin zum Widerspruch ansetzen konnte, ergriff sie seinen Arm, zog ihn hinter sich her und hieß ihn in der Küche auf einem Schemel Platz nehmen, während sie das Feuer kräftig schürte.

* * *

Unter einem Rundbogen führten drei Stufen in einen Keller, in dessen Mitte ein Zuber stand. Dampf stieg daraus auf und schwängerte die Luft. In einer Ecke stapelte sich Wäsche. Auf den Regalen lagen Bürsten verschiedener Größen, Waschsteine, Dosen und Gläser mit einer Art buntem Salz. Zielsicher griff Agnes nach einem der Gefäße und schüttete einen Teil seines Inhalts ins Wasser. Es schäumte und ein angenehmer Duft verbreitete sich.

„Leg deine Sachen dort in die Ecke! Während du badest, suche ich Kleidung des Professors raus. Und ich sage baden, nicht nur den Zeh reinstecken!"

Drohend hob Agnes den Zeigefinger. Martin lachte. Die Frau war mindestens einen Kopf kleiner als er, verstand es allerdings, sich durchzusetzen. Zugleich war sie unendlich sympathischer als der Drachen, bei dem er zuvor gewohnt hatte. Beim Hinausgehen schloss Agnes die Tür hinter sich. Langsam knöpfte Martin das Hemd auf, streifte Stiefel und Hose ab. Aus dem Zuber roch es verführerisch, sodass er alle Vorsicht vergaß und das rechte Bein freudig ins Wasser setzte. Fluchend zog er es wieder heraus. Wollte das Weib ihn wie ein Huhn garen? Aus einem Eimer schüttete er kaltes Wasser hinzu. Diesmal tauchte er den Fuß langsam hinein. Mit der Zeit gewöhnte sich seine Haut an die Hitze, nach und nach glitt er in den Bottich. Die Wärme durchflutete seinen Körper, ein Kribbeln belebte jede einzelne Faser. Es war ein herrliches Gefühl. Mit geschlossenen Augen atmete er die feuchte Luft ein. So saß er eine Weile unbeweglich da und dachte an das freie Leben, das er aufgegeben hatte. Wofür? Was erwartete ihn hier? Hatte er sich für eine Anstellung nicht ebenso verkauft wie die Dirnen in den Wirtshäusern? Doch schien ihm, es gäbe in diesem Haus etwas, wonach er sich seit langem sehnte. Martin kam nicht dazu, den Gedanken weiter zu verfolgen, als er unvermittelt eine Hand auf der Schulter spürte. Ohne sich umzudrehen griff er hinter sich. Fest umschloss er das fremde Handgelenk. Agnes schrie auf. Martin ließ sofort los und entschuldigte sich. Der Schreck hatte ihn hart zupacken lassen. Die Frau rieb sich den Unterarm. Zu seiner Verwunderung nahm sie Seife und Bürste von der Wand. Martin schwante Böses.

„Ich sagte bereits, es tut mir leid! Ich bin alt genug, um mich selbst zu waschen! He, was tust du da?"

„Keine Widerrede! Bis auf den Professor wurde hier noch jeder einer gründlichen Reinigung von mir unterzogen. Ob es dir passt oder nicht, du wirst ganz bestimmt keine Ausnahme bilden."

In diesem Moment wurde Martin sich seiner Nacktheit bewusst und tauchte schutzsuchend unter. Natürlich besaß er Erfahrungen mit Frauen. Hin und wieder besuchte er eines der Badehäuser. Er hatte jedoch keine Lust, wie ein kleiner Junge behandelt zu werden. Nur dumpf konnte er unter Wasser Agnes Worte vernehmen. Ihre Hand tastete durch den Bottich. Als sie seine Haare fand, zog sie ihn hoch und begann mit ihrer Tortur. Schonungslos traktierte sie seinen Rücken mit der Bürste und unterzog selbst seinen Kopf einer gründlichen Säuberung. Als sie auf seine Wunde drückte, schrie er auf. Unbeeindruckt setzte Agnes die Pein fort. Am Ende der Reinigung, die einer wahren Läuterung gleichkam, schmerzte sein ganzer Körper. Rote Streifen zogen sich über seine Brust und Arme, Seife brannte in seinen Augen. Agnes lachte, als sie in sein zerknirschtes Gesicht blickte.

„Wenn du dich dann anziehen würdest, das Mittagsmahl ist fast fertig."

Erschrocken drehte sich Martin um. Gott sei dank, die Tür war geschlossen.

„Hast du gedacht, ich würde die anderen an unserem Spaß teilhaben lassen?" Sie lachte noch einmal herzlich, bevor sie in die Küche zurückeilte.

Einige Augenblicke verweilte Martin noch im Zuber und genoss die Ruhe. Dann verlor das Wasser allmählich an Wärme, es war Zeit, herauszusteigen und sich anzuziehen. Agnes hatte ihm Sachen von Lazar auf den Schemel gelegt. Die Hose passte, nur die Ärmel des Hemdes ragten über seine Handgelenke hinaus.

Als er die Küche betrat, duftete es bereits nach Suppe. Der Professor kehrte selten zum Mittag zurück. Auf seinen ausdrücklichen Wunsch fanden sich jedoch alle anderen zum gemeinsamen Mahl ein. Agnes wies Martin den Platz rechts neben der Stirnseite zu, die auch in Abwesenheit dem Hausherrn vorbehalten blieb. Auf der Bank gegenüber saß Klaus, der ihn unverhohlen feindselig anstarrte. Wieder stach Martin das Fehlen des Ohrs ins Auge. Ein jeder hat hier so seine Geschichte, dachte er bei sich. Welche ist die deine?

Agnes füllte das Essen in Schüsseln. Mit ihm selbst und dem Professor zählte der Hausstand acht Personen. Eine stattliche Anzahl und sehr ungewöhnlich für einen einzelnen Herrn. Als Martin aufsah, schoss ihm Röte ins Gesicht. Alle Augen ruhten auf ihm. Man erwartete von dem neuen Hausbewohner das Tischgebet. Krampfhaft suchte er nach Worten. Zum zweiten Mal an diesem Tag spürte er einen Kloß im Hals. Endlich stotterte er einige Worte heraus. Es waren wohl die richtigen, denn alle stimmten in das Amen ein.

* * *

Nach dem Essen zog Martin sich in seine Kammer zurück. Eine Weile saß er am Fenster und blickte in den Hof. Am hinteren Gartenende gab es einen Stall für zwei Pferde, daneben ein weiteres einfaches Gebäude. Michel lief mit einem Eimer über den Hof zum Stall. Stefan harkte ein Beet. Vereinzelt wagten sich grüne Sprosse aus der kahlen Erde. In diesem Moment klopfte es.

„Der Professor hat mir aufgetragen, dir etwas auszurichten", zischte Klaus unfreundlich.

Martin sah ihn an.

„Er will dich zur fünften Stunde in der Großen Artistenfakultät treffen."

Martin nickte nur und schloss die Tür. Damit blieben kaum zwei Stunden, um sich ein wenig umzuhören. Zwar hatte er die Leiche aus Heidens Keller wiedergefunden, wusste aber weder woher der Mann noch das Schwein stammten, das jemand auf den Sektionstisch gelegt hatte. Ratsherren, Kaufleute und reichere Bürger hielten sich nicht nur Pferde, sondern auch

Schweine, Gänse, Enten und Hühner in ihren Gärten. Vor dem Winter schlachtete man und verarbeitete die Tiere zu Wurst oder pökelte ihr Fleisch ein. Vielleicht fand er heraus, wo in den Märztagen ein Schwein weggekommen war.

Beim Verlassen der Kammer kam ihm seine Kleidernot wieder in den Sinn. Die Luft war immer noch kalt genug, um im Hemd kräftig zu frieren. Da Agnes seinen Umhang weggenommen hatte, musste er sie nun um Hilfe bitten.

Sie reagierte erstaunt. „Willst du schon wieder weglaufen?"

„Nein, natürlich nicht." Er zögerte einen Augenblick. Ein schlechtes Gewissen machte sich breit. Kaum hatte man ihn freundlich im Haus aufgenommen, log er. „Ich will nach St. Nikolai, zum Dank eine Kerze anzünden, da brauche ich etwas zum Überziehen. Außerdem soll ich nachher den Professor treffen."

Agnes lachte und riet ihm, sich gleich den Bart scheren zu lassen. Dann gab sie ihm einen wollenen Umhang von Lazar.

* * *

Die Frau hatte ihn ungewollt auf eine gute Idee gebracht. Selbst wenn Grothenbergs Geselle tatsächlich einer der Mörder gewesen war, musste er nicht freiwillig mitgeholfen haben, Heiden zu töten. Die Zünfte reglementierten das Leben der Handwerker ihres Standes von der Lehrzeit über die Gesellen- und Meisterprüfungen bis hin zu den Totenfeiern. Ein Meister besaß nahezu unbegrenzte Macht über einen Gesellen. Warf er ihn mit schlechtem Leumund hinaus, gab es zumindest vor Ort wenig Hoffnung, anderswo aufgenommen zu werden. Er sollte Grothenberg daher einen Besuch abstatten.

Das Geschäft des Barbiers befand sich unweit des Büchtors. Hier wohnten viele Kaufleute. Ihre Häuser dienten zugleich als Speicher. Grothenbergs Haus war eines der kleineren. Das Zeichen über der Tür wies mit drei kleinen Schüsseln auf die Zunft der Barbiere. Martin trat ein und stand unvermittelt im Geschäft. Da niemand anwesend war, hatte er Gelegenheit, sich umzusehen. An der Wand hing eine große Skizze, auf der ein nackter Mann abgebildet war. Sein Bauch war vom Hals bis zur Scham aufgeschnitten. Unwillkürlich schluckte Martin und dachte an den armen Teufel in Heidens Keller. Neugierig trat er heran und las die Erläuterungen. Die Worte „gut“, „böse“ und „mittel“ waren durch Striche mit einzelnen Körperteilen verbunden. Andere Striche gingen zu Sternzeichen. Martin grübelte, in welchem Zusammenhang die Sternzeichen mit den Körperteilen standen und welchem Zweck das Ganze diente.

„Seid Ihr an einem Aderlass interessiert?“, dröhnte eine tiefe Stimme. Erschrocken drehte er sich um. Für einen kurzen Moment glaubte er, Überraschung auf dem Gesicht seines Gegenübers zu erkennen. Grothenberg war etwas kleiner als er, jedoch sehr viel kräftiger mit einem breiten Brustkorb. „Ihr steht vor der Karte, die den günstigsten Zeitpunkt für einen Aderlass zeigt. Lasst mich sehen, ob der Eingriff Euch heute nicht schadet.“

„Nein, an einem Aderlass bin ich nicht interessiert. Ich möchte mich von meinem Bart trennen.“

Grothenberg nickte. Seine riesige Handfläche wies auf einen Stuhl. Als Martin sich setzte, rief der Barbier einen Namen in das Hinterzimmer. Nichts geschah. Missmutig nahm Grothenberg schließlich ein Stück Seife und tauchte es in eine Schüssel mit Wasser. Schlecht gelaunt ließ er die Seife in seinen Pranken schäumen. Martin stockte. Diese Hände schienen wahrlich geeignet, einen erwachsenen Mann zu erwürgen. Während er Martins Wangen einseifte, erkundigte sich Grothenberg nach seinem Befinden. Das war eher der Höflichkeit geschuldet, nichtsdestotrotz wollte Martin gleich einen Vorstoß wagen.

„Wisst Ihr, jetzt geht es mir wieder besser. Erst schien mein Leben aus den Fugen zu geraten. Der alte Klaas, bei dem ich als Kopist gearbeitet habe, ist ganz plötzlich verstorben. Zum Glück suchte Professor Lazar einen Sekretär und gab mir eine Anstellung."

Der Barbier hob die Augenbrauen. „Bei Lazar arbeitet Ihr? Richtet ihm die besten Grüße von mir aus."

Ungeduldig rief er erneut nach hinten. Da noch immer niemand auftauchte, grummelte Grothenberg verstimmt vor sich hin. Schließlich nahm er widerwillig ein Schermesser, zog die lederne Schlaufe an der Wand straff und ließ die Klinge in der linken Hand darüber gleiten. Zwei, drei Mal, dann prüfte er sie gewandt mit dem rechten Daumen. Als Martin das kalte Metall am Hals spürte, zuckte er nervös zusammen. Der andere konnte sich ein hämisches Lachen nicht verkneifen. Martin nahm das Gespräch trotz der unbehaglichen Atmosphäre wieder auf.

„In der Stadt sagt man, Euer Geselle habe Professor Heiden getötet?"

Der Barbier knurrte unfreundlich. „Kanntet Ihr den Taugenichts?"

Das Messer kratzte unsanft über die Haut am Hals.

„Nein, nein. Ich frage mich nur, was jemanden zu einer solchen Tat bewegt. Woher kannte er Heiden nur?"

Aufbrausend setzte Grothenberg die Rasur fort. „An Eurer Stelle würde ich still sitzen und den Mund halten, sonst schneide ich Euch womöglich unabsichtlich in die Kehle. Neuerdings kommt jeder daher und fragt mir Löcher in den Bauch. Was geht es Euch an? Der Vogt hat mir schon genug Ärger gebracht. Den ganzen Laden haben sie auf den Kopf gestellt. Ich bin froh, nichts mehr von der leidigen Geschichte zu hören. Was soll's, der Schwachkopf ist tot!" Damit hob er Martins Kinn mit der rechten Hand hoch und rasierte die Kehle.

„Jan! – Teufel noch mal, wo treibt sich der Bursche bloß wieder rum?" Grothenbergs Laune näherte sich erkennbar dem Tiefpunkt. Es war besser, keine weiteren Fragen zu stellen. Im Türrahmen erschien nun ein zwölfjähriger Junge. Wütend gab der Barbier ihm eine Ohrfeige, dann drückte er ihm das Schermesser in die Hand. Anschließend setzte er sich auf einen Stuhl neben Martin und sah zu, wie der Junge mit zitternden Händen die Rasur beendete. Nachdem er den Barbier bezahlt hatte, setzte Martin nochmals an. Obwohl er sich der Schwere seiner Frage und der Stellung des Zunftmeisters bewusst war, musste er einfach eine Beschwerde Grothenbergs bei seinem neuen Dienstherrn riskieren. So wie er Grothenberg einschätzte, würde der im Zorn wahrheitsgetreu antworten.

„Wo wart Ihr eigentlich in der Nacht, als Heiden starb?"

Mit trockener Stimme antwortete Grothenberg. „Das geht Euch einen feuchten Dreck an!" Damit war das Gespräch für ihn beendet.

* * *

Müde lehnte Martin sich gegen eine Hauswand. Durch das viele Laufen begannen Bein und Kopf erneut zu schmerzen. Ganze zwei Schweine hingen im Moment in den Läden. Eins gehörte dem ersten Bürgermeister, das andere dem Müller. Den Metzgern war kein Schwein gestohlen worden. Martin verdrehte die Augen. Die Sache gestaltete sich schwieriger als angenommen. Er verspürte keine Lust, quer über die Hinterhöfe zu laufen und nach Schweineställen zu suchen. Auf seinem Weg zur Fakultät kreuzte der Stadtmedikus seinen Weg. Bei seinem Leibesumfang aß der Mann wahrscheinlich mehr Fleisch als alle anderen Bürger zusammen. Ob er eigene Tiere hielt?

Vom Turm der Nikolaikirche schlug es fünf. Jetzt musste Martin sich beeilen. Mit zusammengebissenen Zähnen hinkte er in Richtung St. Jakobi. Unweit davon befanden sich in der Collegienstraße die Große und Kleine Artistische Fakultät. Hier studierte man die septem artes liberales: Rhetorik, Grammatik, Dialektik, Musik, Arithmetik, Geometrie und Astronomie. Es gab Studenten, denen das Wissen der sieben freien Künste genügte. Viele von ihnen endeten als arme Magister, während andere ein Studium der Theologie, Juristerei oder Medizin anschlossen.

Wie er am Eingang erfuhr, saß Lazar noch immer mit den anderen Professoren im consilium universitatis. Auf dem Weg zum Saal begegneten ihm einige Studenten. Sie waren noch halbe Kinder, daran änderten auch ihre bis zum Boden reichenden Umhänge nichts. Ein wenig Neid stieg in ihm auf. Wie gern hätte er mit ihnen getauscht. Nun, vielleicht ließ Lazar ihn ja wirklich ab und an über die Schulter schauen.

Nachdem er sich hoffnungslos verlaufen hatte, fragte er einen der Studenten. Dieser geleitete ihn freundlich durch einen langen Gang zu einem abseits gelegenen Raum. Neugierig öffnete Martin die große Eichentür und spähte hinein. An einer langen Tafel standen die Lehrer und diskutierten heftig. Ein Wort gab das andere. Lazar saß als einer der wenigen auf seinem Platz. Als ihre Blicke sich trafen, verdrehte er die Augen. Martin schlüpfte in den Raum und verharrte still neben der Tür. Am Ende des Tischs thronte der verzweifelte Rektor. Einmal den Kopf nach links, einmal nach rechts gewandt, versuchte er mit erhobenen Händen, die streitenden Seiten zu beschwichtigen.

„Silentium, silentium, meine Herren, so geht das nicht. Lasst uns sachlich miteinander diskutieren!"

Es war zwecklos. Gegen das Gewirr von Stimmen konnte der Mann sich nicht durchsetzen. Schließlich reichte es ihm. Wutentbrannt ließ er die Faust auf den Tisch krachen. Sofort kehrte Ruhe ein und alle setzten sich.

„Auf diese Weise werden wir nie zu einem Ergebnis gelangen, meine Herren. Eine Empfehlung in aller Güte. Wir alle überschlafen den Vorschlag des ehrenwerten Professor Lucht. Morgen treffen wir uns noch einmal, um mit vernünftigen Argumenten eine Lösung zu finden. Sein Angebot ehrt Professor Habicht sehr. Professor Lazar braucht tatsächlich Unterstützung. Allerdings hat unser verehrter Kollege Habicht seinen Ruhestand wahrlich verdient und es ist unsere Pflicht, schnell einen Ersatz für Professor Heiden zu finden. Möglicherweise fällt dem einen oder anderen von Ihnen ein weiterer Kandidat ein, über den wir dann morgen diskutieren können."

Murmeln setzte ein. Der Rektor ging nicht weiter darauf ein, stand auf und verließ den Raum. Lazar steuerte mit geröteten Wangen auf Martin zu. Rasch ergriff er seinen Arm.

„Kommt, gehen wir. Nach dieser heftigen Argumentation brauche ich frische Luft."

Sie waren noch keine fünf Schritte gegangen, da schlug die Tür der Fakultät lautstark hinter ihnen zu. Kurz darauf tauchte an Lazars Seite der hässliche Alte mit der spitzen Nase auf, der Martin schon bei der Totenmesse aufgefallen war. Sein Gesicht war von dunklen Flecken gezeichnet.

„Verehrter Kollege Habicht, darf ich Euch den Künstler vorstellen, der den Bestand unserer Bibliothek um einige wichtige Werke bereichert hat? Wir sprachen gestern darüber und seit heute steht er in meinen Diensten. Das ist Martin Haffer."

Martin deutete eine Verbeugung an. Der Alte kniff die Augen zusammen, musterte ihn von oben bis unten. „Künstler? Jeder, der eine Feder halten kann, kann ein Buch übertragen. Dafür bedarf es keiner sonderlichen Begabung. Ganz anders als in unserem Beruf. Das ist wahre Kunst – die Kunst des Heilens."

Peinlich berührt räusperte sich Lazar. Fast hätte Martin laut gelacht, so komisch wirkte der Mann in seiner Überheblichkeit. Lazar wechselte das Thema.

„Findet Ihr die Idee mit Professor Bonicio nicht vermessen? Wer in einer Stadt wie Bologna lehrt, den wird es wohl kaum in den hohen Norden verschlagen? Unsere Schule genießt zwar einen guten Ruf und ist neben Rostock die einzige weit und breit. Aber sie ist klein, von unserer Fakultät ganz zu schweigen. Gewiss gibt es für Bonicio hier ausreichend Gelegenheit, seine Studien fortzuführen. Dennoch wird Greifswald kaum das Interesse eines so bekannten Gelehrten wecken."

„Wenn Ihr meine ehrliche Meinung hören wollt", aus den Augen des Alten stoben Funken, „ich halte Bonicio für eine schlechte Lösung. Das zwingt mich fast, Heiden nachzutrauern! Obwohl das alte Scheusal erhalten hat, was es verdiente. Vom ersten Tag an mochte ich diesen arroganten Schnösel nicht. Heiden hat sich stets für etwas Besseres gehalten. Bonicio wäre sicherlich noch schlimmer. Sie sind ja alle so, diese

Italiener. Er würde die Köpfe unserer Studenten mit seinen komischen Vorstellungen von Unterricht verseuchen. Praxis, Praxis! Ich kann es nicht mehr hören. Wie wenig Verstand kann man besitzen! Medizin ist eine Wissenschaft! Wem nützen Studenten, die zwar Patienten behandeln können, sich aber nicht aufs Disputieren verstehen. Die geistige Auseinandersetzung unterscheidet die Wissenschaft von einem Handwerk und muss daher stets Vorrang haben. Unser Unterricht ist richtig. Schließlich haben schon unsere Vorfahren und deren Vorfahren so gelernt. Hat es jemandem geschadet? Nein! Wer Arzt werden will, muss den Umgang mit These und Antithese verstehen. Was Bonicio in Bologna treibt, ist mir egal, soll er dort bleiben. Ich könnte Heidens Vorlesungen ebenso gut halten!"

„Euer Angebot ehrt Euch, Herr Kollege. Allerdings hat der Rektor Recht, Ihr habt Euren Ruhestand verdient."

Habicht hörte schon nicht mehr zu. Er ließ sich gerade noch dazu herab, einen angenehmen Abend zu wünschen. Lazar und Martin blieben stehen und beobachteten, wie der Professor erstaunlich behände für sein Alter in der Weißgerberstraße verschwand, wo es Wirtshäuser üblen Rufs gab.

Lazar zog Martin, der dem Professor immer noch hinterherblickte, weiter. „Verzeiht dem alten Narren sein Geschwätz. Im Laufe seines Lebens hat er irgendwann den Respekt vor anderen verloren. Es gibt so viele Berufe, die der Medizin ebenbürtig, wenn nicht sogar überlegen sind. Was wären wir ohne die Bäcker? Oder die Bauern? Oder die Metzger?"

Martin sah ihn misstrauisch von der Seite an. Metzger?

Ohne eine Antwort abzuwarten, sprach Lazar weiter. „Seine Launen treffen alle, selbst die Professoren der anderen drei Fakultäten. Besonders die Juristen haben es ihm angetan. Auf der Sitzung eben haben wir diskutiert, wer Heidens Stelle einnehmen soll. Mein Kollege Lucht von der juristischen Fakultät schlug Professor Bonicio vor. Er lehrt in Bologna und ist nicht nur dort sehr angesehen. Allerdings stößt seine neue Unterrichtsmethode in Greifswald nur bei Lucht und dem Rektor auf Zustimmung. Unser Unterricht folgt dem Prinzip von These, Antithese und Synthese. In einer lectio liest der Lehrer den Stoff aus einem bestimmten Lehrbuch. Daran schließt sich die disputatio an, in der der Professor unterschiedliche Auffassungen zum Gehörten vorstellt. Die Fragen und Antworten, die questiones und responsiones, werden am Ende durch den Lehrenden in der solutio gelöst. Deswegen ist auch der Besuch der Artistischen Fakultät so wichtig, da die Studenten dort diese Methode verinnerlichen. Bonicio möchte den Unterricht durch mehr Praxistätigkeit ersetzen. Er steht mit seiner Ansicht nicht allein. Die Befürworter der Reform übersehen allerdings einen wichtigen Punkt. Bei der Medizin handelt es sich, da hat mein verehrter Kollege Habicht Recht, um eine Wissenschaft, und dies erfordert die intellektuelle Auseinandersetzung. Keinesfalls darf sie durch Praxis wie bei einem Handwerk ersetzt werden. Aber genug davon. Wie ich sehe, hat Agnes einen ordentlichen Menschen aus Euch gemacht. Hemd und Hose stehen Euch gut."

Martin nickte gedankenverloren. Noch einmal drehte er sich nach dem Alten um. „Wo geht er hin? Meint Ihr nicht, wir müssten ihn begleiten?"

„Er findet seinen Weg schon." Lazar seufzte. „Auch wenn er vom rechten Pfad abgekommen ist. Hinter vorgehaltener Hand munkelt man, er vergnüge sich gern mit jungen Mädchen. Allerdings gibt es keine Beweise dafür. Lasst uns jetzt nach Hause gehen und erzählt mir dabei, wie Ihr Euch bei uns eingelebt habt. Gefällt Euch das Zimmer? Ihr könntet es sonst tauschen."

Fragen, Fragen, Fragen! In der Vereinnahmung seiner Person lag offenbar der Preis des neuen Lebens.

III

Martin drückte sich dicht in einen Hauseingang. Seit geraumer Zeit beobachtete er Grothenbergs Geschäft. Nun brach langsam die Dämmerung an. In den vergangenen Tagen war es ihm nicht gelungen, den Lehrling abzupassen. Jan musste wohl bis in die Nacht arbeiten, während Martin spätestens zum Abendbrot in Lazars Haus zurückerwartet wurde. Dort musste er sich leider dem Tagesablauf unterordnen, zu dem die gemeinsamen Mahlzeiten zählten. Nach dem Essen half er Lazar stets bei dessen Korrespondenz.

Heute schien ihm das Glück allerdings gewogen. Gerade verließ der Lehrling das Geschäft. Die Haut um sein rechtes Auge war dunkler als der Rest des Gesichts. Nachdem Martin dem Jungen bis zur Ecke gefolgt war, rief er dessen Namen. Jan sah sich um, erkannte ihn und kam erfreut auf ihn zu. Um sein Vertrauen zu gewinnen, erkundigte Martin sich mitfühlend, ob sein Meister ihn wieder misshandelt habe. Erleichtert, einen Zuhörer gefunden zu haben, sprudelten die Worte nur so aus dem Jungen heraus. Jans Vater betrieb ein eigenes Barbiergeschäft, wollte seinen Sohn jedoch nicht selbst ausbilden. Daher hatte er ihn bei einem der Olderluden der Barbiere in die Lehre gegeben. Immer wenn etwas schief ging, entlud sich Grothenbergs Zorn auf dem Rücken des noch kindlich wirkenden Jungen. Jans Vater tat nichts dagegen. Eine harte Hand gehörte nach dessen Ansicht zu einer guten Ausbildung. Nur Grothenbergs Frau nahm Jan in Schutz. Sie bemühte sich redlich, die Ungerechtigkeiten ihres Mannes auszugleichen. Der Junge machte keinen Hehl aus seiner Abneigung gegen den Lehrherrn. Am liebsten wäre er weggelaufen. Die Stadt zu verlassen und woanders einen ehrbaren Beruf zu lernen, dazu fehlte ihm allerdings der Mut.

Martin nutzte die gelockerte Zunge, um mehr über Christof Metzner zu erfahren. Deutlich hörte er die Trauer in den Worten des Lehrlings.

„Christof war immer freundlich zu mir. Natürlich trieb er seine Späße, aber das machen alle Gesellen mit den Lehrjungen. Christof litt genauso unter den Launen des Meisters wie ich. Aber wenigstens hat der Meister ihn nicht geschlagen. Dafür stritten sie häufig und laut."

Jan seufzte.

„Gab es denn dazu Anlass?"

Der Junge nickte. „Christof ließ sich wenig gefallen. Wenn ihm etwas nicht passte, sagte er es offen. Auch beim Meister nahm er kein Blatt vor den Mund. Und der Meister kann auch ohne jeden Anlass Streit vom Zaun brechen, wenn er schlechte Laune hat. Richtig schlimm wurde es kurz vor seinem Tod, nachdem Grothenberg von Christofs Tätigkeit für Professor Heiden erfahren hat. Der letzte Streit drehte sich darum. Ich habe jedes Wort gehört, obwohl ich im Keller gewesen bin."

„Christof hat für den Professor gearbeitet?"

Der Junge biss sich auf die Unterlippe, als hätte er sich versprochen. Er überlegte einen Moment. „Eigentlich sollte es ein

Geheimnis sein. Ich musste Christof versprechen, es niemandem zu sagen. Jetzt wo er und der Herr Professor tot sind, ist es wohl egal. Einige Lehrlinge und Gesellen der Barbiere besuchten ab und an den Herrn Professor. Er gab uns Unterricht. Am Anfang waren sogar die Meister dabei, bis Grothenberg die Teilnahme am Unterricht durch die Zunft verbieten ließ. Einige Gesellen und Lehrlinge sind danach weiter heimlich hingegangen. Glaubt mir, es hat sich immer gelohnt. Christof hat die geheimen Zusammenkünfte organisiert. Wenn es Unterricht geben sollte, gab der Herr Professor ihm ein Zeichen und Christof kümmerte sich um den Rest. Während der Stunden assistierte er dem Herrn Professor. Zudem besuchte er ihn mindestens zweimal die Woche. Er behauptete, er würde ihn zum Arzt ausbilden."

„Zum Arzt?"

„Ja, Christof wollte nicht sein Leben lang Barbier bleiben."

„Ohne Studium hätte er doch gar nicht als Arzt arbeiten dürfen und an der Universität hätte man ihn nie aufgenommen!"

„Natürlich nicht. Na ja", der Junge hob seine Hände, „als ziehender Barbier oder Bader hätte Christof den einen oder anderen Patienten nebenbei wie ein Arzt behandeln können, solange es die Obrigkeit nicht merkt. Das tun die ziehenden Bader und Barbiere häufig, deshalb lässt man sie so ungern in die Städte. Die Herren Ärzte und Chirurgen passen eifersüchtig auf, nicht zu kurz zu kommen. Schließlich entgehen ihnen sonst Einnahmen!"

Martin überlegte. „Wie genau sahen Eure Stunden beim Professor aus?"

„Der Herr Professor lehrte uns in seinem Keller Anatomie, meist mit richtigen Leichen, selten mit Schweinen. Der Unterricht begann nach Mitternacht und endete in den frühen Morgenstunden. Meist kam ich nicht mehr zum Schlafen und ging gleich zur Arbeit. Am Nachmittag vor dem Mord erhielt Christof wieder eine Nachricht. Diesmal sollten wir zu zwei Uhr erscheinen."

„Erzähl mir mehr von dieser Nacht."

„Ihr seid neugierig. Warum interessiert Euch das alles?"

„Ich kannte Professor Heiden und bedaure seinen Tod."

„Solange Ihr es nicht dem Meister erzählt, ist es schon recht. Ich traf mich mit fünf anderen Burschen. Wir gingen direkt zum Haus des Herrn Professor. Dort warteten bereits zwei Gesellen. Wir gaben das vereinbarte Klopfzeichen, aber der Professor öffnete nicht. Das hat uns gewundert, weil er sonst darauf bedacht war, jede Aufmerksamkeit zu vermeiden. Wir haben dann leise nach ihm gerufen. Als nichts passierte, haben wir schließlich gegen die Tür gedrückt, bis sie aufsprang. Nachdem wir die beiden Leichen entdeckt hatten, lief einer los und holte die Stadtwache. Ich rannte nach Hause, denn mein Vater durfte von meinem Ausflug nichts erfahren."

„War Christof da?"

„Seltsamerweise nicht, obwohl er doch seit dem Unglück des jungen Herrn von Eisenfels dem Professor beim Unterricht zur Hand ging. Vielleicht hing sein Fehlen mit dem Streit zusammen, den er mit dem Herrn Professor tags zuvor gehabt hatte."

„Noch ein Streit? Weißt du, worum es ging?"

„Nein, tut mir leid. Ich war nicht dabei. Christof kehrte vom Herrn Professor zurück und schimpfte vor sich hin. Am Morgen nach dem Mord schlich Christof niedergeschmettert ins Geschäft. Als ich ihm von dem Unglück erzählte, nickte er nur stumm. Er hatte es bereits gehört. Wenn Ihr mich fragt, er hat den Herrn Professor nicht umgebracht. Christof brauchte doch seine Hilfe."

„Wer ist der junge Herr von Eisenfels?"

„Der gnädige Herr ist ein Medizinstudent. Ich kann ihn nicht gut leiden. Er hat für den Herrn Professor gearbeitet, bis der Unfall geschehen ist. Was genau passierte, weiß ich nicht, aber seitdem sieht der aufgeblasene Kerl nicht mehr so makellos aus. Wenn Ihr ihn seht, wisst Ihr schon, was ich meine."

„Und wie kam Grothenberg hinter Christofs Unterricht?"

Der Junge zuckte die Schultern. „Eine Woche vor seinem Tod erschien der Herr Professor im Laden und warf Grothenberg vor, einen Aderlass schlecht vorgenommen zu haben. Ein Patient sei deswegen fast gestorben. Wörtlich sagte er, Christof hätte deutlich mehr Verstand und Talent als der Meister. Da ist Grothenberg völlig erbost auf den Herrn Professor losgegangen. Er hat ihn förmlich aus dem Laden geschmissen. Für den Meister stand viel auf dem Spiel. Man hätte ihn vor den Rat zitiert. Dort hätte er die Behandlung des Patienten nach den Regeln der Barbiersatzung nachweisen müssen. Im schlimmsten Fall hätte man ihn aus der Stadt gejagt. Nach dem Besuch des Herrn Professor gab es richtig Krach zwischen dem Meister und Christof."

„Ist dir etwas an Christof aufgefallen, bevor er starb?"

„Nein. Allerdings ging es ihm am Tag vor seinem Tod wirklich schlecht. Er wollte in die Marktapotheke, um ein Mittel zur Stärkung zu kaufen."

Martin überlegte. „Wusste Severo als Zunftmeister der Chirurgen von eurem Unterricht?"

Jan lächelte. „Ich glaube nicht. Er wäre sicher nicht begeistert gewesen. Er bildet uns schließlich aus, erzählt, wo welche Organe sitzen und wie Aderlässe vorzunehmen sind."

„Und Grothenberg? Warum war der so vehement gegen den Unterricht?“

Der Junge zuckte mit den Schultern. „Wahrscheinlich aus mehreren Gründen. Seht, der Herr Professor konnte wirklich alles. Zum Leidwesen der Barbiere und Chirurgen richtete er Knochen und operierte, obwohl die Standesordnung es ihm eigentlich untersagte. Der Herr Professor hat sich nicht darum geschert. Die Leute ließen sich angeblich von ihm kurieren, weil sie ihm vertrauten, vor allem die Leute aus dem Armenviertel. Außerdem soll die Behandlung beim Herrn Professor weniger schmerzhaft als bei den Barbieren sein. Und bei der ersten Sitzung, an der noch die Meister teilgenommen hatten, soll es zu einem Eklat gekommen sein. Der Herr Professor soll meinen Meister vor allen anderen bloßgestellt haben. Christof war damals als Lehrling dabei und hat immer Tränen gelacht, wenn er es erwähnte. Worum es ging, weiß ich nicht, aber es soll fünf Mann gebraucht haben, um Grothenberg daran zu hindern, dem Herrn Professor den Schädel zu spalten! Danach hat er das Verbot des Unterrichts durchgesetzt. Severo hat angeblich unmittelbar danach begonnen, den Barbieren und Chirurgen weitergehende anatomische Kenntnisse beizubringen.“

„Verwendet Severo eigentlich auch Leichen für die Sektionen?“

„Nein, deswegen ist es ja so langweilig. Er nimmt ausschließlich Schweine.“

„Wann war die letzte Sektion bei Severo?“

„Am Tag nach dem Tod des Herrn Professor. Severo hatte alles schon geplant und angekündigt. Trotz der Morde blieb es dabei. Christof witzelte noch, man könne ja den Herrn Professor nehmen, lustig, nicht wahr? Leider gab es wieder nur ein Schwein.“

Martin runzelte die Stirn. Der Lehrling besaß eine seltene Art von Humor.

„Weißt du, wo dein Meister in der Mordnacht war?"

„Im Rat. Eigentlich wollte er zu einer Meisternachfeier. Ein Geselle hatte die Meisterprüfung abgelegt und sollte feierlich in die Zunft aufgenommen werden. Dafür musste er am Abend einen Badeschmaus ausrichten, mit Gewürzgeschenken und Wohltaten für Gaumen, Leib und Seele – kurz: mit Bier, Wein, Hühnchen und Brot. Und das alles in einem Bad. Ihr versteht?

Grothenberg hatte sich schon darauf gefreut. Er liebt solche Nachfeiern. Am späten Nachmittag kam eine Nachricht von Severo. Mein Meister sollte ihn im Rat vertreten. Daraufhin sank die Laune des Meisters sofort. Vermutlich ist er nach der Ratssitzung doch noch zur Nachfeier ins Badehaus. Jedenfalls kam er erst gegen Mitternacht völlig verschwitzt und gutgelaunt zurück. Ich war bei seiner Rückkehr noch im Haus. Wisst Ihr, als vernünftiger Mensch muss man lesen und rechnen können, vor allem wenn man später Meister werden will. Mit dem Rechnen hab ich Schwierigkeiten, darum übt die Meisterin abends mit mir. Weil sie danach nicht allein bleiben wollte, habe ich ihr geholfen, Wolle zu wickeln. Sagt, warum interessiert Euch das alles so sehr?"

Während Martin sich eine plausible Erklärung überlegte, strich er dem Jungen mit der Hand über den Kopf. Ohne eine Antwort abzuwarten, rannte Jan schließlich los.

* * *

Mittlerweile wohnte Martin fast eine Woche bei Lazar und es gefiel ihm von Tag zu Tag besser. Die Vorteile des Lebens in der

Hausgemeinschaft wogen den Verlust seiner Eigenständigkeit beinahe auf. Immerhin konnte er zu jeder Tages- oder Nachtzeit Lazars Bibliothek aufsuchen und in den Büchern stöbern. Neben der Bibliothek hielt er sich am liebsten in der Küche auf. Stundenlang konnte er hier verweilen und den beiden Frauen bei der Arbeit zusehen. Gerade ertappte er sich, wie er Sarah beobachtete, während sie Agnes unten im Keller beim Waschen half. Das Mädchen faszinierte ihn. Oft spürte Martin ihre traurigen Augen auf sich ruhen. Zwar verlor sie gegenüber den Männern im Haus kaum ein Wort, doch Agnes hatte im Laufe der Jahre Sarahs Geschichte in Erfahrung gebracht. Gleich am ersten Abend hatte Agnes ihm alles über das Leben der Hausbewohner erzählt – abgesehen von ihrem eigenen. Martin wusste daher, welches Leid das Mädchen hatte ertragen müssen.

Sie hatte in einer kleinen Stadt in Süddeutschland gelebt. Im Gegensatz zu anderen Orten hatte man dort der jüdischen Gemeinde Respekt entgegengebracht. Als die Pest im Land wütete, änderte sich das Verhalten der Bürger jedoch schlagartig. Wie überall beschuldigte man nun die Juden, die Brunnen vergiftet und so die schreckliche Krankheit über alle gebracht zu haben. In einer mondlosen Nacht war ein aufgebrachter Pöbel mit dem Segen der Kirche durch das jüdische Viertel gezogen. Wer vor den Anfeindungen noch nicht aus der Stadt geflüchtet war, starb eines grausamen Todes. Sarahs Vater hatte die Menge auf sein Haus zukommen sehen und das sechsjährige Kind im dichten Blattwerk eines Baumes versteckt, der abseits im Garten stand. Nur kurz dauerte der Widerstand, den Vater und Brüder zu leisten vermochten. Vom Baum aus hatte das kleine Mädchen mit ansehen müssen, wie die Familie auf furchtbare Weise ermordet wurde. In seiner Verblendung hatte der Mob Sarahs Fehlen nicht bemerkt und sich an den Flammen erfreut, die das Haus und das Leben seiner Bewohner vernichteten. Erst als die Nacht sich zum zweiten Mal gesenkt hatte, war das Mädchen vom Baum geklettert und am nächsten Morgen aus der Stadt geflohen. Eine Zeit lang war Sarah durch die Wälder gezogen und hatte einen großen Bogen um Ortschaften gemacht. Sie hatte von dem gelebt, was sie in der Natur fand. Als der Winter nahte, hatte sich das Kind einem Zirkus angeschlossen. Aber kaum hatten die fahrenden Leute die Tore Kölns erreicht, war Sarah davongelaufen. Sechs Jahre später hatte sie versucht, Lazar im dichten Gedränge einer Hinrichtung die Taschen zu leeren. Dem frisch gebackenen Doktor der Medizin war die Geschicklichkeit der Taschendiebe noch von seinem Studium bekannt, daher hatte er Vorkehrungen getroffen, mit denen Sarah schmerzhafte Bekanntschaft machte. Der Anblick des abgemagerten Mädchens mit den großen dunklen Augen hatte Lazar gerührt. Statt sie den Dienern des Gewaltrichters zu übergeben, hatte er sie bis zu seiner Herberge hinter sich hergezogen. Martin malte sich aus, welche Angst das Mädchen damals ausgestanden haben musste. Immerhin war sie als Diebin rechtlos und der Willkür des unbekannten Mannes ausgeliefert. Agnes, die damals schon in Lazars Diensten stand, hatte Sarah mit offenen Armen empfangen und sich redlich bemüht, eine Art Mutter für sie zu werden.

Agnes' raue Stimme riss Martin aus seinen Gedanken. Die Frau mit der roten Mähne und dem üppigen Busen sang gern, wobei die Texte kaum dem entsprachen, was Lazar als fromme Lieder bezeichnet hätte. Auf Sarahs Gesicht zeichnete sich ein seltenes Lächeln ab. Obwohl er Agnes' Geschichte nicht kannte, besaß Martin eine rege Vorstellung von ihrer Herkunft. Allerdings konnte er sich den gottesfürchtigen Lazar nicht in einem Badehaus mit Dirnen vorstellen. Wer weiß, wo der junge Lehrer sie gefunden hatte.

Martin nahm einen Zug aus seinem Becher und stopfte sich einen Happen Brot in den Mund. Gleich würde er in die Bibliothek zurückkehren. Die Nachricht von seiner Tätigkeit als Sekretär und Kopist hatte sich schnell in der Universität verbreitet. Vorgestern war Professor Lucht erschienen und hatte ihm Nemesio von Emesas Buch *De natura hominis – Über die Natur des Menschen* zur Kopie gebracht. Mit Unbehagen dachte Martin an das schallende Gelächter, in das Lazar ausgebrochen war, als sie über seine Vorstellung der Entlohnung gesprochen hatten. Der Professor hatte ihm vorgerechnet, wie viel der alte Klaas an Martins Werken verdient hatte. Peinlich berührt hatte Martin daraufhin den doppelten Preis verlangt.

Er zuckte zusammen, als ihn Lazar unvermittelt ansprach.

„Könnt Ihr eigentlich reiten?"

Das Brot blieb Martin förmlich im Halse stecken. Tränen stiegen ihm in die Augen. Krampfhaft versuchte er, den Brocken mit Wasser herunterzuspülen. Meinte Lazar das etwa ernst? Natürlich hatte er noch nie auf einem Pferd gesessen. Weder besaß Martin das Geld dafür, noch hielt er es für eine gute Idee, sich mit seinem Bein auf ein solch unberechenbares Tier zu setzen. Mehr als einmal hatte er gesehen, wie ein Ross sich über eine Kleinigkeit erschreckt hatte und durchgegangen war. Die unsanften Abstiege der Reiter waren ihm im Gedächtnis haften geblieben. Da ihm das Brot noch immer die Luft abschnürte, schüttelte er heftig den Kopf. Lazar ließ sich indes nicht von seiner Idee abbringen.

„Na, dann lernt Ihr es nachher. Gestern Abend hat mich Medikus Pfeifer besucht." Lazar setzte sich gegenüber und sah Martin mit strahlenden Augen an. „Er berichtete mir von einem bedauernswerten Patienten, den er heute besuchen will. Der Medikus möchte den Fall mit mir vor Ort besprechen. Ich denke, der Ausritt wird Euch gefallen. Euer Interesse an der Heilkunst ist mir nicht verborgen geblieben. Ihr gebt Euch ja wahrlich keine Mühe, Eure Neugier im Zaum zu halten. Bestimmt werde ich keinen Arzt aus Euch machen, denn ich möchte meinen Sekretär nicht verlieren. Nichtsdestotrotz will ich Euren Wissensdurst lindern. Daher werdet Ihr mit uns reiten und mir assistieren."

Lazar lächelte ihn an. Martin schüttelte erneut den Kopf. Panik übermannte ihn. Machte sich der Professor über ihn lustig? Als Martin den anderen betrachtete, erkannte er die gute Absicht. Sein Gegenüber glaubte wirklich, ihm einen Gefallen zu tun.

Aus dem Keller vernahm Martin ein Glucksen. „Schaut ihn Euch an, Herr Professor", ließ Agnes sich vernehmen. Sie kam mit einem Korb Wäsche nach oben. „Er hat Angst, vom Pferd zu fallen. Vielleicht hat er den schwarzen Teufel im Stall schon gesehen?" Mit gespieltem Ernst beugte sie sich zu Martin herunter. „Erst gestern trat das Vieh nach dem Jungen! Wahrlich eine Bestie!" Damit ging sie laut lachend aus der Küche.

Schmunzelnd sah Lazar ihr hinterher. Als er Martins Angst bemerkte, wich das Lächeln aus seinem Gesicht.

„Ihr müsst nicht alles glauben, was Agnes erzählt. Sie versetzt andere gern in Angst und Schrecken. Dabei hat sie selbst noch nie auf einem Pferd gesessen. Den ganzen Weg aus Köln saß sie im Wagen und beschwerte sich alle Naslang über die Löcher in den Straßen, die das Geschirr zerbrechen würden! Seid unbesorgt, der Schwarze ist ein gutes Tier. Trotzdem nehme ich ihn. Ihr dagegen werdet meine Stute reiten, ein wahrlich sanftes

Pferd. Bisher hat sie noch keinen Reiter abgeworfen. Alles was Ihr wissen müsst, erkläre ich Euch später im Stall.“

Martins Gesicht glühte vor Anstrengung, eine Ausrede zu finden. Jedes Rädchen in seinem Kopf ratterte. Endlich fiel ihm ein rettender Gedanke ein.

„Ich kann nicht mitkommen. Erinnert Euch an Luchts Buch. Die Zeit, die ich auf dem Ausritt verlieren würde, ist zu kostbar und würde mir fehlen.“

Amüsiert erwiderte Lazar: „Dann wartet der geschätzte Kollege eben ein paar Tage länger. Wie ich ausdrücklich betont hatte, gehen meine Anliegen stets vor.“

Da warf Martin sein letztes Argument in die Waagschale. Es war ihm mehr als unangenehm, sich darauf zu berufen, aber er sah darin seine einzige Chance. „Mein Bein …, mit dem Bein kann ich nicht reiten.“

„Oh, es behindert Euch ganz gewiss nicht! Ihr sitzt ja im Sattel und lauft nicht hinterher. Wer laufen kann, kann auch reiten. Es wird Euch gefallen, da bin ich mir ganz sicher!“ Die letzten Worte ließen keine Widerrede zu. „Esst noch ein wenig, Ihr werdet die Kraft brauchen.“

Ohne ein weiteres Wort verließ Lazar die Küche.

Als Martin den Blick hob und in Richtung Keller schaute, sah er, wie Sarah abrupt den Kopf senkte. Agnes kehrte mit dem leeren Korb zurück.

„Du wirst es überleben. Wer weiß, vielleicht möchtest du danach deine Unterkunft in den Stall verlegen, weil dir das Tier so sehr gefällt.“

Martin zwang sich zu einem gequälten Lächeln.

„Wie kann man nur so klug daherreden“, murmelte er. Innerlich machte sich die Gewissheit in ihm breit, mit zerschundenen Knochen von dem Ausritt zurückzukehren. Martin hoffte nur inständig, das Pferd werde ihm zumindest die Peinlichkeit ersparen, ihn schon auf dem Hof abzuwerfen.

* * *

Die drei Männer verließen Greifswald durch das Vettentor und passierten die daran anschließenden Wehranlagen. Die Stadt wurde auf allen Seiten durch eine hohe steinerne Mauer geschützt. Auf der nördlichen Seite boten der Ryck, der Ryckteich und das sumpfige Land natürlichen Schutz vor Angriffen. Auf den anderen Seiten ergänzten Wassergraben und Wall die Verteidigungsanlagen und in der östlichen Himmelsrichtung die Nebenarme des Ryck. Nur an den großen Haupttoren gelangte man über den Wassergraben und den Fluss. Ihnen waren Vortore vorgelagert, die dem Schutz der hölzernen Zugbrücken dienten. Fünf Wassertore im Norden führten zum Hafen und erleichterten den Transport der Handelswaren in die Kontore der Kaufleute.

Der Professor behielt Recht. Das Tier warf Martin nicht ab. Jetzt trabte die Stute hinter Lazars Pferd, ohne dass Martin sie führen musste. Von Zeit zu Zeit gab ihm der Professor einen gut gemeinten Ratschlag, wozu er sich jedes Mal auf Martins Höhe zurückfallen ließ. Danach schloss er wieder zu Pfeifer auf. Martin konnte nicht verstehen, wie ein Pferd das Gewicht des fetten Medikus tragen konnte. Und was tuschelten die beiden nur dauernd miteinander? Ab und zu sah sich Pfeifer verstohlen um. Schließlich beschwerte er sich laut.

„Sagt, Herr Haffer, könntet Ihr vielleicht ein wenig schneller reiten? Ich möchte vor Einbruch der Dunkelheit wieder in die

Stadt zurückkehren. Vielleicht entzieht es sich Eurer Kenntnis, aber hier draußen gibt es schlimmes Gesindel. Bei Tag werden wir ihm wohl nicht begegnen, mit Sonnenuntergang könnten uns die Wegelagerer allerdings gefährlich werden. Darauf möchte ich es wirklich nicht ankommen lassen. Wie Ihr wisst, schließen die Stadttore mit Einbruch der Dunkelheit und werden auch für uns nicht mehr geöffnet. Habt Ihr schon einmal im Heilgeist-Hospital an der Straße nach Stralsund übernachtet? Es mag vielleicht den Reisenden ein rettendes Obdach bieten. Ich für meinen Teil ziehe mein eigenes Bett vor.“

Der Dicke zog ein Tuch aus der Tasche und wischte sich den Schweiß von der Stirn. Martin atmete ein wenig auf. Wenigstens strengte Pfeifer das Reiten genauso an wie ihn.

„Ich kann nichts dafür. Ich bin noch nie zuvor geritten!“

Lazar schaltete sich in das Gespräch ein. „Was soll der Streit? Die Sonne steht noch nicht einmal im Zenit! Es gibt keinen Grund zur Eile. Außerdem, mein lieber Medikus, brauche ich jemanden, der sich alles genauestens einprägt. Wenn es um den Patienten wirklich so schlimm bestellt ist, wie Ihr sagt, muss ich zu Hause nach einem geeigneten Heilmittel suchen. Hoffentlich kann man dem Mann überhaupt noch helfen. Seid also unbesorgt, Ihr werdet rechtzeitig zurückkehren.“

Martin hörte Lazars Verärgerung. Pfeifer schien sie ebenfalls zu bemerken, denn ein nervöses Zucken umspielte seine Mundwinkel. Der Einfluss des jungen Lehrers war erstaunlich. Medikus und Lazar befanden sich in der Standeshierarchie der Heilkundigen als studierte Ärzte auf einer Stufe. Pfeifer war älter, weshalb eigentlich er der Wortführer hätte sein sollen. Aus irgendeinem Grund besaß Lazar jedoch eine Stellung, die es ihm gestattete, den Dicken zu maßregeln. Während Pfeifer sein Pferd vorantrieb, wartete Lazar auf Martin. Mit einem wissenden Lächeln beugte er sich herüber.

„Ihr müsst ihm verzeihen. Bei unserem Freund handelt es sich leider um einen Choleriker, wie er im Buche steht. Galen hätte sicherlich seine Freude an ihm und sähe seine Lehre aufs Neue bestätigt. Ein solch exzellentes Beispiel findet man selten. Ich sollte ihn öfter in meine Vorlesung bitten."

Martin sah fragend zurück. Obwohl er aus den Büchern für die Medizinische Fakultät beim Übertragen Einiges gelernt hatte, besaß er eher ein eingegrenztes Fachwissen. Soweit er beurteilen konnte, besaß Galen eine unglaubliche Autorität. Immer wieder waren seine Werke in die Kopierstube gelangt. Dennoch war Martin nicht klar, worauf Lazar anspielte.

„Die vier Säfte, Ihr wisst schon! In seinem Körper überwiegt die gelbe Galle und prägt damit sein cholerisches Temperament. Ach, Euer Gesichtsausdruck verrät mir Eure Unwissenheit."

Sie ritten im gemächlichen Tempo nebeneinander her, dabei erklärte Lazar, wie es sich mit den vier Säften im menschlichen Körper verhielt.

„Nun, Galen ist Euch wohl ein Begriff. Alles, was die Studenten heute lernen, geht auf seine Lehren und Forschungen zurück. Er hat die Säftelehre geprägt. Sie ist die Grundlage unserer Heilkunst und erklärt das Entstehen von Krankheiten. Im Körper gibt es vier Säfte – Blut, Phlegma, gelbe und schwarze Galle. Sind diese vier in gleicher Konzentration vorhanden, ist ein Idealzustand erreicht. Leider kommt dies praktisch kaum vor. Bei allen Menschen überwiegt einer der Säfte, der zugleich sein Temperament bestimmt. Einen Mann, bei dem überwiegend Phlegma, also Schleim, vorhanden ist, nennt man Phlegmatiker, er ist besonders ruhig. Jemand, bei dem sich zu viel Blut im Körper befindet, ist ein Sanguiniker, während ein Übermaß an schwarzer Galle einen Melancholiker hervorbringt, gelbe Galle schließlich einen Choleriker, der wie unser Freund beim kleinsten Anlass in die Luft geht."

Martin nickte.

„Speisen und Tränke fördern die Entstehung eines bestimmten Körpersaftes. Isst man zu viel von einer Speise, wird der Saft im Körper in einem ungesunden Maß hergestellt, was wiederum zum Entstehen von ernsthaften Erkrankungen führt. Nur eine strenge Diät hilft, das Gleichgewicht wieder herzustellen. Sicher hält der Medikus davon wenig."

Lazar schmunzelte. Neugierig fragte Martin, wie eine Diät die Säfte reduzieren sollte. Der Professor schien über die Frage erfreut. Der Mensch nehme die Nahrung nicht nur einfach zu sich. Martin müsse sich den menschlichen Körper wie einen Kochtopf vorstellen, in dem ein Brei zubereitet würde. Stünde die Speise längere Zeit auf dem Feuer, ohne dass man sie rühre, bilde sich am Boden ein verbrannter Anteil des Essens. Darüber befände sich ein Teil, der genau auf den Punkt gegart sei. Darauf läge wiederum eine Schicht mit einem noch unreifen rohen Anteil und obenauf schließlich eine Art Schaum, der nur ungenießbare Stoffe enthalte. Erst das regelmäßige Rühren durchmische alles und ließe den Brei gleichmäßig garen. Dieser Zustand entspräche einer ausgewogenen Ernährung. So weit verstand Martin die Erklärung. Jetzt begann der schwierigere Teil.

„Wenn man nun, sagen wir, einen Apfel isst, gelangt dieser nach geraumer Zeit in den Magen. Der Magen besitzt eine natürliche Wärme, die es ihm gestattet, alles, was in ihn gelangt, zum Kochen zu bringen."

„Der Kochtopf", fiel Martin ihm ins Wort.

Lazar neigte den Kopf zögernd zur Seite. „Nicht ganz, die Vorstufe dazu. Im Magen entsteht ein Speisebrei. Das Wasser, das wir zu uns nehmen, dient der Verdünnung des Breis. Nur so kann er durch die Blutgefäße aufgenommen und in ihnen vom Magen zur Leber transportiert werden. Auf seinem Weg verteilt sich der stark verdünnte Brei in den kleinsten Blutgefäßen. In der Leber kommt es nun darauf an, woraus die Nahrung besteht und wie viel Körperwärme vorhanden ist. Nur bei angemessener Wärme entsteht Blut, das dem richtig gereiften Anteil im Kochtopf entspricht. Doch zu viel davon ist wiederum ungesund. Fehlt es am richtigen Maß Wärme, entsteht etwas anderes, wie im Beispiel mit dem Topf. Der rohe, unfertige Anteil entspricht dem Schleim, der Schaum auf dem Essen der gelben Galle. Beide entstehen bei zu wenig Wärme. Dagegen stellt der Körper bei einem Übermaß an Wärme schwarze Galle her, die dem verbrannten, überreifen Teil der Speise entspricht. Die in der Leber entstandenen Säfte vermischen sich an Ort und Stelle und verlassen anschließend das Organ über die Blutgefäße. Diese transportieren alles zunächst zur Niere, wo der Wasserüberschuss aus dem Körper geleitet wird. Der Rest der Mischung verteilt sich mittels kleiner und kleinster Blutgefäße über den Körper bis hin zu den anderen Organen und in alle Extremitäten, die auf diese Weise Nahrung erhalten und die Körpersäfte verbrauchen. Durch den Verbrauch entsteht letztendlich das Temperament. Deshalb kann eben nur eine gezielte Diät dazu führen, in einem Körper weniger des überschüssigen Saftes zu erzeugen und so das Säftegleichgewicht herzustellen. Man darf in diesem Fall nur die Speisen zu sich nehmen, die nicht den überschüssigen Saft hervorrufen, sondern ausgleichend wirken."

Kaum hatte Lazar seine Erklärung beendet, hörten sie den Medikus von vorn.

„Wenn Ihr mit Euren Ausführungen zu meinem Temperament, die Euer Sekretär wohl kaum geistig erfassen kann, fertig seid, könnten wir vielleicht endlich ein wenig schneller reiten."

Lazar erwiderte nichts, stattdessen gab er einen Schnalzlaut von sich, infolgedessen Martins Stute in einen leichten Trab verfiel. So ritten die Männer noch eine Weile übers Land. Endlich erblickte Martin in einiger Entfernung einzelne Bauernhöfe. Aus den Schornsteinen der reetgedeckten Dächer stiegen Rauchfahnen senkrecht nach oben. Martins Blick folgte ihrem Weg. Es war etwa elf Uhr, über eine Stunde saß er schon auf dem Pferd. Hatten seine Oberschenkel vor kurzem noch höllisch gebrannt, spürte er seine Beine jetzt überhaupt nicht mehr. Zu seiner Erleichterung bog Pfeifer in einen Weg, der zu einer armseligen Hütte am Rande der kleinen Siedlung führte. Mit dem Gehöft stimmte etwas nicht. Alles lag verlassen. Um diese Jahreszeit und bei dem herrlichen Sonnenschein müsste der Bauer eigentlich das Feld umgraben und die Saat in den Boden bringen, wie es seine Nachbarn taten. Dieser Acker lag allerdings brach, vereinzelt spross frisches Grün aus dem Boden. Ein großer schwarzer Hund begrüßte sie bei ihrer Ankunft mit einem tiefen Knurren. Glücklicherweise lag er an einer Kette. Eine Frau trat aus einer schief in den Angeln hängenden Tür. Zwischen den Brettern der Hütte klafften breite Ritzen. Wie hatten diese Menschen nur den Winter überstanden? Lazar half ihm beim Absitzen, während der Medikus schon auf die Frau einredete und immer wieder auf die beiden Männer deutete. Beim ersten Schritt strauchelte Martin. Seine Beine waren völlig taub. Lazar griff ihm unter die Arme.

„Bleibt einen Moment stehen. Das Gefühl kommt gleich wieder. Das ist normal, wenn man noch nie geritten ist, und Ihr habt Euch wahrlich tapfer gehalten."

Martin traf ein feindseliger Blick Pfeifers. Er entging auch dem Professor nicht.

„Geht schon rein, Medikus. Ich bin mir sicher, wir werden den Weg ohne Euch finden."

Nach einigen Augenblicken spürte Martin, wie Leben in seine Beine zurückkehrte.

„Danke", wandte er sich an Lazar, der immer noch stützend neben ihm stand. „Ich glaube, es geht jetzt."

Mit wackligen Schritten folgte er ihm in die fensterlose Hütte. Der beißende Geruch von verbrannten Grassoden stach ihm in die Nase. Die Frau stand mit einer Kerze in der Hand neben einem Bett. Pfeifer beugte sich gerade über den darin liegenden, stöhnenden Mann. Sie traten hinzu. Während Lazar sich dicht neben den Medikus stellte, wandte Martin den Blick schnell ab. Sein Magen krampfte sich zusammen. War es Mitleid oder Ekel, was er empfand? Der Bauer bot einen erbärmlichen Anblick. Martin musste sich regelrecht zwingen, um, wie von Lazar gewünscht, jedes Detail aufzunehmen. Nie zuvor hatte er so etwas gesehen. Über dem rechten Auge wuchs ein merkwürdiges Gebilde aus dem Kopf. Es schien aus lauter einzelnen Kügelchen zu bestehen, die sich zu einer großen Beule zusammengeschlossen hatten. Schon bedeckte die Geschwulst das gesamte Auge und wuchs weiter zum rechten Ohr. Im Kerzenschein sah Martin deutlich die trübe Flüssigkeit, die aus einer offenen Stelle trat. Lazar tastete vorsichtig darüber und hielt sich den Finger an die Nase. Auch Martin, der hinter ihm stand, nahm den Gestank wahr. Übelkeit stieg in ihm auf. Lazar drehte sich um und bat ihn, mit der Frau vor die Hütte zu treten. Erleichtert, den bedrückenden Raum verlassen zu können, griff Martin nach ihrem Arm und nahm ihr die Kerze ab, die er Pfeifer in die Hand drückte. Mit einem „Kommt“ zog er die Frau sanft nach draußen. Martin wollte tröstende Worte sagen, wusste jedoch nicht, welche. Fremdes Leid bereitete ihm seit jeher Unbehagen. Daher drückte er sie sanft auf eine Bank, die vor der Hütte stand. Aus der Nähe betrachtet, war sie gar nicht so alt. Die Sorge um ihren Mann hatte ihr Haar vorzeitig ergrauen lassen. Und der Kummer würde bald schlimmer werden. Der Tod des Bauern war nah. Ab und zu hörten sie Geräusche nach draußen dringen. Die Frau wollte wieder zurück in die Hütte, doch sein Arm hinderte sie daran. Hoffentlich würden die beiden Ärzte ihre Untersuchung bald beenden. Ein halber Tag schien ihm vergangen, als sich der Wunsch endlich erfüllte. Beim Verlassen machte Lazar ein trauriges Gesicht. Der Medikus sprach mit der Frau. Sie nickte nur stumm und ging in die Hütte. Lazar zog Martin zum Pferd und half ihm beim Aufsteigen. Von oben sah Martin, wie die Frau bei ihrer Rückkehr dem Dicken etwas in die Hand drückte, was dieser schnell in seine Rocktasche gleiten ließ.

* * *

„Es war eine gute Idee, den Umweg ohne den Medikus zu machen, findet Ihr nicht?“

Martin stimmte zu. Die beiden Männer saßen in einem Hain, der wie eine grüne Insel inmitten der braunen Felder lag. Die jungen Birken begannen bereits auszuschlagen. Der Duft von frischem Holz erfüllte die Luft, ein Hauch von Erde mischte sich dazu. Nicht der muffige Geruch, der in der Stadt in Stallungen und Kellern herrschte, sondern Boden, der vor Lebenskraft strotzte. Die Pferde knabberten an den frischen Grasspitzen, während die beiden Männer mit dem Rücken an einem Birkenstamm lehnten. Vor ihnen eröffnete sich ein wunderbares Bild. In Richtung Nordosten erkannten sie die Stadtmauer, in ihr die drei Kirchen St. Jakobi, St. Nikolai und St. Marien wie an einer Perlenschnur aufgereiht. Nie zuvor hatte Martin die Schönheit seiner Stadt auf diese Weise gesehen. Dieser Blick entschädigte für alle Strapazen des Ausritts. Lazar kramte in seiner Tasche, in der Martin eigentlich nur Instrumente vermutete. Er täuschte sich. Der Arzt holte zwei schrumplige Äpfel hervor, von denen er ihm einen anbot. Dankbar nahm Martin ihn entgegen; sein Magen knurrte seit längerer Zeit. Noch immer hörte Lazar nicht auf, in der Tasche zu wühlen. Zum Vorschein kam noch ein Kanten Brot, den er mit einem kleinen Messer teilte. Eine Weile kauten sie schweigend.

„Seht Ihr die Gehöfte dort drüben?“ Lazar zeigte mit dem Arm nach Süden. „Wie viele andere Bürger besitze ich ein wenig Land. Dort wohnen ein paar Familien, die die Äcker bestellen und Vieh züchten. Einen Teil von dem, was sie erwirtschaften, nehme ich mit in die Stadt. Ein wenig Getreide für den Winter und ab und an mal ein Schwein, Enten oder Gänse. Alles andere behalten die Bauern. Ich besuche sie häufig, um zu sehen, ob alles in Ordnung ist oder Hilfe gebraucht wird. Eigentlich müsste ich häufiger nach dem Rechten sehen, weil die Bauern mich nur in den schlimmsten Fällen rufen. Stellt Euch nur vor, im März brach sich einer der Jungen den Arm. Bei der Eiseskälte liefen sie in die Stadt und ließen ihn von Severo behandeln. Nach der Rückkehr bekam das Kind natürlich Fieber. Statt mich zu rufen, versuchten sie, es selbst zu kurieren. Zum Glück wollte ich ohnehin einen Ausritt unternehmen. Wäre ich nur einen Tag später gekommen, hätte es für das Kind keine Hoffnung mehr gegeben. Bis zum Einbruch der Dunkelheit kämpften wir um sein Leben. Erst dann ging es ihm besser."

Einen Moment schwieg er, schließlich fuhr Lazar fort. „Ich mag diese Stadt. Die Leute hier in der Gegend sind ein ganz besonderer Schlag … Ich weiß nicht, wie ich es beschreiben soll … Sie sind so anders als im Süden. Ihr seid ein typisches Beispiel. Versteht mich nicht falsch, ich meine es ganz und gar nicht böse. Seht, in Eurer Bescheidenheit wolltet Ihr vor wenigen Tagen für Eure Arbeit ganze zwei lübsche Mark nehmen, wo Ihr fünf verlangen könntet. Ihr stellt Euer Licht unter den Scheffel. Mit Eurem Talent wärt Ihr an jedem Fürstenhofe willkommen, zumal Ihr, wie ich bemerkt habe, mehrere Sprachen beherrscht. Jeder Fürst wünscht sich so einen Sekretär. Dennoch habt Ihr Euch entschieden, das Wenige, das ich Euch bieten kann, der weiten Welt vorzuziehen."

Martin grübelte über die Worte. „Wer interessiert sich schon für einen Krüppel, der des Schreibens und Lesens kundig ist und ein paar Sprachen beherrscht? Es gibt genügend Gesunde mit diesen Fähigkeiten. Es ist nichts Besonderes, wie Euer Kollege Habicht festgestellt hat."

„Es tut mir leid, aber ich muss Euch vehement widersprechen. Habicht ist ein Narr, schenkt seinen Worten kein Gehör. Seine Welt dreht sich nur um ihn selbst. Überlegt, wie viele Menschen lesen und schreiben können? Viel zu wenige. Glaubt mir, Ihr besitzt mehr Fähigkeiten, als Euch bewusst sein mag. Ihr schafft wunderbare Bücher. Ihr seid kein Krüppel, der von Almosen lebt. Ihr lebt von Eurer Hände Arbeit. Verwechselt Respekt nicht mit Mitleid!"

Lazar deutete auf das Bein. „War es eigentlich ein Unfall?"

Mit einem unangenehmen Gefühl dachte Martin an den Traum zurück, der ihn im Winter gequält hatte. Jetzt ließ er der Erinnerung freien Lauf und erzählte von den Geschehnissen.

* * *

Für eine Weile schwiegen die Männer und lauschten dem Zwitschern der Vögel. Martin setzte vorsichtig an.

„Nun kennt Ihr meine Vergangenheit. Von Euch weiß ich dagegen nicht viel. Nur das Wenige, das Agnes mir erzählt hat. Warum habt Ihr Euch entschieden, Medizin zu studieren?"

Lazar lächelte. „Natürlich besitzt Ihr das Recht, meine Geschichte zu erfahren." Er überlegte kurz. „Den Grund für meine Entscheidung habt Ihr bei unserem ersten Treffen gesehen. Erinnert Ihr Euch an das Porträt meiner Mutter? Sie hat so lange und qualvoll gelitten. Ihr früher Tod hat in mir den Wunsch geweckt, die Heilkunst zu studieren. Mein Vater und ich waren so hilflos ..." Ein dunkler Schatten huschte über sein Gesicht. „Meine Mutter starb, als ich fünf Jahre alt war. Ihre Krankheit zerfraß sie von Innen. Wenn ich in ihrer Nähe weilte, versuchte sie die Schmerzen zu verbergen. Dennoch bemerkte ich ihre

Qualen, verspürte den Drang ihr zu helfen. Doch was kann ein fünfjähriges Kind ausrichten? Sie litt ein ganzes Jahr, bevor der Herr sie erlöste. Nach ihrem Tod gab mein Vater sich dem Trunke hin. Mich nahm er kaum noch wahr. Meine Großmutter schickte mich mit acht Jahren in ein Dominikanerkloster, wie es dem letzten Wunsch meiner Mutter entsprach. Zum ersten Mal seit ihrem Tod fand ich Wärme, Geborgenheit und im Glauben an Gott Trost und Hilfe. Der Herr ist es, der unser Leben in seine Hand nimmt, es lenkt und uns Prüfungen aufgibt. Meine Mutter bestand die ihre, mein Vater dagegen nicht. Der Trunk setzte seinem Leben bald ein Ende. Das verbliebene Vermögen fiel an mich.

Dann wütete die Pest. Das Kloster, in dem ich lebte, wurde von ihr verschont, all meine übrigen Verwandten erlagen der schrecklichen Seuche. So erbte ich das Vermögen zweier Familien. Damals war ich fast vierzehn und musste entscheiden, ob ich im Kloster bleiben und mein Leben dem Herrn widmen wollte. Obwohl mir das Leben dort sehr gefiel, entschied ich mich dagegen. Ich war einem Mönch bei der Krankenfürsorge zur Hand gegangen und hatte bereits viel über Arzneimittel gelernt. Daher entschied ich mich für das Studium. Bald schon hatte mein Vormund bei einem Freund in Köln eine passende Unterkunft für mich gefunden. Das Studium der sieben freien Künste fiel mir leicht und ich beendete es vor der dafür vorgesehenen Zeit. Der Wechsel an die Medizinische Fakultät bekam mir gut. Nach drei Jahren legte ich das Bakkelaureat ab und weitere zweieinhalb Jahre später mein Lizentiat. Danach ging ich für einige Zeit nach Padua. Zurück in Köln wurde ich nach einem weiteren öffentlichen Examen doctor medicinae. Mit diesem Titel in den Händen entschied ich mich, Studenten zu unterrichten. Bevor ich nach Greifswald kam, lehrte ich einige Zeit in Mainz."

„Wenn Ihr den Menschen helfen wollt, warum lehrt Ihr dann an einer Universität? Warum praktiziert Ihr nicht wie Pfeifer? Sicherlich wärt Ihr ein viel besserer Medikus!"

Lazar lachte. „Pfeifer gefällt Euch nicht? Nun, es gibt viele, die ihn nicht mögen. Das liegt wohl an seinem Wesen. Aber lasst Euch gesagt sein, meine heutige Konsultation sagt nichts über sein Können aus. In schwierigen Fällen tausche auch ich mich gern mit Kollegen aus. Und meine Tätigkeit an der Universität verbietet mir nicht, Patienten zu behandeln. Im Gegenteil leben viele Professoren davon, weil ihnen die Universität kein ausreichendes Einkommen bietet. Vor allem Adlige konsultieren immer wieder gern Universitätslehrer. Wer allerdings an meine Tür klopft, erhält Hilfe, auch wenn er mich nicht entlohnen kann. Die Armenfürsorge lag mir schon immer am Herzen. Außerdem kümmere ich mich zusammen mit Pfeifer und Severo um die Leprakranken. Gemeinsam treffen wir die Entscheidung über ihre Verbannung aus der Gemeinschaft. Und als Professor nehme ich durchaus Einfluss auf die Heilung der Kranken. Es ist meine Aufgabe, künftige Ärzte im Sinne der Lehre Gottes auszubilden. Seht, Krankheiten haben verschiedene Ursachen: schlechte Ernährung, böses Übel oder eine Prüfung Gottes. Nach der Ursache richtet sich die Behandlungsmethode. Gott schuf Himmel und Erde. Die Schöpfung gründet auf Gott und deshalb ist sie gut. Das Böse in der Welt kommt nicht von ihm. Ist die Krankheit ein böses Übel, muss ich mit Kräutern und Heilmitteln, die Gott wider das Böse geschaffen hat, dagegen ankämpfen. Ist die Krankheit dagegen eine Prüfung des Herrn, muss ich an den Glauben der Patienten appellieren. Nur mit Gottvertrauen werden die Menschen sie bestehen. Andererseits trifft mich die Verpflichtung, dem Kranken in der Stunde seines Todes alles zu ermöglichen, damit er reinen Gewissens aus der Welt scheiden und um Vergebung für seine Sünden bitten kann. Als guter Arzt erkenne ich, wann diese Stunde nah ist. Dann rufe ich einen Geistlichen. Ein schlechter Arzt behandelt weiter, aus Geldgier, Unwissenheit oder Selbstüberschätzung, und verwehrt dem Patienten die letzte Beichte. Wisst Ihr, wie viele schlechte Ärzte es gibt? Sie verletzen die Regeln der Heilkunst. Doch allein kämpfe ich gegen Windmühlen. Es bedarf einer Vielzahl von Männern, die ebenso denken. Als Lehrer habe ich die Möglichkeit, künftige Generationen in diesem Sinne zu beeinflussen."

„Mochtet Ihr Euren Kollegen Heiden eigentlich? Teilte er Eure Ansichten?" Lazar sah ihn überrascht an. Martin ließ sich nicht abbringen. „Professor Habicht scheint jedenfalls eine ausgeprägte Abneigung gegen Heiden verspürt zu haben."

Lazar schmunzelte. „Habicht! Auch wenn man das Alter ehren soll ... Leider ist der ehrenwerte Kollege ein verbohrter Greis. Heiden und er waren beileibe keine Freunde. Warum interessiert Euch mein verblichener Kollege so? Er ist tot und der Herr seiner Seele gnädig."

„Ich möchte wissen, was für ein Mensch er war. Immerhin hat er bei Klaas viele Bücher in Auftrag gegeben. Außerdem geschieht ein Mord nicht jeden Tag in dieser Stadt, schon gar nicht an einem Universitätslehrer. Ich habe nicht viel davon mitbekommen. Ihr wisst ja, meine Unpässlichkeit ..."

„Herr Haffer, Ihr erstaunt mich über alle Maßen. Wenn es um Eure Person geht, seid Ihr verschlossen wie ein Grab. Geht es dagegen um andere, so könnt Ihr Eure Neugier kaum zähmen. Ich für meinen Teil ziehe es vor, nicht über Tote zu sprechen, weder gut noch schlecht. Da Ihr mir aber keine Ruhe lassen werdet, sei's drum. Heidens Ansichten von den Aufgaben eines Arztes deckten sich überwiegend mit meinen. Er bemühte sich ebenfalls, unseren Studenten eine profunde Ausbildung zu geben. Aber natürlich gab es auch zwischen uns Meinungsverschiedenheiten."

Lazar hielt inne. Er sah Martins gespannten Blick und seufzte.

„Heiden wollte den Anatomieunterricht durch die Sektion von Leichen ergänzen. Jeder von uns Lehrern hat dazu seine eigene Einstellung. Als ich mich seinem Ansinnen entgegen stellte, reagierte er erbost."

Martin zog erstaunt die Augenbraue hoch. Lazar holte Luft.

„Wie Ihr vermutlich nicht wisst, beschränkt sich die medizinische Ausbildung an der Universität nicht allein darauf, welche Krankheiten es gibt und wie sie geheilt werden können. Um alles zu verstehen, braucht man anatomische Kenntnisse. In den Vorlesungen besprechen die Lehrer mit den Schülern daher den Aufbau des menschlichen Körpers anhand der Beschreibungen Galens. Regelmäßig ergänzen wir die Vorlesungen mit der Sektion von Schweinen, deren Anatomie der unseren sehr ähnlich, um nicht zu sagen, nahezu identisch mit ihr ist."

Martin dachte an den Leichnam im Keller. „Ist es verboten, einen Menschen zu sezieren?"

„Nein, tatsächlich hat das vierte Laterankonzil in Rom vor 275 Jahren beschlossen: *Ecclesia abhorret a sanguine – die Kirche verabscheut Blut*. In jener Zeit haben einige Mönche im Rahmen ihrer Fürsorge die Wundversorgung, das Richten von Knochen, kurzum chirurgische Tätigkeiten übernommen. Der Konzilsbeschluss versagt ihnen dies. Er richtet sich aber nicht an weltliche Ärzte. Es gibt Städte und Länder, in denen viel seziert wird. In Italien mussten die Universitäten auf ausdrückliche Anordnung Kaiser Friedrich II. mindestens einen Menschen pro Jahr öffentlich einer Leichenschau unterziehen. In Köln, wo ich studierte, gab es ebenfalls Sektionen. Einige Ärzte und Professoren lehnen sie aus moralischen Gründen ab. Ich habe nichts dagegen. Allerdings hat Galen zum menschlichen Körperbau schon alles gesagt und beschrieben. Wir finden durch Sektionen also keine neuen Erkenntnisse. Und wenn Schweine zur Veranschaulichung ausreichen, warum sollte ich dann menschliche Körper verwenden? Denn hierin liegt das eigentliche Problem. Nicht jeder Tote kann einfach aufgeschnitten und untersucht werden. Meist verwenden die Universitäten die Körper verurteilter Verbrecher. Dafür zahlen sie einen Obolus an den Rat und den Henker, damit er den Körper bei der Vollstreckung der Urteile schont. Hinrichtungen finden in Greifswald, dem Herrn sei's gedankt, allerdings nicht häufig statt."

Ein Funken Hoffnung keimte in Martin auf. „Gibt es denn in Greifswald Vertreter, die sich grundsätzlich gegen Sektionen ausgesprochen haben?"

Lazar überlegte. „Nein, nicht dass ich wüsste. Die Lehrer der anderen Fakultäten interessieren sich nicht dafür, nicht einmal die Theologen. Die Diskussion betrifft nur die medizinische Fakultät. Vor meiner Ankunft teilten sich Habicht und Heiden die Lehrstunden. Habicht wäre sicherlich nicht darauf versessen gewesen, eine Sektion vorzunehmen. Das muss allerdings nichts weiter heißen. Schließlich assistieren uns für gewöhnlich Prosektoren." Er sah Martins fragendes Gesicht. „Die Chirurgen. Sie zeigen den Studenten während der lectio und vor allem in der anschließenden disputatio den Sitz der Organe und alles andere. Aber Heiden hatte, soviel ich weiß, seit seiner Ankunft in Greifswald auf die Unterstützung durch einen Prosektor verzichtet und den praktischen Anatomieunterricht selbst übernommen. Als ich herkam, verlangte er von der Universität, Leichname anzukaufen und schlug vor, wir sollten den Bewohnern des Armenviertels ein anständiges Begräbnis versprechen, wenn sie ihren Körper der Wissenschaft widmen würden. Ein wenig zusätzliches Geld sollte ihre Entscheidung schon zu Lebzeiten erleichtern. Ich erhob Bedenken. Ein Mensch muss diese Entscheidung ohne finanzielle Anreize treffen. Schon gar nicht dürfen Verwandte nur wegen der Aussicht auf Geld den Körper eines Toten verkaufen. Das muss in gleichem Maße für Menschen gelten, die Recht und Gesetz übertreten haben. Niemand darf einem anderen das Recht nehmen, über seinen Körper zu entscheiden. Darum sprach ich mich gegen den Vorschlag aus. Er wurde schließlich abgelehnt. Die Fakultät stellte kein Geld zur Verfügung und untersagte Heiden auch, eigene Mittel dafür zu verwenden."

„Und Habicht?"

„Was habt Ihr nur gegen den alten Mann?"

Nach einem langen Blick von Martin gab sich Lazar einen Ruck.

„Die medizinische Fakultät hatte seit ihrer Gründung immer nur einen Lehrer. Als Heiden nach Greifswald kam, bekleidete Habicht die erste Professur. Heiden genoss einen hervorragenden Ruf. Man versprach sich von seiner Ankunft einen Anstieg der Studentenzahl. Tatsächlich nahm die Zahl der Einschreibungen zu. Ich habe nie verstanden, was Heiden, der an jeder Universität des Abendlandes hätte unterrichten können, ausgerechnet nach Greifswald zog. Als Habicht in den Ruhestand wechselte, wurde ich zweiter Professor. Habicht wollte eigentlich nicht mit der Lehrtätigkeit aufhören, Heiden habe ihn mehr oder weniger gedrängt und auch bei anderen Kollegen gegen ihn gesprochen – sagt man. Ich betone, sagt man, denn ich war zu diesem Zeitpunkt noch nicht hier. Bis heute bemüht sich Habicht, trotz seines Alters weiter zu unterrichten – er ist praktisch vermögenslos. Ich kenne einige Kaufleute, bei denen er nicht unerhebliche Schulden hat. Ihr habt ja selbst erlebt, wie nachdrücklich er sich anbot, Heidens Unterricht zu übernehmen. Irgendwann soll es außerdem zu einer heftigen Auseinandersetzung zwischen den beiden gekommen sein. Habicht hegte Ambitionen auf das Amt des Rektors. Bei der Abstimmung im consilium universitatis soll Heiden ihn scharf angegriffen haben. Wie man erzählt, unterstellte er Habicht nicht nur, sein Lehrbuch aus verschiedenen Werken abgeschrieben und völlig falsche Ergebnisse präsentiert zu haben. Heiden soll zudem vor dem gesamten consilium erklärt haben, man könne niemanden mit zweifelhaftem Lebenswandel und hohen Schulden zum Rektor ernennen. Habicht verlor die Abstimmung. Der Rektortitel ging an den Vertreter der Juristen."

Sie schwiegen für eine Weile. Dabei drängte sich Martin das Gefühl auf, Lazar wollte ihn etwas fragen. Endlich rang sich dieser durch.

„Als ich eben über Gott sprach, überkam mich der Eindruck, Ihr würdet an Gottes Weisheit und Güte zweifeln. Jedenfalls scheint mir Euer Glaube nicht so fest, wie er eigentlich sein sollte."

Martin zuckte mit den Schultern. „Ich denke über meinen Glauben nicht soviel nach. Ich zweifle nicht an Gott, jedoch an seiner Gerechtigkeit. Der Mann vorhin, warum erlöst Gott ihn nicht von den Schmerzen?"

„Leid ist eine Prüfung. Nur durch das Leid, das wir überstehen, gelangen wir zur höchsten Stufe der Vollkommenheit und verdienen uns die Liebe des Herrn. Nur wenn wir in der Lage sind, uns dem Schicksal zu stellen, unsere Aufgaben zu meistern und unsere Lasten zu tragen, wird der Herr uns mit offenen Armen in seinem Reich empfangen. Andererseits verhängt der Schöpfer Leid für Sünden, die wir begehen."

„Was für Sünden begehen Arme, die kein Brot haben, um ihre leeren Bäuche zu füllen, und die kein Holz besitzen, um sich zu wärmen? Warum müssen sie leiden?"

Wütend stand Martin auf und ging zum Pferd. Vielleicht war es ein Fehler gewesen, Lazars Angebot anzunehmen. Mühsam quälte er sich, um in den Steigbügel zu gelangen, als ihm eine Hand half.

„Ihr habt Recht, es ist an der Zeit, nach Hause zurückzukehren. Ich möchte Euch jedoch um einen Gefallen bitten. Es steht Euch frei, Euer eigenes Maß an Glauben zu finden, solange Ihr Gott nicht leugnet. Ich weiß, der Zorn, den Ihr gegen Euch selbst empfindet, lässt Euch solche Worte sprechen. Ihr meint nicht den Schöpfer, sondern hadert mit Eurem Schicksal. Es zu ändern, liegt allein in Eurer Hand. Zu Eurem eigenen Schutz dürft Ihr dergleichen jedoch nicht in der Stadt sagen, wo es genug Menschen gibt, die Eure Worte falsch auffassen könnten." Lazar erwiderte Martins Blick. „Zum anderen … es ist Euch nicht verwehrt und ich will es Euch auch nicht verbieten, Euch nach Heiden zu erkundigen. Womöglich wäre es dennoch besser, die Dinge ruhen zu lassen. Es nützt niemandem, in alten Geschichten herumzuwühlen. Und da ist noch etwas." Er machte eine Pause, als suche er nach den richtigen Worten. „Als ich bei unserem ersten Gespräch erklärte, ich wolle allein Eure Begabung an die Stadt und die Universität binden, sagte ich nicht die ganze Wahrheit. Seit ich Köln verlassen habe, bin ich einsam. Es ist nicht leicht, in meiner Position Freunde zu finden. Ich würde es sehr bedauern, Euch zu verlieren. In der kurzen Zeit, die Ihr in meinem Haus verbracht habt, ist mir die Meinung Eures Querkopfes wichtig geworden. Vielleicht ist es darum besser, wir schneiden das Thema, das uns so entzweit, nicht mehr an." Martin blickte auf die Hand herab, die sich ihm entgegenstreckte. „Ich heiße Philipp."

Innerlich verdrehte Martin die Augen. Warum versuchte Lazar ihn nicht zu missionieren, wie es jeder Pfarrer tun würde. Stattdessen bot er ihm seine Freundschaft an. Zögernd schlug Martin ein.

* * *

Die rote Glut fraß sich langsam durch das Holz. Schließlich brannte das Scheit lichterloh. Die Anstrengungen des Tages zeigten Wirkung. Die Wärme machte Martin müde. Bleiern senkten sich seine Lider. Nach ihrer Rückkehr hatte er sich bis zum Abendessen um die Übertragung von Luchts Buch gekümmert. Im Anschluss an das Essen hatte Philipp sich mit einem Lehrer der Universität in das Arbeitszimmer zurückgezogen. Zuvor hatte er Martin gebeten, in der Bibliothek auf ihn zu warten. Vorsichtig drehte er sich nun im Sessel, damit das andere Bein mehr Wärme abbekam. Unwillkürlich stöhnte er auf. Er hatte keine Vorstellung davon besessen, welche Stellen seines Körpers wehtun konnten. Endlich hörte er eine Tür klappen, Stimmen im Flur, Schritte auf der Treppe.

„Entschuldige die Verzögerung. Aber in der Universität hat man heute wichtige Dinge entschieden, von denen mein Kollege gerade berichtet hat. Ich bedauere fast, nicht dabei gewesen zu sein, vor allem, da eine Entscheidung mich unmittelbar betrifft."

Erschöpft ließ Philipp sich in den Sessel fallen. Es beruhigte Martin ungemein, an ihm ebenfalls Spuren des anstrengenden Tages zu sehen. Seufzend zog sich der andere die Stiefel aus.

„Bin ich froh, endlich aus den Dingern herauszukommen."

„Was gab es? Hat euer neuer Kandidat den Ruf angenommen?"

„Nein, nachdem wir uns gegen Bonicio und für Professor van Blenden entschieden haben, wird es noch ein Weilchen dauern, bis wir eine Antwort von ihm erhalten. Der Ruf ist erst drei Tage unterwegs. Vermutlich hat er ihn noch gar nicht erreicht. Und van Blenden wird seine Universität vermutlich genauso wenig verlassen, wie es Bonicio getan hätte. Machen wir uns nichts vor, unsere Universität ist klein." Philipp seufzte. In einem Nachsatz fügte er lächelnd hinzu: „Aber fein. Leider lieben die italienischen Städte ihre Universitäten und ihre Gelehrten sehr. Schließlich sind sie ein Aushängeschild für die Stadt. Die Universitäten bekommen daher alle Unterstützung, die man sich nur denken und wünschen kann. Jedenfalls zeigen die Italiener mehr Verständnis für ihre Belange als die deutschen Städte. Ein Lehrer braucht nur mit dem Finger zu schnippen und der Rektor besorgt die notwendigen Mittel. Was können wir bieten? Unsere Stärken liegen in unserer überschaubaren Größe und in der geografischen Lage. Bis auf Rostock gibt es weit und breit keine Universität. Krakau, Leipzig, Erfurt und Prag sind weit entfernt. Und glaube mir, je kleiner eine Universität ist, desto besser bekommt es den Studenten. Das weiß ich aus eigener Erfahrung. Ich kenne jeden Medizinstudenten von Angesicht. Während meines Studiums war dies bei den Kölner Professoren bestimmt nicht der Fall."

In Gedanken versunken erwiderte Martin: „Italien. Man hört so viel davon. Schön soll es jenseits der Alpen sein und immer warm. Warst du schon dort?"

Lazar lachte. „Ja, ich habe einige Zeit in Padua verbracht. Ich brauchte etwas Abwechslung zu Köln. Und ja, die italienischen Städte sind wunderschön und die Italiener verfügen über ein anderes Temperament. Aber kalt ist es dort im Winter auch, jedenfalls in Padua."

„Und welche Nachrichten betreffen dich?"

Lazar seufzte. „Nun, ich werde dich um einen großen Gefallen bitten müssen. Du sollst eine Aufgabe übernehmen, die das consilium universitatis eigentlich mir übertragen hat."

Martin blickte ihn neugierig an.

Philipp fuhr fort. „Nun, vielleicht weißt du es schon. Es hat sich in den Tagen nach Heidens Tod herumgesprochen. Heiden hat in seinem Testament die Universität zur Erbin seines Vermögens bestimmt. Hierzu zählen seine umfassende Bibliothek und das Haus. Es soll nun für seinen Nachfolger vorbereitet werden. Konkret bedeutet das, der Inhalt des Kellers zieht in die Medizinische Fakultät, die Bibliothek in die Große Artistische Fakultät und Heidens Kleidung wie die des Dieners soll ins Armenviertel, vielleicht auch etwas Hausstand. Da ich im Besitz der Schlüssel für das Haus bin, soll ich mich darum kümmern. Wegen der anstehenden Prüfungen habe ich in den nächsten

Tagen allerdings keine Zeit dafür. Außerdem habe ich einen Teil von Heidens Vorlesungen übernommen. Wir konnten Habicht doch nicht alle Lektionen übertragen. Ich kann mich also nicht selbst darum kümmern. Würdest du das übernehmen? Wenn ich mich recht erinnere, wolltest du heute Nachmittag mehr über Heiden herausfinden. Ich billige deine Neugier zwar nicht, doch ich möchte dir nichts verbieten. Du bist ein freier Mensch. Mir wäre es nur lieb, wenn du niemanden mit Fragen behelligst."

Martin frohlockte innerlich. Betont neutral stimmte er zu. „Danke für dein Vertrauen. Natürlich werde ich mich zurückhalten."

„Dann ist es abgemacht. Allerdings wirst du die Arbeit nicht allein schaffen. Die Bibliothek muss katalogisiert werden, bevor sie umzieht. Heiden hat ja nicht nur medizinische Literatur besessen und das consilium will eine Entscheidung treffen, welche Bücher den Studenten zur Verfügung stehen dürfen. Zudem ist der Keller voller Zeug, das beiseite geschafft werden muss. Ich werde mich um jemanden kümmern, der dir zur Hand geht."

Mit diesen Worten verließ Philipp das Zimmer, ließ die Tür jedoch geöffnet. Fächer und Schubladen klappten lautstark, Gegenstände wurden geräuschvoll beiseite geschoben. Bei der Beschreibung von Heidens Haus war Martin hellhörig geworden. Warum kannte sich Philipp dort so gut aus? Der schien endlich gefunden zu haben, wonach er suchte. Mit einem Lächeln kehrte er zurück.

„Hier, das ist der Schlüssel zum Haus. Als das Unglück geschah, dachte man sich im consilium, es wäre am klügsten, ihn mir zu geben, da Heiden mir am nächsten wohnte. Na ja, um ehrlich zu sein, es wollte sich niemand anderes darum kümmern."

Martin hielt das kalte Eisen wie ein Kleinod in seiner Hand.

Agnes' Rotschopf schob sich in die Tür. „Herr Professor? Medikus Pfeifer möchte Euch dringend sprechen."

„Führ' ihn herauf, Agnes! Du siehst müde aus, Martin. Es ist besser, du ruhst dich ein wenig aus. Das Übrige besprechen wir morgen früh."

Gern hätte Martin dem Gespräch mit dem Medikus beigewohnt, doch Philipps Tonfall ließ ihm keine Wahl. Beim Hinausgehen stieß Martin gegen Pfeifers dicken Bauch.

„Guten Abend."

Pfeifer ignorierte den Gruß, schob ihn wie einen Gegenstand zur Seite und schloss die Tür hinter sich. Martin verharrte am Treppenabsatz und fing einige Wortfetzen auf. „... verrückt ...? ... Schreiberling ...?" Gerade noch rechtzeitig griff er nach dem Geländer, sodass es aussah, als quäle er sich mühsam die Treppe herunter. Klaus kam mit einem Tablett nach oben. Im Vorbeigehen warf der Diener ihm einen schiefen Blick zu und rempelte ihn hart mit der Schulter. Martin sagte nichts. Er konnte sich vorstellen, weshalb der Blonde ihn nicht mochte, schließlich war Klaus dem Hausherrn bis zu seiner Ankunft zur Hand gegangen. Andererseits, was konnte er für Philipps Entscheidungen?

Müde schlurfte Martin in Richtung seines Zimmers. Erschrocken zuckte er zusammen, als er im Augenwinkel am anderen Ende des Flurs einen Schatten wahrnahm. Als er sich umwandte, erkannte er Sarah, die stumm vor ihrer Tür stand. Wieder ruhte ihr Blick auf ihm, drang tief in seinen Körper ein. Wohlige Wärme durchzog ihn. Er spürte, wie sie in ihm aufstieg und sich etwas in ihm regte.

„Gute Nacht, Sarah!" Hastig schlüpfte er in sein Zimmer.

IV

Dicke Tropfen trommelten gegen das Fenster der Bibliothek. Ein schwacher Lichtschein erhellte den Himmel. Das Klappern in der Küche hatte Martin zeitig geweckt. Statt sich noch einmal im Bett umzudrehen, war er aufgestanden und hatte sich der Übertragung von Luchts Buch gewidmet. Die Arbeit ging ihm leicht von der Hand und er bemerkte nicht, wie die Zeit verflog. Ab und zu vergewisserte er sich, ob der Schlüssel noch immer in seiner Hose steckte. Nachdem er zwei Seiten übertragen hatte, trennte Martin sich schweren Herzens von der Feder und stieg in die Küche hinab. Wie jeden Tag fand er auf seinem Teller eine besonders große Portion. Scheinbar hatte sich Agnes in den Kopf gesetzt, ihn zu mästen. Dieses Vorhaben war durchaus von Erfolg gekrönt. Mittlerweile sahen seine Wangen nicht mehr so eingefallen aus wie noch vor einigen Wochen.

Erstaunt blickte Martin auf, als er Philipps Stimme im Flur hörte. Eigentlich sollte dieser schon in der Fakultät sein. Stattdessen begleitete der Lehrer einen Besucher zur Tür. Den Worten nach musste es sich um einen Studenten handeln, dessen Prüfung bevorstand. Martin hörte Lazar versichern, es werde schon alles gelingen, wenn sich der andere nur an seine Ratschläge halte. Kaum hörte Martin die Haustür schließen, betrat Philipp die Küche.

„Guten Morgen, Martin. Hast du den jungen Mann eben gehört? Er war sehr aufgeregt. Heute Nachmittag soll er ein Examen für den Titel des doctor medicinae ablegen. Hoffentlich bekommt er seine Nervosität in den Griff. Ich war damals genauso aufgeregt. Wenn du möchtest, können wir gleich gemeinsam in die Artistische Fakultät gehen, wo ich mich um eine Unterstützung für dich kümmere. Außerdem sollst du unseren Bibliothekar kennenlernen. Da fällt mir ein, hast du meinen Rat schon befolgt?“

Martin runzelte die Stirn. Worauf spielte Philipp an?

„Hatte ich dir nicht geraten, einen Stock zu kaufen?“

Er setzte sich Martin gegenüber. Sofort sprang Sarah herbei und trug sein Frühstück auf. Dabei streifte Martin der Blick ihrer dunklen Augen. Unbeholfen senkte er den Kopf. Philipp schien es zu bemerken und lächelte amüsiert. Um abzulenken, erzählte Martin von seiner Entscheidung. Sie war ihm schwer gefallen, denn ihm gefiel der Gedanke überhaupt nicht, wie ein Greis herumzulaufen.

„Vor drei Tagen war ich bei Meister Kunz. Er stellt mir einen robusten Stock her. Eigentlich sollte ich schon gestern vorbeischauen. Aber da hast du mich ja zum Ausritt gezwungen. Vielleicht hole ich ihn heute Nachmittag ab.“

Philipp schmunzelte. „Niemand hat dich gezwungen und den Stock holen wir auf dem Weg zur Fakultät ab. Ich begleite dich.“

Martin verdrehte innerlich die Augen. Philipps Fürsorge erdrückte ihn allmählich.

* * *

Als Martin auf die Straße trat, sah er, wie tief die Wolken hingen. Immerhin hatte der Regen etwas nachgelassen. Schon nach wenigen Schritten hingen dicke Klumpen Schlamm an seinen Schuhen.

Martin mochte es nicht, wenn andere ihm ungefragt ihre Hilfe aufdrängten, auch wenn sie noch so gut gemeint war. Umso mehr hasste er es, ihnen auch noch Recht geben zu müssen. Der Stock erleichterte das Gehen tatsächlich. Der glatte Griff schmiegte sich in seine Hand, die Länge war genau auf seinen Körper abgestimmt. Philipp zollte dem Meister großes Lob. Immer wieder musste Martin vor den kritischen Augen der beiden Männer auf und ab gehen. Endlich hatte Philipp genug und ließ sich von Meister Kunz die verschiedenen Geräte in der Werkstatt erklären, bis er schließlich zum Aufbruch drängte.

Schweigend liefen sie durch die aufgeweichten Straßen. Aus der Rotgerberstraße zog ein erbärmlicher Gestank in die Stadt. Hier, in der Nähe des Flusses, hatten sich vor langer Zeit die Gerber angesiedelt. Schon oft hatte Martin gesehen, wie sie am Wasser standen und Haare und Fett von den Kuhhäuten abschabten. Abgesehen von dem unerträglichen Geruch war es eine schwere Arbeit. Um nichts in der Welt hätte er mit ihnen getauscht. Unwillkürlich beschleunigten die Männer ihren Schritt. In der Artistischen Fakultät öffnete ein alter Mann die Tür und begrüßte Philipp ehrfürchtig. Neugierig folgte Martin dem neuen Freund durch die schmalen Gänge. Wieder verlor er schnell die Orientierung. Endlich blieben sie vor dem Eingang zur Bibliothek stehen. Philipp bat Martin, davor zu warten. Einige Studenten gingen vorbei, Pergamentbögen und Federn in den Händen. Keiner nahm Notiz von ihm. Nach einer halben Ewigkeit öffnete sich die massive Eichenholztür wieder und Philipp kam heraus, das Gesicht leicht gerötet. Er verabschiedete sich und schickte Martin hinein, um das Weitere mit dem Bibliothekar zu klären.

Beim Eintreten blieb Martin der Mund offen stehen. Regale füllten den Raum, nicht so hoch wie in Heidens Bibliothek, aber weitaus zahlreicher. Allerdings waren nur die ersten vier gefüllt, alle übrigen standen leer. Für diese Handvoll Bücher bedurfte es kaum eines Bibliothekars. Aus einem der Gänge mit den leeren Regalen kam ihm ein Männchen entgegen. Es trug eine Kutte, in der es fast versank. Martin wunderte sich, einen Mönch in der Fakultät zu sehen. Er schien keinem Greifswalder Kloster anzugehören, weder trug er die Kutte der Franziskaner noch der Dominikaner. Schlecht gelaunt und verächtlich schaute er zu Martin hoch. Unwillkürlich empfand Martin Unbehagen wegen seiner Größe. Der Bibliothekar war so klein wie ein zwölfjähriger Knabe. Während er missmutig die Hände aneinander rieb, musterte er Martin von Kopf bis Fuß.

„So so, Ihr seid also der Unglückliche, den man in dieses abscheuliche Haus schickt. Um ehrlich zu sein, beneide ich Euch nicht."

Er stellte sich auf die Zehenspitzen, um näher an Martins Ohr zu reichen. Dabei rollten seine Augen gefährlich in ihren Höhlen hin und her. Sein Atem roch faulig. Angeekelt rückte Martin ein Stück ab. Doch der andere kroch noch dichter an ihn heran.

„So so, nein beneiden tue ich Euch wahrlich nicht. Wisst Ihr, die Geister gemeuchelter Menschen bleiben immer am Ort des Verbrechens und warten auf die Rückkehr des Mörders, um sich zu rächen. In der Normandie, wo ich herkomme, gibt es viele Häuser, in die sich niemand traut, weil unglückliche Seelen in ihnen umherwandern."

Martin zog die Augenbraue hoch. Normandie, das erklärte den seltsamen Dialekt des Alten, nicht jedoch, weshalb er so wirres Zeug sprach. Gleichwohl war Martin plötzlich unbehaglich zumute.

„Ich habe Heiden nicht umgebracht. Weshalb sollte mir sein Geist also etwas antun?"

„So so, meint Ihr, ich lüge? Glaubt mir, ich kenne mich aus. Geister sind boshaft. Sie treiben Unschuldige in den Wahn, weil es ihnen Spaß macht."

Der Bibliothekar kicherte in sich hinein. Ohne Frage, er hatte nicht alle Sinne beisammen. Endlich wurde das Männlein wieder ernst.

„So so, ich sehe einen Furchtlosen vor mir. Da ich meine Zeit nur ungern verschwende, erkläre ich Euch schnell Eure Aufgabe. Ihr sollt Heidens Bibliothek in einem Verzeichnis erfassen. Das muss geschehen, bevor die Bücher in Kisten gepackt und hierher gebracht werden, damit ich sie hier gleich in die richtigen Abteilungen sortieren kann. Die Herren Professoren möchten zudem wissen, welche Bücher unsere Alma Mater geerbt hat. Das ist notwendig, um zu entscheiden, zu welchen Werken die Studenten Zugang erhalten. Die anderen werden ihren Platz dort hinten unter meinen wachsamen Augen finden."

Mühsam unterdrückte Martin ein Grinsen. Abteilungen! Der Bibliothekar ließ sich nicht vom Zucken um Martins Mundwinkel beeindrucken.

„So so. Lazar scheint eine hohe Meinung von Euch zu haben. Immerhin scheint Ihr lesen und schreiben zu können.

Obwohl Ihr mir nicht gerade … wie ein Mann mit Bildung ausseht."

Martin rang kurz nach Fassung. „Auch wenn ich vielleicht nicht wie ein gebildeter Mann aussehe, so kennt Ihr sicherlich meine Werke." Er gab seinen Worten bewusst eine spöttische Note. „Mein Name ist Martin Haffer. Ich stehe erst seit kurzem in den Diensten von Professor Lazar. Zuvor habe ich lange Jahre als Kopist beim alten Klaas gearbeitet." Er deutete auf ein Buch mit braunem Einband und goldenen Buchstaben. „Wenn ich mich nicht täusche, handelt es sich bei dem Werk dort drüben um jene Ausgabe von Hippokrates *De diaeta acutorum*, die ich vor zwei Jahren für die Medizinische Fakultät kopiert habe."

Der Mund des Bibliothekars klappte auf und zu. „So so. Tatsächlich kommt das Buch aus Klaas' Kopierstube. Der Tod des Alten ist ein schlimmer Verlust. Es ist mir unverständlich … wie ein so kluger Mann einen so unendlich dummen Sohn haben kann. Wie dem auch sei, die Fähigkeit, Bücher zu übertragen, bedeutet nicht, sich mit Büchern auszukennen! Jeder halbwegs Talentierte kann Buchstaben abmalen. Selbst eine Frau könnte das!"

Martin war sprachlos. Schon wieder traf er auf jemanden, der von seiner Arbeit lebte und sie gleichwohl gering schätzte. Ein Mann der Bücher sollte es besser wissen! Martin wollte etwas Böses erwidern, kam aber nicht dazu.

„So so. Was die Katalogisierung betrifft, sollt Ihr Titel, Autor und das Sachgebiet aufschreiben, also Mathematik, Philosophie, Medizin und was weiß ich, was der alte Kauz alles in seinem Haus beherbergt hat. Dazu werdet Ihr wohl in der Lage sein. Damit Ihr nichts falsch macht, schicke ich Euch nachher einen fähigen Studenten vorbei. Auf Wunsch von Professor Lazar soll Euch Gernot von Eisenfels zur Hand gehen. Der junge Mann kennt sich in Heidens Haus aus. Leider bin ich hier unabkömmlich. Ihr könnt Euch übrigens Zeit lassen und mit dem Beräumen des Kellers beginnen, wie es Professor Lazar wünscht. Ich habe hier genügend anderes zu tun. Ich schicke Euch einige Packer, die das Zeug aus dem Keller in die Medizinische Fakultät bringen. Habt Ihr noch Fragen?“

In der Tat fragte Martin sich, was das Männlein in diesem fast leeren Raum so Wichtiges vorhatte. Doch er wollte einfach nur noch weg von dessen üblem Mundgeruch.

„Verzeiht, ich bräuchte ein paar Blätter oder Pergament, auf denen ich die Listen erstellen kann.“

Der Bibliothekar machte ein Gesicht, als hätte Martin ihm einen Dolch ins Herz gestoßen. „So so, braucht Ihr das? Na dann kommt mit.“

Martin folgte ihm zu einem riesigen Eichenschrank. Seufzend zog der Mönch einen schweren Schlüssel aus seiner Kutte. Im Inneren des Schrankes stapelten sich Pergament und Papier, Tintenfässer verschiedener Größe, Federkiele, alles, was das Herz eines Schreibers begehrte. Fast schien es, als versuche der Bibliothekar, Martins Blick von der verborgenen Vielfalt abzuhalten.

„So so, das sollte reichen.“ Unfreundlich reichte er Martin einen Stapel Papier, Feder und das kleinste Tintenfass, das er fand. „Was Ihr nicht braucht, bringt zurück. Solltet Ihr im Haus Feder und Tinte finden, verwendet sie zuerst. Es wird dem seligen Herrn Professor bestimmt nicht unangenehm sein, wenn Ihr seine Vorräte aufbraucht. Vielleicht macht Ihr auf diese Weise mit seinem Geist Bekanntschaft.“

Der Wirrkopf verfiel wieder in sein irres Kichern. Schnell nahm Martin das Fässchen mit der Tinte und verstaute es samt Papier in seinem Lederbeutel. Dann machte er sich auf den Weg ins Freie.

* * *

Nun, da er vor Heidens Haustür in der Tasche nach dem Schlüssel suchte, war alle Unbefangenheit verschwunden. Was hoffte er hier zu finden? Aufmerksam sah er sich um. Magda hatte ihm von einer Nachbarin erzählt, die Christof Metzner in der Nacht kopflos aus dem Haus hatte laufen sehen. Wo wohnte diese Frau? Während er darüber nachdachte, bemerkte er eine Bewegung hinter einem Fenster schräg gegenüber. Konnte es dort drüben sein? Martin ging zu dem Haus und klopfte. Nach einiger Zeit öffnete ein grauhaariges Mütterchen zaghaft die Tür.

Er wagte es einfach. „Gott zum Gruße! Entschuldigt die Störung, ich soll Euch zu den Ereignissen in Professor Heidens Haus befragen."

„Gott zum Gruße. Wer seid Ihr? Ich habe der Stadtwache doch schon alles gesagt!"

Martin atmete auf, er hatte richtig geraten. Die Frau hatte gerade gesehen, wie er das Haus betreten wollte. Dabei würde sie ihn in den nächsten Tagen gewiss noch öfter beobachten. Er musste ihr also eine plausible Erklärung geben, die gleichzeitig sein Interesse an der Geschichte rechtfertigte.

„Ich bin Schreiber. Im Auftrag des Rates soll ich ein Verzeichnis von den Sachen im Haus erstellen. Man muss wissen, was die Universität geerbt hat, damit keiner nachher sagen kann, es fehle etwas. Bei dieser Gelegenheit wurde mir aufgetragen, Euch zu besuchen. Der Vogt hat noch kein amtliches Protokoll von Eurer Aussage."

Martin hoffte inständig, es wäre wirklich noch kein Protokoll angefertigt worden und sie würde ihm die Geschichte glauben.

„Hat denn die Stadtwache nichts aufgeschrieben?"

„Der Mann ist leider nicht dazu ermächtigt. Er hat nur die Befragung vorgenommen. Eure Aussage muss von einem amtlichen Schreiber aufgenommen werden. Wenn wir das Protokoll jetzt anfertigen, müsst Ihr dafür nicht ins Rathaus kommen. Wenn Ihr gestattet, setze ich mich ans Fenster, dort kann ich besser schreiben."

Ohne ihre Antwort abzuwarten, trat Martin ein. Er ging in den Raum neben der Tür und stand mitten in der Küche. Zur oberen Kapaunstraße hin gab es ein kleines Fenster. Dort setzte er sich hin und holte betont umständlich seine Schreibutensilien heraus. Dabei nutzte er die Gelegenheit, um die Sicht auf Heidens Haus zu prüfen. Von hier konnte man die Tür gut beobachten. Er fragte sich, ob sie auch seine Besuche bei Heiden bemerkt hatte.

Auf seine Bitte begann die Alte zögerlich von den Geschehnissen zu berichten.

„Alles begann einen Tag vor dem Unglück. Da begegnete mir ein Bursche in der Gasse. Er kam vom Haus des Herrn Professor, Gott hab ihn selig." Die Frau schlug ein Kreuz vor der Brust. „Der Bursche schimpfte vor sich hin: ‚Dieser Schwachkopf', sagte er, ‚hält sich für was Besseres!' Dann sagte er noch irgendetwas von heimzahlen. Genau weiß ich es nicht mehr. Am nächsten Abend ging ich zeitig zu Bett. Die Federn milderten die Kälte etwas. Ich schlief ein. In der Nacht bekam ich

Durst. Darum stand ich auf und kam hier in die Küche. Da hörte ich draußen ein Geräusch. Ich öffnete den Fensterladen ein klein wenig und lugte in die Straße. Ein Bursche schaute verstohlen aus der Haustür. Schließlich schlüpfte er aus dem Haus, zog die Tür hinter sich zu. Dann verschwand er in der Straße. Nun, ich dachte mir, der Herr Professor ist eine Respektsperson, dem tut keiner etwas. Also bin ich wieder zurück ins Bett. Wenn ich gewusst hätte, was passiert ist …" Sie schluchzte.

„War es Grothenbergs Geselle, der aus dem Haus kam?"

„Weiß ich, ob es Grothenbergs Geselle war! Das sagen die anderen. Es war der Bursche, der mir tags zuvor begegnet war. Jedenfalls hatte er dieselbe Statur – ein bisschen kräftiger als Ihr, aber kleiner."

„Habt Ihr sein Gesicht gesehen?

„Nein, aber ich bin mir trotzdem ganz sicher!"

„Erinnert Ihr Euch, wie spät es war?"

„Nein, wie gesagt, ich bin zeitig zu Bett gegangen. Nachdem der Bursche weg war, habe ich noch ein bisschen am Fenster gewartet, bin aber bald ins Bett zurück. Es war ja so kalt! Ich erwachte erst wieder, als ich Stimmen hörte. Durch den Schlitz im Fensterladen sah ich mehrere junge Männer vor der Tür dort drüben. Sie klopften und riefen den Namen des Herrn Professor. Als die Tür nicht geöffnet wurde, brachen sie die Tür auf. Gleich darauf erhob sich lautes Geschrei. Einer rannte heraus und kam später mit der Stadtwache zurück."

Martin dachte an sich. „Außer dem Gesellen habt Ihr niemanden gesehen?"

„Nein. Der Bursche verließ das Haus allein. Danach bin ich ja wieder schlafen gegangen. Während die anderen wie wild schrien, zog ich mich an und ging hinüber, um nachzusehen. Das habe ich dem Hauptmann aber alles schon erzählt. Als man ein paar Tage später einen jungen Burschen bei der Stadtmauer fand, sollte ich ihn mir anschauen. Ich habe ihn gleich als denjenigen erkannt, der mir in der Gasse begegnet war. Tags darauf erzählten die Leute, es sei Grothenbergs Geselle gewesen."

„Ich denke, das genügt dem Vogt." Mit einem unguten Gefühl im Magen verabschiedete sich Martin. Die Worte der Frau passten zu Jans Aussage. Christoph Metzner war vermutlich trotz des Streites mit Heiden zur Vorbereitung der Anatomiestunde gekommen. Da er das Haus allein verlassen hatte, war er als Täter auszuschließen. Ohne Hilfe hätte er den Professor nicht töten können. Musste er sterben, weil er Heidens Mörder gesehen hatte? Wie hatte der Täter davon erfahren? Hatte Metzner sein Wissen gewinnbringend einsetzen wollen?

* * *

Beim Öffnen der Haustür schlug ihm abgestandene Luft entgegen. Dunkelheit saugte das durch die Tür einfallende Tageslicht regelrecht auf. Zum ersten Mal bemerkte Martin die schweren Vorhänge zu beiden Seiten der Tür. Heidens Haus war ein wenig seltsam. Vor den Glasfenstern besaß es hölzerne Läden und Innen überdies noch Vorhänge. Es schien, als habe Heiden alles getan, um neugierigen Blicken der Nachbarn vorzubeugen. Als Martin den Stoff zur Seite schob, fiel Staub in dicken Wolken zu Boden. Das kitzelte in der Nase und verursachte ein heftiges Niesen. Nachdem er auch die Fensterläden aufgestoßen hatte, konnte er jede Einzelheit des Flurs erkennen. Zu beiden Enden gab es Treppen, die linke führte in den oberen Stock, die hinter der Tür am anderen Ende kannte er bereits. Links neben der Bibliothek lief ein kleiner Gang an der Treppe vorbei in die Küche, rechts von der Bibliothek lag ein weiterer Raum.

Neugierig begab er sich zunächst nach oben. Dicke Vorhänge verdunkelten auch das Obergeschoss. Zuerst besah sich Martin eine Kammer am Ende des oberen Flurs. An einer Wand stand ein kleiner Schrank, die Kleidung darin passte eher zu Johann. Dazu gab es ein Bett und zwei Stühle an einem kleinen Tisch. Neben der Kammer befand sich Heidens Schlafgemach. Daunendecken und Kissen waren wie mit einem Lineal ausgerichtet. Auf dem Nachttisch stand ein kleiner Leuchter. In einem mit zahlreichen Ornamenten versehenen Schrank lagen fein säuberlich Hemden, Kragen, Strümpfe, Umhänge. Enttäuscht verließ Martin den Raum. Was hatte er zu finden erwartet? Lustlos öffnete er die letzte Tür neben der Treppe und staunte. Heidens Arbeitszimmer war der einzige Raum, in dem kein Vorhang die Sicht auf den Garten versperrte. Vor dem Fenster stand ein massiver Schreibtisch. Ein Meisterwerk der Schreinerkunst. Der Mann hatte einen erlesenen Geschmack besessen, nicht nur bei Büchern und Gaumesfreuden. Sanft strich Martin über die glatte Fläche des Holzes. In der Bodenplatte erblickte er eine Vertiefung für ein Tintenfässchen. Davor lagen einige Zettel mit Zahlenkolonnen, hinter die jeweils ein Datum gesetzt war. Wahrscheinlich handelte es sich um eine Ausgabenaufstellung. Die gespitzten Federkiele waren nach ihrer Größe sortiert. Anscheinend hatte Heiden Unordnung regelrecht gehasst. Oberhalb der Schreibplatte gab es ein verschlossenes Fach. Martin versuchte es mit einem Schlüssel, der in einem kleinen Fach steckte. Natürlich passte er nicht. Diesem Problem würde er sich später widmen. Ein Stapel Papier weckte seine Neugier. Die ihm fremde Handschrift verriet die Arbeit eines Studenten. Daneben lagen sorgfältig sortierte Briefe. Als Martin den Raum verließ, drehte er sich nochmals um. Etwas kam ihm seltsam vor, ohne dass er es hätte erklären können.

Im unteren Geschoss begann er mit der Küche. Nichts unterschied sie von anderen – eine Feuerstelle, Töpfe, Pfannen, Kellen, Rührlöffel. Auf Regalen standen irdene Töpfchen, der Größe nach aufgereiht. Neugierig trat Martin darauf zu, lüftete einen Deckel und roch. Zu spät. Tränen schossen ihm in die Augen, seine Nase wehrte sich mit heftigem Niesen. Ausgerechnet den Pfeffertopf musste er als ersten erwischen. Seit seiner Kindheit war ihm das Gewürz nicht wieder untergekommen, nur wenige Menschen konnten und wollten es sich leisten. Beim nächsten Töpfchen stellte er sich vorsichtiger an. Der rote feinpulvrige Inhalt war ihm unbekannt, ebenso das gelbe Pulver im dritten Topf. Der vierte enthielt eindeutig Salz, der folgende Honig. Neugierig hob er einen weiteren Deckel und entdeckte kleine, rote, trockene Früchte. Interessiert hielt er eine gegen das Licht, dann roch er daran. Nichts. Neugierig biss er ein Stück ab. Komisch, das rote Ding schmeckte nach nichts. Ehe er den Gedanken zu Ende gebracht hatte, begann es in seinem Mund zu brennen. Instinktiv griff Martin nach der Karaffe mit Wasser, die auf dem Tisch stand, und leerte sie. Das Wasser schmeckte ekelhaft, es stand seit Heidens Tod hier. Egal, wenn nur das Brennen nachlassen würde. Sein Mund fühlte sich mittlerweile taub an. Aus Angst, am Ende beim Suchen auf ein Gift zu stoßen, wandte er sich von den weiteren Gewürztöpfen ab.

An der Wand rechts vom Eingang führte eine Tür in eine kleine Vorratskammer, die ein feiner Duft von Geräuchertem durchzog. Von der Decke hingen eine große Keule Schinken, Würste und Zwiebelzöpfe. In einem Behältnis lagen kleine Knollen, die denen von Zwiebeln ähnelten, jedoch wesentlich kleiner waren. Als Martin eine davon in die Hand nahm, zerfiel sie in neun kleine Teile. Erschrocken warf er sie zurück. Verwundert führte er seine Hand zur Nase. Sie roch sehr angenehm. Was so gut roch, musste auch gut schmecken. Martin griff nach einem der kleinen Teile und knabberte ein wenig daran, um alles sogleich wieder auszuspucken. Die Hülle schmeckte ganz und gar nicht, der Rest war scharf, allerdings weniger als das rote Teufelszeug. Vom Geruch des Schinkens angeregt, knurrte sein Magen. Um nicht in Versuchung zu geraten, schloss Martin schnell die Tür hinter sich.

Als Nächstes betrat er die Bibliothek, einen fensterlosen Raum. Das aus dem Flur einfallende Licht schuf eine düstere Atmosphäre. Im Kamin lagen noch immer die verkohlten Reste seiner Kopien. Musste Heiden wegen des verschwundenen Buches sterben? Im letzten Raum des Erdgeschosses hatte Heiden offenbar seine Patienten empfangen. Nun war nur noch der Keller übrig.

Etwas in Martin weigerte sich, die Tür zu öffnen. Reglos verharrte seine Hand auf der Klinke. Vor seinem inneren Auge sah er sich wieder hinabsteigen, die Gefäße in den Regalen, den toten Mann auf dem Tisch erblicken. Unwillkürlich ging sein Atem stoßweise. Nach einiger Zeit strich er sich über die Augen und zwang sich, an etwas anderes zu denken. Er kehrte in die Küche zurück und nahm einen Leuchter, den er nach einigen Versuchen entzündete. Zaghaft stieß er nun die Kellertür auf. Wieder schlug ihm kühle Luft entgegen. Die Kerzen flackerten in der zitternden Hand. Unten angekommen, atmete er erleichtert auf.

Fast hatte er erwartet, den Schweinekadaver auf dem Tisch zu sehen. In der Mitte des Raumes drehte Martin sich langsam um die eigene Achse, um das ganze Ausmaß des Kellers aufzunehmen. Fasziniert trat er auf die Regale zu, fuhr jedoch sogleich erschrocken zurück. In einer trüben Flüssigkeit schwamm etwas, das wie ein Mensch aussah. Allerdings war das Ding nur so groß wie seine Faust. In anderen Gläsern schwammen ein Frosch, eine Schlange und einige ihm unbekannte Tiere. Angeekelt wandte Martin den Blick ab. Rechts von der Treppe lag ein abgeteilter Holzverschlag. Dahinter lagerten Fässer und Weinflaschen. Auf der anderen Seite erkannte Martin eine weitere Bretterwand, hinter der sich Käfige verschiedener Größe und Breite stapelten. Alle waren leer. Der Boden wies Spuren von Exkrementen, Blut und Stroh auf. Vereinzelt schwebten Fellknäuel in der aufgewirbelten Luft. Wo sollte er mit der Suche beginnen? Wonach suchte er eigentlich? Seufzend kehrte Martin in den Hauptraum zurück und begann, eine Schublade nach der anderen zu öffnen. Er stieß auf Zangen, Messer, Mörser und Stößel, Töpfchen mit Salben und Pülverchen, ein paar Pergamentbögen mit Text und Zeichnungen und einiges mehr. Eine Säge schien ihm im Vergleich zu manch anderem Instrument noch harmlos. Gern hätte Martin gewusst, wofür man das alles brauchte.

Auf einer Tischplatte hatte Heiden eine interessante Konstruktion aufgebaut. Gläserne Gefäße und Rohre waren miteinander verbunden. Sie endeten in einem verschlossenen Zylinder, in dem eine bläuliche Flüssigkeit schwamm, wie auch in einigen anderen der kleinen Gefäße. Unter einem Rohr mit einer rußigen Unterseite stand eine kleine Schale, in der Martin Aschereste erkannte. Während seine Augen alles aufmerksam untersuchten, beschlich ihn das Gefühl, nicht allein zu sein.

Langsam drehte er den Kopf zur Treppe. Im Lichtschatten verharrte auf halber Höhe eine schlanke Gestalt. Um besser sehen zu können, hob Martin den Leuchter. Der junge Mann mit dem blonden Schopf trug den Umhang der Studenten. Wie lange hatte der Bursche schon dort gestanden?

„Macht es dir Spaß, andere heimlich zu beobachten? Bist du Gernot von Eisenfels?" Der Student nickte. „Komm ins Licht, damit ich dich richtig sehen kann!"

Der junge Mann hüpfte die restlichen Stufen herunter. Die Leichtigkeit der Bewegung versetzte Martin einen Stich. Als er den anderen genauer betrachtete, schämte er sich sogleich dieser Empfindung. Strahlend blaue Augen ruhten neugierig auf ihm. Weiße Haut verlieh dem jungen Mann Anmut, die hoch erhobene spitze Nase einen Hauch von Arroganz. Die blonden Haare steckten auf der ihm zugewandten Seite hinter dem Ohr. Auf der anderen Seite hingen sie lose bis zum Kinn herab, verbargen jedoch nur unzureichend die hässliche Narbe, die das ansonsten schöne Gesicht entstellte. Der Student ignorierte Martins Erstaunen, das er sehr wohl bemerkt haben musste. Noch bevor Martin sich vorstellen konnte, drangen Stimmen aus dem oberen Stockwerk.

„Hast du jemanden mitgebracht?"

„Nein, aber ich habe die Tür nur angelehnt. Vielleicht sind es Plünderer. Das Pack nutzt heutzutage jede Gelegenheit!"

Mit einem Funkeln in den Augen griff der Student an seine Seite. Obwohl sich unter dem Umhang kein Umriss abzeichnete, vermutete Martin dort ein kleines Messer. Zwar war den Studenten das Tragen von Waffen verboten, dennoch endeten ihre Streitigkeiten nicht selten mit bösen Stich- und Schnittwunden. In diesem Moment stieg ein kräftiger Mann laut polternd die Treppe herunter.

„Seid Ihr Professor Lazar?"

Für einen winzigen Augenblick fühlte Martin sich geschmeichelt. Gernots augenblickliches schallendes Gelächter verletzte ihn. Martin klärte den verständnislos dreinblickenden Packer auf, zu dem nun von oben drei weitere traten.

„Man hat uns aufgetragen, die Möbel in die Medizinische Fakultät zu bringen."

„Wer hat Euch geschickt? Es ist noch viel zu früh. Wir haben noch nichts ausgeräumt."

„Der Bibliothekar meinte, wir sollten gleich anfangen."

Martin verdrehte die Augen. Dieser Spinner!

„Es tut mir leid, wir werden hier noch eine Weile brauchen. Vielleicht wollt Ihr Euch vor der Anstrengung etwas stärken?" Martin wandte sich an den Studenten. „Geh nach oben. Am anderen Ende des Flurs führt neben der Treppe ein Gang in die Küche. Bring noch einen Leuchter und Kerzen her."

Widerwillig machte sich Gernot auf den Weg. Die Männer berieten über Martins Vorschlag. Der Student trug zwei große Leuchter in den Händen, als er kauend zurückkehrte. Während Martin den jungen Mann betrachtete, kam ihm eine Idee.

„Ich könnte Euch schnell eine Mahlzeit zusammenstellen, während mein Gehilfe mit dem Ausräumen der Regale beginnt."

„Ich soll dir in der Bibliothek zur Hand gehen, nicht beim Schleppen", fauchte Gernot.

„Du machst, was ich sage!"

Der Packer schaltete sich ein. „Wir wissen Eure Freundlichkeit zu schätzen. Jeder von uns hat sein Essen mit. Ein wenig Wasser würde uns genügen. Während Ihr das holt, bringen wir das Prachtstück von Tisch schon mal nach oben. Der wird hier bestimmt nicht mehr gebraucht. Nach der kleinen Kräftigung bringen wir ihn zur Fakultät. Das wird ein Weilchen dauern und verschafft Euch genügend Zeit, die Regale auszuräumen. Hoffentlich bekommen wir das Monstrum überhaupt aus dem Keller.“ Er kratzte sich nachdenklich am Hinterkopf.

Martin stimmte zu. Bevor er nach oben ging, wies er Gernot an, mit welchem Regal er beginnen sollte.

In der Küche suchte er nach einem Eimer, mit dem er Wasser für alle holen konnte. Obwohl Martin es eigentlich nicht wollte, zog ihn die Speisekammer magisch an. Gernot musste von der Keule probiert haben, denn es fehlte ein größeres Stück. Die andere Wurst wies ebenfalls Anzeichen einer Verkostung auf. Martin schwankte innerlich, riss sich aber zusammen. In gewisser Weise wäre es Diebstahl und er wollte Philipps Vertrauen nicht missbrauchen. Gernot dagegen war respektlos. Lag es an seiner Herkunft, die ihm jede Frechheit gestattete? Oder war es jugendliche Unbekümmertheit? Nichtsdestotrotz konnte ihm der Bursche bei seinen Nachforschungen behilflich sein. Nach allem, was er wusste, musste Gernot den Professor näher gekannt haben. Während er weiter nach einem Gefäß suchte, krachte es im Flur, gefolgt von einem spitzen Aufschrei. Erschrocken stürzte Martin aus der Küche und sah einen der Packer am Boden liegen, ein Bein unter dem Tisch eingeklemmt. Im selben Moment kam Gernot aus dem Keller. Die Tischplatte, an der die Männer angepackt hatten, hatte sich gelöst. Der untere Teil war mit seinem gesamten Gewicht auf das Bein des Mannes gefallen. Jeder Versuch seiner Kameraden, den Packer unter dem Tisch hervorzuziehen, ließ ihn vor Schmerzen aufschreien. Martin stand wie gelähmt und starrte auf die Szene. Betäubt sah er zu, wie Gernot beruhigend auf die

Männer einredete. Die Erinnerungen an seinen Unfall stiegen aus dem Unterbewusstsein hervor. Wie von Ferne holte ihn eine Stimme in die Gegenwart zurück. Gernot bedeutete ihm, den Mann an den Schultern zu ziehen, während die anderen den Tisch hochheben sollten. Endlich gelang es, den Unglücklichen zu befreien. Sofort stürzten alle zu ihm, nur Martin trat zurück und blieb noch immer ganz benommen neben dem Tisch stehen. Im Hintergrund hörte er Gernots Stimme.

„Euer Kamerad braucht Hilfe. Der Knochen ist völlig zertrümmert. Ich laufe schnell zum Chirurgen. Gebt ihm in der Zwischenzeit etwas zum Betäuben der Schmerzen!“ Ohne ein weiteres Wort zu verlieren, lief Gernot los.

‚Betäuben der Schmerzen!' Die Worte weckten Martin endgültig aus seiner Starre. In der Küche fand er eine Art Branntwein, den er einem der Männer in die Hand drückte, nachdem er selbst davon probiert hatte. In diesem Haus konnte man nicht wissen! Die Flasche kreiste zwischen den Männern, ohne dass der Verletzte etwas davon abbekam. Seine Freunde verwendeten ihn zur Verarbeitung ihres eigenen Schrecks. Die Zeit ihrer Unaufmerksamkeit nutzte Martin, um den Tisch genauer zu untersuchen. Der erste Eindruck hatte nicht getäuscht. An einer Ecke entdeckte er einen versteckten Mechanismus, der zum Ablösen der Tischplatte geführt hatte. Martin drückte noch einmal darauf und hörte ein leises Klicken. Sein Blick fiel ins Innere, wo er einen gefalteten Zettel bemerkte. Neugierig griff er danach und kehrte in die Küche zurück. Es war dieselbe Handschrift wie auf Heidens Einladung: *Tradition ist der Feind wahrer Wissenschaft!*

Lag der Zettel zufällig an diesem Ort oder hatte Heiden ihn in Vorahnung seines Todes bewusst dort platziert?

Während er überlegte, vernahm Martin eine tiefe Stimme. Rasch ließ er den Zettel in die Tasche gleiten und begab sich zu den Packern. Der Student war schneller als erwartet zurückgekehrt. Neben Gernot von Eisenfels stand Severo, der dunkelhaarige Mann, der ihm auf Heidens Begräbnis aufgefallen war. Martin betrachtete ihn genauer. Seine Wangen waren von Gram zerfurcht und ein wenig eingefallen. Ein schmaler Bart zierte Oberlippe und Mundwinkel. Deutlich sah man seine südländische Herkunft. Mit einer eleganten Bewegung zog der Chirurg den knielangen Umhang von den Schultern und drückte ihn Gernot in die Hand, der ihn ehrfürchtig über dem Geländer der Treppe ablegte. Auf ein Fingerschnippen reagierte Gernot und reichte dem Chirurgen ein kleines Messer aus dessen Tasche. Damit schnitt dieser in das Hosenbein des Verletzten und zog es auseinander. Das Reißen des Stoffes übertönte das Wimmern des Mannes. Der Knochen war zertrümmert, aus einer blutigen Masse ragten einzelne Knochensplitter. Mit regloser Miene nahm der Chirurg einem der Packer die Flasche aus der Hand und goss den verbliebenen Inhalt über die Wunde. Fasziniert beobachtete Martin, wie Gernot auf winzigste Zeichen oder leise Worte dem Chirurgen die gewünschten Instrumente reichte. Zum ersten Mal sah er bei Licht das ganze Ausmaß der Entstellung des Studenten. Die ganze linke Gesichtshälfte war von grobem Narbengewebe durchzogen. Das Auge schien nicht in Mitleidenschaft gezogen, aber der Mund hing auf der linken Seite leicht nach unten.

Schließlich wandte er den Blick ab und konzentrierte sich auf den Chirurgen, dessen feingliedrige Finger das verletzte Bein abtasteten. Plötzlich schrie der Verletzte gellend auf und verlor das Bewusstsein. Nur leicht vernehmlich hörte Martin den Chirurgen „Besser so“ murmeln. Mit einer Pinzette suchte der Chirurg in der Wunde herum, hielt einige Splitter ins Licht, um sie mit einem Kopfschütteln auf ein von Gernot gehaltenes Tablett zu legen. Nach einer Weile trat er auf den Wortführer der Packer zu. Martin verstand nicht, was er ihm sagte. Stumm hoben die Männer ihren Kameraden daraufhin auf und luden ihn auf den Karren vor der Tür. Eifrig hielt Gernot Severos Umhang bereit. Während der Chirurg hineinschlüpfte, fiel sein Blick auf Martin. Die dunklen Augen betrachteten ihn aufmerksam. Mit einem leichten Akzent stellte sich der Chirurg vor und erkundigte sich nach Martins Befinden. Er bedankte sich für die Behandlung.

„Entschuldigt meine Neugier, sie ist rein beruflicher Natur. Hat man Euch überfallen?“

„In der Tat hat mir jemand auf den Kopf geschlagen. An mehr kann ich mich nicht erinnern. Ich bin Euch sehr dankbar. Ohne Eure Hilfe würde ich sicher nicht mehr hier stehen.“

„Zuviel der Ehre! Ihr habt einen harten Schädel. Ein anderer wäre vermutlich nicht mehr aufgestanden. Euer Dank gebührt allein Eurer Pflegerin, die sich rührend um Euch gekümmert hat. Die Liebe ist eben ein guter Arzt.“

Ein spöttisches Lächeln spielte um Severos Mund. Martin spürte, wie ihm die Röte ins Gesicht schoss.

„Nein, mein Dank gebührt Euch.“

„Es war meine Pflicht, Ihr braucht mir nicht zu danken. Passt in Zukunft besser auf, bei einem zweiten Mal bricht der Schädel vielleicht! Wie ich hörte, arbeitet Ihr für Professor Lazar. Richtet ihm die besten Grüße von mir aus.“

Mit einer angedeuteten Verbeugung verabschiedete sich Severo, nahm dem Studenten seine Tasche aus der Hand und trat hinaus zu den wartenden Männern. Gernot wollte sich anschließen, kehrte jedoch bald zurück.

„Kennt ihr euch näher?“, fragte Martin.

„Was geht es dich an? Kümmere dich um deine eigenen Angelegenheiten! Wie es aussieht, hast du mit dir selbst genug zu tun“, herrschte Gernot ihn an.

Gernot wollte an Martin vorbei in den Keller.

„Es war nur eine Frage. Was ist denn dabei?“

„Was verstehst du schon davon? Scher dich zum Teufel!“

Damit riss Gernot sich los und stapfte in den Keller. Martin folgte ihm kopfschüttelnd.

* * *

Die Packer kehrten an diesem Tag nicht zurück. Als Martin und Gernot die letzten Bücher und Aufzeichnungen aus dem Keller in das Behandlungszimmer geschleppt hatten, brach die Dämmerung an. Gernot nutzte die Gelegenheit, sich aus dem Staub zu machen. Jetzt meldete sich Martins Magen mit vernehmlichem Knurren. Tapfer widerstand er der Versuchung der Speisekammer und ging stattdessen in die Bibliothek. Im Kerzenschein las er die Titel von ein paar Büchern. Offenbar hatte Heiden ein besonderes Interesse für arabische Autoren gehegt. Vor dem Kamin blieb Martin stehen, bückte sich und wühlte in der Asche nach den Resten des verkohlten Papiers. Im Haus herrschte Totenstille. Während die kleinen Fetzen zwischen seinen Fingern zerfielen, sah er die Geschehnisse des Abends noch einmal vor sich. Jede Szene, jedes Wort, als sei es erst gestern geschehen. Da spürte er plötzlich menschliche Wärme hinter sich. Eine Hand legte sich auf seine Schulter.

Abrupt packte er zu, drehte sich um und ließ sofort wieder los. Vor ihm stand Sarah mit vor Schreck geweiteten Augen. Ruppig schimpfte er los.

„Was schleichst du dich so an?“

Ihre Augen füllten sich mit Tränen. Natürlich, sie sprach ja nie. Hätte sie nicht wenigstens ein Geräusch machen können, um sich anzukündigen?

„Es tut mir leid, wirklich. Ich wollte dir nicht wehtun.“

Sanft fasste er sie an der Hand. Da war es wieder, das Gefühl vom Vorabend. Unwillkürlich spürte er den Drang, sie heranzuziehen, ihre Lippen auf den seinen zu spüren. Stumm deutete sie mit dem Kopf zur Tür, wo Philipp stand, der ihm mit dem Finger drohte.

„Verletz mir meine Hilfe nicht! Sarah leistet gute Dienste, vor allem wenn ich zu einem Notfall muss und du in anderen Häusern das Unterste nach oben kehrst. Warum wühlst du in fremder Leute Asche herum?“

„Ich wollte mir einen Überblick über die Bibliothek verschaffen und fand Reste verbrannten Papiers. Leider erkennt man nichts mehr.“

Philipp zuckte nur mit den Schultern. Auf dem Heimweg ging Sarah zwischen den beiden Männern. Dabei lauschte sie aufmerksam Martins Bericht über den Unfall, von dem Philipp bereits gehört hatte. Martin sah ihn fragend an.

„Severo lief mir über den Weg. Wie konnte das tragische Unglück nur geschehen?“

Martins Hand tastete verstohlen nach dem Zettel in seiner Hose.

„Ich weiß nicht. Ich stand in der Küche, als es passierte. Wer weiß, wie alt der Tisch ist, wie viele Umzüge er schon erlebt hat? Wahrscheinlich ist er morsch. Die Spuren der Holzwürmer sind nicht zu übersehen. Die Platte löste sich in einem wirklich unglücklichen Moment. Dem Mann gelang es wohl nicht mehr, zur Seite zu springen. Es sah schrecklich aus. Wird er sein Bein verlieren?"

Philipp nickte traurig. „Er hat es bereits verloren. Nach Severos Beschreibung war der Knochen völlig gesplittert. Mein italienischer Freund ist zwar ein begnadeter Chirurg, doch einen zertrümmerten Knochen kann auch er nicht retten. Da kann man nur zur Säge greifen."

„Du hättest dem Mann bestimmt helfen können!"

Philipp schüttelte den Kopf. „Knochen sind etwas für Chirurgen. Wir Ärzte üben uns in der Heilkunst und kurieren Krankheiten im Inneren des Körpers. Ein gebrochenes Bein ist keine Krankheit, sondern erfordert handwerkliches Geschick. Darum kümmern sich die Chirurgen, um die leichten Brüche die Barbiere."

„Dann muss ein Chirurg sicher viel von Anatomie verstehen? Wie sonst könnte er wissen, ob der Knochen noch zu retten ist oder wie ein Bruch verheilen muss. Besuchen die Chirurgen auch die Universität?"

Philipp blieb stehen und musterte ihn aufmerksam. Martin kam sich dumm vor. Nach einer Weile antwortete Philipp.

„Nein, das ist nicht notwendig. Was sie an anatomischem Wissen benötigen, erwerben sie im Laufe ihrer Ausbildung und während ihres Berufslebens. Das genügt völlig. Der Besuch an der Universität würde ihren Geist übersteigen, von Ausnahmen wie Severo abgesehen. Sicherlich lässt man Chirurgen in Paris am anatomischen Unterricht teilnehmen, ich für meinen Teil halte dies für keine gute Idee. Es bringt nur Probleme.

Weißt du, diese medizinischen Chirurgen oder chirurgischen Mediziner haben es nicht leicht. Sie üben ein Handwerk aus und werden darum von den Medizinern gemieden, die einfachen Chirurgen halten sie dagegen für etwas Besseres und gehen ihnen ebenfalls aus dem Weg. Darum sollte jeder lieber bei seinen Aufgaben bleiben.“

Martin verstand zwar nicht, weshalb das gut sein sollte, kannte jetzt aber wenigstens den Grund für Gernots Gereiztheit. Der Bursche studierte Medizin und lernte offenbar zugleich bei Severo. Der Sohn eines Adligen lernte ein Handwerk. Welch ein Skandal!

„Severo kommt aus Italien?“

Philipp schmunzelte. „Ja, er stammt aus Brescia. Während seiner Wanderschaft verschlug es ihn nach Greifswald, die Liebe ließ ihn bleiben. Etwas Besseres hätte der Stadt nicht passieren können. Ich kenne keinen erfahreneren Chirurgen. Ich hoffe inständig, er bleibt trotz der furchtbaren Schicksalsschläge bei uns. Weißt du, sein Sohn und seine Frau starben letztes Jahr. Das hat ihn schwer getroffen. Ich wünschte, ich könnte ihm helfen, seine Einsamkeit und Trauer zu überwinden. Vielleicht findet er noch einmal jemanden, der ihn liebt und den er lieben kann.“

„Woran sind sie gestorben?“

„Der Sohn erlag den Pocken, seine Frau verkraftete den Tod des Kindes nicht. Sie starb an gebrochenem Herzen.“

Martin erinnerte sich an den Totengräber und hob verwundert die Augenbrauen, sagte jedoch nichts weiter.

* * *

Angestrengt sah er auf das Brett vor sich. Je länger er es anstarrte, desto mehr verschwammen die weißen und schwarzen Kästchen vor seinen Augen. Sein Kopf schwirrte von den ganzen Erklärungen, die Philipp ihm über die Figuren gegeben hatte. Schließlich setzte Martin eine von ihnen, ohne recht zu wissen, ob es richtig war. In seinem Rücken knisterte das Kaminfeuer.

„Du erzählst ja gar nichts?" Philipp betrachtete ihn aufmerksam.

„Was sollte ich denn erzählen?"

„Über Gernot von Eisenfels. Der Bibliothekar schickte ihn auf meine Bitte, damit er dir zur Hand geht. Nicht jeder mag den Jungen. Seine Art stößt viele vor den Kopf. Manch einer denkt, er wäre hochnäsig. Der Nächste hält ihn für launisch. Ich halte ihn für eine verzweifelte Seele."

„Er ist schon … sagen wir … ein wenig ungewöhnlich."

Philipp setzte seine Figur. „Hältst du ihn für arrogant?"

Der Zug versetzte Martin in tiefe Grübelei, weshalb er nur abwesend den Kopf schüttelte. Philipp fuhr fort.

„Es gehört nicht viel Feingefühl dazu, um sich vorzustellen, wie sehr er unter der Entstellung seines Gesichts leidet. Vor allem, wenn man weiß, wie ansehnlich Gernot vor dem Unglück aussah. Ich glaube, Gott hat ihm eine Strafe für das sündige Leben erteilt, das er geführt hat und immer noch führt. Leider hat Gernot dies noch nicht verstanden. Ich fürchte daher, ihn wird bald ein weiterer Schicksalsschlag ereilen. Er treibt sich ständig in Wirtshäusern und Bädern rum, frönt dem Laster, wo es nur geht. Er führt wahrlich kein Leben, wie man es von einem angehenden Arzt erwartet. Es wird ein schlimmes Ende mit ihm nehmen."

Martin setzte ein Pferd und blickte Philipp an. Gab sich dieser Mann denn nie mit Frauen ab? „Da ich heute Gernots unversehrte Gesichtshälfte sah, kann ich mir lebhaft vorstellen, wie ihm die Mädchen vor dem Unfall nachgelaufen sein müssen. Weißt du, was damals geschehen ist?"

Ein wissendes Lächeln umspielte Philipps Mund. „Bevor ich es dir erzähle, sag mir, welchen Eindruck hattest du von Heiden? Schließlich erkundigst du dich ständig nach ihm und rückst unbescholtene Bürger in die Nähe des Verbrechens. Mach nicht so eine überraschte Miene! Hast du geglaubt, Grothenberg würde sich nicht bei mir beschweren?"

Philipp runzelte die Stirn, während er den nächsten Zug vorbereitete. Martin überlegte kurz. Er hielt es für angebracht, nichts von Heidens Angebot zu erzählen, obgleich er bedauerte, dem anderen nicht die ganze Wahrheit zu sagen.

„Ich kannte Heiden kaum. Er war ein guter Kunde bei Klaas und wählte stets mich als Kopisten. Ich fand seine Bücher überaus interessant und abwechslungsreich. Aus dem Keller und den dort gelagerten komischen Dingen schließe ich auf eine rege Forschungstätigkeit. Außerdem kenne ich Gerüchte, die man sich in der Stadt erzählt."

Interessiert horchte Philipp auf. „Was wird in der Stadt geredet?"

Martin wunderte sich, in welchem Zusammenhang das mit Gernot stehen sollte. „Nichts Wichtiges. Merkwürdige Geräusche sollen nachts aus Heidens Keller gedrungen sein. Ich gebe nichts auf derlei Geschwätz. Ansonsten scheint er sich sehr für die Belange seiner Mitmenschen eingesetzt zu haben. Auf seinem Begräbnis habe ich viele arme Familien gesehen. Soviel ich weiß, hat er ein System erfunden, wie Ungebildete auf dem Friedhof die Gräber ihrer Verwandten finden können. Und du hast seine Sorge um die Gesundheit der Armen erwähnt."

Martin entschied, seine Dame zu setzen, und berichtete von den Symbolen auf den Kreuzen. Philipp staunte.

„Das klingt einfach. Warum ist vorher niemand auf die Idee gekommen? Aber zurück zu Gernot. Er war von jeher zügellos, aber nicht immer ein solcher Zyniker. Sein Gesicht ist das Resultat eines misslungenen Experiments, das ihn fast das Leben gekostet hätte. Kommt ein junger Mann an die Universität, schreibt er sich unter dem Namen eines Lehrers ein. Dieser erhält dafür einen Obolus. Gernot entschied sich für Heiden. Manche Studenten, die über besonderes Talent und Interesse verfügen, werden von den Lehrern als Unterstützung ausgewählt. Gernot verfügt über eine rege Auffassungsgabe. Heiden hat dies wohl sofort erkannt und gewährte dem Jungen die Gunst, ihm zu assistieren. Eines Nachts rief Heiden nach Severo. Ich war zufällig bei ihm. Wir liefen sofort los. Gernot lag blutüberströmt in Heidens Behandlungszimmer. Eine große Wunde entstellte das Gesicht. Der Junge hatte viel Blut verloren und nur mit größter Anstrengung gelang es uns, sein Leben zu retten."

„Und Heiden?"

„Kümmerte sich nicht um ihn. Später erfuhren wir von Gernot die Einzelheiten des Unglücks. Sie hatten bis spät in die Nacht experimentiert. Unser junger Freund sollte ein Pulver in ein Gefäß geben, dabei kam es zu einer Explosion. Glassplitter und die im Gefäß enthaltene Flüssigkeit spritzten ihm ins Gesicht. Gernot schwor mir auf dem Krankenbett, er habe die Zutat in exakt der Menge in die Flüssigkeit gegeben, die ihm mein Kollege aufgetragen hatte. Heiden behauptete dagegen, Gernot habe sich nicht an seine Anweisungen gehalten. Infolgedessen weigerte er sich, für die Verletzungen aufzukommen und wollte sogar den Schaden in seinem Keller ersetzt haben. Es gelang dem Rektor der Universität nur mit Mühe, einen Eklat zwischen Gernots Vater und Heiden abzuwenden. Der Alte von Eisenfels drohte, er wolle für die Schließung der Universität sorgen, wenn sein Sohn stürbe." Mit einem Aufblitzen stahl er Martins Dame. „Du musst besser aufpassen, sonst bist du in drei Zügen geschlagen! Vielleicht sollte ich dich mit Sarah üben lassen. Sie besitzt unendlich viel Geduld. Wie gefällt sie dir eigentlich?"

Die letzten Worte nahm Martin nur am Rande wahr. In seinem Kopf arbeitete es. Wenn Gernots missgebildetes Gesicht auf Heiden zurückging, besaß dieser ein Mordmotiv. Er selbst jedenfalls hätte Heiden an Gernots Stelle abgrundtief gehasst. Zwar war der Student sicherlich ein Zyniker, aber kaltblütiger Mord an drei Menschen? Gab es jemanden, dem er ein solch abscheuliches Verbrechen überhaupt zutraute? Selbst Habicht, der Heiden unverhohlen hasste, schien nicht dazu fähig. Und doch musste es mindestens einen Mörder geben. Gernot tat recht unbefangen. Wollte er Martin nur täuschen? Ohne recht zu wissen was er sagte, erwiderte er: „Geduld mit Sarah?"

Philipp lachte auf. Martin bemerkte seinen unfreiwilligen Witz und stimmte in das Gelächter ein. Gerade wischten sie sich die letzten Tränen aus den Augen, als Sarah mit einem Tablett eintrat. Wieder prusteten sie los. Martin wartete mit seiner Antwort, bis sie den Raum verlassen hatte.

„Sie ist ein sehr hübsches Mädchen. Aber so still und in sich gekehrt." Siegesgewiss setzte er die nächste Figur.

Philipp schüttelte den Kopf. „Ohne dir zu nahe treten zu wollen, du hast dich selbst erst in den letzten Tagen verändert. Als du in dieses Haus kamst, lebtest du genauso zurückgezogen. Wir haben dich verändert, bei ihr sind wir noch nicht sehr weit gekommen, obwohl sie schon so lange bei uns wohnt. Vielleicht kannst du uns helfen. Wie es aussieht, scheint sie dir zugetan. Agnes und ich wären dir sehr dankbar, wenn du ein wenig netter zu ihr sein könntest. Schließlich soll die Freude eines Tages in ihr Gesicht zurückkehren."

„Netter? Wie meinst du das?"

Philipp verdrehte die Augen. „Du benimmst dich ihr gegenüber, als litte sie an Aussatz. Du sollst ihr nicht aus dem Weg gehen oder sie meiden. Zufällig sah ich vor ein paar Tagen, wie du sie missachtest hast. Du bist ihr ein bisschen Freund lichkeit schuldig, immerhin erhältst du bei Tisch die größten Portionen, obwohl ich es bin, der ihr ein Dach über dem Kopf gewährt." Er verschränkte die Arme. „Da gibt es noch etwas. Mir ist die Kälte zwischen dir und Klaus nicht entgangen. Ich dulde keinen Unfrieden in meinem Haus. Also reißt euch zusammen." Unzufrieden kräuselte Philipp die Stirn. „Entschuldige, du bist ein Trottel. Du hast verloren!"

Die Worte verdarben Martin die Laune. Was konnte er für Klaus' feindseliges Benehmen. Er hatte den Zwist nicht begonnen und gab sich Mühe, ihn wie jeden anderen im Haus zu behandeln.

„Das Spiel gefällt mir nicht!"

„Man muss es öfter spielen, um es zu mögen. Warte, bis du einmal gewonnen hast! Noch einmal?"

„Nein, danke. Mir schwirrt der Kopf." Gedankenverloren griff Martin nach dem Becher Wein vor sich. Er überlegte.

Konnte er Philipp vertrauen oder sollte er seine Fragen besser in neutraler Weise stellen? Die Gelegenheit hier vor dem Kamin war günstig.

„Darf ich dich noch etwas fragen? Etwas Medizinisches, meine ich?"

„Nur zu! Auch wenn dir die Hallen unserer Alma Mater verschlossen bleiben, will ich deine Neugier gern befriedigen."

„Ihr Ärzte entnehmt euer Wissen zahlreichen Büchern. Darf ein Arzt unchristliche Quellen nutzen? Ich sah in Heidens Bibliothek eine ganze Reihe Bücher von arabischen Autoren."

„Entnehme ich deinen Worten Vorurteile gegen arabische Ärzte? Du solltest auf keinen Fall schlecht von ihnen denken, ganz im Gegenteil. Setzt du dich intensiv mit der Geschichte der Heilkunst auseinander, wirst du schnell bemerken, wie wichtig ihre Erkenntnisse und Werke für uns sind. Wie du weißt, ist Galen die höchste Instanz bei der Behandlung von Patienten. Die arabischen Heilkundigen orientieren sich ebenfalls an seinen Lehren. Leider sind viele von Galens Originalwerken vor langer Zeit verloren gegangen. Von einigen haben wir zumindest Kopien, die in den arabischen Ländern angefertigt und über das Mittelmeer nach Italien gebracht wurden. Viele arabische Autoren beschreiben ihre Behandlungsmethoden unter Verweis auf Galen. Sie kann man ohne Bedenken zu Rate ziehen. Andere weichen von Galen ab oder stellen seine Methoden in Frage. Diesen Autoren muss man natürlich vorsichtig begegnen. Man sollte sie allerdings nicht um ihres Glaubens willen verdammen oder gar verteufeln, wie es einige Gelehrte tun. Toleranz hat noch niemandem geschadet. Wenn man sich mit den Ansichten dieser Ärzte auseinandersetzt, kann man sie sehr schnell mit den Argumenten der Logik entkräften. Doch solch eine Auseinandersetzung kann nur ein reifer Geist führen. Daher werden unsere Studenten nur diejenigen von Heidens arabischen Büchern lesen dürfen, die sich an Galens Lehren halten. Die anderen kommen in die Obhut unseres verantwortungsvollen Bibliothekars, der sie lediglich den Lehrern aushändigen wird."

Martin widerstand dem Impuls, seiner Enttäuschung Ausdruck zu geben. Plötzlich keimte Misstrauen in ihm auf.

„Woher weißt du eigentlich, welche Bücher in Heidens Bibliothek stehen?"

Philipp lachte auf. Spöttisch fragte er: „Verdächtigst du mich des Mordes? Lass dir gesagt sein, der Vogt hat Heidens Mörder gefunden. Ich half bei seiner Überführung, erkannte die gestohlenen Instrumente und das Buch, das Grothenbergs Geselle bei sich trug, anhand der Initialen meines Kollegen. Heidens Bibliothek habe ich durchstöbert, als ich am Tag nach seinem Tod mit dem Rektor das Haus besichtigte."

Philipp sah ihm in die Augen und seufzte. „Ich habe dir doch von meinem Ausritt zu dem kranken Bauernjungen erzählt. Ich versorgte ihn den ganzen Nachmittag. Als keine Gefahr mehr bestand und ich ihn verlassen konnte, war es seit langer Zeit dunkel. Die Tore werden mit Sonnenuntergang geschlossen und die Zugbrücken hochgezogen. Wie sollte ich also in die Stadt zurückkehren? Warum hätte ich Heiden überhaupt töten sollen? Weil er die Menschen im Armenviertel kostenlos versorgt hat? Er war doch keine Konkurrenz, im Gegenteil. Du kannst mir glauben, dort gibt es genug Arbeit. Und Pfeifer ist wahrlich keine große Hilfe."

Martin nickte. Nach diesem anstrengenden Tag stand ihm der Sinn nach etwas Abwechslung. Darum verabschiedete er sich.

Die milde nächtliche Frühlingsluft verführte ihn trotz seiner schmerzenden Knochen zu einem kleinen Spaziergang. Zielgerichtet steuerte er den „Schwan" an. Die Schänke war gut besucht. Tagelöhner mischten sich mit den Burschen der Bürger, den Gesellen und Fuhrleuten. Am Schanktisch fand Martin mit Mühe Platz und ließ sich ein Bier geben. Es war nicht besser als bei seinem letzten Besuch.

„He Wirt, Euer Bier ist sauer!"

„Das braucht Ihr dem Manne nicht zu sagen. Jeder sagt's

ihm, es stört ihn nicht. Hier gibt's seit Jahr und Tag das gleiche Gesöff. Wie Ihr seht, mit Erfolg. Das Lokal ist gut gefüllt, wie sein Geldbeutel", mischte sich ein junger Bursche an seiner Seite ein. Martin dachte an Philipps Worte. In den vergangenen Wochen hatte er sich tatsächlich verändert. Mit einem Mal schien es ganz leicht, sich mit Fremden zu unterhalten. Es dauerte nicht lange, da wechselten sie das Thema bald vom Bier zum Wetter und zur Damenwelt. Auf einmal hielt der Bursche inne. Mit einer Verbeugung und schon leicht verwaschener Stimme stellte er sich vor.

„Verzeiht, wir unterhalten uns so angeregt und ich bin so unhöflich und stelle mich nicht einmal vor. Dabei ist es mir ein Vergnügen, Eure Bekanntschaft zu machen." Ein Hicksen unterbrach seinen Redefluss. „Ich bin Moritz, Bursche bei Medikus Pfeifer."

Sofort verschwand die vom Bier hervorgerufene friedliche Betäubung aus Martins Kopf. „Mein Name ist Martin Haffer, Kopist. Das Vergnügen liegt ganz auf meiner Seite", erwiderte er, ebenfalls mit einer angedeuteten Verbeugung. Um den anderen in Sicherheit zu wiegen, bemühte er sich, weiterhin einen angeheiterten Eindruck zu vermitteln. „Was macht denn ein Bursche im Dienste des Medikus? Geht Ihr ihm bei den Behandlungen zur Hand?"

Moritz machte eine abwertende Geste. „Pah, Stallbursche bin ich, Hausbursche und was es sonst so gibt. An die Patienten lässt er mich nicht ran. Wenn die Ställe sauber sind, muss ich Wege für ihn erledigen. Und unter uns gesagt", mit einem Grinsen beugte er sich vor und fügte mit wichtigem Tonfall hinzu, „kümmere ich mich ab und an um die Frau Doktor, wenn der Herr Medikus zum Krankenbesuch ausreitet. Ist ja so ein guter Mann, der alles für das Wohl der Menschen tut! Vollkommen selbstlos reitet er bei Wind und Wetter sogar übers Land, um den Bauern zu helfen – zu helfen, ihr schwer erarbeitetes Geld loszuwerden!" Schallend brach es aus dem anderen heraus. Martin fiel in das Lachen ein. Dann brach der Bursche abrupt ab. „Alter Blutsauger. Und ich bekomme nur einen Hungerlohn. Gerade einmal im Monat kann ich mir ein Bierchen leisten!"

Martin witterte eine günstige Gelegenheit. „Bei einem wollen wir's heute Abend aber nicht belassen, oder? Ich lade Euch ein. He, Herr Wirt, noch zwei Krüge von Eurem Sauerbier!" Scherzhaft drohte ihm der Wirt mit der Faust.

„Der Herr vergelt's Euch. Ihr seid wirklich ein netter Mensch. Sagt, als Kopist seid Ihr doch nicht besser dran. Oder kann man etwa davon leben?"

„Wenn Ihr es ehrlich wissen wollt, es geht so hin. Mal sind die Zeiten besser, mal schlechter." Er erzählte das Erstbeste, was ihm in den Sinn kam. „Ah, da kommt der Wirt mit den Krügen. Stallbursche sagtet Ihr, hat der Medikus so viele Tiere? Kann er sich nicht selbst darum kümmern?"

„Ihr kennt meinen Herrn wohl nicht? Sein Leibesumfang hat schließlich seinen Grund. Neben seinem Pferd stehen eine

Kuh und sechs Schweine im Stall. Ach nein, jetzt sind es nur noch fünf."

Martin hätte sich um ein Haar verschluckt. „Ist das Tier gestorben?"

Der Bursche zuckte die Schultern. „Kann sein, wer weiß das so genau? Ende März kam's weg, am gleichen Tag, als dieser Professor starb."

Hörbar zog Martin die Luft ein.

„Was ist Euch? Geht es Euch nicht gut?"

„Doch, doch. Vielleicht ein Schluck zu viel. Lasst Euch nicht stören, erzählt nur weiter!"

„Was interessiert Euch das Schicksal eines Schweins? Was soll ich da berichten. Der Medikus trug mir auf, nicht gerade das am besten gemästete Schwein auszusuchen und es Severo zu bringen. Das habe ich auch getan."

„Zum Chirurgen? Was macht der mit einem Schwein?"

„Was weiß ich? Hab's ihm halt gebracht. Vielleicht hat er es geschlachtet? Im vergangenen Jahr musste ich schon einmal eines hinbringen." Der Bursche lachte und schüttelte den Kopf. „Die Viecher wollten da gar nicht rein, in Severos Stall meine ich. Die haben sich richtig gewehrt. Beide Füße vorne, so quer gestellt. Egal, ich mache meine Arbeit, damit hat sich's. Auf Euer Wohl, Herr Haffer."

Der Bursche hob den Krug. Es hallte tönern, als Martin mit seinem lachend dagegen stieß.

„War Euer Herr an diesem Tag anders? Wirkte er angespannt?"

Der Bursche überlegte. „Ein wenig schon. Vormittags hatte ein Knabe einen Brief von Professor Heiden überbracht. Danach schien er schon ein wenig beunruhigt."

Martin bohrte nach, bekam aber nichts mehr aus dem Burschen heraus. Nach zwei weiteren Krügen und unzähligen Wünschen auf sein Wohl gelang es ihm sich loszureißen. Die frische Luft tat gut. Der Medikus hatte ein Schwein an Severo geliefert. Martin atmete zufrieden aus. Hatte er endlich die Herkunft des Schweins herausgefunden?

* * *

Still wie auf den Straßen war es auch bei seiner Rückkehr in Philipps Haus. Selbst Agnes lag um diese Stunde schon im Bett. Auf Zehenspitzen schlich er den Flur entlang. Leise nestelte er an der Türklinke zu seiner Kammer, als sich die Tür ruckartig öffnete. Jemand warf sich gegen ihn. Er prallte dumpf gegen die gegenüberliegende Wand. Lippen pressten sich auf die seinen. Der heftige Druck nahm Martin den Atem. Ein Arm schlang sich um seinen Hals, der andere um seine Hüfte. Nur einen kurzen Moment leistete er Widerstand, dann gab er sich der aufwallenden Leidenschaft hin. Sein freier Arm umschlang Sarahs Hüfte. Er zog das Mädchen in sein Zimmer, ohne den Arm von ihrer Hüfte zu lösen. Lautlos schloss er die Tür hinter sich. Mit seinen Händen erkundete er ihren Körper. Vorsichtig löste er ihren Haarknoten. Die dichten Locken fielen über ihre Schultern. Er nahm ihren süßen Duft wahr. Seine Hand glitt über ihren Hals, seine Lippen lösten sich von ihren und folgten seinen Fingern. Er spürte die Wölbung unter ihrer Kehle. Endlich fanden seine Hände die Schnüre, um ihr Kleid zu öffnen. Als es zu Boden fiel, erkannte er im Mondlicht ihren makellosen Körper. Mit beiden Händen hob er sie hoch und trug sie zum Bett.

V

Das Krähen eines Hahnes riss Martin aus seinen süßen Träumen. Als er die Augen aufschlug, blendete ihn das Tageslicht. Augenblicklich schloss er sie wieder. Sein Schädel brummte gehörig, das Bier entfaltete schlimme Nachwirkungen. Mit einem deftigen Fluch verwünschte er den Wirt und schalt sich selbst einen Esel, dem schlechten Bier so zugesprochen zu haben. Dann kehrten seine Gedanken zu Sarah zurück. Vorsichtig tastete seine Hand neben sich. Enttäuscht zog er sie zurück. Das Mädchen war aus dem Zimmer geschlichen, ohne dass er es bemerkt hatte. Aus der Küche drang das gewohnte Klappern von Töpfen und Pfannen. Agnes war sicherlich schon wieder seit mehreren Stunden auf. Es war ihm unverständlich, wie ein Mensch, der häufig das Licht im Hause löschte, sich vor den Hühnern erheben und den Haushalt in Schwung bringen konnte. Nachdem er sich mühsam aus dem Bett gequält hatte, beschloss er, Luchts Buch weiterzukopieren.

Ein leises Knarren der Tür ließ ihn irgendwann hochfahren. Sarah betrat mit dem Frühstück auf einem Tablett den Raum. Mit einem scheuen Lächeln stellte sie das Essen vor ihm ab, sorgsam darauf bedacht, sein Werk nicht zu beschmutzen. Flüchtig streifte ihre Hand die seine. Noch ehe Martin es sich versah, entschwand sie wieder, einem Schatten gleich. Er biss ein Stück Brot ab. Es schmeckte fade, sein Appetit war noch nicht zurückgekehrt. In diesem Moment erinnerte er sich an seine Aufgabe, die er über seiner Arbeit ganz vergessen hatte. Gernot würde sicherlich schon schlecht gelaunt vor Heidens Tür warten. Sorgfältig legte Martin seine fertigen Blätter samt der Vorlage auf einen Stapel, stopfte sich soviel Essen in den Mund, wie hineinpasste, verstaute das restliche Brot in seinem Lederbeutel und stürzte kauend nach unten, um Umhang und Stock zu holen. Als er auf die Straße trat, konnte er sich gerade noch an der Haustür festhalten. Ein Schritt weiter und er wäre bis zum Knöchel im Schlamm versunken. Nach seiner Rückkehr in der Nacht hatte es gehörig geregnet. Ein Reiter spritzte Dreck auf, der an Martins Hosenbeinen kleben blieb. An die Hauswände gedrückt, ging er in die Richtung von Heidens Haus, entschied sich jedoch schnell für einen ruhigeren Weg. Dazu musste er erst einmal bis zur Hundestraße gelangen. Das stellte sich schwieriger dar als gedacht, denn um diese Zeit stürmten Studenten aus den Häusern. Vor allem weniger betuchte Greifswalder boten ihre Kammern als Unterkunft während der Unterrichtszeit an und nahmen dafür gern nächtliche Störungen durch den unsteten Lebenswandel der Scholaren in Kauf.

Die jungen Männer hasteten rücksichtslos durch die Straßen. Vermutlich begannen ihre Lektionen bald. Martin erhielt einen Schlag gegen seine Schulter. Bevor er dem Burschen etwas hinterher rufen konnte, verschwand dieser aus seinem Blickfeld. Nicht alle hatten soviel Glück wie er. Wenige Schritte vor ihm versetzten zwei Studenten einem gut gekleideten Alten einen heftigen Stoß. Der verlor das Gleichgewicht und fiel in den Schlamm. Die Studenten liefen lachend weiter, ohne sich um den Gestürzten zu kümmern. Martin trat auf ihn zu und half ihm auf. Kaum auf den Beinen, setzte der Greis zu einer Schimpftirade an.

„Gauner! Streuner! Nichtsnutze! Was sind das für Zeiten, in denen Grünspechte einen angesehenen Ratsherrn ungestraft in den Dreck werfen! Gott vergelt's ihnen!"

Wütend drohte er den Burschen mit der Faust hinterher. Martin betrachtete ihn genauer. Der Mann musste um die achtzig Jahre sein, seine Augen hatten allerdings nichts von ihrer Ausdruckskraft verloren. Vor ihm stand Ratsherr Segeberg, neben Walter von Lübeck das älteste Mitglied des Rates. Martin kannte ihn aus seiner Kindheit. Heinrich Segeberg war ein enger Freund der Familie Beck gewesen. An vielen Nachmittagen hatten die beiden Ratsherrn über Politik und ihre Geschäfte gesprochen, während Becks Sohn Heinrich und Martin an einem Nebentisch ihren Unterricht erhalten hatten.

„Beruhigt Euch bitte, verehrter Ratsherr. Die Aufregung schadet Euch. Tretet ein wenig zur Seite, durch das Tor kommt ein Fuhrwerk."

Ein Wagen kämpfte sich durch den Schlamm. Sanft zog Martin den Mann am Ärmel in die Hundestraße, die zu St. Nikolai führte. Der Alte stützte sich auf Martins Arm.

„Wenn ich der Vater dieser Halunken wäre, würde ich ihnen ordentlich den Hosenboden versohlen! Da sieht man, was das Studium hervorbringt – respektloses Lumpenpack! Von Beginn an war ich gegen Rubenows Idee, in Greifswald eine Universität einzurichten. Studenten sind schlimmer als das wandernde Volk. Sie zetteln Streit an und vergnügen sich in Badehäusern. Nur weil dieser Emporkömmling in den prächtigsten Farben ausgemalt hat, was die Stadt an den Studenten verdienen könnte, stimmten die anderen Ratsherrn für den Sündenpfuhl. Dem Mammon haben diese Krämerseelen gehuldigt. Zu allem Übel hatte die Reform der Ratssatzung durch Heinrich Rubenow unser Lager zuvor verkleinert. Natürlich war die Reform notwendig. Das wusste jeder. Aber am Ende hat sie Rubenows Lager gestärkt, nicht uns. Wer weiß, vielleicht hätten wir sonst seinen Plan vereiteln können. Wenigstens hat er bald darauf bekommen, was er verdient hat. Bei Nacht und Nebel haben sie ihn erschlagen! Wahrscheinlich war es einer der Studenten, auch wenn sie etwas anderes behaupten. Wundern würde es mich nicht. Am liebsten hätte ich die Universität sofort nach Rubenows Tod geschlossen. Leider haben wir es nicht geschafft. Wenn der Papst eine Stiftungsurkunde schickt, kann die Alma Mater nichts Unrechtes sein, sagten sie damals. Dabei war es blanke Gier, nichts anderes!" Der Alte hatte sich in Rage geredet.

„Beruhigt Euch, es sind jugendliche Dummköpfe. Sie ..." Martin kam nicht dazu, den Satz zu beenden.

„In den Fakultäten lernen sie ja nur, wie man disputiert. Als ob es einzig und allein darauf im Leben ankäme. Angeblich kümmert man sich in den Bursen um die moralische und sittliche Bildung. Doch wie, wenn das Bier dort nur so strömt. Und ihre Professoren sind schlechte Vorbilder. Sie feinden einander an und werden sich eines Tages noch die Köpfe einschlagen. Da lobe ich mir unsere Kaufmannsehre. Wir halten auf Tradition, Ehre und Moral."

Martin horchte auf. Die Worte brachten ihm den Zettel aus Heidens Tisch wieder ins Gedächtnis.

„Entschuldigt, vielleicht erinnert Ihr Euch nicht mehr an mich. Mein Name ist Martin Haffer. Ich wuchs im Hause des

Ratsherrn Beck auf und bin der Sohn der Magd Grete. Als kleiner Junge sah ich Euch oft dort."

Segeberg musterte ihn von oben bis unten. „Ich erinnere mich. Seid Ihr es tatsächlich? Ihr habt Euch verändert. Damals wart Ihr so klein, nun bin ich es, der seinen Kopf zu Euch erheben muss. Ihr habt die Augen Eurer Mutter. Ja, daran erkenne ich Euch. Ich sah Euch lange nicht mehr. Meinem Freund Beck hat es fast das Herz gebrochen, als Ihr nach dem Tod Eurer Mutter sein Haus verlassen habt. Wie ich sehe, geht es Euch gut. Recht vornehme Kleidung tragt ihr da."

Es war Martin unangenehm, ausgerechnet in diesem Augenblick einen Lehrer der Universität erwähnen zu müssen.

„Professor Lazar beschäftigt mich als Sekretär. Ich habe ein gutes Einkommen und er versorgt mich mit allem Notwendigen."

Der Alte nickte bedächtig. „Bei Lazar steht Ihr in Lohn und Brot. Das freut mich zu hören. Ich verstehe nicht, wie ein so ehrbarer und gottesfürchtiger Mann an diesem Sündenpfuhl tätig sein kann. Er kümmert sich um die Armen." Ein missbilligender Ausdruck lag in Segebergs Augen. „Obwohl deren medizinische Versorgung eigentlich dem Stadtmedikus obliegt. Aber dieser gierige Mensch wird nur da tätig, wo es sich für ihn lohnt. Den stört es nicht, wenn die Leute elendiglich verrecken. Wenn Ihr mich fragt, hatte Wedego Lotze Recht, als er Pfeifer deswegen vor einiger Zeit seinen Posten entziehen lassen wollte. Professor Heiden hatte ihn auf Pfeifers Verhalten angesprochen und auf eine Entscheidung des Rates gedrängt. Ihr müsst wissen, der Medikus erhält vom Rat Geld, damit er die Armen kostenlos behandelt und mit dem Notwendigsten versorgt. Nach dem letzten Ausbruch der Pest haben wir besonderen Wert darauf gelegt. Ein Kranker genügt, um eine Seuche ausbrechen zu lassen. Das Geld ist es uns allemal wert, die Stadt zu schützen. Leider haben wir in der Medizinalordnung nicht festgelegt, wer in den Genuss der Armenfürsorge gelangen soll. Daran ist der Vorstoß letztlich gescheitert und Pfeifer behielt seine Stellung. Pfeifer hat Lotze den Versuch, ihn aus dem Amt zu drängen, ziemlich übel genommen und versucht, gegen ihn aufzuwiegeln. Er hatte nur nicht mit Heiden und mir gerechnet. Es würde mich nicht wundern, wenn hinter Heidens Tod mehr als ein Barbiergeselle steckt. Was sollte den zu dieser Untat bewegen? Dem Vogt fällt so etwas natürlich nicht auf. Er ist ein alter Bock und froh, wenn er seinen Kopf nicht anstrengen muss."

„Was meintet Ihr vorhin? Warum sollten sich die Lehrer der Universität die Köpfe einschlagen? Musste Heiden wegen der Sache mit Pfeifer sterben?"

„Was weiß ich, weshalb der Mann sterben musste. Er war ein unbequemer und recht unangenehmer Zeitgenosse, ein Querkopf, der sich nicht scheute, Missstände anzuprangern. Das machte ihn bei seinen Mitmenschen nicht sonderlich beliebt. Seit der Sache im Rat ist einige Zeit vergangen und Heiden hat danach die Menschen im Armenviertel selbst behandelt. Euer Dienstherr tut dies übigens auch. Gemeinsam haben sie viel Gutes getan. Es ist wirklich schade um Heiden."

„Darum waren so viele Arme auf seiner Beerdigung."

„Ja, Heiden kümmerte sich vor allem um die Pockenkinder. Auf Lotzes Wunsch übertrug ihm der Rat ihre Behandlung im letzten Jahr offiziell."

„Sagt, besuchte Grothenberg am Abend von Heidens Tod die Ratssitzung?"

„Natürlich, der verpasst ja keine Gelegenheit sich wichtig zu machen, wenn er nicht gerade im Badehaus herumhurt. Eine Schande für einen Zunftmeister und Olderluden. Severo sollte es ihm verbieten. Eigentlich kommt der Chirurg selbst, wie es sich für einen richtigen Olderluden gehört. Diesmal soll ihm allerdings etwas dazwischengekommen sein. Als wir gegen neun Uhr die Sitzung beendet haben, verließ Grothenberg als einer der ersten den Raum. Aber jetzt entschuldigt, ich muss weiter."

Der Ratsherr hatte es plötzlich eilig und verabschiedete sich hastig.

Eine Weile sah Martin dem alten Mann hinterher, dann setzte er seinen Weg fort. Vor Heidens Tür warteten bereits zwei Mönche. Von Gernot fehlte hingegen jede Spur. Die weißen Röcke unter einem schwarzen Mantel mit Kapuze wiesen die beiden als Dominikaner aus. Der Größere musste noch sehr jung sein, jedenfalls zeigte sein Kinn keinerlei Anzeichen von Bartwuchs. Das blasse Gesicht schien Martin für einen Jungen dieses Alters zu ernst. Das feiste Antlitz des Älteren leuchtete feuerrot. Sein nicht geringer Leibesumfang hatte ihm auf dem Weg vermutlich erhebliche Anstrengungen verursacht. Martin schätzte ihn um die Fünfzig. Peinlich berührt sah er an sich herab. An seiner Hose klebte einmal mehr Dreck.

„Entschuldigt meine Verspätung, ein Missgeschick hielt mich auf." Da Martin nicht recht wusste, was er sagen sollte, stellte er sich vor. „Mein Name ist Martin Haffer, ich bin Professor Lazars Sekretär. Er übertrug mir die Auflösung des Hausstandes sowie die Katalogisierung der Bibliothek."

Endlich hatte er die Tür geöffnet und deutete mit seiner Hand in das Haus. Als Martin die bestürzten Blicke der Mönche über das Chaos im Flur bemerkte, erzählte er schnell, was am Vortag geschehen war. Der Jüngere der beiden hörte neugierig zu. Die Tischkonstruktion schien sein Interesse zu wecken.

Der Ältere ergriff das Wort. „Herr Haffer, Ihr müsst Euch nicht fortwährend bei uns entschuldigen. Wir warten noch nicht allzu lange. Mein Name ist Vater Matthäus, das ist Nikolaus, ein Novize meines Ordens. Ein wirklich sehr bedauerlicher Unfall. Wir haben davon bereits in der Stadt gehört. Dieses Haus zieht scheinbar das Unglück an. Wie dem auch sei, wir sind hier, um die Kleidung der Verstorbenen anzusehen. Vielleicht dürfte ich Euch bitten, den Tisch mit Nikolaus etwas zur Seite zu schieben. Meine Gestalt ist wahrlich nicht so schlank wie die Eure."

Martin nickte nur. Gemeinsam mit dem Novizen schob er das massive Unterteil des Tisches zur Seite. Wieder bemerkte er dessen Neugier.

„Wenn Ihr gestattet, gehe ich voran. Die Gemächer von Professor Heiden befinden sich im ersten Stock. Das Zimmer seines Dieners ebenfalls."

Vater Matthäus schnaufte gehörig auf der Treppe, als Martin die beiden Männer nach oben führte. Er zeigte ihnen Heidens Schrank, dann ließ er sie mit ihrer Arbeit allein. Während er auf Gernot wartete, den er für die Katalogisierung brauchte, stieg Martin in den Keller hinab. Dort prüfte er nochmals die Regale und Fächer. Alle waren leer. Danach sah er sich noch einmal aufmerksam in der Küche um. Wieder vermochte er nicht zu erklären, was mit dem Haus nicht stimmte. Beim Grübeln schweiften seine Gedanken zu den Köstlichkeiten in der Speisekammer. Sein Bauch meldete sich mit hörbarem

Grummeln. Wahrscheinlich hatte niemand den Bestand verzeichnet. Auf eine Ecke mehr oder weniger kam es also nicht an. Sorgfältig schnitt er eine Scheibe Schinken ab. Die Köstlichkeit zerging auf seiner Zunge. Es kostete Martin viel Mühe, die Kammer ohne weitere Kostproben zu verlassen. Allerdings machte der Schinken durstig. Draußen gab es sicher frisches Wasser. Als Martin durch den Keller auf den Hof trat, sah er den kleinen, mit Moos bewachsenen Brunnen. Das Dach über dem Schacht wies zahlreiche Löcher auf. Als er den Eimer hinabließ, quietschte das mit Rost übersäte Gewinde erbärmlich. Der Wasserspiegel lag sehr tief. Es brauchte fast die ganze Länge des Seils, bis der Kübel auf die Oberfläche platschte. Seltsamerweise ging das Hinaufziehen immer leichter, je höher er den Eimer bewegte. Als er oben ankam, wusste Martin weshalb. Aus unzähligen Löchern strömte das Wasser heraus. Der Boden war nur noch eine Handbreit bedeckt. Gierig tauchte er seine Hand in das Gefäß, trank und spuckte gleich wieder aus. Das Wasser schmeckte schlammig. Aus diesem Brunnen hatte wohl schon längere Zeit niemand getrunken. Missmutig überlegte Martin, wie er seinen Durst stillen konnte, bis ihm der Weinkeller einfiel. Als er sich wieder zum Hause drehte, glitt sein Blick über die Fenster der Rückfront. Im oberen Stock hörte er die beiden Mönche. Etwas stimmte nicht. Kopfschüttelnd kehrte Martin zurück. Wahllos griff er eine der wenigen noch im Keller liegenden Weinflaschen und begab sich wieder nach oben. Im Flur stieß er mit Gernot zusammen. Statt einer Begrüßung traf ihn der Spott des Studenten.

„Oh, der Herr hat eine gute Wahl getroffen. So früh am Morgen schon ein Gläschen Wein? Ob unsere Domini Canes das gutheißen werden?“

Gernots Lautstärke war unverschämt. Die beiden Geistlichen, von deren Anwesenheit er offensichtlich wusste, mussten ihn gut verstehen. Die Bezeichnung „Hunde des Herrn“ war zwar weit verbreitet, aber alles andere als schmeichelhaft. Welche Frechheit, dies in der Nähe von Mönchen zu äußern.

„Guten Morgen, der Herr Frühaufsteher. Wie du gestern bei deiner Kostprobe vielleicht schon in Erfahrung gebracht hast, macht der Schinken in der Kammer ungemein durstig.“

Gernot überhörte die Anspielung. „Ist das eigentlich Diebstahl? Meinst du, der Vogt empfindet Mitleid mit einem Krüppel? Vielleicht hacken sie dir statt der Hand das Bein ab. Gebrauchen kannst du es ohnehin nicht mehr!“

Die Worte waren wie ein Schlag in die Magengrube. Martins Finger formten sich zur Faust. Dann erinnerte er sich an Philipps Worte. Der Student wusste genau, wie er andere verletzen konnte. Konnte Martin ihm das übel nehmen? Er beschloss, die Kränkung zu überhören.

„Jedenfalls freue ich mich über deine Rückkehr. Wir beginnen heute mit der Bibliothek. Du kannst dich schon dorthin begeben, während ich zwei Becher suche. In meiner grenzenlosen Güte bin ich gewillt, dich an dem edlen Tropfen teilhaben zu lassen. Dann gehe ich wenigstens nicht allein in den Kerker.“

„Im Schrank rechts neben der Tür, im zweiten Fach von oben findest du Becher.“

Verdutzt sah Martin ihm nach, als Gernot in der Bibliothek verschwand. Tatsächlich fand er die Becher an der angegebenen Stelle. Als Martin zurückkehrte, lehnte sein Gehilfe mit jovialer Miene an einem Regal.

„Stell die Flasche nicht so weit weg, sonst musst du so weit laufen, wenn du mir nachschenkst.“

Martin verschlug es die Sprache. Was bildete sich dieser Bursche eigentlich ein?

„Ich glaube, du verträgst nicht so viel davon, schon gar nicht am frühen Morgen."

„Bei dir ist das ganz anders, wie? Dir muss doch eigentlich noch der Schädel von deinem gestrigen Besuch im ‚Schwan' brummen."

Martin sah erstaunt auf. Gernot lächelte ihn wissend an. Er erinnerte sich nicht, den Studenten in der vergangenen Nacht gesehen zu haben. Anscheinend war der andere in Streitlaune, denn er setzte noch eins drauf.

„Weiß dein gottesfürchtiger Professor eigentlich, wo sich sein Sekretär nachts herumtreibt?"

Natürlich wusste Lazar nichts davon und er würde es nicht gutheißen. Aber von diesem Grünschnabel ließ Martin sich ganz bestimmt nicht in Schwierigkeiten bringen. „Ich glaube, das geht dich einen Dreck an."

Gernot grinste provozierend. „Warum denn plötzlich so verstimmt?"

„Warum kennst du dich eigentlich so gut in diesem Haus aus?"

„Das fragst du mich? Ich wette, Lazar hat dir schon alles brühwarm über mich erzählt. Der muss seine feine Nase ja in jedermanns Angelegenheiten stecken. Vermutlich hat er dir auch berichtet, wie glorreich er mich gerettet hat. Dabei verdanke ich mein Leben allein Severo."

„Da wir gerade bei dem Thema sind: Erklär' mir mal, was dich beim Chirurgen umtreibt. Du gehst doch bei ihm in die Lehre. Weiß dein Vater davon? Was sagt er denn dazu? Immerhin studiert der Sohn eines Adligen nicht die Kunst der

Medizin, sondern ein simples Handwerk. Du schmeißt sein Geld zum Fenster heraus, um ein einfacher Handwerker statt ein Gelehrter zu werden! Welch eine Schande für die Familie!"

Gernot verzog das Gesicht zu einer hässlichen Fratze. „Was verstehst du schon davon, du Schreiberling!"

Martin legte nach. „Chirurgie, ein Handwerk, das jeder halbintelligente Mensch lernen kann. Hat dein Vater dich schon enterbt? Und überhaupt, wo warst du in der Nacht des Mordes? Hast du Heiden aus Rache getötet, nach all dem, was er dir angetan hat? Sieh dich doch an, welches Weib ist schon so einer Fratze zugetan? Musst du dir die Liebe jetzt im Bad erkaufen?"

Noch im selben Moment hätte Martin die letzten Sätze gern zurückgenommen. Zu spät, die Worte waren heraus. Der Zorn hatte ihn zu der unbedachten Äußerung verleitet. Gernot stob wütend an ihm vorbei. Im Rausgehen rief er: „Mach das hier doch allein, du Krüppel! Dir dürfte es ja ein Leichtes sein, mit deinem grazilen Bein die Leiter auf und ab zu klettern. Hoffentlich brichst du dir dabei das Genick!"

Gekränkt warf Martin ihm noch hinterher. „Geh nur, du Missgeburt! Ich bin nicht auf deine Hilfe angewiesen." Aber er war sich nicht sicher, ob Gernot die Worte überhaupt noch hörte.

* * *

Martin saß im Sessel, die Ellenbogen auf den Knien, den Kopf in den Handflächen vergraben. Warum nur hatte er sich zu solch einem Ausbruch hinreißen lassen? Wie sollte er die Arbeit ohne Unterstützung bewerkstelligen? Er konnte schlecht zu Philipp oder dem Bibliothekar gehen und nach einem anderen Studenten fragen. Ein leises Räuspern ließ ihn aufblicken. In der Tür stand der Novize und betrachte ihn.

„Geht es Euch gut?"

„Danke. Konnte man unseren Streit bis nach oben hören? Das tut mir leid. Ich wollte Euch nicht damit belästigen."

„Sagen wir es so, wir mussten uns nicht übermäßig anstrengen, Euer Gespräch zu verfolgen."

„Der Streit muss Euch lächerlich erscheinen."

„Die Auseinandersetzung zweier gekränkter Seelen. Wie ich sehe, ist Herr von Eisenfels gegangen."

„Ihr kennt ihn?"

„Seine Geschichte. Greifswald ist klein. Ein weiteres tragisches Unglück, das sich in diesem Haus zugetragen hat."

„In der Tat, und er wird wohl nicht zurückkehren. Das ist misslich, denn ich muss die Bücher nun ohne Hilfe katalogisieren. Doch was soll's, es geht auch allein."

Mit diesen Worten erhob sich Martin, nahm das Tintenfass, die Feder und einen Bogen Papier. Bevor er beim Regal anlangte, hörte er den Novizen.

„Wenn Ihr nichts dagegen habt, könnte ich Euch helfen. Ich verstehe Latein, Griechisch und Französisch."

Martin fiel ein Stein vom Herzen. „Wenn Vater Matthäus Eurer Unterstützung nicht bedarf, nähme ich die Hilfe gern an. Es fällt mir schwer, auf der Leiter zu stehen."

Der Novize sah betreten zu Boden. „Um ehrlich zu sein, schickte er mich aus diesem Grund zu Euch."

Erfreut erklärte Martin ihm, wo er mit der Katalogisierung anfangen wollte. Ohne Zögern stieg Nikolaus auf die kleine Leiter und zog ein Buch aus der oberen Reihe. Im Wechsel nannte er Titel und Autor, stellte es zurück und griff nach einem neuen Band. Martin schaffte es kaum, alles aufzuschreiben, denn er ordnete die Bücher gleich nach ihrem Inhalt. Zum Glück hatte Heiden seine Bibliothek bereits grob sortiert.

Nach einer Weile zog der junge Mann einen besonders kunstvollen Band heraus. „Seht nur! Wie schön das Buch ist."

Ehrfürchtig strichen Nikolaus' Finger über den Lederrücken. Flink kletterte er von der Leiter herunter und zeigte Martin das Werk. Der nahm es und schlug es vorsichtig auf. Es handelte sich um einen Teil des *Canon Medicinae* des Avicenna, den er selbst vor einiger Zeit übertragen hatte. Nikolaus begann, ihn mit Fragen zu löchern. Martin musste seinem wissbegierigen Helfer alles erklären, was er über die Herstellung von Büchern wusste und wie er sie in der Stube des alten Klaas kopiert hatte. Nikolaus' Augen weiteten sich, als er die wundervoll gestalteten Absätze der einzelnen Seiten betrachtete. Auf einem Bogen Papier zeigte Martin ihm ein paar verschiedene Schriftarten. Sichtlich beeindruckt stellte der Novize das Buch wieder ins Regal zurück.

* * *

Nachdem sie bereits ein halbes Regal katalogisiert hatten, gönnte Nikolaus ihm endlich eine kleine Pause. Mit dem Novizen ging die Arbeit schnell voran und seine Art gefiel Martin ungemein. Weder gab der junge Bursche patzige Antworten noch war er beleidigt, wenn Martin persönliche Fragen stellte. Nach kurzer Zeit hatte er herausgefunden, woher Nikolaus stammte. Als jüngster von drei Söhnen erbte jener nichts vom Grundbesitz seiner Familie, die dem niederen Landadel angehörte. Da sein zweitältester Bruder bereits Juristerei studierte, reichte das

Geld für das Studium eines weiteren Kindes nicht. Um ihn dennoch versorgt zu wissen, hatten seine Eltern Nikolaus im Alter von zehn Jahren in den Dominikanerorden gegeben. Jetzt lebte er dort seit etwa fünf Jahren und seinen Erzählungen entnahm Martin Begeisterung für das Klosterleben. Bei den Dominikanern hatte er lesen und schreiben gelernt. Die wenige Zeit, die ihm zur freien Verfügung stand, verbrachte er in der Klosterbibliothek. Das Leben innerhalb der Mauern schien weniger langweilig, als Martin es sich stets ausgemalt hatte. Neben regelmäßigen Gottesdiensten, die einen großen Teil des Tagesablaufes einnahmen, mussten die Anlagen gepflegt und das Vieh versorgt werden. Nikolaus unterstützte den Bruder, der sich um Garten und Heilkräuter kümmerte. Manchmal half er an der Klosterpforte, wo Bedürftige zur Mittagszeit Essen erhielten.

Als der Novize das Vieh erwähnte, erwachte Martins Neugier.

„Ihr haltet Tiere?“ In gespielt gleichgültigem Tonfall hakte er nach. „Im Kloster gibt es doch gar nicht soviel Platz.“

Nikolaus lachte. „Da täuscht Ihr Euch gewaltig, wir besitzen Federvieh. Im Sommer treiben die Jungen ein paar Gänse in die Wiesen, damit sie schön mästen. Hühner und Enten halten wir auch. Tja, und ein paar Pferde müssen ebenfalls versorgt werden, denn der Prior verreist manchmal.“

„Wo reist er hin?“

„Meistens zum Ordenssitz, um wichtige Angelegenheiten für das Kloster zu klären. Hin und wieder reist er in seine Heimat, nach Köln. Was würde ich darum geben, wenn ich ihn einmal begleiten dürfte. Köln muss wahnsinnig schön sein. Dort trifft sich die Welt. Nicht so wie hier … Glaubt mir, wenn der Herr die Apokalypse entfesselt, hier oben dauert es mindestens noch hundert Jahre, bis sie ankommt.“

Martin lächelte. Die entscheidende Auskunft fehlte ihm noch! Also fragte er ganz unverhohlen, ob es im Kloster Schweine gäbe.

„Natürlich. Wir nehmen das Fleisch für die Armenküche. Gerade im Winter, wenn die Armen besonders Hunger leiden. Ihr besitzt keine Vorstellung, wie viel Essen man aus einem Schwein herstellen kann, wenn man sparsam damit umgeht. In diesem Winter haben wir es leider nicht geschafft, alle mit ausreichend Nahrung zu versorgen, nicht einmal mit Hilfe der Garküche des Rates und der Franziskaner. Es waren einfach zu viele hungrige Mäuler."

Martin fühlte die Anspannung steigen. „Sagt, wann habt ihr das letzte Schwein geschlachtet?"

Nikolaus sah ihn an, die Augen zu schmalen Schlitzen verengt. „Warum löchert Ihr mich so? Fragt, was Ihr wirklich wissen wollt."

Der Novize war überaus scharfsinnig.

„Also gut, ich möchte wissen, ob bei Euch um den 19. März ein Schwein verkauft wurde oder verschwunden ist."

Nikolaus dachte einen Moment nach. „Die Antwort steht nicht zufällig mit Heidens Ableben in Zusammenhang?"

Martin nickte.

„Verschwunden ist mit Sicherheit kein Schwein. Das hätte sich sehr schnell im Kloster herumgesprochen. Vielleicht wurde eines verkauft, was allerdings äußerst ungewöhnlich wäre. Die Geschäfte mit der Stadtbevölkerung führt Vater Paul. Wenn Euch die Antwort wichtig ist, könnte ich versuchen, es herauszufinden. Habt Ihr eigentlich etwas in dem Hohlraum im Tisch gefunden?"

Martin staunte nur kurz, dann zog er den Zettel heraus, den er noch immer bei sich trug. Der Novize zuckte mit den

Schultern, eine Lösung für dieses Rätsel wusste auch er nicht. Schließlich stand er auf. Als Nikolaus auf die Leiter klettern wollte, griff Martin nach seiner Hand. „Ich muss vor allem wissen, wer das Schwein gekauft hat.“

Nikolaus nickte. „Wir werden nicht zurückkehren. Ihr müsst also zum Kloster kommen. Es wird wohl niemandem auffallen, wenn Ihr Euch dort zur Essensstunde einfindet und an der Armentafel speist. Ich lasse mich dort einteilen, sobald ich etwas herausgefunden habe. Mit etwas Glück weiß ich schon morgen mehr.“

„Ich werde da sein. Muss ich etwas beachten?“

„Nun, Ihr solltet nicht gerade Eure besten Hosen anziehen. Ein zerrissenes Hemd würde Euch bei dieser Gelegenheit besser stehen“.

Martin nickte. Der Junge dachte an alles.

* * *

Abgespannt erreichte er Philipps Haus. Die Finger taten vom Anspitzen des Federkiels weh, Tinte hatte seine Haut blau verfärbt. Ein Zustand, den er von der Kopierstube nicht kannte. Um das wertvolle Papier und damit auch seine Arbeit nicht zunichte zu machen, hatte er dort beim Kopieren peinlich auf Sauberkeit geachtet.

In der Küche besserte Agnes gerade Wäsche aus. Während er seine Hände mit Seife schrubbte, fragte sie ihn, wie ihm die Arbeit in Heidens Haus gefiel.

„Es geht so.“ Ihm fiel die Warnung des Bibliothekars ein. Er senkte die Stimme. „Der Geist des Professors geht im Hause um.“ Agnes bekreuzigte sich schnell. Er lachte sie frech an.

„Du nichtsnutziger Bengel!“ Lachend warf sie einen Strumpf nach ihm. Martin erkannte seinen eigenen. Scherzhaft hielt er ihn vor die Nase.

„Oh welch köstlicher Duft! Frisch gewaschen. So liebe ich meine Socken.“ Er warf ihn zurück. „Rufst du mich, wenn es Essen gibt? Ich arbeite in der Bibliothek.“

Auf halber Treppe begegnete ihm Klaus. Wie stets, wenn sie aufeinander trafen, rempelte der andere ihn an. Martin beachtete es gar nicht mehr. In der Bibliothek stand das Fenster weit offen. Frische Luft erfüllte den Raum. Als sein Blick auf den Schreibtisch fiel, entgleisten ihm die Gesichtszüge. Dort lagen noch immer die Federn, die Tintenfässer, das Messer zum Anspitzen der Federn, das Tuch, um sich die Finger zu säubern. Alles, wie er es verlassen hatte, Luchts Buch lag ebenfalls haargenau in derselben Position. Die kopierten Seiten hingegen waren weg. Er hob das Buch hoch. Er zog die Schubladen auf. Er bückte sich, sah unter den Tisch, ohne Erfolg. Er schob den Stuhl zur Seite. Er sah auf das Fensterbrett. Er schaute auf den Tisch neben dem Kamin. Nichts. Schließlich erkannte er im Kamin ein kleines Häufchen Asche. Wütend beugte er sich hinab. Vom Rand, wo das Feuer seine zerstörerische Kraft nicht voll entfaltet hatte, zog er einen kleinen Fetzen heraus. Die Hitze hatte das Papier dunkel verfärbt. Dennoch erkannte er seine Schrift. Das kam ihm bekannt vor. Er schauderte. Ruckartig drehte sich Martin um. Tisch, Sessel, Kamin, die verbrannten Seiten, der Geruch nach angekohltem Papier – alles erinnerte ihn unwillkürlich an Heidens Bibliothek. Verwirrt blickte er sich um. Niemandem im Hause traute er einen solchen Frevel zu – bis auf einen. Hatte Klaus etwa auch damals seine Aufzeichnungen in Heidens Haus vernichtet? Aber warum sollte Klaus den Professor ermorden? Hatte Philipp ihn dazu angewiesen? Martin dachte an ihr gestriges Gespräch am Schachbrett. Wenn Lazar wirklich bis nach Einbruch der Dunkelheit auf dem Lande um das Leben des Jungen gekämpft hatte, kam er nicht als Täter in Frage. Er hätte vor geschlossenen Stadttoren gestanden. Was aber, wenn der Freund log und es doch rechtzeitig vor Torschluss geschafft hätte? Zu stark erinnerte ihn das Häufchen Asche an die Ereignisse der unseligen Nacht, als dass er den Gedanken einfach verdrängen konnte. Der Zweifel musste sofort aus dem Weg geräumt werden. Entschlossen rannte Martin nach unten, griff nach seinem Stock und ging zur Tür hinaus. Fast wäre er mit Sarah zusammengestoßen, die mit Michel vom Einkauf kam. Eine Entschuldigung murmelnd, stob er auf das Vettentor zu, das am nächsten lag. Eine Weile beobachtete er das Häuschen, in dem die Wache saß, und passte einen Augenblick ab, in dem niemand zu sehen war. Zögernd trat er auf den Wächter zu.

„Gott zum Gruße!"

„Gott zum Gruße! Was gibt's?"

„Sagt, guter Mann, verseht Ihr Euren Dienst immer hier am Vettentor?"

„Was interessiert's Euch?"

Martin spürte das kalte Geldstück in seiner Hand. Mit gleichgültigem Gesichtsausdruck zog er es aus der Tasche und ließ es wie unabsichtlich zwischen den Fingern spielen.

„Ich brauche eine Auskunft."

„Und, wie viel ist Euch die Auskunft wert?"

„Sagen wir, sie ist mir dieses Geldstück wert."

Die Wache stützte sich auf der Pike ab und nickte. „Ich bin häufig hier, manchmal allerdings auch am Steinbecker Tor."

„Erinnert Ihr Euch an den Tag, an dem Professor Heiden starb? Wo habt Ihr da Euren Dienst versehen?"

„Daran erinnere ich mich gut. So eine Sache kommt ja nicht jeden Tag vor. Gebt mir erst das Geld!" Martin warf es dem anderen zu, der es mit der behandschuhten Hand geschickt auffing. „An dem Tag war ich hier am Tor."

„Erinnert Ihr Euch, ob Professor Lazar an diesem Tag ausritt und ob er am Abend wieder zurückkehrte?"

„Ja, das weiß ich ganz genau. Den hab ich mit seinem Diener ausreiten sehen. Ich kann den blonden Vogel nicht ausstehen. Treibt sich in üblen Spelunken herum. Hab ihn schon oft mit Männern gesehen, die des Schmuggels verdächtig sind. Versteh' nicht, weshalb der Professor ihn beschäftigt. Aber das ist seine Sache. Als es zu dunkeln begann, wurde ich unruhig und fragte mich, wo er bleibt. Mein Sohn litt gerade an Fieber. Ich wollte ihn um Hilfe bitten. Pfeifer konnte ich mir nicht leisten. Als wir das Tor schlossen, dachte ich mir, er sei vielleicht durch ein anderes Tor zurückgekommen. Daher bin ich gleich zu seinem Haus und wollte ihn abholen, aber die Rothaarige hat gesagt, er sei nicht zurückgekehrt. Da machte ich mir Sorgen, ihm könnte etwas zugestoßen sein. Als wir am nächsten Tag das Tor öffneten, dauerte es wohl eine gute Stunde, bis er mit seinem Diener zurückkam. Mein Gott, war ich froh. Er ist dann gleich zu meiner Frau. Ohne ihn wäre mein Sohn nicht mehr am Leben! Warum fragt Ihr?"

„Habt Dank für Eure Auskunft."

Martin wandte sich um. Philipps Geschichte stimmte, er hatte die Nacht außerhalb der Stadtmauern verbracht und Klaus mit ihm. Der Diener war demnach zwar nicht Heidens Mörder, doch das änderte nichts am Frevel an seinen Kopien! Wütend und erleichtert zugleich stapfte Martin nach Hause und schwor, sich den Kerl bei der nächsten Gelegenheit vorzuknöpfen.

* * *

Sarah hatte sich wieder zu ihm geschlichen. Jetzt schlief sie an seiner Brust, während er wach lag und grübelte. In Zukunft mussten sie vorsichtiger sein. Philipp hieß diese unchristlichen Zusammenkünfte sicher nicht gut. Mit einem Lächeln auf seinen Lippen streichelte er Sarahs nackten Rücken und zog die Decke ein wenig höher. Sie drängte sich näher an ihn heran. Es war so schön, die Wärme ihrer Haut zu spüren. Ihre Locken kitzelten in seinem Ohr. Im Raum über ihm ging Philipp auf und ab. Er arbeitete meist bis spät in die Nacht und wanderte beim Nachdenken durch das Zimmer. Das rege seinen Geist an, hatte er Martin erklärt. Seit seiner ersten Nacht im Haus war Martin an die Schritte über ihm gewohnt. Als er nun gebannt auf die Decke starrte und mit den Augen ihren Weg verfolgte, fiel es ihm wie Schuppen von den Augen. Warum hatte er das nicht gleich bemerkt? Was sollte er machen, jetzt wo Sarah neben ihm lag? Er betrachtete sie liebevoll. Von Zeit zu Zeit durchliefen Bewegungen ihren Körper. Vermutlich träumte sie. Der Duft ihrer Haare, die Wärme ihrer Haut, all das gefiel ihm im Moment sehr. Andererseits bot die Nacht eine gute Gelegenheit. Eine Wolkendecke hatte sich vor den Mond geschoben.

Schweren Herzens zog er seinen Arm vorsichtig unter Sarah hervor und schlüpfte in seine Kleider. Das Haus lag friedlich, Philipps Schritte blieben die einzigen Geräusche. In der Küche entzündete Martin an dem noch glimmenden Feuer seine kleine Laterne. Dann schlich er sich wie ein Dieb aus der Tür, den

Schlüssel zu Heidens Haus fest an sich gepresst. Alle Lichter der Stadt waren erloschen. Die laue Luft des Frühlings roch nach frischen Blüten. Etwas entfernt hörte er den Nachtwächter die erste Stunde des neuen Tages rufen. Mit schlafwandlerischer Sicherheit glitt er an den Wänden entlang zur Kapaunstraße. Die Fensterläden der Häuser waren verschlossen. Um diese Zeit schliefen alle ehrbaren Bürger. Als er an Heidens Haus anlangte, vernahm er ein leises Knarren. Martin hob den Kopf. An diesem Nachmittag hatte er offenbar vergessen, die Fensterläden im oberen Stockwerk zu schließen. Martin schaute genauer hin. Nein, er täuschte sich nicht. Oben bewegte sich ein Licht. Jetzt wurde der Schein matter. Wer immer durch das Haus streifte, er suchte etwas im Arbeitszimmer. Inständig hoffte Martin, der ungebetene Gast möge das Geheimnis nicht vor ihm lüften. Wie war der andere überhaupt in das Haus gelangt? Soweit er sich erinnerte, hatte er am Abend abgeschlossen. Bemüht, kein Geräusch zu verursachen, steckte Martin den Schlüssel ins Schloss. Die Tür war abgesperrt. Langsam und mit äußerster Anstrengung, damit das Schloss nicht mit einem Klicken aufsprang, drehte er den Schlüssel. In der Nähe hörte er den Nachtwächter, der vom Vettentor zurückkehrte. In wenigen Augenblicken würde er die Kapaunstraße passieren, einen Blick in die Gasse werfen und ihn an der Tür stehen sehen. Kalter Schweiß brach auf Martins Haut aus. Stück für Stück drehte sich der Schlüssel. Endlich hatte er es geschafft und glitt lautlos in das Haus. Keinen Moment zu spät. Eben ging der Wächter vorbei. Sachte schloss Martin die Tür hinter sich. Deutlich hörte er im oberen Stockwerk Schritte und eine aufgeregte Stimme. Rasch löschte er sein Licht.

„Was suchen wir hier eigentlich?“

„Was weiß ich? Es muss irgendwelche Beweise geben. Immerhin wollte dieser Hurensohn unser einträgliches Geschäft beim Rat anzeigen. Nicht auszudenken, wenn alles ans Tageslicht kommt. Also strengt Euch an. Es geht auch um Eure Zukunft in dieser Stadt."

Der Rest ging in unverständlichem Gemurmel unter. Martin schlich Stufe um Stufe hinauf.

„Still! –"

„Was habt Ihr? Da war nichts! Ihr bildet Euch alles nur ein. Das liegt an Eurer verdammten Angst! Vor allem und jedem habt ihr Angst! Ich hätte allein herkommen sollen. Ihr werdet uns noch verraten. Reißt Euch nachher bloß zusammen. Ich habe keine Lust, dem Nachwächter erklären zu müssen, wo wir herkommen."

„Glaubt bloß nicht, ich hätte Angst! Ich sorge mich nur. Wir sollten mit allem aufhören ..."

„Teufel auch, Ihr seid ein wahrer Angsthase. Jetzt, wo Heiden tot ist, kann uns nichts mehr passieren. Vorausgesetzt, wir finden die Beweise. Wenn Ihr nicht mehr mitmachen wollt, sagt es rechtzeitig, damit ich nicht weiter auf das falsche Pferd setze ..."

Deutlich vernehmbar knarrte eine Stufe unter Martins Füßen. Sofort verstummte das Gespräch und das Licht der anderen Kerze verlosch. Martin stand im Dunkeln. Sein Vorteil lag in der Kenntnis des Hauses. Dicht an die Wand gepresst, setzte er seinen Weg fort, kaum wagte er zu atmen. Endlich gelangte er oben an und horchte. Deutlich vernahm er zwei Atemgeräusche. Was sollte er jetzt machen? Hineingehen. Und dann? Ohne recht zu überlegen, trat er in die Tür zum Arbeitszimmer und ging zum Schreibtisch. Da kam der Mond hinter den Wolken hervor. Sein Licht fiel durch das Fenster im Flur. Martin warf einen langen Schatten in das Zimmer. Ein Fluch entfuhr ihm, als er einen zweiten von hinten kommen sah.

* * *

Der Schlag hallte noch nach, als er wieder zu sich kam. Suchend glitten seine Finger über den Hinterkopf. Wieder fühlte er eine Beule, diesmal ohne Blutkruste und auf der rechten Seite. Das änderte nichts an den höllischen Kopfschmerzen.
Kein Zweifel, die beiden Einbrecher hatten das Haus verlassen. Geblieben war nur ein merkwürdiger Geruch. Martin kramte in der Hosentasche nach der Dose mit den beiden Zündsteinen und einem getrockneten Stück Baumschwamm. Nach vielen Versuchen gelang es ihm endlich, seine Lampe anzuzünden. Überall lag Papier auf dem Boden verstreut. Auf dem Schreibtisch fehlten alle Notizen. Die Männer hatten außerdem die Schublade aufgebrochen. Martin ärgerte sich maßlos, jetzt würde er nie erfahren, was darin gewesen war.

Mit brummendem Schädel kehrte er in die Küche zurück und prägte sich deren Ausmaße ein. Danach nahm er einen Leuchter und stieg nach oben. Dort fiel ihm die Abweichung nun deutlich auf. Der Raum besaß eine geringere Breite als die darunter liegende Küche. Da sich das Haus nicht nach oben verjüngte, konnte die linke Wand nicht die Außenmauer sein. Martin tastete sie sorgfältig ab. Es gab keine Unregelmäßigkeit. Resigniert setzte er sich auf den Boden. Aus der Tasche zog er ein Stück Schinken, das er in weiser Voraussicht in der Vorratskammer abgeschnitten hatte. Kauend suchte er noch einmal alles ab. Draußen kündigte der Nachtwächter die zweite Stunde an. Martin erinnerte sich an den kleinen Hebel im Seziertisch. An Heidens Stelle hätte er einen ähnlichen Riegel gewählt und in der Fußleiste versteckt, wo er am wenigsten auffiel. Während Martin auf Knien Stück für Stück vorwärts rutschte, versanken seine Finger plötzlich in einer kleinen Delle. Er drückte kräftig. Mit einem leisen Klicken sprang die Wand auf.

Als er mit dem Leuchter in der Hand durch die Öffnung trat, hielt er den Atem an. Die Wände, die Vorhänge an den Fenstern, selbst deren Rahmen, der Fußboden, die Möbel, alles leuchtete rot. Das Flackern der Kerzen gab ihm das Gefühl, als lebe der Raum. An der linken Wand stand ein rotes Bett mit ebensolcher Bettwäsche. Unter dem Fenster lag auf einem roten Tisch ein dicker Stapel Papierbögen, auf einem Regal standen elf in feinstes Leder gebundene Bücher. Neugierig ging er zum Tisch. Einige der losen Blätter waren kurz vor der Mordnacht datiert, andere waren älter. Kurzerhand steckte er sie in seinen Hosenbund und griff im Regal nach einem der Bücher mit der Aufschrift *Köln*. Er trat an den Tisch zurück, um im Kerzenlicht zu lesen. Eine Art Tagebuch. Die erste Seite wies auf das Jahr 1481 hin, eine der letzten auf 1485. Er stellte den Band zurück und zog nun einen nach dem anderen heraus. Paris, Prag … Ein Buch mit dem Titel Greifswald steckte er ebenfalls in den Hosenbund. Nach einer weiteren eingehenden Untersuchung verließ er den roten Raum und drückte die Tür vorsichtig zu. Ein leises Klicken ertönte. Jetzt, da die Anspannung nachließ, überfiel ihn Müdigkeit. Zeit zurückzukehren.

Bevor Martin hinaus in die dunkle Gasse trat, prüfte er den sicheren Sitz der Blätter und des Buches. Bei seiner Rückkehr in Philipps Haus herrschte völlige Stille. Sarah lag noch immer friedlich im Bett. Während Martin sich auszog, betrachtete er ihre Gesichtszüge. Noch im Schlaf lag ein Schatten von Traurigkeit darüber. Die Blätter versteckte er unter seiner Kleidung. Als Martin sich neben Sarah legen wollte, erhielt er eine schallende Ohrfeige. Rüde drehte sie ihm den Rücken zu. Zärtlich versuchte er sich ihr zu nähern, doch sie rückte immer weiter von ihm fort. Also beschloss er zu warten, bis sie sich beruhigte. Gerade wollte ihn der Schlaf übermannen, als Martin das Zucken ihrer Schultern bemerkte. Fest umfasste seine Hand ihre Hüfte und zog sie zu sich heran. Sie leistete keinen Widerstand mehr, drehte ihm jedoch weiterhin den Rücken zu. Sanft schob er ihre Locken vom Ohr und versprach, sie nie wieder zu verlassen. Endlich ließ das Beben ihrer Schultern nach und sie griff nach seiner Hand, um sie unter ihrer Wange festzuhalten, als wolle sie jedes neuerliche Weglaufen verhindern. Erschöpft und mit immer noch brummendem Schädel schlief Martin ein.

VI

Am nächsten Morgen befühlte Martin in der Küche unauffällig die Beule, die sich auf seinem Hinterkopf gebildet hatte. Es schmerzte, wenn er darauf herumdrückte. Ihm kamen sein geplanter Besuch im Kloster und die dafür notwendige Bekleidung wieder in den Sinn. In unverdächtigem Tonfall fragte er Agnes danach. Die schaute misstrauisch und erkundigte sich nach dem Grund. Martin war noch nie ein guter Lügner gewesen. Daher überzeugte seine Erklärung, Heidens Bücher seien so eingestaubt, die resolute Frau nicht restlos. Erst nach einigem Hin und Her händigte sie ihm widerstrebend Hose und Umhang aus. Um Agnes zu besänftigen, versprach Martin, sich erst in Heidens Haus umzuziehen. Mit einem großen Sack über der Schulter begab er sich wenig später auf den Weg.

Wie befürchtet, wartete niemand auf ihn. Bevor Martin eintrat, sah er nochmals in die obere Kapaunstraße und erkannte die Nachbarin hinter ihrem Fenster. Freundlich nickte er ihr zu.

Martin entschied sich, zunächst den merkwürdigen Raum bei Tageslicht in Ruhe anzusehen. Um keine unerwünschten Gäste anzulocken, legte er den Riegel vor die Tür. Zum Umziehen würde er später noch Gelegenheit haben.

Aufmerksam sah er sich die Wand im Arbeitszimmer an. Obwohl er den geheimen Mechanismus bereits kannte, musste er erneut geraume Zeit suchen, bevor sich die Tür öffnete. Die dicken roten Vorhänge verdunkelten den Raum. Martin schob sie zur Seite. Heiden hatte in diesem Raum wirklich alles in Rot anfertigen lassen. Allein die Farbe musste ein Vermögen gekostet haben. Warum hatte der Professor eine solch teure Stube so gut versteckt? Papier und Pergament war es gleichgültig, welche Farbe ihr Lagerraum besaß. Suchend sah Martin sich um. Sein Blick blieb auf dem Regal haften, auf dem sich eine Staubschicht abzeichnete. Schon beim Eintreten in der Nacht war ihm die schlechte Luft aufgefallen. Heiden hatte das Zimmer offenbar unregelmäßig genutzt. Martin griff eines der Bücher und schlug wahllos eine Seite auf.

Prag, 5. Oktober 1476

Der Tod hat Stadtmedikus Rittlich gestern ereilt. Trauer kann ich beim besten Willen nicht empfinden, Mitleid schon gar nicht. Der Pfuscher hat bekommen, was er verdient hat – ein qualvolles Ende! Möge er lange Zeit im Fegefeuer schmoren! Wer weiß, wie viele Menschen seiner Unfähigkeit zum Opfer gefallen sind. Sein Tod zeigt zugleich das wahre Wesen meiner geschätzten Kollegen. Vor vier Wochen kam der Bürgermeister erstmals ins Kollegium der hiesigen Universität und bat uns, die Aufgaben des Doktors zu übernehmen, bis er einen neuen Stadtphysikus gefunden hätte. Gestern erschien er nochmals. Es ist unglaublich, welche Gier die Lehrer befallen hat. Wie die Krämer feilschten sie mit dem Bürgermeister um ihre Entlohnung. Die Versorgung der Bevölkerung sei neben ihrer Lehre kaum zu schaffen. Als ob es ihnen große Mühe bereiten würde, ein paar Menschen mehr zu versorgen. Schon jetzt behandeln sie die reichen Bürger und erhalten dafür eine wahrlich fürstliche Entlohnung. Mich deucht, sie befürchten das Fernbleiben ihrer begüterten Klientel. Welch feiner Herr möchte sich schon nach einem armen Schlucker behandelt wissen. Es sollte für einen Arzt selbstverständlich sein, den Menschen zu helfen und ihre Genesung als oberstes Ziel anzustreben. Stattdessen geht es ihnen nur ums Geld. Eifersüchtig achten meine Kollegen auf ein gemeinsames Auftreten. Was habe ich für Beschimpfungen einstecken müssen, als ich mich gestern bereit erklärte, Rittlich bei der Lepraschau zu vertreten und die Versorgung des Leprahauses zu übernehmen. Dabei weiß ich genau, wie sehr sie die Aussätzigen hassen und sie aus Angst vor der Krankheit meiden. Giftige Blicke warfen sie mir zu, als ich den Bürgermeister auf meine christliche Pflicht zur Versorgung der Leprakranken hinwies und den mir angebotenen Obolus ablehnte.

Doch was schert mich ihr Unmut? Gleich am Nachmittag besuchte ich mit Johann das Leprahaus, um mir vor Ort einen Eindruck über die Zustände zu verschaffen. Welch armseliges Leben führen die Menschen dort. Nach Ansicht der Pfaffen und meiner geschätzten Kollegen ist Aussatz eine Strafe Gottes für diejenigen, die die Regeln eines gottesfürchtigen Lebens missachten. Wer dem Herrn demütig entgegentrete und sich an die Gebote hielte, müsste sich vor der Krankheit nicht fürchten. Warum haben meine Kollegen dann solche Angst, die Leprösen zu versorgen? Man müsste fast annehmen, sie lebten nicht nach den Geboten Gottes. Wer ohne Schuld ist, der werfe den ersten Stein … nun, in diesem Fall würde wohl nie ein Stein geworfen werden. Tatsächlich ist ihre Angst vor den Leprakranken angebracht. Die Krankheit bricht jedoch nicht durch Gottes Willen aus. Die Berührung und der Atem des Leprösen sind es, die die Krankheit forttragen. Der Arzt muss daher Handschuhe und einen Schutz vor dem Mund tragen.

Im Leprahaus sah ich zwei Jungen, deren Haut von einer anderen Krankheit befallen schien. Es war, als hätte eine Maus Gänge in die Haut gegraben. Teilweise erreichten sie die Länge einer Fingerkuppe. Vor allem die Fingerseiten, die Handgelenkbeugen, die äußeren Fußränder, die Achselfalten, der Nabel und der äußere Teil ihrer Genitalien wiesen diese Gänge auf. Andere Regionen des Körpers, die von der Lepra sonst befallen werden, waren dagegen verschont geblieben. Der Nadeltest bestätigte meine Annahme. Zudem zeigte die Haut nicht die für die Lepra charakteristische Verfärbung oder das Löwengesicht. Um mir Gewissheit zu verschaffen, schnitt ich vorsichtig ein wenig Haut aus. Die Jungen weinten ein wenig. Als ich ihnen zu helfen versprach, ließen sie es tapfer über sich ergehen. Auch vom Schorf nahm ich etwas mit. Den barmherzigen Brüdern, die sich um das Leprahaus kümmern, trug ich auf, die beiden in gesonderten Räumen unterzubringen und sie zu baden. Hoffentlich ist es für die Kinder noch nicht zu spät.

Bei der Untersuchung der Haut zog ich das neue Glas hinzu, das mir ein Kauffahrer aus Venedig mitgebracht hat. Es vergrößert alles. Man konnte deutlich die Furchen und Gänge sehen, die dem Befall mit Aussatz fremd sind. Sie leiden also nicht an der Lepra. Mit ein wenig Glück schlägt meine Therapie an und die Jungen können das Leprahaus schon bald verlassen. Ich hoffe nur, man hebt ihre Verbannung aus der Gesellschaft wieder auf.

Martin blätterte noch ein wenig und stellte das Buch wieder zurück. Gerade wollte er nach einem weiteren greifen, als er den Türklopfer hörte. Beim Verlassen des Raums vergewisserte er sich des Einrastens des Mechanismus.

Als Martin die Haustür öffnete, staunte er nicht schlecht. Achtlos schob Gernot ihn zur Seite und trat ohne ein Wort der Begrüßung ein. Im Flur schmiss er seinen Umhang in Martins Arme und marschierte in die Bibliothek. Martin schaute ihm verdutzt hinterher, fing sich nach ein paar Augenblicken jedoch wieder. Den Umhang warf er lieblos über das Treppengeländer. In der Bibliothek wartete Gernot bereits mit verschränkten Armen vor der Leiter.

„Dummerweise lief ich deinem Professor in der Fakultät über den Weg. Neugierig wie er ist, fragte er, warum ich dir nicht zur Hand gehe. Der Pfaffenfreund glaubte mir nicht, als ich ihm sagte, du würdest liebend gern auf meine Anwesenheit verzichten. Also schickte er mich hierher. Wie ich sehe, hast du dir noch nicht den Hals gebrochen. Schade."

Martin hob die Augenbrauen. Allerdings war er über die Rückkehr mehr als froh, sodass er sich lieber auf die Zunge biss, als eine garstige Erwiderung zu geben.

„Lazar hatte ganz Recht. Ohne dich bin ich Weihnachten noch nicht fertig. Ich brauche deine Hilfe."

Gespielt desinteressiert blickte sich Gernot um. Obwohl er sich bemühte, seine Überraschung zu verbergen, staunte er angesichts des Stapels beschriebener Blätter auf dem Tisch.

„Na, so ganz untätig bist du nicht gewesen. Hätte ich dir gar nicht zugetraut."

„Ohne den Novizen wäre ich mit Sicherheit nicht so weit gekommen."

„Ah, hat dir der Schwarzrock in einem Anflug von Barmherzigkeit geholfen? Die müssen ihre Nasen ja in jede Angelegenheit stecken. Widerliches Pack, wenn du mich fragst. Sie wollen alle nur das Eine – deine Seele retten. Und das darfst du dir ruhig ein wenig kosten lassen. Für meinen Geschmack sind die Dominikaner die Schlimmsten. Nicht umsonst nennt man sie die Hunde des Herrn."

Die Worte versetzten Martin einen Stich.

„Du musst nicht von deinen schlechten Erfahrungen auf die Allgemeinheit schließen. Nikolaus jedenfalls war sehr hilfsbereit." Gern hätte Martin noch dessen Höflichkeit und Respekt erwähnt, hielt es jedoch für unangebracht. Schließlich wollte er keinen neuen Wutausbruch provozieren.

Der Student überhörte den Einwand und kletterte auf die Leiter.

* * *

Gerade machten sie eine kleine Pause, als die Kirchenglocken zum Mittagsgeläut ansetzten. Martin zuckte zusammen. Die Tore des Klosters wurden jeden Moment geöffnet und er hatte sich noch nicht einmal umgezogen.

Auch Gernot erschrak. „Mist. Schon so spät."

Mit einem Satz sprang er von der Leiter und grinste unverschämt.

„Das kannst du nicht, stimmt's? Zum Glück muss ich jetzt los. Unterricht geht dem Kram hier vor. Nachher beginnt eine lectio, die ich nicht verpassen darf, und vorher muss ich essen. Wenn du unbedingt willst, kehre ich danach zurück. Bis dahin kann dir vielleicht dein neuer geistlicher Freund unter die Arme greifen oder dir wenigstens moralischen Beistand leisten." Ohne eine Antwort abzuwarten verließ der Student das Haus.

Martin zog sich hastig um. Die Hose reichte ihm nur bis zum Knöchel, die Ärmel des Hemdes endeten eine Handbreit vor dem Handgelenk. Von den Hausangestellten konnte nur Klaus es getragen haben. Der Gedanke missfiel Martin. Gleichwohl verschafften die Sachen ihm das Aussehen, das er für den Besuch der Armenküche brauchte. Um ganz sicher zu gehen, fuhr er mit den Fingern durch die Asche des Kamins und anschließend über Arme und Gesicht. Zufrieden warf er sich seinen Umhang über und beeilte sich, zum Kloster zu gelangen. Wenigstens war der Weg nicht allzu weit. Schon aus einiger Entfernung sah er eine große Menge vor dem Tor warten, darunter viele Frauen und Kinder. Unauffällig schloss er sich ihnen an.

Beim Eintreten ließ er den Blick schweifen. Eine große Kirche mit einem breiteren Mittelschiff und zwei schmaleren Seitenschiffen erhob sich inmitten der Anlage. Daran schloss sich ein achteckiges Chorgebäude an, auf dessen Dachreiter eine Glocke zu sehen war. Einer der Flügel des Konventsgebäudes endete am Chor, während der andere an das Langhaus grenzte. Zwischen beiden Flügeln standen Grabkreuze. An der nördlichen Mauer hatten die Mönche einen Garten angelegt. Daneben gab es Ställe, aus einem drang unruhiges Wiehern. Martin sah einen der typischen einrädrigen Karren aus Holz, mit denen man Waren und weniger schwere Lasten transportierte. Der leichte Malzgeruch verriet die Brauerei auf dem Klosterhof. So manch betrunkener Greifswalder verdankte seinen Rausch dem beliebten Getränk aus diesen Mauern.

Im Eingangsbereich hatten die Mönche unter hohen Bäumen zwei lange Tische aufgestellt. Wenige Meter davor stand ein großer, dampfender Topf. Ein dicker Mönch mit weißen Haaren klatschte mit einer Kelle Hirsebrei in Schüsseln, die Nikolaus ihm hinhielt. Seine Anwesenheit war ein gutes Zeichen. Martin reihte sich in die lange Schlange ein und beobachtete das Geschehen aufmerksam. Nachdem die Menschen ihren Brei erhalten hatten, gingen sie zu den Tischen hinüber. An den einen setzten sich die Männer, an den anderen die Frauen und Kinder. Endlich war die Reihe an ihm. Der Novize nickte ihm wie jedem anderen zu, als er ihm die Schüssel reichte. Martin sah ihn fragend an, doch der andere tat, als kenne er ihn nicht. Gerade als er sich umgedreht hatte, rief Nikolaus ihm hinterher.

„Halt, Ihr habt etwas vergessen!"

Rasch trat der Novize auf ihn zu und drückte Martin einen Löffel in die Hand. Sofort spürte der das darum gewickelte Pergament. Fest schloss er die Faust.

„Habt Dank."

Martin folgte dem Beispiel der übrigen Männer. Er setzte sich auf einen Platz, der nicht so dicht am Weg zum Hauptgebäude lag. Von hier aus hatte er einen guten Überblick. Niemand aß, alle saßen schweigend vor ihren Schüsseln und warteten. Erst als der Letzte sein Essen erhalten und der Mönch sich ans Kopfende des Tisches gesetzt hatte, falteten alle ihre Hände. Der Dicke sprach ein Gebet, in das alle einfielen. Der Brei schmeckte abscheulich. Um keinen Argwohn zu erwecken, schluckte Martin tapfer alles hinunter. Während er sich weiter umsah, stockte ihm plötzlich der Atem. Ein Mann lief in Begleitung eines Mönchs vom Hauptgebäude in Richtung Tor. Tief neigte Martin den Kopf, damit der andere ihn nicht erkannte. Aus den Augenwinkeln verfolgte er den Weg der beiden Männer. Zu seiner Erleichterung schaute keiner von ihnen herüber, so sehr waren sie in ihr Gespräch vertieft. Erst als das

Tor sich hinter dem Besucher schloss, hob Martin erleichtert den Kopf. Was um alles in der Welt wollte Philipp hier?

Endlich war die widerliche Masse gegessen. Als er sich unbeobachtet fühlte, öffnete er den Fetzen: 20. März – Severo. Dankbar suchte er den Blick des Novizen, der die leeren Schüsseln einsammelte. Endlich trat er an Martins Seite. Wie unabsichtlich ließ Martin den Löffel fallen. Beide bückten sich danach.

„Danke für deine Hilfe. Stand wirklich Severos Name im Register?"

„Ja, ich habe es selbst gesehen."

„Und was macht Professor Lazar hier?"

„Der Prior ist sein Beichtvater. Man sagt, sie kennen sich schon aus Köln."

Nikolaus ging weiter, während Martin grübelte. Bisher hatte er angenommen, der Chirurg habe für seine Sektion am 20. März Pfeifers Schwein genommen. Hatte er dieses Tier stattdessen gegen die Leiche im Keller getauscht und sich tags darauf unauffällig ein neues besorgt?

* * *

Am Abend des nächsten Tages verließ Philipp das Haus, um eine Ratssitzung zu besuchen. Zwar hatte er als Vertreter der Universität kein Stimmrecht, erfuhr dort jedoch aus erster Hand von den Beschlüssen des Rates. Martin nutzte Philipps Aufbruch, um sich Heidens Aufzeichnungen zu widmen. Den ganzen Tag war er nicht dazu gekommen, weil Philipp ihn überallhin mitgenommen und mehrere Briefe diktiert hatte. Luchts Buch musste warten. Er musste ja ohnehin wieder von vorne beginnen. Philipp, dem er von der Vernichtung seiner

Kopien berichtet hatte, hatte sich über den Vorfall sehr aufgeregt. Da niemand den Täter gesehen haben wollte, war er machtlos. Gleichwohl hatte er Klaus eine Standpauke gehalten. In seinem Zimmer angelangt, verschloss Martin sicherheitshalber die Tür. Bei der Lektüre wollte er keine Störungen, auch nicht von Sarah. Das erste Blatt des Buches war auf den 10. Oktober 1485 datiert, das letzte auf den 28. Februar 1487. Die einzelnen Seiten begannen im darauffolgenden März. Alles in allem warteten über 300 Blätter und ein ganzer Band darauf, von ihm gelesen zu werden. Um chronologisch vorzugehen, begann Martin mit den gebundenen Seiten.

Greifswald, 10. Oktober 1485

Endlich haben wir die Stadt erreicht! Nach allem, was vorgefallen ist, tat mir die Abreise aus Köln nicht im Geringsten leid. An meiner neuen Wirkungsstätte werde ich endlich alles so umsetzen und ergründen können, wie ich es immer wollte. Die Bedingungen sind wirklich gut. Die Universität braucht dringend Lehrer. Die Pest hat einige von ihnen dahingerafft. Um einen erneuten Ausbruch brauche ich mich nicht zu sorgen. So schnell kehrt der schwarze Tod nicht zurück.

Sorgen bereitet mir allerdings der Transport der Bibliothek. Nur die wichtigsten Bücher gelangen mit Johann und mir nach Greifswald. Doch Kaufmann Falke hatte Recht. Mehr als vier Wagen erregen zu viel Aufmerksamkeit, gerade in einer so einsamen Gegend wie hier. Die Menschen, deren Dörfer wir durchquerten, schauten uns misstrauisch nach. Man spürte ihre Blicke lange Zeit im Rücken. Ein unangenehmes Gefühl! So müssen also die anderen Kisten mit den nächsten Kaufmannszügen in den Norden kommen.

Das neue Haus eignet sich vortrefflich für meine Vorhaben. Zudem liegt es nicht weit von den Unterrichtsräumen entfernt. Ich habe bereits vorab einige bauliche Veränderungen vornehmen lassen. In der oberen Etage werde ich die Therapievorschläge von de Gaddesden umsetzen. Soweit ich heute in Erfahrung brachte, gab es vor fünf Jahren die letzten Fälle von Pocken. Es sieht also ganz danach aus, als müssten wir uns in nächster Zeit auf einen neuen Ausbruch der Krankheit einrichten. Während Johann sich um die Einrichtung des Hauses kümmerte, habe ich das Armenviertel inspiziert und dabei sehr viele Kinder im kritischen Alter entdeckt, denen die hässlichen Pockennarben als Zeichen der überstandenen Krankheit fehlen. In den nächsten Tagen will ich sehen, wem die Armenfürsorge obliegt. Vermutlich gibt es hier einen Medikus, der lieber seine reichen Patienten versorgt. Ihm wird es sicher recht sein, wenn er sich der lästigen Versorgung der Pockenkranken entledigen kann.

Die erwähnten Umbauten des Hauses bezogen sich bestimmt auf den Raum in Rot. Der Name de Gaddesden war Martin erst am Vormittag untergekommen. Gernot hatte ihn beim Katalogisieren vorgelesen. Sosehr Martin sich anstrengte, die Erinnerung an das dazugehörige Traktat wollte nicht zurückkehren.

Greifswald, 17. Oktober 1485

Vielleicht war es ein Fehler, in diese Stadt zu kommen. Wie rückständig hier alles ist! Natürlich hatte ich keine Begeisterungsstürme auf meinen Vorschlag erwartet, den Barbieren und Chirurgen unter dem Dach der Universität Anatomieunterricht zu erteilen. Mehr als die studierten Ärzte bedürfen die Knochenrichter eines profunden Wissens um den menschlichen Körper. Womöglich war der Zeitpunkt etwas verfrüht, schließlich bin ich erst seit wenigen Tagen hier. Doch es wundert mich schon, mit welcher Vehemenz hier gegen Reformen gestritten wird. Mein Hinweis auf den Barbierunterricht an der Pariser Universität stimmte die Professoren nicht wohlgesonnener.

Sie hielten mir entrüstet entgegen, der Unterricht an der Universität übersteige die geistigen Fähigkeiten der einfachen Handwerker. Außerdem seien sie der lateinischen Sprache nicht mächtig. Als ob man die Knochen und Organe nicht ebenso gut in deutscher Sprache lehren könnte! Wahrscheinlich befürchten meine Kollegen, man könne ihre albernen lateinischen Floskeln durchschauen, mit denen sie sich permanent wichtig machen. Wie ich diese unglückliche Teilung des Berufsstandes verfluche. Hier die studierten Ärzte, die sich um die inneren Leiden kümmern, dort die Chirurgen, die Knochen reparieren und Glieder amputieren. Schließlich die Barbiere, die Zähne ziehen und Schropfköpfe für den Aderlass setzen. Ihre Unwissenheit kann fatale Folgen haben. Meinen Hinweis auf Galen und Hippokrates haben meine Kollegen achtlos übergangen. Dabei berufen sie sich sonst alle naslang auf die beiden. Dies ist ein Punkt, in dem selbst ich Galen zustimmen muss: Die Einheit der Stände der Ärzte und Chirurgen brächte nur Positives, während die Zersplitterung eine schädliche Wissensteilung zur Folge hat. Meinem Vorbringen stimmte leider niemand zu.

Der Widerstand der Universität ließe sich durch privaten Unterricht überwinden, wenn sich wenigstens die hiesigen Barbiere einig wären. Ich habe Severo, dem obersten Olderluden der Chirurgen, Barbiere und Bader meinen Unterricht angeboten. Severos arrogantes Wesen hätte mich warnen müssen. Ich kann mir lebhaft vorstellen, weshalb er sich gegen meinen Vorschlag sperrt. Er assistiert im Anatomieunterricht als Prosektor und hat im Laufe seiner Tätigkeit Wissen erworben, mit dem er gegenüber den Barbieren, Badern und Chirurgen glänzen kann. Bei schwierigen Fällen müssen sie ihn zu Rate ziehen. Immerhin konnte ich einen Olderluden der Barbiere gewinnen.

Greifswald, 21. November 1485

Die Empörung über meine Person hält an. Ich hatte mich bereit erklärt, den Anatomieunterricht in der Universität zu übernehmen. Bei einer Sitzung des consilium universitatis schauten mich alle erschüttert an, als ich fragte, wie oft Sektionen am Menschen vorgenommen würden. Die Antwort war schockierend. Noch nie hat es an dieser Universität eine menschliche Sektion gegeben. Man habe immer Schweine verwendet und erwarte dies auch von mir. Um das consilium zu beruhigen, stimmte ich zu. Als ich dann erwähnte, ergänzend zu Galen das Buch von Henri de Mondeville heranzuziehen, verzogen sie ihre Gesichter! Keiner von ihnen hatte je den Namen dieses Mannes gehört. Meine Ankündigung, die Sektion eigenhändig und ohne Unterstützung eines Prosektors vornehmen zu wollen, rief schließlich blankes Entsetzen hervor. Der Rektor machte ein säuerliches Gesicht. Severo und er kennen sich wohl näher. Am Nachmittag begab ich mich zu Severo, um ihm meine Entscheidung persönlich mitzuteilen. Er trug es mit Fassung.

Martin kratzte sich nachdenklich am Kinn. Für die Tätigkeit als Prosektor hatte Severo sicher Geld von der Universität erhalten. Außerdem musste Severo einen Verlust seines Ansehens unter seinen Zunftkollegen fürchten, wenn Heiden den Barbieren und Chirurgen heimlich Unterricht gab. Genügte dies als Motiv? Der Januar des Folgejahres brachte etwas Licht in das Verhältnis zwischen Heiden und Severo.

Greifswald, 7. Januar 1486

Vergessen ist Severos Ablehnung der anatomischen Ausbildung der Barbiere. Schlimmer ist es um seine Praxis der Wundversorgung bestellt.

Ein Mann war von einem Gerüst gefallen und hatte sich den Arm aufgerissen. Zufällig hörte ich, wie seine Frau einer Nachbarin von einem schweren Fieber erzählte. Ich bot meine Hilfe an. Zögernd ließ sie mich zu ihm. Meine schlimmsten Befürchtungen bewahrheiteten sich. Der Arm war bereits stark von Wundbrand befallen. Ich fragte die Frau, wer ihren Mann behandelt habe – natürlich war es Severo. Sofort begab ich mich zu ihm und stellte ihn zur Rede. Severo wusste gar nicht, was ich von ihm wollte. Ich wies ihn auf die Fehler in seiner Behandlungsmethode hin. Statt jegliche Verschmutzung der Wunde zu verhindern, hatte er sie den üblichen Therapievorschlägen entsprechend mit heißem Öl behandelt. Mit aller Macht hat dieser Dummkopf den ach so heilsamen Eiter hervorgerufen! Ich fragte ihn, wie er zu der Annahme gelangt sei, diese Behandlungsmethode könne sich förderlich auf die Wundheilung auswirken. Severo verwies auf Guy de Chauliac, Lanfranchi und Roger Frugard. Ausgerechnet diese Stümper dienen ihm als Vorbild. Eiter ist das untrügliche Zeichen einer entzündeten Wunde. Wundbrand ist die schreckliche Folge. Nur strengste Sauberkeit verhindert sein Entstehen. Es ist so einfach, doch Severo will es nicht verstehen.

Martin schnaubte. Die Maßregelung des Chirurgen hatte die Fronten mit Sicherheit verhärtet. Severo machte jedenfalls nicht den Eindruck, als stünde er Kritik und Neuerungen offen gegenüber.

Greifswald, 20. Januar 1486

Gestern Nacht gab ich den ersten geheimen Anatomieunterricht. Zu meinem Erstaunen kamen nicht nur die Lehrlinge und Gesellen der Chirurgen, Barbiere und Bader. Auch einige Meister nahmen teil.

Die Sektion verlief in einer leicht angespannten Atmosphäre, die wohl der Geheimniskrämerei und Fremdheit meiner Person geschuldet ist. Zunächst versuchte ich herauszufinden, wie viel die Männer schon wussten. Das Ergebnis bestätigte meine schlimmsten Befürchtungen. Um seiner Stellung als Olderlude gerecht zu werden, begann ich mit meinen Fragen bei Grothenberg. Statt des Herzens wies er auf die Leber! Im Raum herrschte betretenes Schweigen. Selbst die jüngsten Lehrlinge bemerkten seinen Irrtum. Vorsichtig fragte ich nach, ob er sicher sei. Da ging sein Temperament mit ihm durch und er bezichtigte mich der Lüge. Wäre die Sache nicht so traurig gewesen, hätte ich laut losgelacht. Andere hielten sich nicht zurück und kicherten leise. Das stachelte Grothenbergs Zorn weiter an. Mit Fäusten ging er auf mich los und warf mir vor, ich wolle ihn vor seinen Zunftgenossen bloßstellen. Nun, das hatte er schon selbst getan! Ich versuchte, ihn zu beruhigen. Damit machte ich die Sache leider schlimmer. Schon saß er mir an der Gurgel und würgte mich. Nur mit vereinten Kräften gelang es den Anwesenden, den Tobenden von mir loszureißen. Als wir ihn aus dem Hause warfen, schimpfte er fürchterlich. Vor ihm muss ich mich in Zukunft vorsehen. Schon habe ich mir einen weiteren Feind geschaffen, dabei bin ich erst drei Monate in der Stadt. Grothenberg wird sich nun wohl ebenfalls gegen den Unterricht aussprechen. Dafür ist es mir gelungen, die jungen Burschen zu begeistern. Sie werden bestimmt wiederkommen. Wenn später nur einer von ihnen von den falschen Behandlungsmethoden lässt, wäre dies ein Erfolg.

Das also war der Streit, von dem Jan gesprochen hatte. Wenn Grothenberg sich zu solch einem Wutausbruch hinreißen ließ, wie musste er erst reagiert haben, als Heiden ihm vorwarf, einen Patienten mit einem fehlerhaften Aderlass fast zu Tode gebracht zu haben?

Neugierig blätterte Martin weiter und legte das Buch schließlich zur Seite. Dann nahm er die losen Blätter und brachte sie in die korrekte Reihenfolge. Eines zeigte ein ovales Gebilde, das durch Linien mit einem anderen Gebilde verbunden war. Alle Linien zusammen ergaben eine Art Kreislauf.

Greifswald, 15. März 1487

Endlich ist es mir gelungen, die Säftelehre ad absurdum zu führen. Schon während meines Studiums wuchsen meine Zweifel daran. Die Erklärung über die Entstehung und die Zirkulation des Blutes ist falsch. Eine objektive Würdigung der Fakten drängt förmlich zu diesem Schluss. Aber meine Kollegen hängen an dieser Theorie, als hinge ihr Leben davon ab. Wie kann der große Galen irren?

Die genaue Entstehung des Blutes entzieht sich bisher noch meiner Kenntnis. Meines Erachtens spielt die Verwertung der Speisen eine nicht unbeträchtliche Rolle dabei. Allerdings wird es nicht in der von Galen beschriebenen Art hergestellt. Weder entsteht im Magen der Chylus, in der Leber das Blut, noch wird die Nahrung in der Peripherie zu lebendem Gewebe verarbeitet.

Ist das Blut einmal vorhanden, wird es nicht aufgebraucht. Vielmehr kreist es wieder und wieder im Körper. Ausgangspunkt der Zirkulation ist das Herz, in welches das Blut strömt. Um es herauszupressen, zieht sich das Organ zusammen. Die Kontraktion erfasst beide Herzkammern, nicht die Arterien. Jene besitzen keine eigene Pulsbewegung. Stattdessen erweitern sich die Arterien bei der Kontraktion, um das vom Herzen herausgepresste Blut aufzunehmen. Von der linken Herzkammer fließt das Blut zunächst in die Aorta und anschließend in die abzweigenden Arterien, die es zur Peripherie bringen. Dort verlieren die Gefäße immer weiter an Größe und Durchmesser, bis sie mit bloßem Auge nicht mehr wahrnehmbar sind. Hier findet ein Austausch statt, der durch unsichtbare Poren erfolgt. Wäre dies nicht der Fall, würden die Arterien bei jedem Pulsschlag bis zum Platzen gefüllt, während die Venen nur ganz wenig Blut enthielten. Von der Peripherie fließt das Blut über die Venen zur rechten Herzkammer zurück. Zwischen rechter und linker Herzkammer gibt es weder Poren, durch die das Blut von einer Kammer in die andere strömt, noch einen Herzknochen. Das Blut wird vielmehr durch Kontraktion aus der rechten Herzkammer in ein Gefäß gedrückt, das zur Lunge führt. Da sich hier die Atemluft sammelt, erfolgt eine Anreicherung des Blutes mit der Luft. Ist dies geschehen, fließt das Blut zurück zur linken Herzkammer. Es gibt also zwei Kreisläufe im menschlichen Körper, den von Lunge zum Herzen und den vom Herzen in die Peripherie.

Die Kontraktion geht von den zwei Herzvorhöfen aus, von wo sie sich aufs Herz überträgt. Das in den Vorkammern enthaltene Blut wird dabei in die Herzkammern gedrückt. Wenn sie gefüllt sind, kommt es zum Pulsschlag, der das Blut durch den Körper treibt.

Severos Pfusch ermöglichte mir eine weitere Entdeckung. Ich experimentierte mit einem vom Wundbrand zerfressenen Arm, den ich einem bedauernswürdigen Mann hatte abnehmen müssen. Dabei interessierten mich vor allem die vom Wundbrand verschonten Gefäße. Unter dem venezianischen Glas entdeckte ich in einigen von ihnen eine Art Klappe, die sich lediglich in eine Richtung öffnet. Dies habe ich auch bei mehreren Vivisektionen an Katzen und Ratten entdeckt. Es gelang mir, das Gefäß vorsichtig herauszunehmen und seine Durchlässigkeit für Flüssigkeiten in alle Richtungen zu testen. Die Klappen verhindern ein Zurückströmen des Blutes, zwingen es zu dem beschriebenen Kreislauf.

Die Richtigkeit meiner Theorie zeigt sich außerdem in einem einfachen Rechenbeispiel. Ich untersuchte dazu einen toten Delinquenten, den mir der Vogt zur Verfügung gestellt hatte. Nach meinen Berechnungen presst das Herz mit einem Schlag etwa eine halbe Unze aus der linken Kammer. Bei einer Schlagfrequenz von 1000 Schlägen in einer halben Stunde gelangen somit 500 Unzen in den Körper. Das Herz schlägt allerdings nicht immer gleich schnell. So ist der Pulsschlag in einem Zustand der Erregung höher. Infolgedessen wird eine größere Menge Blut aus dem Herzen gedrückt und selbst unter Zugrundelegung der niedrigeren Zahl ergibt sich die unglaubliche Menge von 24 000 Unzen Blut, die das Herz am Tag bewegt. Das entspricht etwa dem Körpergewicht des Delinquenten. Nach der Säftelehre wird Nahrung aufgenommen, Blut daraus gebildet und dieses dann im Körper verbraucht. Also müsste der von mir sezierte Mann täglich eine Menge an Nahrung zu sich genommen haben, die seinem eigenen Körpergewicht entspricht. Das schafft nicht einmal der fette Medikus Pfeifer. Zudem müssten Arme, die nur wenig

Nahrung zu sich nehmen, einem „Blutmangel“ erliegen. Das ist nachweislich nicht der Fall.

Alle meine Behauptungen werde ich durch weitere Versuche untermauern.

Gebannt las Martin weiter.

Greifswald, 16. März 1487

Ich konnte nicht anders! Gestern Abend fand ich in der Universitätsbibliothek ein Werk meines Kollegen Habicht, in dem er Galens Säftelehre und den Bau des Herzens samt der Herzporen kommentiert. Ich habe das Buch verbrannt, denn es war das Pergament nicht wert, auf dem es geschrieben war. Man muss derartige Werke vernichten, bevor sie die Köpfe der Studenten verseuchen.

Nach der heutigen Sitzung des consilium universitatis fragte ich Habicht, wo genau er die Poren zwischen rechter und linker Herzkammer gesehen haben will. Ich bat ihn um eine detaillierte Beschreibung derselben. Erst starrte er mich nur ungläubig an. Dann zuckte sein rechtes Auge merklich. Allmählich schien er zu begreifen, worauf ich hinaus wollte. Mit der ihm eigenen Arroganz verwies er auf sein Buch. Im Gegenzug klärte ich ihn über meine Entdeckung auf. Statt die Diskussion aufzunehmen, überhäufte er mich mit wüsten Beschimpfungen. Daraufhin lud ich zu einer gemeinsamen öffentlichen Sektion vor den Augen der Studenten ein. Mit Vehemenz lehnte Habicht ab. Stattdessen berief er sich auf Galen und die Übereinstimmung seiner Lehre mit den bisherigen Erfahrungen der Wissenschaft. Wie kann man von Schweinen auf den menschlichen Körperbau schließen, fragte ich. Ob es ihm etwa gefalle, einem Schwein gleichgestellt zu werden. Wütend schrie

Habicht mich an und ließ mich nicht mehr zu Wort kommen. Nun, was kann man von jemandem erwarten, der das Werk eines unbekannten arabischen Arztes als seine eigene Erkenntnis ausgibt? Bevor ich sein Buch vernichtet habe, habe ich es gelesen. Mir kam der Wortlaut so vertraut vor und ich fand tatsächlich den eigentlichen Autor heraus. Der Inhalt von Habichts Buch ist nicht nur falsch, er ist auch noch gestohlen!

Greifswald, 20. März 1487

Der alte Bock wollte es tatsächlich wagen, mir den Anatomieunterricht zu entziehen. In der heutigen Sitzung des consilium universitatis kam es deswegen zum Eklat. Zur allgemeinen Überraschung erbot Habicht sich, den Unterricht zu übernehmen, der – wie stets seit meiner Ankunft – mir zugeordnet worden war. In der anschließenden Diskussion wagte es dieser Wurm, meine Theorie in den Schmutz zu ziehen. Ich wies ihn darauf hin, selbst ein Blinder könne die Fehler Galens bei den fünf Leberlappen und der Milz erkennen. Oh, welchen Frevel beging ich mit diesen Worten! Es entspann sich eine hitzige Debatte. Auch die anderen Kollegen, obwohl nicht vom Fach, nahmen die Kritik an Galen nicht hin. Mit den verschiedensten Argumenten versuchten sie plötzlich alle die Fehlerhaftigkeit meiner Ansicht zu beweisen. Vor allem stellten sie meine Berechnungen in Frage. Das Herz treibe mit jedem Schlag nicht mehr als zwei oder drei Tropfen Blut heraus, keinesfalls eine halbe Unze. Habicht begründete dies sogar mit dem Ergebnis eines Versuches, den er persönlich bei einem absterbenden Fischherzen unternommen haben will. Das Herz schlug noch weiter, obwohl nur noch wenig Blut in ihm verblieben sei. Die geringe Menge Blut reiche daher für das Schlagvermögen aus und beweise die Überflüssigkeit größerer Mengen

Blutes, so wie sie meine Theorie voraussetze. Zum anderen sei die Scheidewand zwischen den Herzkammern sehr, sehr dünn. Man könne sie mit bloßem Auge kaum erkennen. Und wenn ich meinerseits von unsichtbaren Poren spräche, durch die in der Peripherie der Austausch des Blutes von Arterien und Venen erfolge, so läge es an mir, ihr Vorhandensein zu beweisen. Alle pflichteten Habicht bei. Letztlich beendeten wir die Diskussion. Zu Habichts Leidwesen behielt ich den Anatomieunterricht. Ich lasse mich von diesem Ignoranten nicht aufhalten und werde weiter das Herz erforschen. Die Ergebnisse will ich in einer Schrift veröffentlichen.

Greifswald, 18. April 1487

Der Alte spuckt im wahrsten Sinne schwarze Galle. Wahrscheinlich inspirierte ein Mensch wie er Galen zu seiner Säftelehre. In meiner Vorlesung erklärte ich den Studenten meine Erkenntnisse und die Abweichungen bei Galen, insbesondere zu Milz und Leber. Mein Hinweis, derartige Ansichten entstünden vermutlich nur bei der Sektion von Schweinen, erntete einiges Gelächter, denn wie immer lag ein Schwein auf dem Tisch. Wenigstens zeigten sich die jungen Leute interessiert.

Wahrscheinlich hat ihm ein eifriger Student die Episode zugetragen. Als mich der Alte heute auf dem Flur zur Rede stellte, konnte ich es mir nicht verkneifen, den Disput wieder aufzunehmen. Er schalt mich einen Esel, eine Schande für den Berufsstand. Wir stritten eine Weile, schließlich wurde er unverschämt. Da bezichtigte ich ihn öffentlich des Abschreibens eines Kommentars. Wenn ich ihm nicht ausgewichen wäre, hätte mir seine Krücke den Kopf gespalten. Ich wusste nicht, wie viel Leben in dem alten Sack steckt.

Martin schluckte. Es war tatsächlich unglaublich, wie viel Hass der Alte auf Heiden zu haben schien. Allerdings lag der Vorfall bereits drei Jahre zurück. Vielleicht war Habicht damals noch rüstiger gewesen.

Der Sonntag verstrich, ohne dass Martin seinen Freund zu Rate ziehen konnte. Das gelang erst am Abend. Sicherheitshalber hatte Martin die Herkunft der Aufzeichnungen verschwiegen und stattdessen erzählt, er hätte sie aus Heidens Arbeitszimmer. Jetzt las Philipp aufmerksam.

Nach einer Weile hob er den Kopf. „Leider liegen die Geschehnisse vor meiner Ankunft in Greifswald. Und bei dem Eklat, den Heiden verursacht hat, ist es wohl nicht ratsam, einen Kollegen danach zu befragen. Mich überzeugt Heidens Theorie ebenfalls nicht. Tatsächlich drückt das Herz noch Blut heraus, wenn man es aus dem Körper entfernt hat. Würde das Herz die Menge Blut transportieren, von der Heiden ausgeht, wäre es nach einem Schlag leer. Und sieh, das menschliche Herz ist nicht viel größer als meine Faust. Es passt also nicht viel hinein. Infolgedessen kann es nur wenig Blut herausdrücken. Man darf auch eines nicht vergessen. Heidens Sektionen wurden an lebenden Organismen vorgenommen. Eine solche Vivisektion erzeugt widernatürliche Bedingungen, die die Ergebnisse verfälschen."

„Habicht hat doch selbst lebende Tiere seziert. So steht es jedenfalls auf den Blättern. Überhaupt, wie sollte Heiden denn seine Theorie anders als durch Vivisektionen untermauern? Wenn das Tier nicht mehr lebt, lässt sich schlecht herausfinden, wie das Herz arbeitet! Und seine Berechnung klingt überzeugend."

Philipp reichte die Aufzeichnungen zurück. „Nun, das ist nicht mein Problem. Wer Neues behauptet, muss es beweisen, nicht anders herum. Galens Lehren haben sich jahrhundertelang als zutreffend erwiesen. Unsere Heilkunst beruht auf Galens Säftelehre und seinen anatomischen Studien. Bisher haben Behandlungen, die sich ausdrücklich daran orientierten, immer geholfen. Wenn Galen sich geirrt hat, wie willst du dann unsere Erfolge erklären?“

Martin überlegte nicht lange. „Das ist kein Argument. Nur weil etwas über Jahrhunderte hinweg funktioniert, bedeutet das nicht zwangsläufig die Richtigkeit einer grundlegenden These. Vielleicht ist eine Behandlung erfolgreich, obwohl die ihr zugrunde liegende Lehre falsch ist. Außerdem gibt es sehr wohl Fälle, in denen keine Heilung eintritt!“

Philipp beugte sich vor. „Es gibt immer Menschen, bei denen unsere Therapien nicht anschlagen, ohne dass sie deswegen falsch wären. Nicht jeder Kranke ist mit der erforderlichen Vernunft gesegnet und hält sich an die ärztlichen Ratschläge, vor allem, wenn er eine strenge Diät einhalten soll. In anderen Fällen ist die Krankheit eine Strafe Gottes, dagegen vermögen wir nichts auszurichten. Um gesund zu werden, muss der Patient zu seinem Glauben finden und ein Leben nach den Regeln Gottes führen. Ansonsten wird er nicht genesen. Das habe ich schon einmal erklärt.“

„Ich finde Heidens These dennoch schlüssig.“

Philipp lächelte. „Entschuldige, aber du bist kein Arzt. Wie willst du beurteilen, was Heiden sah und berechnete? Seit Jahrhunderten sezieren wir und finden alles so, wie es in Galens Büchern steht.“

„Ihr seziert Schweine!“

Philipp dachte einige Augenblicke nach. „Na gut, ein letztes Argument. Nehmen wir an, Heidens These stimmt und es handelt sich um einen oder zwei Kreisläufe, dann müsste Folgendes geschehen. In südlichen Ländern, vor allem jenseits der Alpen, gibt es giftige Tiere. Während meines Aufenthaltes dort unten habe ich einen Mann gesehen, der von einer giftigen Schlange gebissen wurde. Bei einem Kreislauf müsste sich das Gift sofort im ganzen Körper verteilen und zu einem schnellen Ende führen. Tatsächlich starb der Unglückliche erst nach zwei Tagen. Gleiches gilt für örtlich angewandte Heilmittel. Ein Kreislauf würde sie über den ganzen Körper verteilen und ein Heilungserfolg würde nicht eintreten. Nur die Lehre Galens kann die Heilung erklären. Du kannst es selbst ganz leicht prüfen, indem du einem Tier etwas Gift gibst und die Dauer bis zum Tod bestimmst. Ich würde mich an deiner Stelle allerdings auf meine Beschreibung verlassen, denn sie stimmt. Ich hasse es, Lebewesen zu töten oder andere zu solchen Taten anzustiften, zumal es meines Erachtens nicht notwendig ist."

Martin nagte nachdenklich an seiner Unterlippe. Philipp schüttelte den Kopf.

„Ich sehe, du zweifelst noch immer. Also gut. Ich selbst habe an der Universität in Köln an mehreren Sektionen von Menschen teilgenommen. Glaube mir, ich habe alles so gesehen, wie Galen es beschrieben hat. Alles lag genau an dem Platz und in der Gestalt vor mir, wie in seinen Büchern erläutert. Warum sollte ich an seinen Worten zweifeln? Oder willst du mir vorwerfen, ich hätte nicht richtig hingeschaut?" Philipp legte die Handflächen zusammen und zeigte mit den Fingerspitzen auf ihn. „Vielleicht hat Heiden jemanden seziert, der von der natürlichen Form abweicht. So etwas gibt es. Gott zeigt sich vielfältig, warum sollte die Anatomie jedes Menschen gleich sein? Wenn man forscht, muss man seine Behauptungen belegen – durch These und Antithese. Und daran fehlte es Heiden."

„Vielleicht hat er seine Rückschlüsse aufgrund einer Vielzahl von Sektionen gewonnen, aber nur einen Fall aufgeschrieben, da die anderen zum selben Ergebnis führten. Schließlich schreibt er von mehreren Versuchen."

„Hältst du das nicht für zu viele Vielleichts?"

Mit einem Seufzer gab Martin nach. Immerhin ermunterte Philipp ihn, sich die Aufzeichnungen weiter anzusehen und zu ihm zu kommen, wenn er etwas Interessantes fände.

* * *

Beim Frühstück griff Philipp die Diskussion vom Vorabend auf. Wohl um Martin endgültig zu überzeugen, bot er ihm an, den heutigen Anatomieunterricht zu besuchen. Skeptisch willigte Martin ein. Zum Schutz vor Habichts Launen, der den Unterricht vorläufig übernommen hatte, schickte Philipp Michel mit einer entsprechenden Nachricht los.

„Wenn du nichts Wichtigeres vorhast, könntest du uns draußen helfen?"

Martin sah Philipp fragend an.

„Eben kamen zwei Wagen aus Köln. Schon im vergangenen Jahr hatte ich eine besondere Bestellung aufgegeben. Wegen des frühen Wintereinbruchs ist sie leider erst jetzt eingetroffen."

Im Hof standen zwei große, mit Planen abgedeckte Wagen. Franz spannte gerade die Pferde aus, die anderen Männer unterhielten sich angeregt mit den Fuhrleuten.

Gemeinsam schleppten sie Säcke von den Ladeflächen in das Gebäude neben dem Stall, das sich als Lagerhaus herausstellte.

Selbst Philipp als Hausherr legte Hand an. In einer kleinen Verschnaufpause stillte er Martins offensichtliche Neugier. Die Säcke enthielten Reis, ein Nahrungsmittel, das man statt Grütze oder Brot essen könne. Er sättige enorm und müsse lediglich solange in heißem Wasser gekocht werden, bis er genug Flüssigkeit aufgenommen habe und im Kern weich sei. Die Mauren hätten die Pflanze nach Spanien mitgebracht. Die Menschen dort hätten ihn zunächst verschmäht, später aber auf ihren Speiseplan genommen. Händler hatten ihn nach Süddeutschland gebracht, wo er seinen Platz auf den Tellern vornehmer Bürger und edler Herren gefunden hatte. Philipp selbst hatte ihn in Italien kennengelernt. Soviel er wusste, gedieh die Pflanze im hiesigen Landstrich nicht, sie brauchte ein anderes Klima. Die Reiskörner waren allerdings gut zu transportieren, mit ihrer Hilfe hoffte Philipp, den schlechten Roggen zu verdrängen, von dem sich die Armen überwiegend ernährten. Während sie abluden, fragte Martin, wie viel sein Freund für die Lieferung bezahlt hatte.

„Dieselbe Menge Roggen hätte deutlich weniger gekostet. Es ist ein Versuch und das Leben jedes Einzelnen, das ich damit retten kann, ist das Geld wert. Sollten die Armen Geschmack am Reis finden, könnten der Rat und das Dominikanerkloster eine große Menge zu besseren Bedingungen kaufen und im Winter im Armenviertel verteilen. Der Reis lässt sich gut lagern."

Philipps Sorge um die Gesundheit seiner Mitmenschen erstaunte Martin einmal mehr. Pfeifer wäre so etwas wohl nie in den Sinn gekommen.

* * *

Bis zur Vorlesung dauerte es noch etwas und diese Zeit wollte Philipp nutzen, um nach einem Patienten zu sehen. Während Martin vor der Tür auf ihn wartete, beobachtete er die Vorbeieilenden. Die warme Frühlingsluft bekam allen gut. Selbst die Armen und Mittellosen wiesen eine deutlich gesündere Gesichtsfarbe als vor wenigen Wochen auf. Außerdem waren die Menschen bei Sonnenschein freundlicher. Endlich trat Philipp mit seiner Tasche auf die Straße hinaus. Martin bemerkte den düsteren Blick, den Klaus beim Schließen der Tür zu ihm hinüberwarf. Gemeinsam machte er sich mit Philipp auf den Weg in die Fuhrstraße. Woran der Mann litt, den sie besuchen wollten, wusste Martin nicht. Nach Philipps Beschreibung musste es etwas Schlimmes sein. Ihr Weg führte sie über den Markt, wo viele dem Professor zunickten. An einem kleinen Haus mit roten Dachziegeln hielt Philipp an und klopfte. Eine Frau mittleren Alters öffnete die Tür.

„Gott zum Gruße. Ich bin gekommen, um nach Eurem Mann zu sehen. Wie geht es ihm heute?“ fragte Philipp.

Ein trauriges Kopfschütteln. „Gott zum Gruße. Nicht besser, im Gegenteil. Tretet ein und überzeugt Euch selbst.“

Im Flur saß ein kleines Mädchen und spielte mit einer Katze. Die Kleine schaute nur kurz zu den beiden Männern auf. Die Frau führte sie an dem Kind vorbei in ein Zimmer. Im Bett lag ein Mann mit eingefallenem Gesicht. Philipp ging zu dem Patienten, Martin stellte sich neben ihn. Vorsichtig schob der Arzt die Bettdecke zurück. Der Mann trug ein langes Hemd. Obwohl das Zimmer kühl war, perlte Schweiß auf seiner Stirn. Philipp zog das Hemd nach oben und entblößte einen schwarzen Arm. Unwillkürlich musste Martin an Heidens Aufzeichnungen über den Wundbrand denken. Ob Severo wieder falsch behandelt hatte? Der Freund trug Martin auf, in der Tasche nach einer langen, dünnen Nadel zu suchen. Sofort fand er das Instrument. Vorsichtig stach Philipp in den Arm. Als der Mann keine Reaktion zeigte, bohrte er forscher hinein. Auch das entlockte dem Liegenden keinen Laut. Martin sah, wie sich sein Freund auf die Lippen biss, während er den Kranken weiter untersuchte. Auf dem linken Bein zeigten sich Blasen. Traurig schüttelte Philipp den Kopf.

Zur Frau gewandt erkundigte Philipp sich. „Dürstet es ihn immer noch so heftig?"

Sie nickte. „Ja, seit gestern ist es besonders schlimm."

„Ich fürchte, ich kann für Euren Mann nur wenig tun. Der Arm verursacht das hohe Fieber. Der Chirurg muss ihn unbedingt abnehmen. Womöglich fällt er irgendwann von allein ab, doch das kann lange dauern und es bleibt kaum noch Zeit. Solange der Arm am Körper ist, vergiftet er Euren Mann und das Fieber wird nicht sinken. Geht zu Severo, er ist der beste Chirurg der Stadt. Und zeigt ihm auch das Bein. Es muss ebenfalls amputiert werden. Nur so hat Euer Mann eine Möglichkeit, zu überleben. Ansonsten sieht es sehr schlecht aus. Nach der Behandlung des Chirurgen gebt Eurem Mann von dieser Tinktur. Kocht ihm auch eine reichhaltige Suppe, die bringt ihn wieder zu Kräften." Er reichte der Frau eine kleine Flasche, in der eine dunkle Flüssigkeit schwappte.

„Wie soll mein Mann ohne Arm und Bein arbeiten? Er ist Fuhrmann!"

„Der Herr wird schon eine Arbeit für ihn finden. Werden die Gliedmaßen nicht amputiert, wird er das Ende der nächsten Woche nicht erleben. Daher rate ich Euch dringend: geht zu Severo!"

Martin staunte, wie hart Philipps Stimme klang. Die Frau erbleichte.

Philipp verlieh seinen Worten nochmals Nachdruck. „Nur der Chirurg kann ihn retten!"

„Wie soll ich den Chirurgen bezahlen? Der Winter … Wir haben alles aufgebraucht, was wir an Geld besaßen. Schon jetzt haben wir nichts mehr zu essen!"

Schluchzend schlug sie die Hände vors Gesicht. Philipp trat neben sie und zog sie zu sich heran. Dann drückte er ihren Kopf an seine Schulter. Während er ihr beruhigend über den Rücken strich, gab er Martin einen Wink. Philipps freie Hand glitt in seine Tasche, aus der er eine Münze zog. Er bedeutete Martin mit den Augen, sie in ein Schubfach des Schrankes zu legen. Nachdem das Geld leise versteckt war, wandte sich Philipp wieder an die Frau.

„Habt Ihr denn schon überall nachgesehen?"

„Natürlich. Wenn Ihr meinen Mann nicht kostenlos behandeln würdet, wäre er schon längst tot."

„Nun, vielleicht findet Ihr in den Schubladen doch noch etwas. In jedem Fall geht zu Severo, hört Ihr? Sagt ihm, Professor Lazar schickt Euch, dann wird er keinen Lohn verlangen."

Sie nickte nur und drückte ihm dankbar die Hand. Philipp wischte ihr eine Träne fort.

„Ihr müsst Euch beeilen! Severo muss Arm und Bein heute noch abnehmen. Leider muss ich Euch jetzt verlassen. Wenn es Schwierigkeiten gibt, schickt nach mir!"

Sie nickte erneut und begleitete die beiden Männer zur Tür.

„Sagt Severo, wie dringend es ist! Gott zum Gruße, Frau."

„Der Herr segne Euch, Herr Professor!"

Schweigend gingen sie in Richtung Markt. Nach einer Weile unterbrach Martin die Stille.

„Wird er überleben?"

„Das liegt allein in Gottes Hand, der Körper ist stark befallen."

„Ist es Wundbrand?"

„Nein, der Mann leidet am ignis sacer, dem Antoniusfeuer. Heute Nachmittag wirst du noch weitere Fälle sehen. Dieses Jahr ist es besonders schlimm. Seit Jahren beobachte ich, wie die Ernte ausfällt, der Winter verläuft und wie viele Menschen im folgenden Frühjahr und Sommer erkranken. Nach Sommern und Wintern wie den letzten bricht die Krankheit besonders häufig aus und es trifft diejenigen, denen es ohnehin schon schlecht geht. Am Roggen, den die Armen essen, findet man immer wieder ein dunkles Korn. Der Hunger zwingt die Menschen dazu, alles zu essen – auch das schwarze Korn. Schon die Farbe verrät seinen teuflischen Ursprung. Wie alles Gute von Gott kommt, stammt alles Schlechte in der Welt von Satan. Begüterte Bürger ernähren sich fast ausschließlich von Weizen, der wesentlich teurer als Roggen ist und das dunkle Korn nicht aufweist. Folglich erkranken sie weitaus seltener."

Martin schluckte und sein Mund wurde plötzlich trocken. Krampfhaft überlegte er, was er im Winter so alles gegessen hatte. Zu Beginn der Kälte hatte er überwiegend helles Brot gegessen, hergestellt aus Weizenmehl. Im Februar war auch er zu Roggenbrot übergegangen, da selbst die Entlohnung des alten Klaas nicht ausreichte, um teures Holz und Weizenbrot zu kaufen. Er spürte die tröstende Hand auf der Schulter.

„Du hast bestimmt kein giftiges Brot gegessen. Du backst nicht selbst. Die Bäcker verwenden eigentlich keinen schlechten Roggen. Die Armen dagegen sammeln auf den Feldern alles auf, was zu Boden gefallen ist, und mahlen das Getreide selbst, ohne das dunkle Korn zu entfernen. Manchmal essen sie sogar die Spreu, die sie in den Brotteig mischen. Hättest du etwas von dem Gift zu dir genommen, würde ich bereits deutliche Anzeichen erkennen. Doch mein geübtes Auge sieht nichts. Oder leidest du an unstillbarem Durst? Fühlst dich aufgedreht? Kribbelt es in dir?“

Martin schüttelte zwar den Kopf, allerdings beruhigten ihn die Worte wenig. Philipp sah seine Sorge.

„Die Krankheit beginnt mit Erbrechen, Kopfschmerzen und einem Kribbeln in den Gliedmaßen. Hinzu tritt ein unstillbarer Durst. Manchmal führen die Patienten eine Art Tanz auf, den Veitstanz. Begleitet werden diese Anzeichen durch deutlichen Muskelschwund, Halluzinationen und heftige Krämpfe. Häufig vergessen die Kranken alles und erkennen nicht einmal ihre eigenen Angehörigen. Bei anderen, wie bei dem Mann, den wir gerade besucht haben, kann man zunächst eine feuerrote Verfärbung der Haut beobachten. Bald darauf bilden sich Blasen, bevor die Gliedmaßen sich schwarz verfärben und absterben. Der Prozess des Absterbens frisst sich durch den Körper. Die Leidenden verlieren nach und nach alle Finger und Zehen, Arme und Beine. Mit wem es das Schicksal gnädig meint, der stirbt schnell. Andere faulen lange vor sich hin, bis der Tod sie erlöst. Die einzige Rettung besteht in einer frühzeitigen Amputation des befallenen Gliedes, sobald die ersten Anzeichen des Antoniusfeuers auftreten. Im Anschluss daran muss man sofort mit einer Diät aus Weizenbrot und anderen gesunden Sachen beginnen. Auch dafür benötige ich den Reis. Leider kommen die Menschen immer erst zu mir, wenn die Krankheit bereits ausgebrochen ist. Dann stehen die Heilungschancen sehr schlecht.“

Am Ende der Ausführungen gelangten sie zur Medizinischen Fakultät in der Domstraße. Martins Herz klopfte, als er allein den Raum betrat. Noch waren keine Studenten zu sehen. Severo bereitete gerade mit Gernots Unterstützung die Sektion vor. Der Kadaver des Schweins weckte in Martin unangenehme Erinnerungen. Einen Moment überlegte er, ob es nicht besser wäre, den Raum wieder zu verlassen. Gernots Kommentar nahm ihm die Entscheidung ab.

„Welch große Ehre ist es, Professor Lazars Sekretär in unseren heiligen Hallen zu begrüßen!“ Der Student verneigte sich mit gespieltem Ernst.

„Habt Ihr Euch in der Tür geirrt?“, fragte Severo spöttisch, während er mit dem Messer in der linken Hand spielte. „Was verschlägt Euch hierher? Lazar hält seinen Unterricht im anderen Teil des Gebäudes. Mein Freund interessiert sich leider nicht so sehr für Anatomie. Oder habt Ihr Euch am Ende gar nicht verirrt, sondern wollt das Studium der Medizin aufnehmen?“

„Nein, das Studium nicht. Ich möchte nur dem heutigen Unterricht beiwohnen, um einen Einblick in die Anatomie zu erhalten.“ Martin dachte an Heidens Aufzeichnungen. Sollte er es wagen, Severo darauf anzusprechen? Er nahm seinen Mut zusammen und wagte den Vorstoß. „Im Gegensatz zu anderen verbietet Lazar mir nicht, Wissen zu erlangen. Vielmehr ermuntert er mich geradezu. Wenn ich ihm bei seinen Behandlungen zur Hand gehe, muss ich schließlich wissen, wovon er redet. Wäre es nicht schön, wenn dieses Beispiel über die Universität hinaus Schule machen würde?“

Severos Augen verengten sich gefährlich. Der Mund nahm einen harten Ausdruck an. „Wie darf ich Eure Ausführungen verstehen?“

„So, wie ich es sage. Immerhin gibt es in Greifswald Chirurgen, Barbiere und Bader, denen ein wenig anatomischer Unterricht sicherlich nicht schaden könnte. Leider verwehrt man ihnen aus

Gründen, die ich nicht verstehe, tiefere Einblicke in den menschlichen Körper. Warum habt Ihr Professor Heidens Angebot der Unterrichtung Eurer Zunftmitglieder ausgeschlagen? Hattet Ihr Angst, Ihr würdet Eure überlegene Stellung einbüßen?"

„Ihr seid nur ein einfacher Kopist, wenn ich Euch darauf hinweisen darf. Was versteht Ihr schon davon? Die Ausbildung der Chirurgen, Barbiere und Bader ist ausgezeichnet."

Martin gab sich betont demütig. „Verzeiht einem unwissenden Kopisten, aber was wäre schlimm daran, wenn sie am anatomischen Unterricht teilnähmen?"

„Ihr seid wahrlich nur ein unwissender Kopist, der nichts von der Heilkunst und ihrem Studium versteht. Darum ist es besser, Ihr steckt Eure Nase nicht in Angelegenheiten, die Euch nichts angehen! Barbiere und Bader sind wie die Chirurgen Handwerker! Sie können dem Unterricht nicht folgen. Er überfordert ihre intellektuellen Fähigkeiten. Man hält die Vorlesung in Latein, das keiner von Ihnen versteht. Ihr werdet das nachher am eigenen Leib spüren."

„Seid versichert, ich beherrsche die lateinische Sprache. Eine Notwendigkeit, wenn man Bücher kopiert. Sagt, warum kann man den Unterricht nicht auf Deutsch abhalten?"

„Es steht nicht in meiner Macht, dies zu entscheiden. Latein ist die Sprache der Wissenschaft! Ich verstehe allerdings nicht, wo Euer Problem liegt. Bisher gab es keinen Grund zur Beanstandung der Ausbildung! Seid Ihr anderer Meinung?"

„Ich denke, anatomische Kenntnisse könnten die Behandlung der Kranken nur verbessern. Überlegt Euch, wenn man Medizin und Chirurgie kombiniert, wie viel besser könnte man die handwerklichen Fähigkeiten im Wissen um den Bau des menschlichen Körpers und der Auswirkungen von Eingriffen einsetzen."

Sein Blick wanderte unwillkürlich zu Gernot, der ihm fasziniert zuhörte. Martin erinnerte sich, was er in Heidens Aufzeichnungen gelesen hatte. Vorsichtig setzte er wieder an. „Denkt an Henri de Mondeville. In Heidens Bibliothek fand ich ein Buch von ihm."

Severo knallte das Messer auf den Tisch und stützte sich mit beiden Händen ab. „Ihr hört Euch schon wie dieser unselige Mensch an. Es tut mir leid, ich kenne diesen Mondeville, oder wie er heißen mag, nicht! Chirurgie ist ein Handwerk, keine Wissenschaft! Man muss dafür nicht studieren! Es bedarf Talentes, einer ruhigen Hand und eines guten Auges."

Auf diese Weise kam Martin nicht weiter. Als er den Chirurgen vor dem Schwein stehen sah, kam ihm ein anderer Gedanke.

„Ist es eigentlich schwer, das Schwein wieder zuzunähen?"

„Was soll die Frage? Selbst eine Frau würde eine manierliche Naht hinbekommen. Bei diesem Schwein mache ich mir jedoch keine Mühe, es zuzunähen. Nachher wird es verbrannt, denn es dient hier schon seit ein paar Tagen dem Unterricht."

„Erkennt man bei einem Menschen, ob eine Naht frisch ist?"

„Ein geübtes Auge schon, das Eure sicherlich nicht!"

Martin schluckte. „Im März fand ein Totengräber einen Toten an der Stadtmauer. Als er Euch den Körper zeigte, habt Ihr ihm gesagt, es würde sich um eine Narbe handeln. Allerdings war es eine Naht. Ich habe sie am Tag von Heidens Beerdigung selbst gesehen. Die Haut war nicht ansatzweise zusammengewachsen, sondern mit feinen Stichen zusammengenäht. Warum habt Ihr dem Totengräber etwas Falsches gesagt?"

Severo presste die Zähne aufeinander. „Ich weiß nicht, wovon Ihr sprecht! Soviel mir bekannt ist, verfügt Ihr nicht über das Wissen, das es Euch gestattet, meine Fähigkeiten zu beurteilen. Wenn Ihr an der Vorlesung teilnehmen wollt, dann begebt Euch auf Euren Platz! Ansonsten verlasst den Raum!"

Schwungvoll legte der Chirurg ein weißes Laken über den aufgeschnittenen Kadaver. Nach und nach trafen immer mehr junge Männer ein, insgesamt wollten etwa zehn dem Unterricht folgen. Martin nahm in der zweiten Reihe Platz. Ehe er sich versah, ließ sich Gernot auf dem Stuhl neben ihm nieder. Das Gesicht des Studenten hatte einen Ausdruck, den Martin noch nie bei ihm wahrgenommen hatte. Ehrlicher Respekt! In diesem Moment betrat Habicht, eingehüllt in einen bodenlangen Talar, mit einem Buch unter dem Arm den Raum. Ohne ein Wort des Grußes begann der Professor die lectio. Schnell beugte sich Gernot zu Martin herüber.

„Heute wird es endlich mal interessant. Der Alte kümmert sich um die Frau im Allgemeinen und die Geschlechtsorgane im Besonderen."

„Mit einem Schwein?"

„Einer Sau, was denn sonst? Siehst du hier noch etwas anderes?"

Martin schüttelte verständnislos den Kopf. Nein, so hatte er sich Wissenschaft nicht vorgestellt. An einem Schwein konnte er wohl kaum erkennen, wie eine Frau gebaut war! Habicht schien von ihrer Unterhaltung nichts mitzubekommen. Nach einer kurzen Einleitung begann er mit monotoner Stimme aus dem *Canon medicinae* des Galen vorzulesen. Martin erinnerte sich, das Werk sowohl in Heidens als auch in Philipps Bibliothek gesehen zu haben. Konzentriert verfolgte er die Lesung des Alten, die tatsächlich auf Latein erfolgte. Wie Martin erfuhr, war der Uterus in zwei Kammern geteilt. Habicht verwies in desinteressiertem Ton auf eine andere Ansicht, die von sieben Kammern ausging, kommentierte sie aber nicht weiter. Endlich, nachdem Habicht mit dem Teil der lectio geendet hatte, hieß er die Studenten aufstehen und sich um den Kadaver zu stellen. Nun begann Habicht, die Aufzeichnungen Galens in einer disputatio zu kommentieren. Severo gab sich wahrlich Mühe, den Studenten alles zu zeigen, was Habicht beschrieb. Martin hatte, außer in der Mordnacht, nie zuvor in das Innere eines Schweins geblickt. So sollte auch Sarahs Innerstes aussehen? Etwas sträubte sich in ihm, diesem Gedanken zu folgen. Sie war doch kein Schwein! Und er auch nicht! Als Habicht wieder die beiden Kammern erwähnte, bemühte sich Martin, sie zu erkennen. Obwohl er sich anstrengte, sah er keine zwei Kammern! Severo hatte den Uterus herausgenommen, auf eine kleine Platte gelegt, die über dem eigentlichen Tisch stand. Die Masse wies eindeutig keine Kammern auf, weder zwei noch sieben. Martin neigte den Kopf etwas, nichts änderte sich.

„Wo?", flüsterte er zu Gernot, der ihn verdutzt ansah. „Ich sehe keine zwei Kammern!"

Severo warf ihm einen drohenden Blick zu.

„Was gibt es da unten? Ist den Herren etwas unklar?" Habicht hatte seine Frage bemerkt.

Martin nahm all seinen Mut zusammen. Er bildete sich nichts ein und die anderen mussten es ebenfalls sehen. Warum sagte niemand etwas?

„Entschuldigung, verehrter Herr Professor, ich kann keine Kammern erkennen."

Ein paar Studenten ihm gegenüber kicherten verhalten. Habicht runzelte die Stirn. „Wer seid Ihr? Kenne ich Euch? Was macht Ihr in meinem Unterricht?"

Martin kam nicht zu Wort, stattdessen antwortete Severo. „Das ist Professor Lazars Sekretär. Der Professor meinte, er würde sich für den Anatomieunterricht interessieren und sei in der Lage, dem Unterricht zu folgen."

„Der Sekretär? Ach ja, ich erinnere mich." Habichts Gesicht rötete sich. Er beugte sich bedrohlich über das Pult. „Mein Unterricht wird von jungen Männern besucht, die in der Lage sind, sich seinen Herausforderungen zu stellen. Mein geschätzter Kollege sollte das wissen und mir nicht seinen Sekretär schicken, der den Unterricht mit unsinnigen Fragen stört." Damit ließ er sich auf seinen Stuhl zurückfallen.

Martin zögerte. „Nun, ich kann Eurem Unterricht durchaus folgen. Bei allem Respekt, aber alles, was ich hier sehe, sind allenfalls Vertiefungen und keine Kammern."

Der alte Lehrer erhob sich erneut und stützte sich erbost auf das Pult. „Wollt Ihr behaupten, Galen hätte sich geirrt? Was bildet Ihr Euch eigentlich ein? Wenn ich mich recht entsinne, seid Ihr lediglich Kopist!"

Martin beschlich das Gefühl, es wäre besser, nichts zu erwidern. Die Studenten um ihn herum grinsten ihn ohnehin schon unverhohlen an.

„Ist noch jemand hier, der die beiden Kammern nicht erkennen kann?"

Betretenes Schweigen. Martin runzelte die Stirn.

„Ihr seht also, Ihr seid der Einzige, der dem Unterricht nicht folgen kann. Womöglich liegt es an Euren Augen. Wenn Ihr also gestattet, fahre ich mit der Lektion fort."

Ohne eine Antwort abzuwarten, nahm Habicht den Unterricht wieder auf. Den Rest der Stunde sagte Martin nichts mehr, sondern beschränkte sich darauf zuzusehen, wohin Severo zeigte. Am Ende der Stunde rief Habicht einen Studenten zu sich und trug ihm auf, das Buch zurück in die Bibliothek zu bringen.

* * *

Auf dem Heimweg machte Martin einen Abstecher. Von Philipp wusste er, wo der Alte wohnte. Habichts Haus bedurfte dringend einiger Reparaturen. Ein Fensterladen hing schief in den Angeln, die Tür hatte auch schon bessere Tage gesehen. Habicht war tatsächlich finanziell alles andere als gut betucht.

Zu Hause angekommen begab sich Martin auf direktem Weg in Philipps Bibliothek. Während Habicht seinen Unterricht fortgeführt hatte, hatte Martin sich zu erinnern versucht, wo er eine gegenteilige Ansicht zum Uterus gelesen hatte. Er war sich ganz sicher. In Heidens Aufzeichnungen war es nicht gewesen. Sein Blick glitt von Buch zu Buch. Endlich fand er einen Anhaltspunkt bei Gentile da Foligno. Selbst Philipp besaß das Buch, es konnte sich also um keinen unbekannten Wissenschaftler handeln. Und da, dort stand es schwarz auf weiß. Da Foligno kommentierte den *Canon medicinae*. Entgegen der Ansicht Galens, hieß es in dem Buch, gibt es im Uterus lediglich zwei Vertiefungen und keine Kammern. Neben dem Text gab es eine Zeichnung, die genau das wiedergab, was Martin gesehen hatte. Zufrieden stellte er das Buch zurück. Nicht er hatte sich geirrt, die anderen verschlossen aus Respekt vor Galen die Augen. Diese Tradition hatte Heiden gemeint!

VII

Die Tafel zählte an diesem Abend zwei hungrige Männer mehr. Philipp hatte die beiden Fuhrleute eingeladen, in seinem Haus zu übernachten. Deutlich sah man Agnes die Freude über die Gäste an. Auch Martin waren die Männer sympathisch. Sie hatten sich am Nachmittag bereit erklärt, Philipp und ihm zu helfen, Heidens und Johanns Sachen in das Dominikanerkloster zu bringen. Die Mönche wollten sie dann an die Bedürftigen verteilen.

Nach dem Mahl lauschte Martin mit den anderen Hausbewohnern gespannt dem Bericht der Fuhrleute über deren Reiseabenteuer. Michel starrte sie mit aufgerissenen Augen an, bis Philipp ihn wegen seiner Unhöflichkeit zur Ordnung rief. Die Männer hätten sich in Köln einem Kaufmannszug angeschlossen, der auf dem Weg nach Rostock war. Angeblich war ihnen mitten auf der Strecke ein Rad gebrochen, als von der nächsten Stadt weit und breit nichts zu sehen war. Den Wagen hätte man aus Angst vor einer Plünderung nicht allein zurücklassen wollen. Eine Teilung des Zuges war ebenfalls nicht in Frage gekommen. Darum wollten die beiden Männer abwechselnd die Achse des Wagens bis zur nächsten Siedlung getragen haben. Dort hätte man ein neues Rad angebracht und die Reise fortgesetzt.

Wenig später sei der Zug Räubern begegnet, denen sich die beiden Fuhrleute furchtlos entgegengestellt und so die wertvolle Ladung gerettet haben wollten. Die restlichen Männer hätten sich feige versteckt. Leider habe der Führer des Kaufmannszuges die Belohnung für die Auslieferung des Räuberhauptmannes allein eingestrichen, ihre Enttäuschung wirkte echt.

Martin erheiterten die Erzählungen, obgleich er nichts für bare Münze nahm. Ein wenig Fernweh kam auf. War es richtig gewesen, in Greifswald zu bleiben und die Stellung bei Philipp zu wählen? Hätte er nicht durch die Lande ziehen und ein wenig von der Welt sehen sollen? Bei diesen Gedanken fiel sein Blick auf Sarah, die ihm zaghaft zulächelte und sofort alle Bedenken beseitigte.

Nach einiger Zeit verabschiedete sich Philipp, der noch etwas in seinem Arbeitszimmer erledigen wollte. Martin hörte zunächst weiter den Abenteuergeschichten der Männer zu. Bald entschloss er sich jedoch, in sein Zimmer zurückzukehren, wo Heidens Aufzeichnungen warteten.

Greifswald, 28. April 1487

Ein ungeheuerlicher Betrug spielt sich hier ab. Vor wenigen Tagen las ich die hiesige Medizinalordnung. Wie überall enthält sie die Pflicht des Stadtmedikus, Bedürftige kostenlos zu behandeln. Dafür erhält er vom Rat jährlich einen nicht unbeträchtlichen Obolus. Manch ein guter Arzt würde sich solch gesicherte Einkünfte wünschen. Und dies ist nicht die einzige Einkommensquelle des Medikus. Von den Bürgern darf er seinen Lohn nach eigenem Befürworten bestimmen.

Wie ich in Erfahrung bringen konnte, behandelt Pfeifer grundsätzlich nur gegen eine Entlohnung. Entgegen seinen Pflichten besucht er das Armenviertel nie. Erkranken die Armen, gehen sie ins Kloster, wo sich ein Mönch mit der Anwendung von Heilkräutern auskennt. Allerdings fehlt ihm eine fundierte Ausbildung. Von Hilfe kann man da nicht sprechen. Es ist, als würde ich Theologie lehren. Pfeifer behandelt die Armen nur, wenn sie ihn im Voraus bezahlen. Wohlgemerkt, nur damit er sie überhaupt empfängt. Die eigentliche Kur lässt er sich dann noch einmal teuer entlohnen. Als ich den Menschen sagte, es sei ihr gutes Recht auf eine kostenlose Behandlung zu bestehen, schüttelten sie nur den Kopf. Es nütze ihnen nichts. Bis der Rat eine Entscheidung träfe, sei es schon zu spät. Und sie würden nur Pfeifers Zorn auf sich laden.

Der Fettwanst treibt sein freches Spiel schon seit Jahren. Da die Armen es nicht selbst tun, habe ich mich bei Bürgermeister Lotze beschwert. Er scheint Pfeifers Geldschneiderei ebenfalls zu missbilligen. Obwohl der Dicke über einflussreiche Freunde verfügt, unterrichtete Lotze den Rat von meiner Beschwerde. Nach einer heftigen Diskussion fiel die Abstimmung leider zu Gunsten Pfeifers aus. Statt dem Fettwanst die Versorgung zu entziehen, richteten die Ratsherren sich gegen mich. Man verbitte sich ein Einmischen der Universität in die Angelegenheiten des Rates. Schließlich schreibe man uns Professoren auch nicht vor, wie wir unseren Unterricht zu gestalten hätten. Der Medikus würde bei der Auslegung der Regelung einen Beurteilungsraum besitzen. Damit bestimmt Pfeifer selbst, wer arm ist und eine kostenlose Behandlung verdient.

Nun, da ich ihm nicht anders beikommen kann, werde ich ihm von nun an den Spaß verderben. Ich werde den Menschen im Armenviertel die Versorgung angedeihen lassen, die sie brauchen. Das untersagt mir die Medizinalordnung nicht. Leider hat es nur symbolischen Charakter, denn Pfeifer wird keine finanziellen Einbußen haben. Doch er wird die Bedeutung der Geste zu verstehen wissen.

Martin schmunzelte. Die Beschreibung passte in sein Bild vom raffgierigen Medikus. Zu Recht hatte die versteckte Annahme des Geldes bei ihrem Ausritt seinen Argwohn geweckt. Er dachte nach. Im Rat hatte Pfeifer den Sieg davongetragen. Außerdem lagen fast drei Jahre zwischen dem Ereignis und dem Mord. Konnte der alte Streit noch als Motiv für die Tat herhalten?

Die nächsten Aufzeichnungen drehten sich um Habicht, brachten allerdings keine neuen Erkenntnisse. Während Martin versuchte, sich zu konzentrieren, erschienen vor seinen Augen immer wieder die schmerzverzerrten Gesichter der Menschen, die sie am Nachmittag besucht hatten. Allesamt litten sie am Antoniusfeuer. Zwar hatte Philipp ihn abends eingehend untersucht, doch das beruhigte Martin nicht.

Um sich auf andere Gedanken zu bringen, beschloss er noch einmal auszugehen. Auf dem Markt lief er Gernot in die Arme. Statt mit dem gewohnten bissigen Spott begegnete ihm der Student erneut mit einer Art von Respekt. Er hatte bereits dem Wein zugesprochen, wie sein Atem verriet. Martin entschloss sich, Gernots Redseligkeit auszunutzen. Seine Einladung traf bei dem Studenten auf begeisterte Zustimmung. Auf ausdrücklichen Wunsch Gernots kehrten sie in eine Schänke in der Packhausstraße ein. Dort sollte es guten Rheinwein geben. Außer ihnen waren zwei Schreiber anwesend, die gegenüber in den städtischen Dienerhäusern lebten. Martin erkannte sie wieder. Diese beiden hatten ihn auf seiner Suche nach Arbeit verhöhnt. Ehern hielten die Männer den eindringlichen Umwerbungen zweier Dirnen stand. Zu viel stand für die beiden auf dem Spiel, denn als Stadtschreiber mussten sie ein sittliches Leben führen. Die anderen Gäste interessierten Martin nicht weiter. Er leitete den Studenten an einen Fenstertisch, wo er ihn ungestört aushorchen wollte. Gernot bestellte bei einer Magd zwei Becher Wein. Kaum hatten sie einen Schluck genommen, plauderte Gernot freimütig los.

Er hatte offenbar schnell Heidens Aufmerksamkeit auf sich gezogen. Eines Tages hatte der Lehrer ihn gefragt, ob er ihm bei seinen Versuchen assistieren wolle. Ohne Zögern hatte der junge Student die Gelegenheit ergriffen. In den folgenden Monaten war er Heiden bei dessen Suche nach einem Mittel zur Hand gegangen, das Operationen ohne Schmerzen ermöglichen sollte. Entgegen der Ansicht der Chirurgen und studierten Ärzte betrachtete Heiden den Schmerz nicht als von Gott auferlegte Buße, sondern als ein Hindernis für gute Heilungserfolge. Die Patienten verkrampften bei den Eingriffen oder wehrten sich heftig. Selbst das Anschnallen befriedigte Heiden nicht. Chirurgen liefen immer Gefahr, bei unerwarteten Bewegungen das Messer falsch anzusetzen oder beim Schnitt abzurutschen und den Patienten zu verletzen. Schlafschwämme aus Bilsenkraut und Mohnkapseln, die manch einer zur Betäubung der Patienten einsetzte, brachten nicht den von Heiden gewünschten Erfolg. Stattdessen experimentierte er mit Tollkirsche, Kellerhals und anderen Kräutern. Die fertigen Tinkturen erprobten sie erst an Tieren, danach unternahm Heiden Selbstversuche. Nach einiger Zeit gelang es Heiden tatsächlich, Patienten längere Zeit in einen Schlaf zu versetzen, aus dem sie selbst bei Schnitten und Amputationen nicht erwachten. Worum es sich bei der Tinktur handelte, wusste Gernot nicht. Heiden empfahl den Chirurgen, das neue Mittel für Operationen zu verwenden, aber die Chirurgen lehnten dankend ab. Vor allem Severo fühlte sich einmal mehr bevormundet. Nichtsdestotrotz setzte Heiden das Mittel bei chirurgischen Eingriffen ein, die er selbst entgegen den Standesregeln durchführte. Bald hatte sich das herumgesprochen und viele ließen sich nur noch von ihm operieren. Das wiederum erregte Severos Zorn, der sich in der Universität beschwerte. Da man eine öffentliche Auseinandersetzung vermeiden wollte, drängte der Rektor Professor Heiden, von den chirurgischen Eingriffen zu lassen. Um des Friedens Willen ließ er offiziell davon ab, nahm aber im Geheimen – wenn auch weniger häufig – weitere Operationen vor.

Heiden hatte überdies nach einer Arznei gegen die Pocken gesucht und sich der Anatomie gewidmet. Häufig zerlegte er Leichen, von deren Herkunft Gernot keine blasse Ahnung hatte. Sie lagen einfach auf Heidens Seziertisch im Keller. Meist hatte er sie für den geheimen Anatomieunterricht genutzt, den er den Gesellen der Barbiere und Bader gab und bei dem ihm Gernot assistierte. Und schließlich hatte Heiden unermüdlich in seinem Keller experimentiert. Dabei kam es zu dem Unfall, der Gernot fast das Leben gekostet hatte.

„Wir hatten den ganzen Abend destilliert und verschiedene Flüssigkeiten gewonnen. Nachdem ich etwas von einem Pulver in ein Glas gefüllt hatte, in dem eine bläuliche Flüssigkeit schwamm, gab es einen lauten Knall und Splitter flogen herum. Etwas traf mich am Kopf und ich verlor das Bewusstsein. Erst in Severos Haus kam ich wieder zu mir. Etwas Warmes lief mir über das Gesicht. Sehen konnte ich nichts, sprechen auch nicht. Ich hörte nur, wie sich Lazar und Severo über mich unterhielten. Es tat fürchterlich weh. Irgendwann verlor ich erneut das Bewusstsein. Nachdem ich wieder zu mir kam, blieb ich bei Severo. Er und seine Frau kümmerten sich sehr um mich. Lazar kam das ein oder andere Mal vorbei und befragte mich zu den Ereignissen. Heiden tauchte dagegen nie auf. Ich kann bis heute nicht verstehen, weshalb er mich damals nicht selbst versorgt hat. Das notwendige Wissen dafür hatte er. Wie es auch sei, während meines Aufenthaltes beim Chirurgen habe ich ihm ein wenig über die Schulter geschaut. Das Sägen, Schneiden und Ausbrennen liegt mir viel mehr als dieses Disputieren über Dinge, die es nicht gibt. Schau nicht so! Natürlich bist du nicht der Einzige, der Abweichungen von Galens Beschreibungen erkennt. Als Heiden noch Anatomieunterricht gab, kommentierte er die Dinge entsprechend. Nun, da Habicht die Lektionen übernommen hat, halte ich mich lieber zurück. So machen es die meisten. Nachdem ich Severo also ab und an zur Hand ging, konnte ich ihn überzeugen, mich in die Lehre zu nehmen. Heiden hat nach dem Vorfall nur zweimal mit mir gesprochen. Beim ersten Mal teilte er mir mit, er hätte jemand anderen gefunden, der ihm bei seinen Forschungen assistiere. Beim zweiten Mal nahm ich schon lange wieder am Unterricht teil. Er hatte mein plötzliches Desinteresse für das Studium bemerkt, nahm mich beiseite und riet mir, die Medizin nicht aufzugeben. Wenn ich tatsächlich Chirurg werden wolle, wäre es besser, die Heilkunst mit dem handwerklichen Können zu verbinden. Das war wenige Tage vor seinem Tod. Ich habe mich entschieden, seinem Rat zu folgen."

Gernot trank Becher um Becher und erzählte weiter vom Studentenleben. Mit der Zeit wurde seine Erzählung immer undeutlicher. Gerade wollte Martin ihn noch über Severos Frau und Sohn ausfragen, als der Student in sich zusammensank. Martin schüttelte ihn an der Schulter und vernahm ein leises Schnarchen. Selbst heftiges Rütteln riss den anderen nicht aus dem Schlaf. Martin fluchte innerlich. Wo sollte er mitten in der Nacht mit ihm hin? Hier im Gasthaus konnte er nicht bleiben, der Wirt würde ihn beim Schließen auf die Straße setzen. Also musste er ihn wohl oder übel mit zu Philipp nehmen. Nachdem er die Zeche gezahlt hatte, legte er sich Gernots Arm über die Schulter und ging zur Tür.

„He", rief ihm der Wirt hinterher. „Wisst Ihr, wo Herr von Eisenfels wohnt?"

Martin schüttelte Kopf.

„Im Vilterhagen bei Familie Storkow. Die werden sich freuen, wenn Ihr um diese Zeit läutet!"

Das bedeutete, er musste den Studenten über den ganzen Markt und durch die Knopfstraße tragen oder besser schleifen. Vor der Tür atmete Martin die laue Nachtluft tief ein. Über ihnen erhoben sich die Sterne am Himmel. Immerhin spendete der abnehmende Mond etwas Licht. Mit einem Seufzer machte Martin sich auf den Weg und erreichte schließlich die Knopfstraße, wo er einen Augenblick verschnaufte. Hinter seinem Rücken hallten Schritte.

Eine entrüstete Stimme fragte: „Was macht Ihr da mit Gernot von Eisenfels?"

Der Schein einer Fackel erhellte ein bekanntes Gesicht.

„Der junge Herr von Eisenfels hat zu viel getrunken. Ich bringe ihn in seine Unterkunft im Vilterhagen."

Severo überlegte kurz. „Nein, wir bringen ihn zu mir."

Er griff sich den anderen Arm des Studenten und legte ihn um seine Schulter. Zusammen gelangten sie schnell zum Haus des Chirurgen im nördlichen Teil der Brüggstraße. Vor der Tür nahm Severo ihm die Last ab und verabschiedete sich ohne ein Wort des Dankes.

* * *

Der Tag hatte gerade erst zu grauen begonnen und dennoch hörte er aus der Küche leise Geräusche. Martin erinnerte sich an die Bitte der Fuhrleute, ihr Frühstück zeitig zuzubereiten. Sie wollten die Stadt mit Öffnen der Tore verlassen. Da Martin nicht mehr schlafen konnte, leistete er ihnen ein wenig Gesellschaft.

„Wollt Ihr uns tatsächlich schon wieder verlassen?" fragte er den älteren Fuhrmann. Der nickte stumm, denn er hatte den Mund voller Haferbrei.

„Das ist sehr schade."

Der Jüngere antwortete. „Wir wissen Eure Gastfreundschaft zu schätzen. Doch jeder Tag, den wir hier verweilen, kostet uns bares Geld. Außerdem geht heute ein Kaufmannszug in Richtung Süden, dem wir uns anschließen wollen. Er kommt aus Stralsund und zieht nach Nürnberg. Allein reist es sich nicht gut. Wie Ihr wisst, können wir uns zwar gegen ein paar Räuber verteidigen, bei einer ganzen Horde sieht es aber vielleicht anders aus. Die Wälder in Mitteldeutschland sind unsicher. Und da und dort versuchen ein Vogt oder ein Ritter uns um unser schwerverdientes Geld zu bringen. Gemeinsam ist man stärker. Sagt, wollt Ihr uns nicht begleiten? Wie ich hörte, seid Ihr ein guter Kopist. Solche Leute werden überall gesucht."

„Danke für Euer Angebot, doch ich fühle mich hier gut aufgehoben."

„In Köln würdet Ihr bestimmt eine Anstellung beim Rat finden oder Ihr gründet eine eigene Kopierstube."

Martin dachte einen Augenblick nach. Besser als bei Philipp konnte er es eigentlich nicht treffen. Er verdiente gut, hatte ein Dach über dem Kopf und ein Mädchen, das ihm zugetan war. Solange sein Freund nichts von ihren unchristlichen Zusammenkünften erfuhr, war alles in bester Ordnung.

„Das klingt wirklich verlockend, dennoch muss ich ablehnen. Eine bessere Arbeit als hier finde ich nicht so leicht. Außerdem habe ich hier noch etwas zu erledigen."

Der ältere Fuhrmann nickte. „Ihr trefft eine weise Entscheidung. Bei Professor Lazar seid Ihr gut aufgehoben."

Martin verabschiedete sich herzlich und ging in sein Zimmer. Dort überflog er nochmals das Blatt vom Vorabend, auf dem Heiden die Raffgier des Stadtmedikus angeprangert hatte. Er wollte sehen, ob es nicht noch andere Hinweise auf Pfeifer gab. Nach längerem Suchen fand er etwas auf den ungebundenen Seiten.

Greifswald, 5. März 1489

Geht es mit rechten Dingen zu? Vorgestern verschrieb ich einem Mann einen stärkenden Trank, denn er leidet an hohem Fieber und blutigem Durchfall. Es wundert mich nicht, denn ich sah mir den Brunnen an, aus dem sich die Familie versorgt. Vor wenigen Tagen gab es Hochwasser. Dabei drückte der Fluss offenbar Schlamm in die Brunnen hinein. Die Brühe macht alle krank. In den nächsten Tagen werden sicherlich weitere Fälle auftreten. Die Warnung wäre eigentlich Sache des Medikus. Aber warum sollte der fette Kerl dies tun. Dadurch könnten ihm Einnahmen entgehen! Daher habe ich im Armenviertel die Anweisung gegeben, das Wasser vor dem Trinken zu kochen.

Als ich gestern nach dem Kranken sah, konnte ich keine Verbesserung seines Gesundheitszustandes feststellen. Im Gegenteil, er sah schlimmer aus. Dabei ist das von mir empfohlene Medikament äußerst wirksam. Ich wende es seit Jahren bei Durchfall an. Ich sagte seiner Frau, sie möge ihm die doppelte Menge verabreichen. Nachdem er zweimal die höhere Dosis erhalten hat, geht es ihm deutlich besser. Der blutige Durchfall ist gestoppt, das Fieber gesunken. Er wird bald wieder zu Kräften kommen. Nichtsdestotrotz muss ich herausfinden, wieso die Medizin beim ersten Mal nicht gewirkt hat. Womöglich verläuft die Krankheit diesmal anders, sodass das herkömmliche Medikament zu schwach ist?

Martin wollte nach dem nächsten Blatt greifen, bemerkte jedoch einen anderen Bogen Papier, der an der Rückseite des gerade Gelesenen klebte. Vorsichtig löste er ihn ab. Ein erstaunter Pfiff entfuhr ihm.

Greifswald, 8. April 1489

Ausgerechnet jetzt musste das Unglück geschehen! Es bedeutet nicht nur einen herben Rückschlag für meine Forschungen, nein, es beeinträchtigt mein ohnehin schlechtes Verhältnis zu Severo erheblich. Ausgerechnet bei seinem Sohn traten Komplikationen auf, ausgerechnet er musste mir unter den Händen sterben.

Vor zwei Tagen besuchte mich Severos Frau. Sie erzählte mir, ihr Kind habe mit einem anderen gespielt, bei dem nun die Pocken ausgebrochen waren. Ihr Sohn fiebere bereits und fühle sich sehr schwach. Sie nannte weitere Symptome, die auf einen baldigen Krankheitsausbruch schließen ließen. Severos Frau hatte von meiner Inokulation gehört. Inständig flehte sie mich an, sie bei ihrem Kind vorzunehmen. Ich hegte Bedenken, denn ich hatte die Inokulation noch nie unter diesen Umständen probiert und wusste nicht, ob sie überhaupt Wirkung entfalten oder gar den Verlauf der Krankheit negativ beeinflussen könnte. Deswegen riet ich von dem Eingriff ab. Sie ließ sich jedoch nicht abbringen. Ich gab nach und untersuchte das Kind. Tatsächlich stand bei dem Knaben der Ausbruch der Pocken kurz bevor. Seine Mundhöhle war stark gerötet und geschwollen. Noch einmal erklärte ich der Frau die Gefahren, gerade weil der Junge die Pocken schon in sich trug. Trotzdem beharrte sie auf einer Inokulation. Ich nahm sie schließlich vor, um zu sehen, ob ein erkrankter Körper nicht doch noch für diese Behandlung empfänglich ist. Als ich den Jungen tags darauf besuchte, war es schon zu spät. Die todbringenden schwarzen Pocken waren ausgebrochen. Trotz aller Maßnahmen, die ich ergriff, gelang es mir nicht, das Leben des Kindes zu retten. Es starb heute Nachmittag.

Wie ist es zum Ausbruch der schwarzen Pocken gekommen? Hat sich die im Körper des Jungen befindliche schlechte Materie mit der des abgeschwächten Serums verbunden und die Wirkung so potenziert? Oder konnte die Inokulation einfach nicht gegen das schwere Gift der schwarzen Pocken ankämpfen? Dies herauszufinden gelänge vielleicht mit einer Sektion, doch die hat Severos Frau bereits vehement abgelehnt. Sie erkennt ihre Bedeutung nicht. Severo brauche ich nicht zu fragen.

Die Gedanken in Martins Kopf überschlugen sich. War Heiden für den Tod von Severos Sohn verantwortlich? Was zum Teufel war eine Inokulation? Wenn das Wort aus dem Lateinischen stammte, bedeutete es soviel wie „Einimpfung“. Hastig suchte er in dem Stapel, bis er einen Hinweis fand.

Greifswald, 20. Oktober 1488

Die herkömmliche Lehre erklärt den Schutz vor einer erneuten Pockenerkrankung mit der Materia peccans. Während einer Schwangerschaft würde sich das Kind im Leib der Mutter von dem Menstruationsblut ernähren, das dann den Körper vergifte. Während der Pocken stoße der kindliche Körper den schlechten Saft aus. Danach gäbe es keinen Grund für eine erneute Erkrankung. Die Lehre hat mich nie überzeugt, auch wenn ich den tatsächlichen Auslöser noch nicht gefunden habe. Hinsichtlich des Schutzes bin ich mir allerdings sicher. Der Körper bildet eine Art Abwehr, die eine erneute Erkrankung verhindert. Leider konnte ich in meinen Sektionen bislang keine Hinweise auf einen solchen Schutz entdecken. Das Blut von Gesunden und Genesenen unterscheidet sich weder in seiner Farbe, noch ist durch das venezianische Glas eine Veränderung erkennbar. Bei dem einen oder anderen Leichnam bemerkte ich Abweichungen an den Organen, doch lassen sich keine Regelmäßigkeiten ableiten. Auch wenn sich der lebenslange Schutz bisher noch nicht erklären lässt, ist die Erkenntnis seiner Existenz von entscheidender Bedeutung. Gelänge es, einen kontrollierten Ausbruch mit abgeschwächten Pocken hervorzurufen, so könnte man die Menschen vor dem Ausbruch der schweren Formen schützen.

Martin konnte Heidens Frohlocken förmlich spüren. Fasziniert las er weiter.

Greifswald, 25. Oktober 1488

Ich zögerte nicht, meine Gedanken in die Tat umzusetzen. Von meinen Patienten wählte ich Christian Meier aus, dessen Krankheit einen leichten Verlauf genommen hatte. Seinen Pusteln ent-

nahm ich mit einer Lanzette etwas von der in ihnen enthaltenen Flüssigkeit. Nach langem Suchen fand ich eine geeignete Familie. Bei der jüngsten Tochter waren die Pocken vor wenigen Tagen ausgebrochen. Die beiden Söhne hatten nach Aussage der Eltern die Krankheit noch nicht durchlitten. Nachdem ich das Mädchen untersucht hatte, sah ich mir die Jungen an. Sie wiesen keine Anzeichen eines baldigen Krankheitsausbruchs auf. Die Eltern stimmten meinem Ansinnen sofort zu, ihren Söhnen eine Medizin zu geben, die sie vielleicht vor den schlimmen Folgen der Pocken schützen könnte. Die Kinder ertrugen die Prozedur tapfer. Mit der Lanzette ritzte ich ihnen in den Oberarm und legte ein kleines Tuch auf die Wunde, das ich mit dem Serum aus Christian Meiers Pocken getränkt hatte. Das Tuch befestigte ich mit einem Band. Morgen Mittag werde ich es entfernen und abwarten, was geschieht.

Greifswald, 5. November 1488

Es hat geklappt. Tatsächlich brachen bei beiden Jungen die Pocken aus. Die Eltern zeigten sich enttäuscht, hatte meine Inokulation doch den Ausbruch nicht verhindert. Ich hingegen frohlockte. Alles lief wie erhofft. Der Ausbruch begann wie bei Christian Meier. Die Krankheit verläuft allerdings in noch schwächerer Form als bei ihm. Ich muss unbedingt weitere Kinder finden, um meine Theorie zu beweisen. Das Mittel zur Bekämpfung einer Geißel der Menschheit ist nicht mehr fern!

Sollte es Heiden tatsächlich gelungen sein, ein Mittel gegen die schlimme Krankheit zu finden? Immer wieder berichtete der Arzt nun von Besuchen bei Kindern, deren Pockenkrankheit einen leichten Verlauf nahm. Sobald die Pusteln heraustraten, öffnete er sie und fing die in ihnen enthaltene Flüssigkeit in kleinen Fläschchen auf. Dann ging er zu gesunden Kindern und verabreichte ihnen dieses Serum. Kurz danach brachen die Pocken aus und verliefen in schwächerer Form als bei den Kindern, von denen das Serum stammte. Severos Sohn war anscheinend das einzige Kind, das bei der Behandlung starb. Ob die Inokulation die schwarzen Pocken hervorgerufen hatte, blieb offen. Gleichwohl musste der Tod des Jungen bei seiner Mutter tiefe Gewissensqualen hervorgerufen haben, gerade weil Heiden sie vor den Gefahren der Behandlung gewarnt hatte. Und Severo? Er wusste von der Behandlung durch Heiden, aber auch von der Inokulation? Hatte seine Frau ihm vor ihrem Selbstmord davon erzählt? Nachdenklich biss Martin auf seine Unterlippe. Gernot konnte womöglich mehr sagen. Bis zu ihrem Treffen dauerte es allerdings noch ein wenig. Martin las an der alten Stelle weiter.

Greifswald, 8. Mai 1487

Es ist mir völlig unerklärlich. Zum wiederholten Male führte meine Medizin nicht zum Heilungserfolg. Bisher unterliefen mir niemals Fehler bei der Verschreibung von Heilmitteln. Langsam beschleicht mich der Verdacht, es liegt an den hiesigen Apothekern. Darum habe ich zweierlei beschlossen. Zum einen stelle ich meine Arzneien nun wieder selbst her. Es interessiert mich nicht im Geringsten, ob mir die Medizinalordnung das verbietet. Zum anderen werde ich die Angelegenheit untersuchen. Sind Gauner am Werk, will ich ihnen das Handwerk legen, bevor Menschen sterben. Ist es Pfusch, muss man zum Schutze der Patienten erst recht etwas unternehmen. Von einem Apotheker kann und muss man gewissenhafte Arbeit verlangen.

Mein Verdacht richtet sich zu allererst gegen Menthe. Die letzten beiden Fälle traten bei ihm auf. Eine Frau aus dem Gerberviertel litt an blutigem Durchfall. Ich verschrieb ihr eine für ihre Konstitution ausreichende Menge, wieder blieb die Wirkung aus. Diesmal erhöhte ich die Dosis nicht, sondern stellte die Arznei selbst her. Persönlich überwachte ich die Einnahme der verschriebenen Menge. Innerhalb weniger Stunden ließ der Durchfall nach. Die Frau liegt noch geschwächt im Bett, wird es aber überstehen.

Ähnlich verlief es bei meiner Nachbarin, die mich um Konsultation bat, da sie nicht einschlafen könne. Ich empfahl ihr eine Dosis, die sie für einige Stunden in tiefen Schlaf versetzt hätte. Als ich die Frau ein paar Tage später nach ihrem Wohlbefinden fragte, berichtete sie mir, immer noch keinen Schlaf zu finden. Ich ließ mir den Rest des Mittelchens geben, das nach ihren Worten von Menthe stammte, und gab ihr dafür selbst hergestelltes Pulver in der ursprünglich verschriebenen Konzentration. Ich riet ihr in weiser Voraussicht zu einer geringeren Dosis. Tatsächlich half ihr das Mittel, wie sie mir am folgenden Tag freudig erzählte. Menthes Mittel erprobte ich im Selbstversuch. Ich nahm exakt die Menge, die für meinen Körper genügt. Der Erfolg blieb aus. Heute Morgen nahm ich die vierfache Dosis und siehe da, nach Johanns Auskunft schlief ich ganze sechs Stunden.

Greifswald, 10. Mai 1487

Um Menthe zu testen, bat ich einen Gassenjungen, aus der Apotheke ein Abführmittelchen zu holen, dessen Zusammenstellung ich auf einem Blatt notierte. Ich schärfte dem Knaben ein, meinen Namen unter keinen Umständen zu erwähnen. Nachdem er das Mittelchen besorgt hatte, nahm ich eine Menge ein, die mir erhebliche Beschwerden hätte bereiten müssen. Ich wartete mehrere Stunden vergeblich. Damit steht fest, Menthe verwendet nicht die vorgegebene Menge der aufgeschriebenen Wirkstoffe.

Ist es absichtlicher Betrug zum Schaden der Patienten, den der Apotheker begeht? Ich werde es weiter prüfen, bis ich Beweise in den Händen halte.

Martin suchte aufgeregt weiter. Der März vor Heidens Tod brachte wieder Licht in die Angelegenheit.

Greifswald, 2. März 1490

Menthe begeht seinen Betrug absichtlich. Unwissenheit ist ausgeschlossen. Und er kann seinen Schwindel nicht ohne den Medikus begehen. Die Apotheker müssen Verzeichnisse führen, wer wann welche Arznei kauft. Diese werden laut Medizinalordnung durch den Stadtmedikus regelmäßig geprüft. Dabei müsste ihm auffallen, wenn Patienten wiederholt dasselbe Heilmittel kaufen. Nun bestehen zwei Möglichkeiten: entweder Pfeifer kommt seiner Pflicht zur Kontrolle nicht nach oder er steckt mit Menthe unter einer Decke. Um dies zu prüfen, habe ich mich unverfänglich mit dem Apotheker in der Steinbecker Straße unterhalten. Er berichtete von den Prüfungen, die Pfeifer halbjährlich unternehme. Immer wieder fände er etwas, was den Apotheker in Bedrängnis bringe und wofür der Arzt Strafgelder verlange. Das beweist Pfeifers Beteiligung. Am Ende ist sogar er auf die Idee zum Betrug gekommen.

Über einen längeren Zeitraum habe ich Menthes Vorgehensweise systematisch geprüft. Es gab Monate, in denen alle Arzneimittel die richtige Wirkung entfalteten, dann wieder Wochen, in denen jede zehnte bis zwanzigste Bestellung fehlerhaft war.

Dabei kam es dem Apotheker nicht darauf an, wer das Rezept ausgefertigt hatte (wohlweislich hatte ich die Namen von Pfeifer, Habicht und Lazar benutzt). Bei den Arzneien, die er ohne ärztliche Anweisung verkauft, tritt der Betrug seltener zu Tage. Natürlich, damit würde er sich selbst in Misskredit bringen.

Jetzt ist die Stunde gekommen, in der ich Pfeifer und Menthe das Handwerk legen kann. Ich will ihnen zuvor Gelegenheit geben, etwas dazu zu sagen.

Von Beginn an hatte Martin den Medikus wegen seiner Geldgier nicht gemocht. Hatte Heiden ihn mit dem Ergebnis seiner Nachforschungen konfrontiert? Immerhin hatte er am Todestag einen Brief erhalten. Waren Pfeifer und Menthe auf der Suche nach Beweisen in Heidens Haus eingebrochen? Für die beiden stand viel auf dem Spiel. Bei einer Verurteilung wegen Betruges verlören sie ihr Bürgerrecht und würden mit Schimpf und Schande aus der Stadt gejagt. Verzweifelt raufte Martin sich die Haare. Statt in den Aufzeichnungen einen Verdächtigen zu finden, schälten sich immer mehr Feinde des Ermordeten heraus – Habicht, Grothenberg, Severo, Pfeifer, Menthe, selbst Gernot besaß ein Motiv.

* * *

Ungeduldig wartete Martin. Immer wieder ging er auf und ab. Im Geiste formulierte er seine Fragen. Endlich erlöste ihn das vertraute Geräusch des Klopfers auf dem Holz. Zu seiner Erleichterung stand Gernot vor Heidens Tür. Martin grüßte überschwänglich und erntete Misstrauen.

„Bist du noch betrunken?“

„Nein, mir geht es gut. Und dir? Was macht dein Kopf?"

„Sprechen wir nicht drüber. Der Wirt panscht den Wein. Anzeigen müsste man ihn. So einen Schund ist meine Kehle nicht gewöhnt. Warum hast du mich nicht zurückgehalten?"

Am Tonfall erkannte Martin, wie sehr sich ihr Verhältnis in den letzten Tagen verändert hatte.

„Du bist alt genug, um selbst zu entscheiden, wie viel du trinkst."

Gernot grummelte noch etwas vor sich hin, machte sich dann aber sogleich an die Arbeit in der Bibliothek. Mühsam unterdrückte Martin seine Neugier. Erst nach einer Weile wagte er, das Schweigen zu brechen.

„Wie gut kanntest du eigentlich Severos Frau?"

Gernot zuckte mit den Schultern. „Du bist ziemlich neugierig. Aber was soll's. Nach dem Unfall hat sie sich um mich gekümmert, während Severo seine Patienten behandelte. Nach meiner Genesung ging ich im Hause ein und aus, immerhin ist Severo seitdem mein Lehrmeister. Den Sohn kannte ich ebenfalls. Es hat Severo hart getroffen, beide innerhalb eines Jahres zu verlieren. Mir tat es leid für ihn. Das hat er nicht verdient. Nach dem Verlust des Kindes war der Tod vielleicht eine Erlösung für seine Frau. Sie hat danach schrecklich gelitten und zog sich immer mehr zurück. Severo bemühte sich wirklich, ihr das Leben zu verschönern. Sie lebte jedoch in ihrer eigenen Welt, sprach mit niemandem."

„Weißt du, woran sie gestorben ist?"

Gernot setzte sich auf die oberste Sprosse der Leiter und stützte den Kopf in die Hände. „Nach dem Tod ihres Sohnes aß sie kaum noch. Dein Lazar hat sie untersucht, fand allerdings keine Erkrankung. Sie starb, wie man so sagt, an gebrochenem Herzen."

„Bist du dir da sicher? Vielleicht hat sie ihrem Leben ja selbst ein Ende gesetzt?“

Gernot blieb der Mund offen stehen. „Blödsinn!“

„Ich weiß um die Male an ihrem Hals.“

Gernot erbleichte. Sichtlich erregt stand er auf. Die Leiter wackelte bedrohlich. „Das stimmt nicht! Du lügst!“

Schon die überschlagende Stimme bestätigte Martins Verdacht. „Es ist keine Lüge! Der Mann, der es mir erzählt hat, ist Severo aus verschiedenen Gründen zum Dank verpflichtet. Allein deswegen hat er ihr ein Begräbnis auf dem Kirchhof ermöglicht, indem er schwieg.“

Gernot setzte sich wieder und starrte stumm auf den Boden. Nach einer Weile nickte er resigniert. „Ja, sie hat sich erhängt. Als wir von einem Patientenbesuch zurückkehrten, hing sie an einem Balken im Flur, ein Stuhl lag umgekippt unter ihr. Ich half Severo, sie abzuschneiden. Aber wir konnten nichts mehr für sie tun. Sie muss es gleich nach unserem Fortgehen getan haben.“

„Gab es zuvor Streit zwischen ihr und Severo?“

„Nicht, dass ich wüsste. Ich habe die beiden nie streiten hören. Severo war immer nur sehr um sie besorgt. An diesem Tag nicht anders als sonst.“

„Woran starb Severos Sohn?“

„An den Pocken. Der Junge erkrankte an den schwarzen Pocken. Es ist die schlimmste Form, bei der es keine Rettung gibt.“

„Weißt du, was eine Inokulation ist?“

„Der Bezeichnung nach – eine Impfung, würde ich sagen.“

„Das nehme ich auch an. Heiden hat nach deinem Fortgehen an den Pocken weitergeforscht. Ihm scheint eine Idee gekommen zu sein, die Erfolg versprach. Er hat Kindern etwas von der in Pockenpusteln enthaltenen Flüssigkeit verabreicht, was zu einem schwachen Ausbruch der Pocken führte. Severos Frau bat Heiden, dies bei ihrem Sohn vorzunehmen. Heiden wusste nicht, ob die Behandlung gelingen würde, da der Junge bereits erste Symptome der Pocken zeigte. So einen Fall hatte er noch nie mit der Impfung behandelt. Darum hat er zunächst versucht, ihr den Wunsch auszureden, schließlich aber nachgegeben und ihrem Jungen das Zeug verabreicht. Statt der kontrollierten Erkrankung kam es zum Ausbruch der schwarzen Pocken."

Gernot sah ihn mit weit aufgerissenen Augen an. „Davon weiß ich nichts! Zu meiner Zeit behandelte Heiden die Pocken mit Säften und Salben. Die Zutaten ließ er sich aus Italien und sonst woher bringen. Wenn er in den Büchern etwas Neues fand, hat er es immer gleich ausprobiert. Er hat ständig neue Kräuter und ich weiß nicht was noch alles bei den Kaufleuten bestellt. Meist hat es Wochen gedauert, bis das Zeug endlich eintraf. Mal halfen die Medikamente, mal nicht. Sie kamen aber immer erst nach einem Ausbruch zur Anwendung. Bis ich ihn verließ, gelang ihm kein Durchbruch, von einer Impfung ganz zu schweigen. Und wenn du mich fragst: es gibt kein Mittel gegen die Pocken. Jeder Mensch muss sie durchleben, denn es ist eine natürliche Krankheit. Kinder ernähren sich während der Schwangerschaft im Bauch der Mutter von ihrem Menstruationsblut. Beim Ausbruch der Pocken dringt der schlechte Saft, also das verschmutzte Blut, durch die Pusteln nach außen. Auf diese Weise reinigt sich der Körper. Man kann versuchen, dies zu begünstigen, indem man Speisen und Tränke verabreicht, die zu einer schnelleren Ausscheidung der schädlichen Stoffe führen. Verhindern kann man die Pocken nicht! Und die schwarzen Pocken verlaufen immer tödlich, da gibt es keine

Hoffnung. Das habe ich Severo auch gesagt, aber es hat ihn nicht getröstet."

„Ach, du bist auch so ein Anhänger der schlechten Säfte." Martin konnte sich den spöttischen Unterton nicht verkneifen. Gernot sah ihn gereizt an.

„Kennt der Herr Kopist eine andere Erklärung? Willst du uns Ärzte belehren?"

„Heiden hatte eine andere Erklärung!"

„Das mag wohl sein. Er hatte ja zu allem und jedem eine andere Erklärung. Er hat sich seine Ansicht von Krankheiten selbst zusammengereimt und nur in äußerst seltenen Fällen stimmte sie mit der herkömmlichen Erklärung überein. Es ist mir schleierhaft, wie man solch einen Querkopf an die Universität holen konnte. Darum gab es ja auch alle naslang Ärger mit dem consilium universitatis."

Martin überlegte. „Da Severos Frau auf dem Friedhof liegt, muss jemand ihren natürlichen Tod bestätigt haben. Weißt du, wer das getan hat?"

Die Antwort brachte Martin zum Staunen. Nachdem er sich gefangen hatte, hakte er noch einmal nach.

„Und Severo wusste wirklich nichts von der Inokulation?"

Gernot schüttelte den Kopf. „Ich glaube nicht. Er hätte Heiden das Leben seines Sohnes für die blödsinnige Idee einer Impfung niemals anvertraut. Der einzige Vorwurf, den er sich immer wieder gemacht hat, war, den Selbstmord seiner Frau nicht vorhergesehen zu haben."

„Warum mochte Severo Heiden eigentlich nicht?"

Gernot blies die Wangen auf. „Keine Ahnung, vielleicht war es Heidens überhebliches Gehabe. Severo hasst es, wenn man sich in seine Angelegenheiten einmischt. Vielleicht hing es mit den Patienten zusammen, die lieber die schmerzfreien Operationen Heidens wollten, statt sich von den Chirurgen behandeln zu lassen. Ich für meinen Teil hätte als Patient ebenfalls Heidens Methode vorgezogen."

„Traust du Severo einen Mord zu? Immerhin besitzt er ein Motiv."

„Ich versichere dir, der Mann ist kein Mörder. Severo und ich haben in der Mordnacht und am Tag zuvor ununterbrochen zusammengearbeitet. Erst kam der Fettwanst von Medikus zu Besuch und hat irgendwas mit Severo besprochen. Kurz darauf ließ er ein Schwein für den anatomischen Unterricht anliefern. Das Tier musste für den folgenden Tag präpariert werden. Am Nachmittag hat Severo dann behandelt, wobei ich ihm assistiert habe. Und sollte Severo um die Umstände des Todes seines Sohnes und seiner Frau gewusst haben – was ich ernstlich bezweifle – hätte er sein Leben nie in blinder Rache geopfert. Und bevor du auf dumme Ideen kommst: Ja, ich habe Heiden abgrundtief gehasst. Allerdings habe ich ihn genauso wenig umgebracht. Immerhin hat er mich bestärkt, das Medizinstudium und die chirurgische Ausbildung gleichzeitig zu betreiben. Das ist der richtige Weg. Ich verstehe nicht, warum du so verbissen herumschnüffelst. Immerhin steht in deinem eigenen Haus ebenfalls nicht alles zum Besten. Frag doch mal deinen Lazar, weshalb er diesen Klaus beschäftigt. Wenn er einen Christenmenschen aus ihm machen will, ist er wohl grandios gescheitert! Der Kerl macht mit den Schmugglern Geschäfte! Also hör auf, dunkle Flecken im Leben anderer zu suchen!"

Damit drehte sich Gernot zum Regal und diktierte Namen und Titel der Bücher.

* * *

Am späten Nachmittag stand Martin vor Menthes Apotheke. Noch einmal holte er tief Luft und überlegte, ob er es tatsächlich wagen wollte. Möglicherweise war der Apotheker seit Heidens Tod vorsichtig geworden. Philipp hatte bisher jedenfalls kein Wort über Unregelmäßigkeiten verloren. Gespannt drückte Martin die Klinke nieder. Beim Öffnen der Tür erscholl ein Klingeln. Erschrocken sah er nach oben. Über dem Eingang hingen Glöckchen. Hinter einem Vorhang vernahm er eine Stimme, die ihm etwas Unverständliches zurief. An der Wand hinter einer langen Theke aus edlem, dunklem Holz erhoben sich mehrere Regale. In den Fächern erkannte Martin Dosen und Flaschen unterschiedlicher Größe. Außerdem gab es Karaffen, Kannen und Öllampen. In einem anderen Fach warteten Salbentöpfchen auf ihren Verkauf. Vor den einzelnen Gegenständen standen Kärtchen, die mit lateinischen Begriffen den jeweiligen Inhalt bezeichneten. Er erkannte Gewürze: Anis, Zimt, Koriander. Andere Aufschriften sagten ihm nichts. In den unteren Fächern standen große Flaschen, deren dicker Bauch mit Bast umwoben war. Von der Decke hingen Stricke mit Bündeln verschiedener Kräuter, darunter Salbei und Pfefferminze. Martin lächelte. In der Luft hing der Geruch, den die Einbrecher in Heidens Haus hinterlassen hatten. Schwämme, die ebenfalls von oben herunterbaumelten, gelangten bei der Behandlung von Kröpfen zur Anwendung, hatte Philipp einmal erklärt. Auf der Theke lag neben einem Federkiel ein dickes Buch von minderer Qualität, ein Käuferverzeichnis. Unweit des Buches befanden sich eine Waage mit vielen, winzig kleinen Gewichten sowie ein Mörser mit Stößel. Hinter einem Vorhang gegenüber der Eingangstür vernahm Martin Schritte.

Eine Hand schob den Stoff zur Seite. Der Mann reichte ihm gerade einmal bis zum Kinn, die blassen Augen flackerten nervös. Trotz einer schwarzen Kappe sah man deutlich den fortgeschrittenen Haarverlust. Kein Zweifel, dieser Mann war auf Heidens Beerdigung gewesen und hatte dort mit dem Medikus gesprochen. Mit dünner Stimme fragte Menthe, was Martin wünsche.

Dieser stellte sich betont hilflos. „Gott zum Gruße! Sagt, in letzter Zeit bereitet mir der Gang auf den Abtritt Schwierigkeiten. Ein Freund empfahl mir Eure Hilfe."

„Euer Freund tat recht daran, Euch zu mir zu schicken. Hier seid Ihr in guten Händen. Doch warum geht Ihr nicht erst zum Medikus? Vielleicht leidet Ihr an etwas Schlimmem?"

„Habt Dank für Eure Sorge. Es ist wohl nur der Ärger, den ich mit mir herumtrage."

„Wie Ihr meint. Wartet einen Augenblick."

Behände kletterte der Apotheker auf die Leiter vor dem Regal. Aus einem der oberen Fächer entnahm er ein hohes Gefäß. Als halte er Gold in den Händen, stieg er vorsichtig hinab und stellte das Gefäß auf der Theke ab. Beim Öffnen des Deckels drang ein modriger Geruch heraus. Martin beobachtete, wie der Mann mit einem goldenen Löffelchen etwas von dem gelblichen Pulver auf die Waage gab. Dann nahm er eine Pinzette und legte in die andere Schale ein kleines Gewicht. Konzentriert füllte er mit dem Löffelchen etwas nach, bis die Balance stimmte.

„Ich muss Euch warnen. Solltet Ihr zu viel davon nehmen, kann es Euer Innerstes nach außen kehren und Ihr werdet böse Tage erleben! Nehmt nicht mehr als eine Messerspitze und rührt es in Wasser. Schluckt alles mit einem Male. Einen halben Schilling, der Herr."

Martin sah zu, wie Menthe das Pülverchen mit flinken Fingern in eine kleine Papiertüte füllte, die er aus einem Bogen gefaltet hatte. Das Äußere wies Schriftzeichen auf. Vermutlich verwendete der Apotheker alte Zettel mit Rezepturen für diese Zwecke. Dann reichte er Martin das Päckchen und nahm das Geld in Empfang.

„Sollte es nicht helfen, rate ich Euch dringend zur Konsultation eines Arztes. Sagt, welcher Ärger quält Euch so? Habt Ihr Schwierigkeiten mit der Liebsten?"

Martin lächelte innerlich. Der Alte hatte angebissen. Vertrauensvoll beugte sich er vor und setzte eine wichtige Miene auf.

„Wenn es das nur wäre! Professor Lazar hat mir als seinem persönlichen Sekretär die Abwicklung des Nachlasses von Professor Heiden übertragen. Das ist äußerst anstrengend und nimmt mich Tag und Nacht in Anspruch. Heiden schrieb eine Art Tagebuch. Offenbar war der Professor einem Betrug auf der Spur. Stellt Euch vor, einer Eurer Kollegen soll zum Schaden der Patienten Pfuschereien betrieben und wirkungslose Arzneien verkauft haben. Wenn ich weiß, ob etwas daran ist, werde ich Professor Lazar davon berichten. Er müsste die Angelegenheit dann dem Rat vortragen."

Das Gesicht des Apothekers verlor jegliche Farbe, seine Stimme wurde noch dünner, als sie ohnehin schon klang. „Welch Unerhörtheit! Ich kann mir beim besten Willen nicht vorstellen, wer so etwas tut. Kennt Ihr schon den Namen?"

„Leider nein. Entweder Heiden kam nicht mehr dazu, den Namen aufzuschreiben, oder er benennt ihn erst später. Ihr besitzt keine Vorstellung, wie eifrig der Mann alles niederschrieb. Es sind so viele Blätter und bisher habe ich mich nur durch einen kleinen Teil gekämpft. Vielleicht hat der Pfuscher sogar Heiden ermordet?“

„Was Ihr nicht sagt! Ich denke, es war Grothenbergs Geselle?“

„Vielleicht machte der Apotheker mit ihm gemeinsame Sache? Gab ihm Geld für die schreckliche Tat und tötete ihn dann, um einen Mitwisser zu beseitigen?“

Ein leichtes Zucken um den Mundwinkel verriet die Nervosität des Apothekers. Einen Moment später hatte Menthe sich wieder gefangen.

„Ich besaß keine Vorstellung davon, wie schlecht die Welt ist. Der arme Professor, der Herr sei seiner Seele gnädig. Er war so ein kluger Mann. Leider besuchte er mich nicht oft, denn die Steinbecker Apotheke liegt nicht so weit von seinem Haus entfernt und wurde von ihm bevorzugt.“

Am liebsten hätte Martin den Apotheker über den Tisch gezogen, widerstand jedoch der Versuchung.

„Oh, es ist schon spät, ich muss mich beeilen. Dank Euch, Herr Apotheker.“

Die Glöckchen tönten hinter ihm, als er auf die Straße trat. Der Köder war gelegt. Martin suchte sich einen Hauseingang, von dem aus er die Apotheke im Auge behalten konnte. Lange musste er nicht warten. Wenige Augenblicke später schloss Menthe die Tür hinter sich ab. Vorbei an den Buden der Krämer und Riemenschneider überquerte er mit schnellen Trippelschritten den Markt und bog in die Knopfstraße ein. Dort verschwand der kleine Mann im Haus des Medikus. Martin entdeckte im unteren Stock ein offenes Fenster, aus dem aufgeregte Worte drangen. Er stellte sich darunter und begann an seinem Schuh zu nesteln. Menthes Stimme tönte schrill:

„Sekretär … Heiden …, Betrug …"

Martin lächelte wissend.

„Beruhigt Euch und erzählt um Himmels Willen alles der Reihenfolge nach. Aus Eurem Gezeter wird keiner schlau. Und schreit gefälligst nicht so, man hört Euch ja bis zum Markt."

Mit dumpfem Ton schloss das Fenster. Nur noch undeutlich hörte Martin die Auseinandersetzung. Während er sich anstrengte, blieb jemand vor ihm stehen.

„Gott zum Gruße, Herr Haffer. Sucht Ihr etwas? Darf ich Euch behilflich sein?" Erschrocken fuhr er auf. Magda! Die hatte ihm gerade noch gefehlt.

„Gott zum Gruße. Mein Schuh, wisst Ihr … Ein Stück Naht hat sich gelöst und scheuert auf dem Spann."

Seit seinem Auszug hatte er das Mädchen nicht mehr gesehen. Er betrachtete Magda genauer. Sie hatte sich nicht verändert. Die Augen kniff sie immer noch zusammen. In den Händen hielt sie einen Korb. Vermutlich erledigte sie Einkäufe für ihre Mutter. Martin spürte ihre Erwartung, er werde sie ein Stück des Wegs begleiten. Deswegen rang er sich zu der Frage durch. Freudig stimmte sie zu. Umständlich nahm er ihr den Korb ab, dann schritt er schweigend neben ihr, bis sie ihn nach dem Grund für seinen Stock fragte. Mit aufmerksamer Miene folgte sie seiner Erklärung.

„Verzeiht, ich verstehe von alledem nicht viel. Allerdings scheint es Euch bei Professor Lazar sehr zu gefallen, Ihr sprecht so gut von ihm."

„Ja, es gefällt mir sehr. Professor Lazar ist ein kluger und angesehener Mann, der sich der Armenfürsorge verschrieben hat."

„Geht Ihr ihm bei der Behandlung der Patienten zur Hand und werdet bald selbst ein gelehrter Arzt?“

Die peinliche Erinnerung an die Vorlesung drängte sich wieder in sein Gedächtnis. Davon konnte er Magda leider nichts erzählen. Eine Frau verstand so etwas nicht.

„Nein, bestimmt nicht. Um Arzt zu werden, bedarf es viel Wissens, das ich nicht mehr lernen kann. Ich schreibe Professor Lazars Briefe oder die Ergebnisse seiner Forschungen nieder. Bei Patientenbesuchen begleite ich ihn ab und an. Mehr kann man von einem einfachen Kopisten nicht erwarten.“

Zu Martins Erleichterung gelangten sie bei den Marktbuden an. „Ihr müsst mich jetzt entschuldigen, die Arbeit ruft. Ich wünsche Euch noch einen schönen Tag.“

Damit drückte er Magda den Korb wieder in die Hand.

„Auf bald, Herr Haffer! Ich freue mich schon darauf, Euch wiederzusehen!“

* * *

Während er neben Sarah im Bett lag, hörte Martin Philipp noch in seinem Zimmer arbeiten. Das letzte Gespräch mit Gernot ging ihm nicht aus dem Kopf. Er brauchte eine Antwort auf die Frage, die nun unablässig in ihm brannte. Darum zog er sich wieder an und stieg die Treppe hinauf. Vorsichtig steckte er den Kopf ins Zimmer. Philipp saß an seinem Arbeitstisch.

„Darf ich kurz stören?“

Philipp bedeutete ihm mit einem Lächeln, einzutreten und sich zu setzen.

Unvermittelt begann Martin. „Warum hast du nichts gesagt?“

Fragend zog Philipp die Augenbrauen zusammen. „Was hätte ich sagen sollen?“

„Severos Frau. Sie starb keines natürlichen Todes. Sie hat sich erhängt und du weißt es!“

Philipps Augen ruhten auf ihm. Er überlegte lange, bevor er sprach. „Du reißt alte Wunden auf. Sag mir, wem hätte die Wahrheit über ihren Tod geholfen? Sie war eine verzweifelte Mutter, die nicht mehr ein noch aus wusste, weil sie ihr Liebstes verloren hatte. Ihre Seele starb, als wir ihren Sohn zu Grabe trugen. Übrig blieb eine leere Hülle, die ein halbes Jahr später aus der Welt schied.“

Martin wandte ein. „Vielleicht hat Severo Professor Heiden getötet, weil er ihm die Schuld an allem gab?“

Philipp seufzte traurig. „Deine schlechte Meinung von Severo betrübt mich. Natürlich hat er einen eigenen Kopf und mag es nicht, wenn man sich in seine Angelegenheiten mischt. Aber er ist ein guter Freund, der mich bei der Behandlung der Armen unterstützt! Den Mann mit dem Antoniusfeuer, dessen Arm und Bein amputiert werden müssen, behandelt er, ohne Lohn zu verlangen – ebenso wie all die anderen aus dem Armenviertel. Natürlich erhält er eine Entschädigung von mir, denn er verfügt nicht über meinen finanziellen Wohlstand. Das genügt jedoch kaum, um seine Unkosten zu decken. Ich habe ihm damals nur einen Gefallen getan. Severo war so verzweifelt. Erst starb sein Sohn, ein halbes Jahr später seine Frau. Beide liebte er über alles und konnte den Gedanken nicht ertragen, sie im Tode nicht miteinander vereint zu wissen. Ich konnte und wollte ihm die Bitte nicht abschlagen.“

„Hätte dein Glaube dir nicht geboten, den Selbstmord anzuzeigen?“

„Mein Glaube gebietet mir, Menschen zu helfen, die in Not sind, und das war Severos Frau. Es war die einzige Hilfe, die ich ihr noch geben konnte. So konnte sie wenigstens neben ihrem Sohn beerdigt werden."

„Und wenn ihr Tod mit dem von Heiden in Zusammenhang steht?"

„Worauf willst du hinaus?"

„Hat dir Severo gesagt, woran sein Sohn starb?"

„Es ist kein Geheimnis. Das Kind erlag den schwarzen Pocken."

„Und weißt du, wer den Jungen behandelt hat?"

„Ja, auch das hat Severo mir nicht verschwiegen. Man konnte Heiden keinen Vorwurf machen. Kein Arzt hätte die schwarzen Pocken aufhalten, den Tod verhindern können. Gegen die schwarzen Pocken sind wir machtlos."

„Hat Severo dir auch erzählt, welches Mittel Heiden angewandt hat?"

Ein Kopfschütteln war die Antwort. Martin erzählte von Heidens Impfung und dem Verdacht, die schwarzen Pocken könnten so hervorgerufen worden sein.

„Vielleicht machte Severo seiner Frau Vorwürfe und bestärkte so ungewollt ihre Entscheidung, sich das Leben zu nehmen. An Heiden hat er sich erst Monate später gerächt, damit der Verdacht nicht auf ihn fallen würde."

Martin blickte seinen Freund triumphierend an. Der schüttelte unwillig den Kopf.

„Martin, du hast dich da in etwas verrannt. Erst Grothenberg, dann Habicht, jetzt Severo. Morgen wird es vermutlich Pfeifer sein und wen beschuldigst du danach? Glaube mir, ich kenne Severo. Ja, er hat Heiden nicht gemocht, aber wer mochte Heiden schon? Wie kommst du auf die absonderliche Idee, Christof Metzner sei nicht der Täter?“

Einen Augenblick zögerte Martin. Bisher hatte er niemandem von seinen Erlebnissen im Keller erzählt. Da sie mittlerweile eine tiefe Freundschaft verband, berichtete er von Heidens Auftrag, dem Mord, seiner Flucht und Severos Behandlung. Stirnrunzelnd lauschte Philipp.

„Das hättest du mir von Anfang an erzählen können. Demnach läuft tatsächlich mindestens ein Mörder frei herum und das gefällt mir gar nicht. Aber Severo? Falls er der Mörder wäre, warum hat er dich dann nicht sterben lassen, als du bewusstlos im Bett lagst? Es wäre die beste Gelegenheit gewesen.“

Martin beharrte auf seiner Ansicht. „Ja, es ist seltsam, beweist jedoch nicht seine Unschuld. Severo hat ein Motiv. Neben ihm kommt Grothenberg in Betracht. Wenn er alles geschickt vorbereitet und einen Helfer hatte, hätte ihm die Zeit für den Mord gereicht.“

Philipp überlegte. „Mit Metzner hätte er den perfekten Helfer gehabt. Wenn er es nicht gewesen ist: Wer soll Grothenberg geholfen haben?“

Martin zuckte mit den Schultern. „Severo? Beide verbindet eine von Heiden gekränkte Eitelkeit.“

Philipp seufzte. „Ich sehe, man kann dich nicht aufhalten. Forsche meinetwegen nach, nur sei bitte vorsichtig und nimm Rücksicht auf die Gefühle anderer Leute. Man endet schnell wegen Verleumdung vor dem Vogt und der Schandblock auf dem Markt ist kein geeigneter Platz für meinen Sekretär.“

* * *

Ein wenig enttäuscht kehrte Martin in sein Zimmer zurück. Warum wollte Philipp ihm nicht glauben? Er war viel zu gutherzig. Severo besaß ein stichhaltiges Motiv.

Sarah schlief tief und fest. Martin fühlte sich aufgewühlt. Darum setzte er sich mit einem Leuchter ans Fenster und las. Das erste Blatt hatte er beim Sortieren wohl übersehen.

Greifswald, 19. November 1487

Wie gelangte de Gaddesden in seinem Traktat über die Behandlung der Pocken zu der Ansicht, rote Farbe könne sich positiv auf die Heilung auswirken? Der Ursprung kann nur in der Säftelehre liegen. Im Vergleich zu den Vorschlägen bei anderen kann ich in de Gaddesdens Therapie keine wirksamere Methode erkennen. Meines Erachtens gibt es keinen Zusammenhang zwischen der erfolgreichen Behandlung der Pocken und der roten Farbe. Ich habe ein Zimmer nach de Gaddesdens Anweisungen gestaltet und seine Empfehlungen umgesetzt. Die Wände, die Vorhänge, das Bett, der Boden, Tisch und Stühle – alles wurde in roter Farbe gestaltet. Johann hat es erhebliche Mühe gekostet, rote Speisen zuzubereiten, ich habe selbst die Arzneimittel in ein leuchtendes Rot gewandelt. Auch das Einwickeln der Patienten in roten Stoff blieb erfolglos.

Martin schüttelte den Kopf. Wie versessen musste Heiden auf der Suche nach einem Heilmittel für die Pocken gewesen sein, wenn er bereit war, Unmengen Geld in einen nutzlosen Raum zu stecken. Seine Gedanken schweiften zu den Aufzeichnungen im Versteck. Es war besser, sie lieber gleich in Sicherheit zu bringen. Martin entzündete seine kleine Lampe und blies die Kerzen aus. Sarah bewegte sich im Schlaf.

Liebevoll deckte er sie zu. Vorsichtig spähte er in den Flur. Absolute Stille herrschte im Haus. Auf Zehenspitzen schlich er zur Tür hinaus. Die Stadt lag verlassen. Eine Wolkendecke verhinderte den Blick auf Mond und Sterne. An der Ecke zur Hundestraße lief er fast dem Nachtwächter in die Arme. Also wählte Martin einen Umweg. Bemüht, im Rücken des Wächters kein Geräusch von sich zu geben, überquerte er die Straße und huschte in die Gasse zwischen Kleinschmiedestraße und St. Nikolai. Er ging an der Kirche vorüber und bog in die Domstraße ein. Vor St. Jakobi wandte er sich in die obere Kapaunstraße, wie in jener Nacht, als er Heiden zum ersten Mal besuchte. Plötzlich meinte er ein Geräusch hinter sich zu hören. Hastig drehte er sich um. Niemand. Martin ging einige Schritte und drehte sich noch einmal unvermittelt um. Nichts. Wenige Schritte später wiederholte er das Ganze. Wieder nur Leere hinter ihm. Ohne sich weiter umzusehen, ging er zum Haus, öffnete die Tür und trat ein. Alles lag so, wie er es am Nachmittag verlassen hatte. Oben angekommen, fand er ohne großes Suchen den Mechanismus. Rasch verschwanden Heidens Tagebücher in seinem Beutel. Sicherheitshalber wischte er den Staub sorgfältig vom Regal. So sah es aus, als ob nie etwas auf dem Brett gestanden hätte.

Als er auf dem Rückweg in die Kleinschmiedestraße einbiegen wollte, kam ein Mann aus Richtung Markt. Sofort blieb Martin hinter einer Hausecke stehen. In Höhe von Philipps Haus blickte sich der andere aufmerksam um. Dabei erhellte das Licht einer Laterne sein Gesicht. Schnell zog Martin den Kopf hinter die Ecke zurück. Als er wieder auf die Straße blickte, war der Mann verschwunden. Er hätte es nicht beschwören können, aber er glaubte, es sei Klaus gewesen.

Noch eine Weile beobachtete er die Straße. Es kam niemand mehr. Endlich löste Martin sich aus seiner Ecke und ging zur Tür hinüber. Leise schlich er hinein. Aus dem Augenwinkel sah er einen Schatten und spürte im selben Moment einen Schlag.

VIII

Einmal mehr schleppte Martin sich am nächsten Morgen mit Kopfschmerzen in die Küche. Lustlos stocherte er im Brei herum. Nach einer Weile schob er den Teller zur Seite und ging in Philipps Sprechzimmer. Sein Freund sah ihn reumütig an. Mit der Hand deutete er auf einen Stuhl.

„Es tut mir leid. Ich dachte wirklich, es wäre ein Dieb, der sich nachts ins Haus schleicht und uns ausrauben will. Da war so ein Geräusch, nur deswegen bin ich nach unten gegangen. Als sich dann die Tür öffnete, habe ich nach dem Erstbesten gegriffen, was ich fand. Was treibst du dich auch nachts draußen rum?"

„Ich war spazieren, ist das verboten?"

„Nein, aber wenn du dich wie ein Verbrecher anschleichst, musst du damit rechnen, wie einer behandelt zu werden."

„Hätte ich beim Öffnen ‚Da bin ich wieder' rufen sollen?"

„Natürlich nicht! Du hättest mir trotzdem von deinem Ausflug erzählen können. Immerhin warst du ja kurz vorher in meinem Zimmer."

Martin hatte keine Lust auf Diskussionen. „In Ordnung, das nächste Mal gebe ich dir Bescheid."

Zufrieden beugte Philipp sich über eine Kiste, in der er geschäftig herumkramte, und der er komische Dinge entnahm.

Endlich zog er eine Art Messstab und ein Band heraus. Triumphierend hielt er es in die Luft.

„Ich wusste doch, es muss hier sein! Bevor wir beginnen, lass mich deinen Kopf untersuchen. Spürst du hier einen Schmerz?"

Philipps Finger tasteten über den Kopf.

„Au!"

„Hab dich nicht so! Hm, eine große Beule, sonst ist alles in Ordnung. So, nun kommen wir zu meinem Anliegen. Zieh die Hose aus!"

„Bitte? Was soll ich?"

Ungerührt wiederholte Philipp die Anordnung. „Geniere dich nicht. Die Frauen arbeiten in der Küche und werden nicht hereinkommen. Ich habe da eine Idee für dein Bein!"

„Schon wieder? Die Schmerzen im Bein und in der Hüfte sind zurückgegangen, seit ich den Stock benutze. Und außerdem brauche ich keine Hilfe! Ich komme sehr gut allein zu recht!"

„Papperlapapp, Hose runter!"

„Seit über zwanzig Jahren hinke ich. Ich habe mein Leben darauf eingestellt. Du musst nicht beginnen, es plötzlich umzukrempeln. Ich brauche dein Mitleid nicht!"

Die letzten Worte betonte er einzeln.

Statt sich geschlagen zu geben, lächelte Philipp nur sanft. „Siehst du, genau das ist dein Problem. Du bist zu stolz, um Hilfe anzunehmen. Merke dir, hier tust du niemandem leid. Du bist, was du bist. In diesem Haus wird jeder so akzeptiert, wie er ist. Was ich für dich tue, würde ich für jeden anderen auch tun."

Martin schluckte, die Worte hatten gesessen.

„So, und nun stell dich nicht so an! Ich will sehen, ob sich mein Plan umsetzen lässt. Stell die Schuhe nicht weit weg, du wirst sie brauchen."

Seufzend erhob sich Martin vom Stuhl, öffnete die Hose und ließ sie fallen. Er schämte sich, Philipp seine Blöße zu zeigen. Wenigstens bedeckte das Hemd alles notdürftig.

Der Freund musterte ihn kritisch von Kopf bis Fuß, griff sich das Band, das er aus der Kiste genommen hatte, und maß zunächst Martins gesundes, dann das kranke Bein. Akribisch notierte er alles. Schließlich ließ Philipp ihn die Stiefel anziehen und vermaß alles erneut. Während Martin sich wieder anzog, hantierte der Freund an den Schuhen und schrieb das Ergebnis nieder.

„Darf ich wenigstens wissen, was das Ganze soll?"

Philipp war tief in Gedanken versunken, es dauerte eine Weile, bis er aufblickte.

„Natürlich. Der Schuster soll unter deinem Stiefel ein Holzstück befestigen, das den Längenunterschied deiner Beine ausgleicht. Verzeih mir den Vergleich, aber es soll wie ein winziges Holzbein funktionieren. Damit bleibt dein Rücken beim Gehen gerade. In den ersten Tagen wird es dir vermutlich ein wenig ungewohnt vorkommen. Nach einiger Zeit wirst du hoffentlich die Vorzüge meiner Konstruktion feststellen."

Überzeugt lächelte Philipp ihn an. Martin stand vor Verblüffung der Mund offen. Warum war er nie selbst auf den Gedanken gekommen? Währenddessen rief Philipp nach Michel, den er gleich zum Schuster schickte. Kaum verließ der Junge den Raum, setzte Philipp sich erneut an den Tisch und schrieb etwas auf ein weiteres Stück Papier, das er Martin reichte.

„Das ist für den Apotheker, ein Rezept für eine stärkende Flüssigkeit. Es ist zwar nur eine Beule, aber eine Kräftigung kann deinem Kopf nicht schaden. Vielleicht machst du heute besser eine Pause und ruhst dich aus."

„Kannst du das Medikament nicht selbst herstellen?“

Philipp schüttelte den Kopf. „Das darf ich nicht. Wir Ärzte kennen zwar die Zusammensetzung der einzelnen Arzneien, die Standesordnung verbietet uns jedoch ihre Herstellung. Sie obliegt den Apothekern.“

* * *

Wieder ertönte die Glocke beim Eintreten. Menthe beriet gerade eine Kundin. Als sein Blick auf Martin fiel, zuckte es ein wenig um sein rechtes Auge. Martin wartete geduldig. Endlich verließ die Frau die Apotheke. Mit einem freundlichen Lächeln grüßte Martin und überreichte das Rezept. Während Menthe in den Regalen suchte, erkundigte er sich nach Martins Befinden.

„Und, kommt Ihr mit Eurer Arbeit voran? Wisst Ihr schon, wie der Betrüger heißt? Eine bodenlose Frechheit ist dieser Betrug, das muss ich schon sagen. Es wird den ganzen Stand in Misskredit bringen.“

Martin schüttelte gespielt sorgenvoll den Kopf. „Nicht nur das. Bedenkt, wenn die Medikamente nicht die erforderliche Wirkung hatten, könnten sogar Menschen gestorben sein. Bisher erschöpft sich Professor Heiden in seinen Aufzeichnungen immer noch in Andeutungen. Wenn ich in den nächsten Tagen nichts herausfinde, übergebe ich es einfach meinem Dienstherrn.“

Der Apotheker nickte mit einem gezwungenen Lächeln.

Martin entschloss sich, dem Mann noch ein wenig Angst einzujagen. Vertrauensvoll beugte er sich über den Ladentisch und flüsterte. „Wisst Ihr, vermutlich bin ich dem Betrüger dicht auf der Spur, ohne es zu wissen. Vor einiger Zeit hat man mich im Hause des Professors niedergeschlagen. Ich hatte am Abend etwas vergessen und wollte es nach Einbruch der Dunkelheit schnell holen."

Menthe erbleichte etwas, schüttelte dann den Kopf. „Die Welt ist wirklich schlecht. Hier, nehmt etwas davon. Ein süßes Naschwerk. Man sagt, es steigere das allgemeine Wohlbefinden."

Damit reichte er Martin zu der braunen Flasche mit Lazars Stärkungsmittel eine kleine Schachtel, nahm Martins Geld und verabschiedete sich.

Kurz nachdem Martin wieder seinen versteckten Posten bezogen hatte, verließ Menthe das Geschäft und begab sich erneut auf direktem Wege zu Pfeifer. Der schien nicht zu Hause zu sein, denn Martin konnte sich gerade noch hinter eine Marktbude retten, als Menthe mit besorgtem Gesicht aus der Knopfstraße zurückkehrte.

* * *

Fast zwei Wochen später schlenderten Martin und Philipp über den Jahrmarkt, der jedes Jahr in den ersten Maitagen stattfand. Die Sonne strahlte von einem wolkenlosen Himmel. Auf dem Marktplatz stand eine Bude neben der anderen. Die Händler versuchten mit großem Geschrei Aufmerksamkeit zu erregen.

Vor einer der Buden blieben sie stehen. Steine unterschiedlicher Größe lagen dort auf einem Brett und schimmerten in allen Farben. Philipp nahm einen in die Hand und ließ seine Finger prüfend darübergleiten. Dann warf er den Stein hoch und fing ihn vor den besorgten Augen des Händlers wieder auf.

Martin lächelte. In den vergangenen Tagen hatte er den Freund selten so entspannt gesehen. Die Lehrstunden, die Philipp zusätzlich nach Heidens Tod übernommen hatte, schienen ihn sehr zu belasten, denn er wollte die Armenfürsorge daneben nicht vernachlässigen. Oft waren sie bis weit in die Nacht unterwegs gewesen. Jetzt wandte sich Philipp an ihn.

„Es gibt Gegenden, da misst man Steinen heilende Eigenschaften zu. Wenn ich mich nicht irre, soll dieser hier die Kraft des Mannes steigern, wenn man ihn zu einem Pulver verarbeitet und bei Vollmond zu sich nimmt. Der dagegen", er legte den Stein zurück und ergriff einen anderen, „soll Schmerzen aus dem Leibe herausziehen. Vor allem diejenigen, die von überschüssiger gelber Galle hervorgerufen werden. Er schließt sie in sich ein und lässt sie nicht wieder heraus. Und wenn du den grünen dort drüben ein wenig im Feuer erwärmst und in ein Tuch wickelst, hilft er gegen Zahnschmerzen. Habe ich Recht?"

Der Händler nickte eifrig. Seine Augen glänzten in Vorfreude auf ein gutes Geschäft.

„Alles ist exakt so, wie der Herr es sagt. Es handelt sich um sehr seltene Exemplare. Dieser hier", er hielt einen schwarzen, unförmigen Klumpen hoch, „ist aus dem Magen eines Einhorns. Ihr kennt sicherlich die heilenden Kräfte des Einhorns. Welche Krankheit Euch auch befällt, er wehrt sie alle ab. Mit diesem Stein erhaltet Ihr nicht nur ewige Gesundheit. Ihr bleibt für immer jung und zieht die Aufmerksamkeit des weiblichen Geschlechts auf Euch. Da ich einen Mann vor mir sehe, der die Heilkraft der Steine zu schätzen weiß, will ich Euch ein besonders günstiges Angebot machen. Eine lübsche Mark und er ist Euer."

Martin verzog das Gesicht. Philipps Reaktion fiel noch heftiger aus, er lachte laut auf.

„Guter Mann, das ist Wucher! Ehrlich gesagt, glaube ich nicht an derlei Humbug. Wenn ich ihn mir genauer ansehe", Philipp hielt den Stein ins Licht „möchte ich behaupten, er sei aus Italien. Um genau zu sein, von einem der Feuer speienden Berge. Keinesfalls stammt er aus dem Magen eines Einhorns. Wo wollt Ihr ein solches Tier gefangen haben?"

Entrüstet schaute der Mann ihn an. „Fragt die Kräuterfrauen, sie werden Euch seine Herkunft und Wirkungen bestätigen."

„Als Arzt kann ich selbst beurteilen, was gegen Krankheiten hilft. Verkauft die Steine wem ihr wollt. Doch seid vorsichtig, sonst bezichtigt man Euch schnell des Betrugs."

Philipp zog Martin von der Bude weg. „Ich mag diese Jahrmärkte. Sie bringen interessante Menschen in die Stadt. Es erinnert mich an meine Zeit in Köln und Padua. Und sieh, die Bürger kommen aus ihren Häusern und feiern gemeinsam. Sie haben sich alle prächtig herausgeputzt. Martin, hörst du mir überhaupt zu?"

Martins Aufmerksamkeit wurde von einem Theaterstück gefangen, das auf einer Bühne nebenan aufgeführt wurde. Sie gingen hinüber. Als Kulisse waren auf die Rückwand der Bühne Häuser einer unbekannten Stadt gemalt. Davor führte eine Brücke über einen angedeuteten Kanal. Zwei Schauspieler mit buntgemusterten Kostümen trugen dunkle Masken, die die obere Hälfte ihrer Gesichter bedeckten. Ein dritter Mann saß ebenfalls maskiert am Bühnenrand und schlug von Zeit zu Zeit eine kleine Glocke. In der Ecke saß ein Narr und schnitt unter einer weißen Maske böse Grimassen. Die Zuschauer des Spektakels amüsierten sich. Die Männer auf der Brücke deklamierten über Politik, gerieten in Streit und rannten schließlich von der Bühne. Worum es genau ging, verstand Martin nicht.

Kurz darauf betrat ein hässliches, weiß geschminktes Weib in dunkelbraunem langem Kleid die Bühne, gefolgt von einem der Männer. Dem Anschein nach stellte sie eine adlige Dame dar. Der betont schmachtende Blick ihres Verfolgers brachte die Zuschauer zum Brüllen. Mit gespielter Entrüstung drehte die Frau sich um. Der Mann fiel vor ihr auf die Knie. Im selben Augenblick lugte unter dem Rock der Dame der andere Mann von der Brücke heraus und starrte dem Verehrer in die Augen. Der riss ihn wutentbrannt unter dem Rock hervor und schlug wild auf ihn ein. Hintereinander herlaufend verließen sie die Szene. Unbeachtet von den beiden Kampfhähnen sank das Weib in gespielter Ohnmacht zu Boden. Der Narr nutzte die Gelegenheit, um sie zu begatten. Schreiend erwachte sie und stieß den Wüstling von sich, wodurch die Zuschauer sein hölzernes Geschlecht zu sehen bekamen. Bei der heftigen Bewegung rutschte die Perücke der Frau zur Seite und man sah das kurze Haar eines Mannes. Mit wildem Geschrei verließen sie nun ebenfalls die Bühne.

Philipp schmunzelte. „Das Schauspiel scheint dir zu gefallen."

Aus seinen Gedanken gerissen, erwiderte Martin: „Es ist faszinierend. Die Männer verstecken sich hinter Masken, niemand kennt sie. Heute sitzen sie im Lokal neben dir, morgen reißen sie auf der Bühne ihre Possen über dich. Sie politisieren, sie kritisieren, sie führen den Menschen ein Abbild ihrer selbst vor. Und niemand bestraft sie dafür. Im Gegenteil, das Publikum liebt sie. Es ist so einfach. Man setzt sich eine Maske auf und kann ungestraft Dinge sagen und tun, die man sonst nicht zu sagen wagt."

Philipp blickte ihn aufmerksam an. „Würdest du gern ihr Leben teilen?"

Martin überlegte eine Weile, zuckte dann mit den Schultern. „Es hat seinen Reiz, meinst du nicht? Sie kommen in der Welt umher, bringen die Menschen zum Lachen und zum Weinen. Sie üben Kritik, verkehren bei Hofe ..."

„Wir sind, was wir sind, Martin. Wir können Gottes Willen nicht ändern, sondern müssen uns darin fügen. Das Leben der Schauspieler ist nicht halb so unbeschwert, wie es scheinen mag. Wenn sie nicht gerade berühmt sind und an einem Hof spielen, reichen ihre Einkünfte gerade so zum Überleben."

Sie verweilten noch ein wenig bei der Bühne. Als Martin sich schließlich losriss, wartete Philipp schon etwas entfernt vor einem Wagen mit halb heruntergelassener Plane. Martin wollte ihm folgen, als er einen mit knappem Lendenschurz bekleideten schwarzen Mann erblickte. Dieser hatte die Arme herausfordernd vor dem kräftigen Brustkorb verschränkt. Seine Muskeln waren deutlich zu erkennen. Ein dicker Schausteller lockte mit plärrender Stimme die Vorübergehenden an.

„Kommt her, ihr Wagemutigen, ihr Kämpfer! Demjenigen, der meinen starken Mann besiegt, zahle ich drei Mark. Mein Kämpfer stammt aus einem fernen Land im Süden, wo die Sonne niemals untergeht. Sein Vater schenkte ihn mir zum Dank, weil ich ihm das Leben rettete, als eine wilde Bestie ihn angriff. Mit bloßen Händen habe ich das Tier erwürgt."

Mit seinen kurzen Armen zeigte der Schausteller vor seinem Bauch, wie er das Tier erlegt haben wollte, und erntete damit nichts als Lacher.

Martin fiel ein. Der Mann machte in seinem weiten Umhang nicht den Eindruck, über besondere Kräfte zu verfügen. Trotzdem lockte seine Aufschneiderei die Schaulustigen an. Die Traube wurde größer und größer. Gerade zog sich Pfeifers

Stallbursche Wams und Hemd aus und stieg unter dem Gejohle seiner Freunde nach oben. Martin fürchtete das Schlimmste. Um nichts in der Welt hätte er sich mit dem Schwarzen angelegt. Für einen Moment überlegte er, ob er den Burschen warnen sollte. Nein, es war nicht seine Aufgabe, andere von Dummheiten abzuhalten. Um das Elend nicht zu sehen, ging er zu Philipp.

„Ich mag solche Kämpfe nicht", empfing ihn sein Freund. „Auch wenn es Ungläubige sind, verdienen sie kein solch menschenunwürdiges Leben."

Martin sah ihn fragend an. Philipps Kopf wies in die Richtung des Wagens, auf dem Pfeifers Stallbursche sein Glück versuchen wollte.

„Die schwarzen Männer müssen kämpfen, um sich ihr Essen zu verdienen. Gewinnen sie, gibt es kräftigende Nahrung. Verlieren sie, erhalten sie nichts. Werden sie zu schwach, verkauft man sie als Sklaven an reiche Bürger oder schlimmer noch in den Bergbau. Die Kämpfer stehen den ganzen Tag herum und müssen die gaffenden Blicke ertragen. Manchmal werfen Kinder Eier oder Steine nach ihnen. Der Mann war ganz sicher kein Geschenk. Man fängt sie in den südlichen Ländern einfach ein. Keiner schert sich darum, was aus ihren Familien wird. Manchmal nimmt man sie gleich mit. Ob das besser oder schlechter für sie ist, wer weiß das schon. In Europa angekommen, müssen die Männer kämpfen, die Frauen sind den Gelüsten ihrer Herren ausgeliefert. Ab und an werden sie gezwungen, sich mit den schwarzen Männern zu paaren und für Nachwuchs zu sorgen, der von Kindheit an zum Kämpfer ausgebildet wird. Unbrauchbare Kinder werden wie Vieh verkauft. Die Schausteller leben von den Wetten, die die Zuschauer vor den Kämpfen abschließen. Sollte jemand wirklich den Kämpfer besiegen, bezahlen sie den Sieger aus den Wetteinsätzen. Es lebt sich sehr gut davon, wie du an dem Fettwanst sehen kannst. Bei den Kräften, die der Mann zu haben scheint, hat er bestimmt noch nicht verloren. “

In diesem Moment hörten sie ein Krachen hinter sich. Beim Umdrehen sahen sie, wie sich Pfeifers Stallbursche im Staub wand. Die Menge lachte.

„Kann man nichts dagegen unternehmen?“

„Kaum. Du siehst, es begeistert die Menschen.“

Der Stallbursche lag mit schmerzverzerrtem Gesicht im Staub und hielt sich den Arm, der in ungewöhnlicher Stellung herabhing. Seine Freunde halfen ihm auf die Beine. Philipp winkte sie heran.

„Hier wird man Eurem Freund helfen. Mir scheint, es ist der Wagen eines Baders.“

Erst jetzt betrachtete Martin den Wagen genauer. Eine kleine hölzerne Treppe erleichterte den Aufstieg.

Einer der Männer schaute misstrauisch. „Da is' aber niemand.“

„Seid gewiss, der Mann kommt gleich“, versicherte Philipp.

Gerade schlug die Glocke von St. Marien, da hob sich der Vorhang mit einem Ruck. Dahinter kam ein winziges Behandlungszimmer zum Vorschein. Zangen und Brecheisen hingen von der Decke, ebenso Stricke verschiedener Stärke. Ein schmächtiger Junge von etwa zehn Jahren kündigte mit schüchterner Stimme den Bader an. Daraufhin betrat ein Mann mittleren Alters den Wagen. Sein Haar begann an den Schläfen auszufallen. Die schwarze Jacke spannte erheblich über dem Bauchansatz, die mit rotbräunlichen Flecken übersäte Hose war aus gutem Stoff. Aus dem geöffneten Hemd quoll Brusthaar. Dem singenden Tonfall nach stammte der Mann nicht aus dem Norden.

„Liebe brave Bürgersleut! Welch ein glücklich' Tag ist heut. Denn in Eure schöne Stadt, mich mein Weg getragen hat. Meister Bruch, so nennt man mich, Heiltränke verkaufe ich. Plagt dich ein Zahn, so komm zu mir, Verrenkungen, die richt' ich dir. Brüche heile ich geschwind, ob bei Frau, Mann oder Kind. Wenig Geld nehm' ich als Lohn, Gottes Segen reicht mir schon.

Drum kauft Arzneien bei mir ein, Euer Schaden soll's nicht sein."

Die Menge lachte. Der Bader hörte mit seinen schlechten Reimen auf und begann seine Waren anzupreisen. Mit erhobenem Arm hielt er eine Flasche, in der rötliche Flüssigkeit schwappte, empor.

„Wer kränklichen Übeln vorbeugen will, kauft ein Fläschchen von diesem wunderbaren Elixier. Ich stelle es selbst nach dem Rezept meines Lehrmeisters her. Die Kräuter darin helfen gegen alle Zipperlein. Und gesegnet wurde es von der Heiligen Jungfrau daselbst." Ein Raunen ging durch die Menge. „Als vor Jahren die Pest in Paris getobt hat, da rissen mir die Leute das Elixier aus der Hand, weil's das einzige Mittel gegen den schwarzen Tod war. Und glaubt mir, auf meiner Fahrt hierher kam ich an Stettin vorbei. Dort wütet eine Krankheit, gar schlimmer als die Pest. Sobald sie dich gepackt hat, lässt sie dich nimmer los und zieht dich innerhalb weniger Stunden hinab ins tiefe Grab." Der Bader verzog sein Gesicht zu einer schrecklichen Grimasse. Die Menge schrie entsetzt auf, einige Frauen bekreuzigten sich. „Ein Fläschchen kostet nur einen Schilling. Damit mach ich keinen Profit! Also kauft's zu Eurem Wohlergehen!"

Philipp schaute amüsiert. „Sieh ihn dir genau an, du wirst nicht lange Gelegenheit dazu haben. So sehen die Männer aus, die von Ort zu Ort ziehen und meinen, sie könnten Heilung bringen. Dabei verstehen sie keinen Deut von Krankheiten. Die fahrenden Bader haben nicht studiert, dennoch vertrauen die Leute ihnen. Aus Geiz oder Not nehmen sie lieber die Pfuscherei in Kauf, statt zu einem ordentlichen Arzt oder Chirurgen zu gehen. Eines muss man den Männern allerdings lassen, sie verstehen ihr Geschäft."

„Was meinst du mit ‚nicht viel Gelegenheit'?"

„Sein Gastspiel wird wahrscheinlich nicht lange andauern."

„Warum?"

„Normalerweise dürfte der Bader gar nicht hier stehen. Die Ordnung über das medizinische Wesen verbietet es fahrenden Badern, ihre Dienste in der Stadt anzubieten. Das ist den Badern, Barbieren und Chirurgen vorbehalten, die vor den Augen der Zunft ihre Prüfung abgelegt haben. Es wird nicht lang dauern und Severo wird ihn vom Büttel abführen lassen oder die hiesigen Bader und Barbiere legen selbst Hand an. Schau ruhig noch ein wenig zu, ich gehe schon nach Hause."

Martin wandte sich wieder dem Geschehen auf dem Wagen zu. Die Menge schien auf einen Anstoß zu warten. Da wurde auch schon Pfeifers Stallbursche auf die Treppe geschoben. Martin erinnerte sich an ihre nette Unterhaltung und verspürte Mitleid. Ängstlich schaute sich der Bursche um. Ehe er es sich versah, zog der Bader ihn mit strahlendem Gesicht nach oben und legte mit theatralischer Geste seine Jacke ab. Hinter der Wand kam der Junge hervor und griff danach. Dann führte der Knabe den Verletzten unter dem Beifall der Menge zum

Stuhl. Dessen blasses Gesicht verlor noch mehr an Farbe, als der Bader sich die Hemdsärmel hochkrempelte.

„So, dann lasst mal sehen, junger Mann."

Der Bader verzog das Gesicht, wiegte den Kopf hin und her. An der unnatürlichen Stellung erkannte Martin den Grund für die Schmerzen des Stallburschen. Die Gelenkkugel war aus der Pfanne gesprungen. Martin hatte es schon einmal bei einem Unfall mit einem Pferdewagen gesehen. Ein ausgerenkter Arm musste wahnsinnige Schmerzen bereiten. Endlich schien der Bader sich für eine Methode entschlossen zu haben. Beruhigend sprach er auf den Burschen ein. Martin überlegte, ob man ihn nicht lieber zu Severo bringen sollte. Zu spät, die Menge drängte sich dicht an den Wagen, um das Schauspiel besser verfolgen zu können, denn die Behandlung versprach interessant zu werden. Immerhin zog Meister Bruch ein paar Gurte und Seile von der Decke. Mit den Gurten band er den gesunden Arm, Oberkörper und die Beine des Stallburschen am Stuhl fest. Mit angehaltenem Atem verfolgten die Zuschauer jeden Handgriff. Schließlich waren alle Gurte festgezurrt und der Patient zu einem Bündel verschnürt. Ein Seil hatte der Bader in einer kunstvollen Schlinge um die Schulter gelegt.

„Wie Ihr seht, hat sich der junge Mann den Arm ausgerenkt. Ich muss also versuchen, ihn mit einer Streckung wieder in seine natürliche Position zu bringen."

Nun legte der Bader die Hände ineinander und drückte sie kräftig durch. Martin meinte, das Knacken der Finger zu hören. Nach einer theatralischen Pause begab der Bader sich endlich zum Stuhl. Auf sein Zeichen zog der Junge an dem Seil. Der ausgerenkte Arm bewegte sich nach oben. Zugleich ruckte der Bader an der Schulter. Mit einem Aufschrei sank der Bursche in sich zusammen. Der Junge ließ das Seil sofort los. Nachdem der Bader ihn von den Gurten befreit hatte, rief er nach den Begleitern des Patienten.

„Nehmt Euren Freund und tragt ihn in eine Schänke. Dort gebt ihm Wein, der weckt seine Lebensgeister. Vergelt's Gott."

Mit einem Glänzen in den Augen nahm er eine Münze entgegen, die ihm einer der jungen Männer hinhielt.

„Nun, liebe Leute, wo zwickt's? Wie kann ich Euch helfen?"

Der Bann schien gebrochen. Ein hagerer Mann im Alter des Baders stieg die Treppe hinauf und zeigte mit einem langen dürren Finger in seinen geöffneten Mund. Wieder schaute der Bader kritisch und ließ den Patienten auf dem Stuhl Platz nehmen. Zielsicher griff er nach einer Zange und setzte diese kunstvoll an. Der Bader zog einmal, ein zweites Mal, ein drittes Mal. Der Zahn wollte einfach nicht loslassen. Mitleidslos stellte der Bader sein Knie auf den Schenkel des Mannes und zog und zog. Die Menge lachte schadenfroh. Schließlich gab der Zahn nach und der Bader fiel rückwärts auf seinen Allerwertesten. Triumphierend hielt er den Übeltäter hoch. Im selben Moment erstarb das Lächeln auf seinem Gesicht. Martin schaute zur Seite und sah den kurzen schwarzen Mantel Severos. Der Chirurg steuerte auf die Treppe des Wagens zu, gefolgt vom Büttel, einem erbost dreinblickenden Grothenberg und drei mit Knüppeln bewaffneten Barbieren. Die vor ihm Stehenden schob Severo unsanft zu Seite. Dem Büttel fiel es schwer, Schritt zu halten.

„Wie konnte das passieren?", hörte Martin den Chirurg wutentbrannt zischen.

„Er sagte, er verkauft nur Wässerchen. Behandlungen hat er nicht erwähnt", erwiderte der Büttel schuldbewusst.

„Solche Leute dürfen gar nicht erst in die Stadt und erst recht nicht auf den Markt!“ Wütend kletterte Severo auf den Wagen und wandte sich an die Menge. „Die Vorstellung ist beendet! Haut ab Leute, hier gibt es nichts mehr zu sehen. Wenn Eure Zähne schmerzen, dann geht zu den heimischen Badern oder Barbieren. Eure Knochen behandeln die Chirurgen. Ihr habt es nicht nötig, Euch von einem Scharlatan übers Ohr hauen zu lassen.“

Mit einem empörten Aufschrei ging Meister Bruch mit der Zange auf Severo los. Den Barbieren gelang es gerade noch, einen Angriff auf die Nase des Chirurgen abzuwehren.

„Werft ihn samt seinem Esel und den Flaschen aus der Stadt!“ Knurrend beugte sich Severo zu dem Mann, der sich in den Armen der Barbiere wand. „Lasst Euch gesagt sein, Ihr kommt mit der Ausweisung glimpflich davon. Ich könnte Euch den Barbieren überlassen, die über Eure Dreistigkeit alles andere als erfreut sind. Dann könntet Ihr Euch ein paar gebrochene Knochen selbst richten. Und merkt Euch, ich will Euch nie wieder hier sehen. Beim nächsten Mal lasse ich alles kaputtschlagen und Euch in den Kerker werfen. Und wenn Ihr andere Quacksalber trefft, dann sagt ihnen, sie sollen einen großen Bogen um Greifswald machen.“

Abrupt hörte Meister Bruch auf, sich zu wehren. Severo sprang galant vom Wagen. Die Menge stob vor ihm auseinander. Von unten verfolgte der Chirurg, ob der Meister seiner Anweisung nachkam. Martin stellte sich neben ihn. Er erinnerte sich an das Gespräch vor der Anatomiestunde. Bei Severo musste er vorsichtig sein.

„Verzeiht, warum werft Ihr ihn aus der Stadt? Soweit ich sah, richtete er den Arm von Pfeifers Burschen ordnungsgemäß!“

Funken stoben aus Severo Augen. „Ihr schon wieder? Kennt Ihr Euch neuerdings in der Behandlung von Verrenkungen aus? Wer sagt Euch, ob dieser Pfuscher eine gute Ausbildung genossen hat?“

Damit wollte der Chirurg sich umdrehen, aber Martin hielt ihn am Arm zurück. Eine solche Gelegenheit würde nicht wiederkehren. Zögernd setzte er an. „Sagt, wusstet Ihr eigentlich von der Impfung, die Heiden an Eurem Sohn vorgenommen hat? Ich verstehe es, wenn Ihr ihm die Schuld am Tod Eures Sohnes und Eurer Frau gegeben habt. Habt Ihr ihn deswegen getötet?“

Einen Moment lang zeigte das Gesicht des Chirurgen eine Mischung aus Überraschung und Unverständnis. Es dauerte nicht lange und er fing sich wieder. Scharf zog Severo die Luft ein und packte Martin am Kragen. „Steckt Eure Nase nicht in Angelegenheiten anderer Leute! Glaubt mir, es ist besser, Ihr hieltet Euch an diesen Rat. Euer Verstand hat bei der Verletzung im März wohl arg gelitten! Anders kann ich mir Eure schwere Anschuldigung nicht erklären. Mittlerweile bedaure ich es aufrichtig, Euren Kopf versorgt zu haben. Das nächste Mal werde ich einfach zuschauen, wie Ihr jämmerlich zu Grunde geht.“

Ohne ein weiteres Wort ließ ihn der Chirurg los. Martin sah, wie die Barbiere die Plane des Wagens herunterrissen. Der schmächtige Junge brachte einen Esel, den der fremde Bader geschäftig einspannte. Nachdem dies vollbracht war, hob er den Jungen auf den Wagen. Schließlich ergriff Meister Bruch die Zügel und führte das Gefährt auf die Straße zum Fleischertor. Nach kurzer Zeit war er verschwunden.

* * *

Am darauffolgenden Sonntag wollte Martin mit Sarah nach Eldena wandern, wo der Ryck in die Dänische Wieck mündete. Nachdem sie vom Gottesdienst zurückgekehrt waren, wartete er in der Küche auf das Mädchen. Agnes steckte Martin etwas Brot zu, dafür versprach er, ihr einen hübschen Stein mitzubringen. Da Sarah noch immer nicht zurückgekehrt war, entschloss er sich, sie abzuholen. Als er aus der Tür hinaustrat, hörte Martin ein leises Knurren aus dem hinteren Teil des Flurs. Lautlos stellte er sich an die Treppe, um besser lauschen zu können. Die Stimme gehörte Klaus.

„Ich warne dich! Lass den Krüppel bloß nicht an dich ran, sonst knöpfe ich ihn mir bei nächster Gelegenheit vor. Womöglich fällt er die Treppe herunter und bricht sich dabei das Genick. Willst du das? Ich merke sofort, wenn du nach ihm stinkst. Also lass es lieber! Vergiss nicht, wem du gehörst!"

Von oben vernahm Martin Schritte. Die Tür der Bibliothek öffnete sich und Philipp kam herunter. Klaus verstummte abrupt.

„Ah, ihr seid noch da." Philipp drohte Martin mit dem Zeigefinger. „Du hast doch keine Dummheiten vor, oder? Ich möchte Sarah in dem Zustand wieder, in dem sie jetzt losgeht."

Martin biss sich auf die Zunge und nickte nur. In diesem Moment erschien Sarah mit blassem Gesicht, gefolgt von Klaus, der einen Stapel schmutzige Wäsche trug. Philipp ging an Martin vorbei in Richtung Garten. Der drohende Blick des Dieners ließ Martin unbeeindruckt. Mittlerweile war er daran gewöhnt. Schmerzhaft rammte Klaus ihm den Ellenbogen in die Rippen. Schnell schubste Martin zurück, sodass der andere das Gleichgewicht verlor und vornüber fiel. Nachdem sich Klaus wieder aufgerappelt hatte, wollte er sich wutentbrannt auf Martin stürzen. Philipp, der das Poltern gehörte hatte, war allerdings zurückgekehrt und stellte sich zwischen sie.

„Wann merkt ihr es euch endlich? Ich dulde keinen Streit in meinem Haus. Was immer gerade geschehen ist, gebt euch die Hand zur Versöhnung!“

Widerwillig schlug Martin in Klaus’ Hand ein, dann drehte er sich zur Tür. Er wollte das Haus schnell verlassen. Sarah folgte ihm.

Dichtes Schilf säumte den Weg am Ryck. Nach einem anstrengenden Fußmarsch gelangten sie endlich nach Eldena, wo sie sich eine versteckte Bucht suchten, ihre Kleider abwarfen und badeten. Das Wasser war noch ein wenig kalt, aber es störte sie beide nicht. Als sie sich geliebt hatten, fragte Martin, warum Klaus sie bedroht hatte. Doch statt einer Antwort legte Sarah ihm nur den Finger auf den Mund.

* * *

Das flackernde Licht der Kerze, bei dem sie die Proben abwogen, ihre Experimente vornahmen und alles gewissenhaft notierten, ermüdete Martins Augen. Der lange Weg nach Eldena und zurück hatte ihn merklich erschöpft. Langsam sank sein Kopf nach unten. Ruckartig hob er ihn wieder an und sah in Philipps amüsiertes Gesicht. Trotz seines Protestes schickte der Freund ihn zu Bett. Leise zog Martin beim Verlassen des Zimmers die Tür hinter sich zu. Im Haus schliefen bereits alle. Oder etwa nicht? Als er die Treppe hinabstieg, vernahm er aus der Küche ein Geräusch. Gleich darauf folgte ein dumpfes Scheppern. Agnes hatte wohl noch zu tun. Gähnend schlurfte er zu seinem Zimmer. Als er an der Tür angekommen war, stockte er. Agnes war vor geraumer Zeit ins Arbeitszimmer gekommen und hatte den beiden Männern eine angenehme Nachtruhe gewünscht. Wenn nicht sie in der Küche war, wer dann? Ein Gedanke schoss ihm durch den Kopf. Schnell rannte er zurück, riss die Küchentür auf und erstarrte. Wut stieg in ihm auf. Sarah lag rücklings auf dem Küchentisch, die Röcke hochgeschoben. Auf ihrer Wange zeichnete sich ein roter Fleck ab. Zwischen ihren gespreizten Beinen stand Klaus, eine Hand hielt Sarahs Hände fest, die andere nestelte an seiner Hose. Auf dem Boden lag eine Pfanne. Damit hatte Sarah wohl versucht, den Diener abzuwehren. Martin erkannte das Flehen in ihren Augen. Klaus drehte sich von Sarahs Blick gewarnt um. Sein Mund verzog sich zu einem hässlichen Lachen. Mit einem triumphierenden Blick nahm er seine Hand von der Hose und schob sie unter Sarahs Rock. Das Mädchen schrie auf.

Martin stand reglos da. Weshalb hatte sie nichts gesagt? Warum wusste Philipp nichts davon?

„Was störst du uns? Heute Abend gehört sie mir ganz allein. Hörst du! Verschwinde, du verdirbst mir den Spaß! Seit du hier bist, entzieht sie sich mir! Konnte sie mir schon lange nicht mehr nehmen, weil ihre Kammer nachts immer leer bleibt. Wenn ich's mir recht überlege, kannst du uns ja zuschauen! Sieh her, so besorgt es ihr ein richtiger Mann!“

Klaus zog die Hand unter dem Rock hervor, riss Sarahs Oberkörper hoch und zog ihr Gesicht ganz dicht an seines. Seine Zunge leckte über ihre Wange. Übelkeit überkam Martin. Wie konnte dieser Widerling es wagen! Seine Fäuste ballten sich. Klaus schien das wenig zu stören. Provozierend blickte der Diener ihn an.

„Glaube mir, sie mag es, wenn man grob zu ihr ist! Gefällt es dir nicht, wenn ich sie mir nehme? Dann versuch doch, mich davon abzuhalten.“

Mit voller Kraft schlug er in Sarahs Gesicht. Blut schoss aus ihrer Nase, dann stieß er sie vom Tisch. Martin schloss die Tür hinter sich. Diesmal sollte Philipp von der Auseinandersetzung nichts mitbekommen. Als er sich wieder umdrehte, zog Klaus ein Messer aus seinem Hosenbund. Spielerisch ließ er die Klinge von der linken in die rechte Hand gleiten und zurück. Der Zorn verlieh Martin ungeahnten Mut. Sicheren Schritts trat er auf den Diener zu. Mit vollem Schwung stieß der nun sein Messer nach Martins Bauch, stach jedoch ins Leere. Dafür traf Martins linke Faust die Wange des Angreifers. Zu seinem Leidwesen steckte der Blonde den Schlag einfach weg. Der Hieb, den Martin hinterher schickte, verfehlte sein Ziel. Klaus tänzelte um ihn herum und täuschte einen Angriff an. Martin sprang, so gut es ging, zur Seite. Damit hatte der andere gerechnet. Klaus stieß seinen Fuß gegen einen Stuhl, der gegen Martins Kniekehle rutschte. Fast wäre Martin gefallen, hielt sich aber gerade noch am Schrank fest. Rasch griff er nach dem Stuhl, den er jetzt als Schutzschild führte. Klaus stieß erneut mit dem Messer zu. Dabei bewegte er den Arm unvorsichtig. Martin nutzte die Gelegenheit und hieb mit voller Wucht das Stuhlbein darauf. Klirrend fiel das Messer zu Boden. Martin warf den Stuhl beiseite, jetzt standen sie sich mit bloßen Fäusten gegenüber. Ohne Zögern stürzte Klaus sich mit seinem ganzen Körper in den Kampf. Martin wich aus und platzierte einen Kinnhaken. Benommen krachte Klaus gegen den Schrank und blieb liegen. Erleichtert atmete Martin auf und wollte Sarah in die Arme nehmen. Als er in ihre vor Schreck geweiteten Augen sah, drehte er sich um. Klaus stand bereits wieder auf den Füßen. Seinem ersten Schlag wich Martin noch aus, die nächsten erwischten ihn hinterm Ohr, auf der Wange und dem rechten Arm, aus dem jedes Gefühl wich. Ihm blieb vorerst nichts anderes übrig, als auszuweichen. Plötzlich bot sich ein unerwarteter Moment. Sarah war aufgestanden und dabei gegen die auf dem Boden liegende Pfanne getreten. Klaus drehte sich überrascht um. Martin legte seine ganze Kraft in den linken Arm. Sein Schlag landete in der Magengrube des Gegners, schnell setzte er mit rechts hinterher. Klaus krachte gegen einen Stapel mit Töpfen. Lärm hatte Martin eigentlich vermeiden wollen. Doch der Diener war leider ein wirklich harter Brocken. Als sei nichts gewesen, rappelte er sich wieder auf. Sein nächster Schlag traf Martin mit voller Wucht am Kinn, sodass sein Kopf gegen den Sims der Feuerstelle knallte. Sofort spürte er warmes Blut über seine Schläfe rinnen. Klaus schlich wie eine Katze um ihn herum. Dabei trat er auf sein Messer und hob es mit einem irren Lächeln auf. Schutzsuchend tastete Martins Hand über das Mauerwerk hinter sich. In diesem Moment öffnete sich die Tür. Hinter Philipp erschienen Agnes und Stefan. Klaus, der sich diesmal nicht ablenken ließ, stürzte vor. Philipps Schrei kam zu spät. Martin spürte kaltes Metall, griff hastig zu und streckte den Arm vor sich. Klaus konnte seinen Schwung nicht aufhalten. Martins Arm erhielt einen heftigen Stoß, als Klaus sich auf den Feuerhaken spießte. Mit letzter Kraft rammte dieser das Messer in Martins rechten Arm. Der Schmerz war grauenhaft.

Verächtlich zischte er kaum vernehmliche Worte. Sie klangen wie: „Schöne Grüße vom Medikus."

Angewidert stieß Martin den Haken von sich. Klaus fiel zu Boden. Ein dünnes Blutrinnsal lief aus seinem Mundwinkel. Am Ende seiner Kräfte rutschte Martin an der Wand ebenfalls zu Boden. Sarah und Agnes stürzten zu ihm. Martin sah, wie Philipps Hand die Augen seines Dieners schloss. Sarahs Tränen benetzten seine geschundene Wange. Sanft strich ihre Hand über die Wunde am Kopf. Philipp schob das Mädchen weg.

„Lass mich mal sehen! Der Kopf scheint nicht schwer verletzt zu sein. Die Wunde muss nur gesäubert werden. Der Arm sieht schlimm aus. Der Knochen ist durchstochen. Da kann ich nichts machen. Nein, nicht herausziehen. Das Messer bleibt drin! Weckt Michel, er soll zu Severo laufen und dann zum Vogt. Wie kann der Junge bei diesem Lärm überhaupt schlafen? So, und während die Frauen Handtücher und sauberes Wasser holen, berichtest du, was hier vorgefallen ist!“, schnauzte Philipp ihn ungehalten an.

Agnes und Sarah liefen fort. Martin legte die Stirn in Falten. Nach allem, was Severo ihm angedroht hatte, mochte er sich nicht von ihm behandeln lassen. Sein Gesicht schmerzte. Hinzu kam Philipps Ungerechtigkeit, die ihn verletzte. Er tat ja gerade so, als hätte Martin den Streit angefangen.

„Klaus hat Sarah nachgestellt.“ Mit stockenden Worten erzählte er von dem Vorfall. Agnes, die mit einem ganzen Schwall Tücher zurückgekehrt war, hörte ihm ebenfalls zu. Einen Moment überlegte Martin, ob er Klaus’ letzte Worte erwähnen sollte, ließ es dann aber bleiben. Er war sich nicht sicher, ob Klaus tatsächlich Pfeifer gemeint hatte.

Philipp war bestürzt. „Du hättest zu mir kommen sollen, als du sie in der Küche fandest. Was machst du stattdessen? Prügelst dich wie ein Student und bringst meinen Diener um.“

Philipp hantierte an Martins Kopf.

„Au, … das tut weh.“ Philipp setzte die Untersuchung fort. Martin setzte zu einer Erklärung an. „Ich wollte die Sache endgültig klären. Immerhin wollte er Sarah Gewalt antun.“

„Endgültig geklärt ist die Sache ja jetzt“, merkte Agnes spitz an.

„Ich darf doch sehr bitten“, antwortete Philipp gereizt. „Immerhin hat Klaus unsere Gemeinschaft geteilt!“

„Um das Scheusal ist es trotzdem nicht schade!“, gab Agnes kalt zurück.

Martin bekam beim Gedanken an den Vogt Angst. „Ich wollte ihn nicht töten, glaub mir. Er ist mit dem Messer auf mich losgegangen, du hast es selbst gesehen!“

Sarah, die Philipp einen Eimer mit Wasser hinhielt, nickte heftig.

„Warum hast du mir nichts gesagt?“, fragte Philipp sie streng. Mit Tränen in den Augen senkte sie den Kopf.

Agnes schimpfte los. „Was glaubt Ihr, was das Mädchen durchgemacht hat? Ist es etwa ihre Schuld? Wie kann man nur so rücksichtslos sein?“ Agnes nahm sie schützend in den Arm.

Philipp erwiderte zornig. „Ich versuche nur zu verstehen und mir Antworten auf die Fragen des Vogts zu überlegen. Sie hätte zu mir kommen sollen. Schließlich bin ich hier der Herr im Hause. Ich hätte Klaus vor die Tür gesetzt.“

„Damit er dem nächsten Rock hinterhersteigt“, murmelte Agnes leise.

„Wir müssen jetzt zuerst an dich denken. Du steckst in großen Schwierigkeiten. Ich möchte nicht auch noch auf meinen Sekretär verzichten müssen. Und überhaupt, wie lange geht das schon mit dir und Sarah?“

Betreten schaute Martin zu Boden.

„Gut, keine Antwort ist auch eine Antwort! Darüber unterhalten wir uns später."

Philipp nahm ein Tuch und tunkte es ins kalte Wasser. Unsanft drückte er den triefenden Stoff auf Martins Schläfe. Die Kühle machte den Schmerz für einen Augenblick vergessen. Dann übergab Philipp das Tuch an Sarah, die es auf ihre noch immer blutende Nase legte. Erst jetzt bemerkte Martin den merkwürdigen Geschmack in seinem Mund. Mit der Zunge tastete er über die Zähne. Das hatte ihm noch gefehlt, ein Eckzahn im Oberkiefer war locker. Sein Blick fiel auf Sarah. Die Tränen machten sie noch hübscher und eine Woge von Zuneigung durchflutete ihn. Wie oft hatte ihr dieses Ungeheuer Gewalt angetan? Während sie auf den Chirurgen warteten, kündigte der Nachtwächter Mitternacht an.

* * *

Endlich hörten sie den Türklopfer. Stefan öffnete. Erleichtert atmeten alle auf, als der Chirurg, von Gernot gefolgt, das Haus betrat. Nachdem Severo den Umhang abgelegt hatte, ließ er seinen Blick aufmerksam über die Szene gleiten.

„Für deinen Diener kommt jede Hilfe zu spät!"

Philipp nickte stumm.

Mit forscher Geste bedeutete Severo den beiden Frauen, ihm Platz zu machen. Sein Gesicht verfinsterte sich, als er Martin erkannte.

„Lasst mich raten, was Euer Gesicht so entstellt hat?" Theatralisch legte er den Finger auf die Wange. „Habt Ihr Klaus beschuldigt, Heidens Mörder zu sein?"

Gernot grinste frech hinter Severos Rücken. Martin lächelte säuerlich.

„Spar dir deine Witze, Severo", schaltete sich Philipp ein. „Klaus hat den Streit begonnen."

Der Chirurg beugte sich dicht zu Martin herunter.

„So schnell sieht man sich wieder. Wenn ich es mir recht bedenke, sollte ich Euch für Eure Frechheit auf dem Jahrmarkt wirklich mit dem Messer im Arm sitzen lassen. Wisst Ihr, welch furchtbare Schmerzen es bereitet, wenn der Arm ganz langsam abstirbt? Erst kommt das Fieber, dann zerfrisst einen der Wundbrand. Man geht ganz langsam und elend zu Grunde. Am schlimmsten ist der Durst, den das Fieber verursacht. Da Ihr Euch in der Chirurgie so vortrefflich auskennt, erzähle ich Euch ja sicherlich nichts Neues." Severo schenkte ihm ein sarkastisches Lächeln. Mit bedauerndem Tonfall fuhr er fort. „Eigentlich ist mir Euer Schicksal egal. Meinetwegen könnt Ihr verrecken. Zu meinem Pech verbindet mich mit Eurem Herrn leider eine tiefe Freundschaft."

Martin erwiderte den Blick des Chirurgen ungerührt. Demut war jetzt alles andere als angebracht. Trotzig erwiderte er: „Wollt Ihr mit mir diskutieren oder Euch um meine Wunde kümmern?"

Severo blickte ihn lange an. Dann zog der Chirurg unsanft Martins Arm an sich heran.

„Ihr besitzt mehr Glück als Verstand. Wie Ihr seht, hat sich das Messer durch den Knochen gebohrt, ohne eines der großen Gefäße zu verletzen. Alles, was wir tun müssen, ist das Messer herausziehen, die Wunde mit einem heißen Sud reinigen und mit Eiter die schlechten Säfte aus dem Körper heraustreiben. Der Knochen wächst von allein zusammen."

Bei diesen Worten brach Martin kalter Schweiß aus. „Nein!“

„Wie?“ – Verdutzt schaute ihn der Chirurg an.

„Keinen heißen Sud, keinen Eiter!“

Philipp schaltete sich ein. „Martin, jeder Arzt und Chirurg kennt die heilende Kraft des Eiters. Nur so gelangen die schlechten Säfte aus deinem Körper!“

Schon wieder diese unselige Säftelehre. Heftig schüttelte Martin den Kopf, zog den Arm weg. Severo versuchte ihn festzuhalten.

„Stellt Euch nicht so kindisch an! Ihr werdet den kleinen Eingriff schon überstehen. Die Behandlung ist ein Kinderspiel.“

„Nein, heißer Sud ist falsch! Es darf nicht eitern! Die Wunde muss sauber bleiben.“

Martin fing einen empörten Blick des Chirurgen auf.

„Was bildet Ihr Euch eigentlich ein, mir meine Behandlung vorschreiben zu wollen? Wenn ich Euch nicht genehm bin, verlasse ich das Haus wieder. Ich muss Euch nicht behandeln.“

Severo erhob sich.

Philipp bemühte sich zu schlichten. „Martin, Severo ist der beste Chirurg, den ich kenne! Er weiß, was gut und richtig ist!“

Martin ließ den Chirurgen nicht aus den Augen. „Meinetwegen kann er das Messer entfernen und die Wunde reinigen. Aber nur mit klarem, abgekochtem Wasser!“

„Mir reicht es. Behandelt Euch doch selbst.“

Severo griff nach seinem Mantel. Philipp hielt ihn fest.

„Lass mich noch einmal mit ihm reden, Severo“, bat er und beugte sich erneut zu Martin herunter.

„Was um alles in der Welt …“, fragte er.

„Sud ist falsch! Ich weiß es aus Heidens Aufzeichnungen. Man muss eine Verschmutzung der Wunde verhindern, nicht herbeiführen. Ich brauche meinen Arm. Immerhin ist es meine Schreibhand! Es tut mir leid, aber ich vertraue Heiden."

Philipp erwiderte seinen Blick. Leise schickte Martin ein „Bitte" hinterher.

„Du vertraust einem Toten mehr als meinem Freund? Also gut, wir können dich wohl nicht zwingen!"

Philipp erhob sich. Severo verdrehte die Augen. Er näherte sich Philipps Ohr, Martin hörte, wie der Chirurg meinte, er würde bei der Behandlung ohnehin das Bewusstsein verlieren. Philipp schüttelte den Kopf.

Verzweifelt schimpfte der Chirurg einige italienische Brocken. Zu Martins Erstaunen schien die Freundschaft zu Philipp den Stolz des Chirurgen zu überwiegen. „Also gut, aber ich warne dich. Sobald ich ein Anzeichen von Wundbrand sehe, amputiere ich seinen Arm. Und es ist mir egal, ob er die Hand für seine Arbeit benötigt."

Philipp und Martin warfen sich stumme Blicke zu und nickten.

Severo schickte die Frauen aus der Küche. Ihre Nähe würde sich schlecht auf die Wundheilung auswirken, erklärte er fachmännisch. Dann ließ er von Philipp Wasser kochen. Als es so weit war, wies Severo Philipp an, sich neben Martin zu stellen und dessen rechte Schulter an die Wand zu pressen. Stefan hielt die linke Schulter fest, Gernot den Arm. Zunächst versuchte es der Chirurg vorsichtig. Als sich nichts rührte, zog er mit einem heftigen Ruck. Martin entfuhr ein Schmerzensschrei. Ungerührt bestätigte Severo seinen Befund.

„Es ist kein großes Gefäß verletzt. Euer Glück ist beinahe unverschämt!"

Tapfer grinste Martin ihn an. Prüfend betrachtete der Chirurg die Klinge. Dann suchte er in seiner Tasche und brachte eine metallene Schere mit abgerundeten Enden hervor. Während Severo mit der Schere die Wundränder spreizte, ließ Philipp warmes Wasser darüber laufen. Gernot hielt dabei den Arm im festen Griff. Martin kämpfte gegen den unbändigen Schmerz. Nein, er durfte einfach nicht das Bewusstsein verlieren. Endlich beendete der Chirurg die Prozedur, nahm aus seiner Tasche mehrere lange, schmale Tücher, hieß Gernot die Wundränder zusammendrücken und verband den Arm.

„Gut. Schonung in den nächsten Tagen ist die beste Pflege. Ich lege Euch noch eine Schlinge an, in der Ihr den Arm die nächsten Tage tragt. Fertig. Jetzt hebt das Kinn und öffnet den Mund! Ja, einer Eurer oberen Eckzähne ist locker. Am besten lasst Ihr ihn morgen von einem Barbier ziehen. Am Ende eitert die Wurzel und Ihr sterbt noch daran! Wäre das nicht schade? Ich kann Euch Grothenberg empfehlen, rate Euch aber dringend davon ab, ihn nochmals in die Nähe des Mordes an Heiden zu rücken. Schaut nicht so, natürlich hat mir Grothenberg von Eurem unverschämten Betragen berichtet."

Martin nickte willenlos. Kurz nachdem der Chirurg das Haus verlassen hatte, kehrte Michel zurück und richtete aus, der Vogt werde erst am Morgen kommen. Bis dahin solle man in der Küche nichts verändern.

* * *

Schweigend saß die Hausgemeinschaft am nächsten Morgen in der Bibliothek. Keiner wollte etwas frühstücken. Der Hausherr hatte darauf bestanden, nicht in der Küche zu warten. Martin händigte Philipp gerade Heidens Aufzeichnungen über die Wundbehandlung aus, als der Türklopfer den Vogt ankündigte. Alle gingen nach unten.

Der Vogt trug einen langen, schwarzen Mantel, aus dem ein breiter weißer Hemdkragen herausschaute. Die spitzen Schuhe verliehen ihm etwas Geckenhaftes. Ohne Begrüßung schritt er in die Küche, gefolgt von seinem Büttel und einem Ratsschreiber. Er hob kurz das Laken, das Agnes über den Toten gebreitet hatte. Angewidert ließ er es wieder sinken. Dann traf sein Blick Martin.

„Hat Er Professor Lazars Diener getötet?"

Martin nickte nur stumm.

Mit strengem Blick musterte der Vogt ihn von oben bis unten. Schließlich wandte er sich Philipp zu.

„Das war eine Frage der Zeit. Ihr verschwendet Kraft und Geld mit diesem Subjekt. Glaubt mir, eines Tages wird er Euch bestehlen oder gar Schlimmeres. Man sieht es an den Augen und der Haltung. Ein geübter Blick erkennt sein widerspenstiges Wesen sofort! Warum habt Ihr ihn nicht gefesselt?"

Philipp schüttelte den Kopf. „Nein, Ihr irrt Euch, verehrter Vogt. Mein Sekretär ist das Opfer eines Angriffs meines Dieners geworden!"

Der Schwarzrock riss die Augen auf. Jetzt begannen Philipp, Agnes und Martin gleichzeitig zu erzählen.

„Ruhe!" Abrupt wurde es still. „Man versteht gar nichts. Ihr beginnt, verehrter Professor!"

Philipp berichtete, wie ihn der Krach alarmiert hatte und was danach geschehen war. Agnes nickte zustimmend. Die Feder des Schreibers kratzte emsig über das Pergament.

Der Vogt wiegte den Kopf. „Vielleicht hat Euer Sekretär den Diener provoziert?"

Erschöpft mischte sich Martin ein. „Ich habe keinen Streit angefangen. Als ich in die Küche kam, wollte Klaus dem Mädchen Gewalt antun. Seht sie Euch an, man sieht die Spuren immer noch deutlich. Ich sagte ihm, er solle aufhören. Da zog er ein Messer und ging auf mich los! Hätte ich mich nicht gewehrt, würde ich jetzt dort liegen. Er schlug auf mich ein, bis ich gegen den Kamin fiel. Dann stürzte Klaus mit dem Messer auf mich los. Ich griff nach dem Erstbesten, was ich fand. Ich dachte, der Feuerhaken würde ihn abhalten. Aber er stürzte in das Eisen."

„Hat Er Beweise für seine Behauptung?"

Wut stieg in Martin auf. Warum glaubte der Mann ihm nicht? Philipp legte ihm beruhigend die Hand auf die Schulter.

„Seine Darstellung stimmt mit der meinen überein. Agnes, meine Haushälterin, war ebenfalls Zeuge, wie auch mein Hausmädchen und Stefan. Außerdem hatte mein Diener schon früher Probleme mit dem Gesetz."

Philipp berichtete von Streit, den Klaus wiederholt in Gasthäusern angefangen hatte. Die Spannungen zwischen Klaus und Martin ließ er unerwähnt.

Der Vogt schien noch immer unzufrieden. „Na gut. Und das dort ist diejenige, deretwegen der Kampf ausbrach? Hat Sie einen Namen?"

„Das ist Sarah, mein Hausmädchen", erwiderte Philipp.

Der Vogt runzelte die Stirn. „Klingt jüdisch!"

„Sie war eine Jüdin. Seit vielen Jahren wohnt sie in meinem Haus und ist zum Christentum konvertiert."

Der Vogt machte eine abschätzige Handbewegung. „Einmal Jude, immer Jude! Ich halte von den Konvertierten nichts. Diese jüdischen Hexen versuchen immer wieder, ehrbaren christlichen Männern den Kopf zu verdrehen. Wahrscheinlich wollte sie den Diener gerade verführen, als sie von Eurem Sekretär gestört wurden. Der hat, wie man sieht, selbst ein Auge auf sie geworfen! Wahrscheinlich machte sie sich einen Spaß daraus, die beiden Männer gegeneinander aufzuwiegeln. Ich muss mich schon wundern, wen Ihr alles in Eurem Haus beherbergt, verehrter Professor. Der da hinten scheint ebenfalls schon einmal Bekanntschaft mit dem Henker gemacht zu haben."

Damit wies er auf Franz, der verschämt seinen Armstumpf hinter dem Rücken verbarg. Jetzt erhob sich allgemeine Entrüstung. Nur mit Mühe gelang es Philipp, sich Gehör zu verschaffen.

„Verehrter Vogt, es ist meine Sache, wen ich in meinen Dienst stelle! Was Sarah angeht, so erhält sie regelmäßig das Bußsakrament in St. Nikolai. Der Pfarrer würde es ihr sicherlich verweigern, hätte er Zweifel an der Ernsthaftigkeit ihres Glaubens. Im Übrigen hat mein Diener meinem Hausmädchen mehr als einmal Gewalt angetan."

„Woher wollt Ihr das wissen? Den Toten können wir nicht mehr befragen. Wo Weiber sind, gibt es nur Ärger, Mord und Totschlag. Das seht Ihr gerade selbst!"

Nun musste selbst Philipp an sich halten, um einen ruhigen Ton zu bewahren. „Bis zur vergangenen Nacht gab es in meinem Haus weder Mord noch Totschlag. Und auch sonst gestaltete sich das Zusammenleben harmonisch."

„Wir wissen allerdings nicht, ob Euer Sekretär den Diener nicht doch provoziert hat."

„Sarah bestätigt die Geschehnisse, so wie mein Sekretär sie vorgetragen hat."

„Worte eines Weibes, noch dazu einer Jüdin, besitzen keinerlei Wert, verehrter Professor. Gibt es sonst jemanden, der zu der Sache etwas sagen kann?"

Keiner reagierte.

„Dann unterzeichnet das Protokoll. Ich zweifle zwar an der Aussage dieses Subjektes, doch beweisen kann ich ihm vorerst nichts. Nur aufgrund Eurer Aussage, verehrter Professor, sehe ich von einem Verfahren ab. Den Toten lasse ich nachher von der Stadtwache abholen. Werdet Ihr die Kosten seiner Bestattung übernehmen?"

„Selbstverständlich."

„Notiert das und dann kommt, Schreiber. Es gibt noch mehr zu tun."

Martin und Philipp atmeten hörbar auf, als der Vogt das Haus verließ.

IX

Tags darauf saß Martin auf seinem Bett und starrte trübsinnig vor sich hin. Obwohl die Schmerzen im Arm etwas nachgelassen hatten, fühlte sich sein Körper an, als wäre er unter ein Wagenrad geraten. Jede Bewegung war eine Qual. Das Schlimmste war allerdings das Gefühl, einen Menschen getötet zu haben. Wenn er die Augen schloss, sah er, wie Klaus sich auf den Feuerhaken spießte. Er war selbst Schuld, sagte sich Martin immer wieder und wieder. Doch je öfter er es wiederholte, desto weniger wollte das Gesicht des Sterbenden verschwinden. Hatte Klaus mit seinen letzten Worten wirklich den Medikus gemeint? Hatten Pfeifer und Menthe den Diener beauftragt, ihn aus dem Weg zu schaffen? Würden sie erneut versuchen, ihn zu töten?

Bei seinen Grübeleien kam Martin ein Gedanke. Auf Zehenspitzen schlich er in das Zimmer des Toten und verriegelte sorgsam die Tür. Trotz seines Hasses hätte Klaus ihn wohl nur gegen bares Geld aus dem Leben befördert. Aufmerksam blickte Martin sich um. Viele Verstecke gab es hier nicht. Die Durchsuchung des Schranks verlief ebenso ergebnislos wie die des Bettes. Vom Tisch nahm Martin ein kleines Messer und versuchte, damit in die Ritzen zwischen dem Holz der Dielen zu fahren. Alle waren dicht. Klaus musste das Geld woanders versteckt haben. Während Martin nachdachte, kam er mit der Zunge an den gelockerten Zahn. Alles Rucken und Ziehen mit den Fingern half nichts, er musste wohl oder übel Severos Ratschlag befolgen. Sicher war es besser, es so schnell wie möglich hinter sich zu bringen.

* * *

Jan begrüßte ihn erfreut, verzog aber sogleich mitleidig das Gesicht, als er erfuhr, weshalb Martin gekommen war. Einfühlsam bat ihn der Lehrling zu warten. Dann lief er den Meister holen. Mit trockenem Mund erinnerte Martin sich an das Zahnziehen auf dem Markt. War es wirklich eine gute Idee, hierher zu kommen?

„Seid Ihr zurückgekehrt, um mich wieder über meinen Gesellen auszufragen?“, knurrte Grothenberg.

Martin gab sich reumütig. „Nein, mein Zahn ist locker. Allein bekomme ich ihn nicht heraus.“

„Dann setzt Euch.“

Die großen Hände deuteten auf einen zerschlissenen Stuhl, an dessen Armlehnen und Beinen breite Ledergurte befestigt waren. Martin bekam Angst.

„Ich glaube, ich habe es mir gerade anders überlegt. So schlimm ist es noch nicht mit dem Zahn.“ Er wollte sich am Barbier vorbeidrängen.

„Ihr bleibt. Jan, komm her.“

Der Stoß, den Martin vor die Brust erhielt, nahm ihm den Atem. Unversehens landete er auf dem Stuhl. Der kräftige Körper des Barbiers hinderte ihn am Aufstehen.

„Los, schnall die Riemen an!“

Mit zitternden Händen band der Junge Martins Unterarme an den Stuhl. Währenddessen hielten die Pranken des Barbiers den Patienten fest.

„Hol die Zangen. Und nimm die richtigen, sonst setzt es was!“

Der Junge huschte zu einem Tisch, auf dem Zangen verschiedener Größen lagen. Ein leises Klirren war zu vernehmen, als der Junge hektisch nach den Eisen griff. Besorgt schaute Martin hinüber, bis sich Grothenberg zu ihm hinunterbeugte.

„Zahnziehen kostet einen halben Schilling. Für einen Schilling verpasse ich Euch vorher ein Mittelchen, damit es nicht ganz so schmerzt. Also mit Betäubung?“

Stumm nickte Martin.

„Hast du gehört, Jan? Bring die Flasche und einen Becher mit.“

Der Lehrling kam mit allem heran. Als er die Flüssigkeit eingoss, verschüttete er ein paar Tropfen. Ein Wutanfall entlud sich auf dem Kopf des Jungen. Jan wich vor den trommelnden Fäusten des Barbiers zurück, bis ihm die Wand den weiteren Weg versperrte. Nun trat sein Meister auf ihn ein. Martin musste hilflos zusehen, bis Grothenberg endlich von dem wimmernden Jungen abließ.

Mitleidig erkundigte er sich. „Warum schlagt Ihr den Jungen? Er hat doch nur ein wenig Schnaps verschüttet.“

Grothenberg schnaubte ihn wütend an. „Mischt Euch nicht in meine Angelegenheiten! Das habe ich Euch bereits einmal geraten!“ Unwillkürlich wich Martins Kopf zurück. „Und jetzt macht den Mund auf, damit ich Euch den Schnaps geben kann!“

Die Hand des Barbiers drückte seinen Kiefer auseinander. Der Schnaps brannte höllisch im Hals. Ehe Martin sich versah, hatte der Barbier ihm einen Keil zwischen die Kiefer geschoben. Hinter ihm postierte sich Jan und hielt seinen Kopf fest. Soviel Kraft hätte Martin dem Bürschchen gar nicht zugetraut. Mit der Zange prüfte Grothenberg jeden einzelnen Zahn.

„Wie es aussieht, habt Ihr gute Zähne, bis auf den hier vorn." Er drückte dagegen. Tränen stiegen Martin in die Augen.

„Na, Ihr werdet es gleich hinter Euch haben. Habt Ihr Euch geschlagen?"

Der Schmerz machte Martin rasend. Heftig warf er sich hin und her, kam jedoch nicht aus den Riemen und dem Griff des Jungen heraus. Der Barbier zog und zog. Obwohl der Zahn locker saß, hielt seine Wurzel noch immer fest. Martin glaubte, die Folter wolle nicht mehr enden. Endlich gab es ein leises Knacken in seinem Kopf und er sank nach hinten. Zufrieden hielt der Barbier den Zahn vor seine Augen.

„Er sieht noch gut aus, aber es war trotzdem besser so. In ein paar Tagen hätte er sich entzündet. Kann ich Euch sonst noch behilflich sein?"

Martin schüttelte erschöpft den Kopf. Jan befreite ihn aus dem Stuhl.

„Es wird bald zu bluten aufhören. Einen Schilling."

Fest presste Martin ein Tuch auf den blutenden Mund. Es gelang ihm, Geld aus seiner Tasche zu fischen und in die Pranke seines Peinigers zu werfen. Als der Schmerz einen Moment nachließ, setzte Martin noch einmal an, auch wenn er eine erneute Beschwerde des Barbiers bei Philipp riskierte.

„Sagt, was habt Ihr in der Nacht von Heidens Tod eigentlich nach der Ratssitzung gemacht?"

Statt einer Antwort stürzte sich Grothenberg auf ihn. Es gelang Martin nur knapp, das Geschäft unbeschadet zu verlassen.

* * *

Der Blutfluss ließ im Laufe des Tages nach. Agnes bot an, eine klare Brühe zu kochen. Obwohl sein Magen knurrte, entschied sich Martin angesichts der anhaltenden Schmerzen für einen Fastentag. Er blieb im Bett und nutzte die Ruhe.

Greifswald, 10. Juni 1487

Ich könnte keinen besseren Diener finden. Gestern verwickelte Johann Pfeifers Stallburschen auf dem Markt in ein Gespräch. Dabei erfuhr er von einem komplizierten Fall des Medikus. Es gelang ihm sogar den Wohnort des Patienten herauszufinden. So machten wir uns heute Morgen auf den Weg und statteten dem Bauern einen Besuch ab. Der Mann lebt mit seiner Frau in einer ärmlichen, dunklen Hütte. Ein beißender Gestank nach Dung lag in der Luft. Die Bauern nutzen ihn im Winter zum Heizen. Die armen Teufel wissen nicht, welchen Schaden sie ihren Lungen damit zufügen.

Die Beschränktheit des Medikus ist ohnegleichen. Er ist und bleibt ein Pfuscher und Halsabschneider. Um den Bauern steht es schlecht. Die Frau erzählte mir seinen Leidensweg. Vor fünf Jahren zeigte sich über dem Auge ein dunkler Fleck, der sich bald zu einer Art Warze entwickelte. Der Mann hatte mehrmals eine Kräuterfrau besucht. Die Besprechung der Warze brachte keine Heilung. Da sie den Bauern nicht störte und bald zu wachsen aufhörte, unternahm er nichts weiter. Vor etwa einem halben Jahr wurde sie dann wieder größer. Eines Morgens er-

wachte er und konnte weder sprechen noch sehen, geschweige denn aufstehen. Mittlerweile bedeckt die Geschwulst das gesamte Auge.

Ich möchte dem armen Teufel die Operation ersparen, denn ich zweifle an ihrem Erfolg. Das Gewächs scheint bösartig zu sein. Da ich den Ursprung nicht erkennen kann und es sich an einer ungewöhnlichen Position befindet, vermute ich das Schlimmste. Sicherlich werden die Wurzeln bereits in das Hirn gedrungen sein. Selbst wenn der Mann einen chirurgischen Eingriff überleben würde, bedeutet dies keine Heilung. Ich kann ihm nur Linderung mit meiner Tinktur verschaffen und empfahl der Frau einen äußerst vorsichtigen Umgang damit. Gibt sie ihm zu viel, kann er daran sterben. Andererseits erspart sie ihm so vielleicht ein langes Leiden.

Es wäre interessant, den Schädel des Mannes nach seinem Tod zu öffnen, um zu sehen, wie sich das Gewebe im Kopf verbreitet hat und ob es Veränderungen am Gehirn gibt. An seiner Leiche könnte ich die Auswirkungen fehlerhafter Behandlungen zeigen. Ich versprach der Frau, jeden Sonntag wiederzukehren. Der Herr möge ihm ein baldiges Ende gewähren!

Ohne Frage handelte es sich um jenen Bauern, den Philipp, der Medikus und Martin gemeinsam besucht hatten. Sein Leiden zog sich also bereits über Jahre hin. Ein Räuspern ließ ihn herumfahren. Philipp stand in der Tür, die Wangen zeigten eine leichte Rötung. In der Hand hielt er einen Brief. Besorgt sah Martin ihn an.

„Geht es dir besser?“

„Solange ich nicht viel erzählen und den Arm bewegen muss, ja. Weshalb fragst du?“

„Der Rat hat kurzfristig eine Lepraschau angesetzt." Philipp druckste. „Früher hat Klaus mich dabei unterstützt. Obwohl du noch nicht genesen bist, wollte ich fragen, ob du mir nicht zur Hand gehen kannst. Frauen dürfen nicht daran teilnehmen und die anderen Männer sind keine Hilfe."

Der Gedanke, mit Aussätzigen in Berührung zu kommen, stimmte Martin nicht gerade erfreut. Zu gut erinnerte er sich an Heidens Aufzeichnungen.

„Ist das nicht gefährlich?"

Philipp lachte. „Aussatz ist eine Strafe Gottes für ein verdorbenes Leben. Lepra befällt denjenigen, den Gott wegen seiner Sünden auserwählt hat, Buße zu tun. Führst du kein sündiges Leben, musst du die Ansteckung also nicht fürchten. Jesus, Gottes Sohn, hat es uns allen deutlich gezeigt. Er hat einem Leprakranken die Füße gewaschen, hat ihn berührt und mit ihm gespeist. Ist er an Aussatz erkrankt? Nein, weil er ein reines Leben nach Gottes Regeln geführt hat. Ich kenne deinen Einwand, denn oft erkranken ganze Familien. Die Krankheit bricht jedoch nur wegen des unzüchtigen Verkehrs von Mann und Weib aus. Sie sollen nur Verkehr haben, wenn sie Kinder zeugen wollen. Da sich die Menschen jedoch lieber der ungezügelten Wollust hingeben, straft der Herr sie. Dasselbe gilt natürlich, wenn man eines der Badehäuser besucht, in denen die Mägde ihre flinken Hände und wer weiß was noch alles anbieten."

Einen kurzen Moment stockte Martin der Atem. Philipp bemerkte sein Zögern und hob eine Augenbraue.

„Gibt es etwas, was du mir verheimlichst? Hat es mit Sarah zu tun?"

Hastig schüttelte Martin den Kopf. „Nein, nicht. Doch was ist mit den Kindern? Auch sie erkranken an Lepra."

Philipp sah ihn aufmerksam an. „Sie tragen den kranken Samen ihrer Eltern in sich und leben genauso gottlos wie sie. Andernfalls würden sie nicht erkranken. Aber wie ich sehe, konnte Ich dich nicht restlos überzeugen. Um dich zu beruhigen: Ich treffe zu unserem Schutz ein paar Vorkehrungen. Einer meiner Lehrer in Köln entwickelte einen Schutz für Mund und Nase. Und die Verwendung von Handschuhen aus dünnem Kalbsleder verhindert die Berührung der kranken Haut. Wenn wir dennoch erkranken sollten, so ist es allein Gottes Wille. In diesem Fall würden wir allerdings auch ohne die Teilnahme an einer Lepraschau erkranken."

Martin war alles andere als beruhigt. Da er aber merkte, wie viel Philipp an seiner Begleitung lag, gab er nach.

* * *

Auf dem Weg ins Rathaus berichtete der Freund mehr. Vor ihm hatte Professor Heiden die Universität im Leprarat vertreten. Der hatte Philipps Angebot zur Übernahme der Aufgabe bereitwillig zugestimmt, da er mit der Behandlung der Pockenkinder alle Hände voll zu tun hatte. Dem Leprarat oblag die Untersuchung derjenigen, die im Verdacht einer solchen Erkrankung standen. Der Greifswalder Rat bestand aus Philipp als Professor der Universität, dem Medikus und dem Zunftmeister der Chirurgen. Martin schluckte beim Gedanken an ein erneutes Zusammentreffen mit Severo. An den Begutachtungen nahm außerdem ein Pfarrer teil, der jedoch kein Stimmrecht besaß.

Am Rathauseingang begrüßte sie ein kräftiger Mann. Wie alle anderen bemühte Martin sich, seine Nähe zu meiden, denn der Umgang mit dem Scharfrichter brachte Unglück. Zu seinem Erstaunen nahm Philipp sich nicht zurück, sondern reichte dem Henker die Hand zum Gruß. Dem konnte Martin sich nicht entziehen. Sofort bereute er seine Entscheidung. Die Finger des Henkers legten sich wie eine Presse um Martins linke Hand. Der rechte Arm steckte noch immer in einer Schlaufe. Martin verzog das Gesicht zu einem schmerzverzerrten Lächeln.

Der Mann wandte sich an Philipp. „Ihr kennt den Weg, Herr Professor. Ich komme nach, muss erst noch die Kranken aus den Zellen holen."

„Geht nur. Wie viele sind es heute?"

Der Henker schaute sie mit traurigen Augen an. „Eine Familie, Vater und Mutter mit drei Kindern, ein Bube und zwei Mädchen. Dann warten ein Ehepaar und ein weiterer Mann aus Boltenhagen und schließlich noch ein Ehepaar aus Wackerow und ein Mann aus Eldena."

„Dann wollen wir uns beeilen. Wir müssen das Tageslicht nutzen."

Mit seiner Tasche in der Hand stieg Philipp die Treppe in den ersten Stock hinauf. Martin folgte neugierig, noch nie hatte er das Rathaus betreten. In einem der Räume wartete bereits Pfeifer, der mit einem schmächtigen Mann eine angeregte Unterredung führte. Es war der Stadtschreiber, der Martins Aussage vor dem Vogt protokolliert hatte. Philipps Gruß ließ den Medikus herumfahren. Beim Anblick Martins wich jegliche Farbe aus seinem feisten Gesicht. Lag es an der Nascherei, die ihm der Apotheker geschenkt hatte? Martin hatte sie an eine Katze verfüttert, die er einen Tag später tot in einer Ecke des Gartens gefunden hatte. Oder hatte er ein schlechtes Gewissen wegen Klaus?

Mit trockener Stimme grüßte der Dicke. „Wie geht es Euch, Herr Haffer? Hattet Ihr Ärger?“ Linkisch wies er auf die Schlinge um Martins Arm. Philipp trat an einen der Tische gegenüber und begann seine Tasche auszuleeren. Martin hingegen schlenderte zu Pfeifer.

„Habt Dank für Eure Sorge, verehrter Medikus. Es ist nicht der Rede wert. Seid so freundlich und richtet Eurem Freund Menthe meinen Dank für sein Naschwerk aus. Es traf nur nicht meinen Geschmack. Ich habe es an eine Katze verfüttert. Leider habe ich sie einen Tag später verendet im Garten gefunden.“

Das Gesicht des Arztes wurde aschfahl. „Wisst Ihr, den Tieren bekommt nicht alles, was wir essen.“

„Sagt“, Martin setzte alles auf eine Karte, jetzt wo er Pfeifer in die Ecke gedrängt hatte. „Kanntet Ihr Klaus, den Diener meines Herrn, eigentlich näher?“

Pfeifer hielt sich mit einer Hand an einem Stuhl fest, mit der anderen wischte er sich mit einem Tuch Schweißperlen von der Stirn. „Es ist sehr warm hier drinnen, findet Ihr nicht? Ich kann Euch nicht so recht folgen. Was meint Ihr?“

„Ich frage mich, was Klaus für eine Veranlassung hatte, mir Eure Grüße auszurichten, nachdem er sein Messer in meinen Arm gebohrt hatte.“

Es zuckte um die Mundwinkel des Medikus. Mit leicht zitternder Stimme antwortete er. „Ich weiß es nicht? Vielleicht habt Ihr euch verhört.“

Martin nickte. „Muss wohl so sein. Und ich dachte schon, Ihr wolltet mir etwas antun.“

„Ich wüsste nicht, warum.“ Die Stimme des Medikus gewann wieder an Fassung.

„Vielleicht, weil ich Heidens Tagebuch kenne oder weil ich mich schon die ganze Zeit frage, was in dem Brief stand, den Ihr an Heidens Todestag von ihm erhalten habt."

„Mit Verlaub, ich weiß nicht, wovon Ihr sprecht. Weder habe ich einen Brief von Heiden erhalten noch fürchte ich mich vor irgendwelchen Tagebüchern!"

Pfeifer hatte seine Selbstsicherheit zurückgewonnen. Da das Gespräch nicht weiterführte, sah Martin sich aufmerksam um. Der Raum besaß auf einer Seite hohe, breite Fenster, die sehr viel Licht einfallen ließen. Vor ihnen stand ein Stuhl. An der rechten Wand hatte man zwei Tische zusammengestellt. Auf einem davon lagen Blätter, Federkiel und Tintenfass sowie einige Sachen, die wohl dem Medikus gehörten. Martin ging zu Philipp hinüber. Der hatte bereits den Kolben, die Nadeln, ein Stäbchen, das Vergrößerungsglas, einen Kamm, eine Dose, eine hohe Flasche mit einem kunstvollen Korken und manches mehr auf den Tisch gelegt. Gerade zog er zwei weiße Tücher, an deren Ecken sich lange Fäden befanden, und zwei Paar dunkelbraune, sehr dünne Handschuhe heraus. Am Ende platzierte Philipp zwei Laken und einen Sack neben die Instrumente. Während der letzten Vorbereitungen raunte er Martin zu: „Warum hat Pfeifer sich nach deinem Befinden erkundigt? Und wieso hat Klaus Grüße des Medikus überbracht?"

„Das erkläre ich dir später."

Philipp schüttelte den Kopf und beschwörte ihn in leisem, eindringlichem Ton. „Bring dich bitte nicht in Schwierigkeiten! Du weißt, der Vogt misstraut dir. Es wäre unklug, seine Aufmerksamkeit weiter auf sich zu ziehen."

Bevor Martin antworten konnte, trat der Chirurg in den Raum, gefolgt von einem Geistlichen. Nachdem Severo den

Medikus und Philipp begrüßt hatte, wandte er sich an Martin.

„Wie geht es Eurem Arm? Habt Ihr schon den Verband wechseln lassen?"

„Nein."

Mit sarkastischem Unterton fuhr Severo fort. „Ihr müsst ihn unbedingt wechseln, sonst bildet sich womöglich Eiter. Davor hattet Ihr doch solche Angst!"

Der Medikus sah neugierig herüber. In diesem Moment kam der Henker herein und erkundigte sich, ob die Schau beginnen könne. Wortlos begaben sich alle auf ihre Plätze. Kurz darauf führte der Scharfrichter einen Mann zum Stuhl. Martin durchfuhr ein Schauer, als Philipp ihm eines der Tücher über Mund und Nase legte und die Enden am Hinterkopf verknotete. Tapfer biss er die Zähne zusammen, als er sich die Handschuhe überzog. Wenn das Leder tatsächlich Schutz vor der unheilvollen Krankheit bot, nahm er den Schmerz gern in Kauf. Philipp zog sich das Tuch noch einmal unter das Kinn.

Währenddessen erhob der Schreiber seine näselnde Stimme. „Es beginnt die Lepraschau des Godo Knopf aus Greifswald."

Schon kritzelte er fleißig auf dem ersten Bogen.

Philipp stellte dem Patienten zunächst Fragen zu seinem Leben und Befinden. Martins Nackenhaare richteten sich auf, als er die krächzende Antwort vernahm. Die Stimme passte so gar nicht zu dem Kerl, der vor ihm stand. Danach zog sich Philipp den Schutz über den Mund, ging zu Godo Knopf und beugte sich vor. Was er dem Manne sagte, war nicht zu verstehen. Philipp teilte die Haare mit einem Kamm und betrachtete die Kopfhaut. Dann diktierte er mit dumpfer Stimme: „Haarausfall in geringem Maße. Keine Knoten auf der Kopfhaut." Prüfend tastete Philipp über Wangen und Kinn. „Bartwuchs ist noch vorhanden. Die Augenbrauen beginnen auszufallen."

Die Feder kratzte.

„Auf Stirn und unter den Augen sind knotenartige Gebilde vorhanden. Das Gesicht weist eine blaurote Färbung auf mit einigen weißen und dunklen Flecken, glänzende Haut."

Philipp wandte sich um. „Den Kolben bitte!"

Martin reichte das Gewünschte. Godo Knopf musste sein Gesicht zum Fenster wenden. Vorsichtig schob Philipp ihm den Kolben in die Nase und begann langsam am unteren Ende zu drehen. Dadurch spreizten sich die Nasenflügel. Philipp bedeutete dem Mann, den Kopf zu heben, damit er im Sonnenlicht das Innere der Nase untersuchen konnte.

„Ein kleines Geschwür an der linken Naseninnenseite. Rechts ist nichts erkennbar."

Langsam drehte er den Kolben auf seine ursprüngliche Größe zurück und zog ihn heraus. Martin legte ihn auf eines der Leinentücher und reichte dafür eine lange Nadel. Der Freund zog die Ärmel des Mannes nach oben. Übelkeit stieg in Martin auf, als Philipp eine Nadel langsam in einen der Knoten auf dem Arm bohrte. Der Mann gab keinen Ton von sich, schien keinen Schmerz zu spüren. Philipp wiederholte die Tortur an anderer Stelle, schließlich im Gesicht. Nirgendwo eine Reaktion. Zum Schluss betastete Philipp die Daumen, bei denen der Muskelschwund deutlich zu sehen war. Godo Knopf, der bisher alles recht stumm ertragen hatte, wurde nunmehr von Pfeifer aufgefordert, ein Lied zu singen. Die Stimme fand keine Melodie. Damit begnügte sich der Medikus. Als Letzter kümmerte sich Severo um den Mann. Er ließ ihn zur Ader. Das Blut fing er in einem Glasbehälter auf, den er prüfend gegen das Licht hielt.

Hinzu gab er rohes Öl. Philipp trat heran. Als Severo sich zum Medikus wandte, winkte der ab.

„Hab schon gesehen, schwarzes Blut, das rasch gekocht aussieht. Den Urin müssen wir uns wohl nicht mehr ansehen. Das Ergebnis ist eindeutig."

Der Schreiber sah die anderen Mitglieder des Leprarates erwartungsvoll an. Als Philipp und Severo nickten, nahm er einen neuen Bogen. Es dauerte nicht lang, dann donnerte er das Siegel des Rates darauf und erhob seine Stimme.

„Der Henker bringt Ihn gleich in den Keller zurück, wo Er auf die Messe am morgigen Tag wartet. Nach der Messe wird Er im Leprahaus bleiben. Diesen Brief, der seine Erkrankung amtlich bescheinigt, muss Er stets bei sich führen, hört Er? Der Verlust ist unter Strafe gestellt. Alles Weitere erfährt Er morgen."

Der Kranke nickte, Martin sah die Tränen in seinen Augen. Als Nächstes führte der Henker Grete Knopf hinein. Bei ihr waren die Zeichen des Aussatzes schon weiter fortgeschritten. Ihr Gesicht zeigte die typischen Veränderungen des facies leonina, wie Philipp es nannte, des Löwengesichts. Anders lautete dagegen die Diagnose für die vier, fünf und sechs Jahre alten Kinder. Bei ihnen gab es noch keine Anzeichen der Krankheit. Die Heilkundigen überlegten, wie man entscheiden sollte. Während Pfeifer dafür plädierte, die Kinder mit ihren Eltern ins Leprahaus zu stecken, lehnte Philipp dies vehement ab.

„Die Krankheit wird bei ihnen früher oder später ausbrechen", ereiferte sich der Medikus. „Kinder von Aussätzigen gehören ins Leprahaus. Sie tragen den vergifteten Samen ihrer Eltern in sich. Nicht umsonst ist es Aussätzigen untersagt, Nachkommen zu zeugen! Wir können nicht zulassen, gesunde Bürger der Gefahr einer Erkrankung auszusetzen!"

Philipp fauchte zurück, es gäbe genügend Fälle, in denen Kinder und sogar Ehegatten von der Krankheit verschont blieben. „Lepra ist eine von Gott gesandte Prüfung, der sich der Einzelne zu unterziehen hat. Die Kinder sind gesund! Ein Zeichen für ihr gottesfürchtiges Leben. Wahrscheinlich leben sie christlicher als ihre Eltern."

Severo wirkte unentschlossen und stellte am Ende eine praktische Frage. „Wenn wir die Kinder nicht ins Leprahaus schicken, wie sollen sie ohne ihre Eltern überleben? Bettler gibt es schon genug. Kommt wieder so ein harter Winter, werden sie erfrieren. Im St.-Georgs-Hospital werden sie immerhin von den Brüdern versorgt. Sie erhalten dort ein Dach über dem Kopf, Essen und Kleidung."

Das klang in Martins Ohren überzeugend, auch wenn er Severo ungern Recht gab. Doch Philipp gab sich nicht so schnell geschlagen.

„Ich werde sie in einem Kloster unterbringen oder in meinem Haus aufnehmen." Martin entglitten die Gesichtszüge. Wozu schützte er sich vor der Krankheit, wenn Philipp sie ins Haus holte?

„Wenn wir sie ins Leprahaus schicken, zerstören wir ihr junges Leben, bevor es richtig begonnen hat. Im Kloster oder bei mir wachsen die Kinder in einer christlichen Umgebung auf und müssen keinen Hunger leiden. Außerdem erhalten sie eine Ausbildung und können dem Herrn dienen."

„Eure Gottesfurcht in Ehren, Professor Lazar", erwiderte der Geistliche. „Ich fürchte, Ihr werdet kein Kloster finden, das sie aufnimmt. Die Aufnahme in Eurem Haus widerspricht den Regeln und ist viel zu gefährlich. Severo hat Recht: Das Leprahaus ist die einzige Lösung."

„Das sind gesunde Kinder!" Philipp lief vor Zorn rot an. Selten hatte Martin ihn derart aufgebracht gesehen. Nach einer weiteren hitzigen Debatte stimmte Severo für die Unterbringung im Leprahaus. Damit war die Entscheidung getroffen.

Die weiteren Untersuchungen verliefen ohne Streit und die Urteile fielen einstimmig. Allmählich beruhigte sich Philipp. Das Ehepaar aus Boltenhagen erhielt wie der Mann aus Eldena den Brief, der sie als Leprakranke auswies. Den anderen Boltenhagener entlarvte der Leprarat als Schwindler. Das Ehepaar aus Wackerow erhielt einen Brief, der seine Gesundheit bescheinigte.

* * *

Nach der Lepraschau sah Martin zu, wie sein Freund die verwendeten Gerätschaften sorgfältig in das eine Leinentuch wickelte. Erst am Ende zog Philipp die Handschuhe aus und legte diese zusammen mit Martins in das andere Tuch und schließlich in einen Sack. Mit einem Ruck zog er ihn zu und bat den Henker ihn zu verbrennen. Eine dunkle Flasche war auf dem Tisch verblieben. Philipp nahm sie und sie verließen den Raum. Im Hof forderte er Martin auf, die Hände vorzustrecken. Die Flüssigkeit, die er darauf schüttete, war kühl und verströmte einen strengen Geruch. Angewidert verzog Martin die Nase. Philipp lachte.

„Es ist der stärkste Schnaps, den ich gefunden habe. Er ist mit Kräutern versetzt. Sieh zu, wie ich ihn auf der Haut verreibe. Mach es genauso! Das tötet die Gifte ab!"

Zuhause nahm Philipp heißes Wasser vom Feuer, das Agnes in weiser Voraussicht angesetzt hatte. In den Topf gab er die Instrumente und das Tuch. Martins Verband folgte ihnen. Dann stiegen sie in den Keller, in dem drei Bottiche dampften. Philipp nahm ihre Kleidung mit einer langen Zange auf und warf sie in den abseits stehenden Zuber. Die Zange stellte er mit hinein. Dann stiegen sie jeder in einen der verbliebenen Bottiche. Ein heftiger Schmerz ließ Martin zusammenfahren, als seine Wunde eintauchte.

„Mit der Hitze töten wir alles ab, was noch übrig geblieben sein sollte. Wie du siehst, geht es mir mit dieser Methode gut, obwohl ich mich seit Jahren um die Aussätzigen kümmere. Du musst dich also nicht sorgen. So, und jetzt warte ich auf eine Erklärung. Was hat es mit dem Gespräch zwischen Pfeifer und dir auf sich?“

Ungeduldig trommelten Philipps Finger auf dem Rand seines Badezubers.

Martin gestand, wo er Heidens Aufzeichnungen gefunden hatte und was in jener Nacht geschehen war. Er erwähnte auch seine Unterhaltung mit dem Ratsherrn Segeberg. Den Betrug erwähnte er vorerst noch nicht.

„Pfeifers Maßlosigkeit ist nichts Neues. Aber sie macht ihn noch lange nicht zum Verbrecher. Er ist viel zu feige!“

„Siehst du die Welt nicht zu friedlich? Du kannst nicht in die Köpfe der Menschen sehen. Noch weniger in die Abgründe ihrer Seele. Pfeifer und Menthe haben versucht, mich umzubringen.“

Philipp schüttelte ungläubig den Kopf. „Ein Arzt bewahrt Leben, er zerstört es nicht. Jemanden niederzuschlagen bedeutet nicht, ihn töten zu wollen.“

„Ich habe Klaus’ letzte Worte richtig verstanden. Er hat gesagt: ‚Schöne Grüße vom Medikus.‘ “

„Warum sollte er so etwas sagen?“

Martin lehnte sich triumphierend zurück. Endlich, so glaubte er, würde er seinen Freund überzeugen. „Heiden hat Menthe und Pfeifer überwacht. Der Apotheker soll schwache, ja sogar wirkungslose Arzneimittel verkauft haben und Pfeifer soll gemeinsame Sache mit ihm gemacht haben. Um das zu überprüfen, holte ich bei Menthe ein Abführmittel, das tatsächlich keinerlei Wirkung entfaltete. Ich erwähnte gegenüber dem Apotheker Heidens Verdacht, ohne einen Namen zu nennen. Du hättest sein Gesicht sehen sollen. Heiden wollte den Betrug vermutlich aufdecken, denn Pfeifer erhielt unmittelbar vor dem Mord einen Brief von ihm. Nach meinem Besuch bei Menthe mussten sie glauben, ich hätte die Beweise in meinen Händen.“

Wütend brauste Philipp auf. „Pfeifer und Menthe stellen unwirksame Arzneimittel her? Warum erzählst du mir erst jetzt davon? Und was hat es mit diesem Naschwerk auf sich?“

„Bei meinem zweiten Besuch in der Apotheke schenkte mir Menthe ein Konfekt. Da ich Schlimmes befürchtete, gab ich es einer Katze. Ich fand sie einen Tag später tot im Garten.“

Philipp stockte. „Die Katze kann etwas anderes gefressen haben. Hast du noch etwas von dem Konfekt?“

Martin schüttelte den Kopf.

Nachdenklich starrte Philipp vor sich hin.

„Vielleicht haben Pfeifer und Menthe auch Christof Metzner aus dem Leben befördert. Er starb ganz unerwartet, nachdem er sich ein Mittel aus Menthes Apotheke geholt hatte.“

Philipp schwieg eine Weile, schließlich antwortete er. „Nein, er ist nicht vergiftet worden. Ich habe ihn selbst gesehen. Sein Gesicht hatte keinen verzerrten, sondern einen friedlichen und entspannten Ausdruck, wie er Erfrorenen eigen ist. Zeig mir nachher die Notizen über Menthe und Pfeifer! Man darf solche Betrügereien nicht dulden."

Martin tauchte unter. Dabei ließ er die Situation im Keller nochmals vor seinem Auge abspielen. Als er wieder aus dem Wasser auftauchte, schoss ihm ein Gedanke durch den Kopf. „Was trug Christof Metzner eigentlich für Kleidung, als man ihn fand?"

„Lass mich überlegen. Hm …, eine dunkle Hose, helles, schmutziges Hemd und einen Umhang."

„Einen Umhang, der bis zum Boden reichte?"

„Einen kurzen. Lange Umhänge sind den Heilkundigen, den Ärzten und Studenten, vorbehalten."

Martin nagte an seiner Unterlippe. „Bevor man mich niederschlug, hörte ich Stoff über den Boden schleifen. Das spricht für die Beteiligung Pfeifers."

„Nicht unbedingt! In diesem Winter hat wegen der Kälte niemand auf diese Regel geachtet."

Resigniert schüttelte Martin den Kopf. So kam er nicht weiter. Er stieg aus dem Zuber.

„Wo gehst du hin?"

„Ich suche die Aufzeichnungen über den Betrug heraus."

* * *

Der Auszug der Kranken aus der Stadt am nächsten Tag war eine traurige Angelegenheit. Vor dem Rathaus warteten alle Teilnehmer der Prozedur, nur der Medikus fehlte. Pfeifer beteiligte sich nie an der Totenmesse, da sie außerhalb der Stadtmauern erfolgte und er sich nur für die Gesundheitsfürsorge innerhalb der Stadtmauer verantwortlich fühlte. Das Ehepaar aus Wackerow hatte Greifswald bereits am Vorabend glücklich verlassen. Der Simulant aus Boltenhagen war kein Einzelfall. In Zeiten des Hungers versuchte manch einer, sich den Leprabrief zu erschwindeln. Das geschah dort besonders häufig, wo es Leprahäuser des St. Georgsordens gab. In der Hoffnung auf regelmäßige Mahlzeiten und ein Dach über dem Kopf nahmen manche die Gefahr dieser schrecklichen Krankheit auf sich.

Schweigend machte sich der Zug auf den Weg. Die Kranken wanderten hinter einem Mönch des Georgsordens zum Mühlentor hinaus, gefolgt von Severo, dem Ratsschreiber, vier Stadtwachen, Philipp und Martin. Der Henker blieb in gebührendem Abstand hinter ihnen. Philipp trödelte jedoch, bis sie auf gleicher Höhe gingen. Zwischen den beiden Männern entspann sich ein Gespräch, dem Martin aufmerksam lauschte. Ihr Weg führte zum Leprahaus im sogenannten Georgsfeld, benannt nach dem Orden, der sich um die Kranken kümmerte. Die Bezeichnung Haus war unzutreffend. Vielmehr war es eine größere Anlage. Schon von Ferne sahen sie eine große Grube.

Auf Leitern stiegen die Kranken hinab und richteten ihren Blick nach oben, wo ein Geistlicher des Ordens die Messe las. Als Martin in die weit aufgerissenen Augen der Kinder schaute, verstand er den Unmut seines Freundes. Man schickte sie in einen qualvollen Tod. Im Anschluss an den Gottesdienst verlas der Schreiber die Greifswalder Lepraordnung.

„Es ist Euch bei Strafe verboten, jemals in Kirchen, in die Mühle, an den Backofen oder in Volksversammlungen zu gehen. Es ist Euch bei Strafe verboten, mit irgendeinem Weibe oder Manne zu verkehren. Wenn Euch jemand auf dem Weg begegnet und Euch etwas fragt, dürft Ihr erst antworten, wenn Ihr aus der Windrichtung gegangen seid, damit der andere von Euch nicht den Hauch des Todes empfängt. Es ist Euch verboten, geraden Weges auf andere zuzugehen."

Jeder der Gesunden warf nun eine Handvoll Erde auf die gesenkten Häupter der Menschen in der Grube. Damit waren sie fortan aus der Gesellschaft ausgestoßen. Während sie nacheinander aus der Grube kletterten, ermahnte sie der Schreiber, sich von Quellen und Brunnen, aus denen Gesunde tranken, fernzuhalten und Gegenstände auf Märkten nur mit einer Gerte zu berühren. Der Mönch erinnerte sie, ihr Schicksal mit Geduld zu tragen. Noch einmal betonte er ausdrücklich ihre Pflicht zur Keuschheit. Nur wenn sie ihr Leben an diesen Regeln ausrichten würden, bestünde Hoffnung, eines Tages in das Reich des Herrn einzutreten. Zum Schluss öffnete der Henker einen Sack. Jeder Ausgestoßene erhielt daraus einen schwarzen Umhang, einen Hut mit einem weißen Band, eine Gerte und ein Glöckchen. Dieses hatten sie stets zu läuten, wenn sie in die Nähe von Gesunden kamen. Schließlich erinnerte der Schreiber sie daran, nie die sie als Leprakranke kennzeichnende Kleidung abzulegen. Damit war die Prozedur beendet. Ein weiterer Ordensbruder trat auf die neuen Bewohner des Leprahauses zu und hieß sie, ihm zu folgen. Philipp und Martin schlossen sich ihnen in gebührendem Abstand an. Während sie den Hof überquerten, zeigte Philipp ihm die verschiedenen Gebäude.

„Verstehst du mich jetzt? Den Kindern ist das Spielen bei Strafe untersagt. Doch welche Strafe könnte sie härter treffen als dieses Leben. Sie leben nach den Geboten Gottes, um wenigstens nach ihrem Tod im Himmel empfangen zu werden. Alle anderen Regeln sind Unsinn. Es ist eine Schande! Häufig sind die Kinder noch gar nicht krank, wenn man sie herbringt. Und sie würden nicht zu einem unsittlichen Leben verführt, ließe man sie in der Stadt und gäbe sie in die Obhut eines Ordens. Man bestraft sie für das unsittliche Verhalten ihrer Eltern. Selbst wenn sie nicht erkranken, ist ihr Leben mit dem Tag der Ausstellung des Leprabriefs beendet. Einmal aus der Gesellschaft ausgestoßen, werden sie nie wieder hineingelangen, selbst dann nicht, wenn sie bis zum Tod gesund bleiben." Traurig schüttelte Philipp den Kopf. „Hätte ich den drei Kindern dieses Los nur ersparen können!"

* * *

In den folgenden Tagen gab es für Martin reichlich zu tun. Am Sonntag hatte die Hausgemeinschaft Klaus zu Grabe getragen. Philipp schien als Einziger Trauer zu empfinden. Zu Martins Erleichterung heilte seine Wunde, ohne dass sich Eiter oder Wundbrand bildeten. Seine Nachforschungen kamen wegen der vielen Arbeit leider ins Stocken. Die wenigen Aufzeichnungen Heidens, die er in diesen Tagen las, drehten sich erneut um den Blutkreislauf.

Philipp hatte zudem begonnen, Reis im Armenviertel zu verteilen. Bis zum Sommer wollte er herausfinden, ob die Leute ihn als Nahrung annahmen. Bei der Verteilung begleitete Martin ihn oft. Da keine der Frauen im Viertel wusste, wie der Reis gekocht wurde, gab Philipp nicht nur Ratschläge, sondern richtete vor ihren Augen das Essen an. Zu Agnes' Leidwesen hatte er sich zuvor intensiv mit dem Kochen beschäftigt und sie aus der Küche verdrängt. Eine Woche lang hatte er jeden Abend am Herd gestanden und versucht, mit verschiedenen

Zutaten eine schmackhafte Mahlzeit zuzubereiten. Philipp hatte zuerst Wasser erhitzt und dann eine bestimmte Menge der weißen Körner hineingegeben. Danach wurde die Masse immer wieder mit einem Holzlöffel gerührt. Am Ende kamen Gewürze und Gemüse hinein. Martin schmeckte die Variante mit Safran und Möhren am besten. Dennoch würde er immer Hafergrütze oder Graupen vorziehen.

An diesem Nachmittag hatte Martin seinen Freund wieder begleitet. Gerade hatte er sich von Philipp getrennt und wollte einen Auftrag ausführen, als ihm Severo in der Kleinschmiedestraße über den Weg lief. Seit ihrem letzten Streit würdigte ihn der Chirurg keines Blickes. Neugierig folgten Martins Augen seinem Weg. An der Ecke zur Weißgerberstraße wartete Gernot auf Severo. Vermutlich würden sie gemeinsam einen Patienten besuchen. Martin erkannte seine Chance. Niemand würde ihn bei einem Besuch im Hause stören. Die Sonne begann unterzugehen. Er musste sich beeilen.

Über den Schuhhagen gelangte er in die Brüggstraße, wo Severo ein kleines Fachwerkhaus besaß. Leider unterhielten sich zwei Frauen unmittelbar vor dem Eingang. Die Jüngere war Grothenbergs Frau. Sie missdeutete Martins enttäuschten Blick. Severo habe das Haus gerade verlassen, rief sie ihm zu. Um kein Aufsehen zu erregen, schlenderte Martin weiter. Vielleicht verfügte das Haus über eine Hintertür. Von der parallel verlaufenden Kuhstraße aus fand er nach kurzer Suche den Innenhof. Hier endete sein Glück. In Severos Garten lag ein großer schwarzer Hund an einer viel zu langen Kette. Wenn Martin nichts unternahm, alarmierte der Köter die ganze Nachbarschaft. Schon fielen andere Hunde in sein Bellen ein. Fieberhaft überlegte Martin, wie er vorbeikommen könnte. Missmutig steckte er die Hände in die Taschen und fühlte zu seiner Überraschung zwischen den Fingern ein Stück trockenes Brot. Aufmerksam sah er sich um. Niemand war in den Gärten, niemand schaute aus den Häusern. Martin zögerte. Wenn der Eingang wider Erwarten verschlossen war, saß er in der Falle. Noch einmal atmete er tief ein und schickte ein Stoßgebet zum Himmel, bevor er es wagte. Sicheren Schrittes trat er auf den Hof, warf dem Hund das Brot zu und ging – so schnell sein Bein es zuließ – zur Hintertür. Er dankte dem Herrn. Severo hatte sie nicht verschlossen. Die Tür führte in die Küche. In der Feuerstelle glimmte noch etwas Glut. Auf dem Holztisch befand sich eine irdene Schüssel mit einem Holzlöffel, daneben ein flacher Topf mit Deckel. An der Wand stand ein Schrank mit Geschirr.

Martin trat in den Flur und sah unwillkürlich zu den Balken hoch, an denen sich Severos Frau das Leben genommen hatte. Neben der Eingangstür hingen auf Haken zwei dunkle Mäntel. Martin befühlte den Stoff. Der erste war aus dicker Wolle, der zweite wirkte viel leichter. Keiner von beiden reichte über die Knie. So schnell gab Martin allerdings nicht auf. Inmitten des nächsten Raumes stand ein geräumiges Bett, daneben ein kleineres. Unter dem Fenster, das auf den Hof zeigte, gab es eine Kommode, die Kleider einer Frau und eines Kindes enthielt. Scheinbar mochte Severo sich nicht von diesen Erinnerungen trennen. Neben den Betten stand ein großer Schrank mit zwei schweren Türen. Neugierig schloss Martin sie auf. Im oberen Fach lagen sorgsam gefaltete Hemden, darunter Hosen und ein Pelz, der ihm ebenfalls nur bis zu seinen Oberschenkeln reichte. Im unteren Fach lagen weitere Hemden und Socken. Sorgfältig schloss er den Schrank wieder.

Rasch ging Martin in den nächsten Raum. Dieser diente wohl der Behandlung von Patienten. Auf einem kleinen Regal an der Wand neben der Tür standen vier Bücher. Aufmerksam las er die Titel: Galens *Über den Gebrauch der Teile*, Roger Frugards *Cyrurgia*, Mondino dei Liuzzis *Anatomie* und Heinrich von Pfalspeints *Buch der Bünth-Arznei*. Martin griff nach Letzterem.

Mit Bildern zeigte es, wie man Pfeile aus Armen und Beinen mit Hilfe einer Armbrust entfernte. Martin schauderte.

Alles in allem besaß Severo keine wertvollen Bücher. Heidens Bibliothek umfasste weit mehr Werke über die Chirurgie. Die schlechte Meinung des Professors schien begründet.

Auf einem Tisch fiel ihm ein kleines schwarzes Buch ins Auge. Nachdem er einen prüfenden Blick auf die Straße geworfen hatte, schlug er es auf. In Form einer Tabelle hielt Severo fest, an welchem Tag er welchen Patienten wie behandelte. Am 19. März hatte der Chirurg nur einen einzigen Mann behandelt – Andreas Gerbhart, Trepanation, eine lübsche Mark. Leider stand nicht dabei, zu welcher Uhrzeit das geschehen war. Drei Zeilen weiter fand Martin seinen eigenen Namen und schüttelte den Kopf. Die alte Müller hatte ihm zuviel Geld abgenommen. Er legte das Buch zurück und ließ den Blick weiter durch den Raum gleiten. An der Wand befand sich eine Pritsche für Patienten, vor dem Fenster ein großer Stuhl mit Riemen an den Armlehnen. Eine mit Flecken übersäte Schürze lag achtlos über der Lehne. Die Pritsche war ebenfalls mit Riemen ausgestattet. Von der Decke hingen Stricke herab. Auf den Ablagen an den Wänden lagen blank gescheuerte Messer, Sägen, Nadeln und Lanzetten.

Enttäuscht kehrte er in die Küche zurück. Von allen Verdächtigen besaß Severo das stärkste Motiv. Durch den Mord verlor er einen unliebsamen Konkurrenten und hätte zugleich Rache für den Tod seiner Familie nehmen können. Aber hatte er überhaupt von Heidens Impfversuch gewusst? Und warum, überlegte Martin, hatte Severo ihn selbst als Zeugen der Mordnacht nicht aus dem Weg geschafft? Gute Gelegenheiten dazu hatte es mehrere gegeben. Bei diesen Gedanken sah Martin den angeschnittenen Laib Brot auf der Anrichte. Er griff nach einem Messer und schnitt ein Stück ab. Als er nach der Klinke griff, hörte er auf der anderen Seite eine vertraute Männerstimme die Frauen grüßen. Behände huschte er zur Hoftür hinaus. Augenblicklich begann der Hund zu bellen. Schnell warf Martin das Stück Brot zu ihm hinüber und floh. Als er um die Ecke bog, vernahm er, wie Severo mit dem Hund schimpfte.

* * *

Endlich trat Gernot aus der Fakultät. Der Blick des Studenten fiel sofort auf Martin, der mit verschränkten Armen an einer Mauer gegenüber lehnte.

In spöttischem Tonfall grüßte Gernot. „Lauerst du mir auf?" Er hatte offenbar wieder einmal schlechte Laune.

„Ich wollte dich auf ein Bier einladen."

„Bier ist für niederes Pack, Wein ist für Herren."

Martin schluckte. „Also gut, ich spendiere Wein."

„Dann lass uns in ein Badehaus gehen."

Martin verzog das Gesicht.

„Was ist? Verdirbt dir Lazars Hausmädchen den Geschmack? Ist ein hübscher Feger, da würde ich auch nicht nein sagen."

Martin zuckte innerlich zusammen. Woher wusste Gernot von Sarah und ihm? Der Student lachte schallend los. Zwei

Bürger blickten misstrauisch herüber. Martin tippte sich an die Stirn. Die beiden Männer nickten verständnisvoll. Nach einer Weile beruhigte sich Gernot.

„Ich bin nicht so blind wie Lazar. Die Kleine ist wirklich eine Schönheit. Für die hätte ich mich auch mit dem Blonden geprügelt. Schau nicht so blöd. Warum fängt man Händel an, wenn nicht für ein hübsches Mädchen. Glückspilz, wenn sie dir ihre Gunst schenkt.“ Gernot hob die Arme und rief laut: „Seht her, mein Freund ist ein wahrer Galan! Schweigt sich über sein Liebchen aus und genießt still!“

Martin zog ihn am Arm davon. „Du musst nicht ganz Greifswald auf uns aufmerksam machen“, zischte er. „Wir gehen in ein Bad und du bekommst dein Mädchen!“

Ohne weitere Zwischenfälle gelangten sie zum Mühlentor, wo Gernot zielsicher eine bestimmte Badestube anstrebte. Am Eingang erwartete sie ein Mann mit fettigen langen Haaren. Sein Hemd bedeckte den dicken Bauch nur unzureichend.

Der Student rief ihm im Vorübergehen nur ein „Wie immer“ zu.

Martin blieb stehen und sah ihm fragend hinterher. „He, warte! Was bedeutet sein ‚wie immer'?“

„Drei Schilling für ihn, einen für Euch. Es sei denn, Ihr möchtet es wie der junge Herr.“

Was hieß das nun wieder? Sicherheitshalber schüttelte Martin den Kopf und warf dem Mann das Geld in die Hand.

„Noch zwei Schilling und ich besorge Euch ein gebratenes Hähnchen und Wein.“

Schweren Herzens legte Martin nach und beeilte sich, Gernot zu folgen.

* * *

Erschöpft lag Martin im Zuber. Ein schlechtes Gewissen plagte ihn. Sarah wäre enttäuscht, wüsste sie von seinem Besuch und den Diensten der Bademagd. Andererseits hatte sich das blonde Mädchen vorhin sehr bemüht, ihm mit ihren vollen roten Lippen auf eine Art Befriedigung zu verschaffen, die er von Sarah nie verlangen würde. Gernot ließ sich gerade zum zweiten Male zum Höhepunkt bringen. Kaum war es der Bademagd gelungen, wollte sie davonlaufen. Doch der Student hielt sie am Arm zurück.

„Du weißt genau, ich will es immer dreimal."

Martin verdrehte die Augen. Das konnte noch dauern. Wenigstens war das Wasser im Zuber noch warm. Also griff er nach der Karaffe mit dem Wein und schenkte sich ein. Die Hähnchenkeule schmeckte ganz gut.

Während Martin sich erholte, begann Gernot sich für den Grund von Martins Einladung zu interessieren. „Sag, wie komme ich zu der Ehre? Du gibst nicht aus purer Verschwendungssucht Geld für etwas aus, das du von Lazars Hausmädchen aus echter Zuneigung bekommst. Was willst du von mir wissen? Es stört dich doch nicht, wenn wir fortfahren, oder?"

Als Martin den Blick hob, saß das Mädchen ihm genau gegenüber. Ihr Körper bewegte sich auf Gernots Schoß auf und ab. Eine Hand des Studenten, der es sich auf einer Bank bequem gemacht hatte, lag um ihren Hals, die andere zog sie an den Haaren.

„Nein, es stört nicht."

Gernot grinste. „Bin ich froh, nicht mehr in einer der Bursen zu wohnen. Dort war es schrecklich, kein bisschen Spaß. Immer diese Magister, die auf einen aufgepasst haben."

Martin sah fragend zurück.

„Die Studenten müssen mindestens anderthalb Jahre in einer Burse wohnen. Tust du es nicht, musst du länger studieren. In den Bursen lernen sie Sitte, Anstand und Moral. Der ein oder andere hält sich daran. Aber was hat der schon vom Leben. Man ist nur einmal Student.“

Martin hob die Augenbrauen. Sitte und Anstand gehörten wahrlich nicht zu Gernots Tugenden. Egal, er brauchte eine Auskunft.

„Wo warst du in der Nacht, als Heiden umgebracht wurde? Und wo war Severo?“

Das Mädchen hielt abrupt inne. Gernots Hand hatte sich fester um ihren Hals geschlossen.

„Los, mach weiter, dumme Ziege! Du hörst jetzt nicht auf, klar? – Warum willst du das wissen? Glaubst du, wir hätten Heiden getötet?“

„Ihr hattet beide einen Grund dazu.“

Der Student schüttelte den Kopf. „Du glaubst mir immer noch nicht? Also gut, bevor du mir meine Geduld raubst, werde ich es dir sagen. Aber du darfst es nicht weitersagen, sonst bekomme ich Ärger mit Severo.“

Martin nickte.

„Ich habe Severo bei einer Trepanation assistiert.“

„Was ist das, eine Trepi …“

„Trepanation! Es ist eine besondere Operation, die man bei Verletzungen des Schädels anwendet, wenn der Knochen in Mitleidenschaft gezogen ist. Man zerschneidet zunächst mit einem Skalpell die Kopfhaut und zieht sie vorsichtig vom Knochen. Dann bohrt man Löcher in den Schädelknochen, bis man ein kreisrundes Stück der zerstörten Schädeldecke herauslösen kann. Mit einer Pinzette entfernt man anschließend ganz vorsichtig alle Knochensplitter, und man muss wirklich alle entfernen! Statt des herausgebohrten Knochens befestigt man eine flache Metallscheibe am Schädel. Man darf natürlich nicht das Gehirn verletzen. Daher erfordert die Trepanation eine ruhige Hand und sehr viel Geschick. Manchmal hilft sie, häufig wachen die Operierten allerdings in verwirrtem Zustand auf. Aber sie leben. Ohne Trepanation würden sie zwangsläufig sterben."

Martin verzog angewidert das Gesicht bei der Schilderung der Prozedur. Zugleich dachte er an die Schläge, die er in letzter Zeit hatte einstecken müssen. Sein robuster Schädel hatte ihn vor der Tortur bewahrt. Endlich stöhnte Gernot erleichtert auf und ließ das Mädchen gehen. Martin ließ ihn einen Augenblick zu Atem kommen.

„Wie lange dauert so etwas?"

„Das hängt von der Schwere der Verletzung ab. In jedem Fall ist es ein schwieriger Eingriff." Gernot stieg in seinen Zuber.

„Und Severo hat am Tag des Mordes eine … Trepanation vorgenommen?"

„Nein, abends und in der Nacht."

„Warum hält er es geheim? Wieso antwortet er mir auf meine Fragen nicht?"

„Weil es dich nichts angeht!"

„Und wie lange hat die Trepanation gedauert?"

„Wir begannen am späten Abend und es dauerte bis gegen drei."

„Kann man den Eingriff unterbrechen?"

Gernot fielen fast die Augen aus dem Kopf. „Bist du von Sinnen? Der Patient sitzt mit einem geöffneten Schädel auf dem Stuhl. Da kann man nicht einfach fortgehen oder mal kurz Pause machen, um jemanden umzubringen. Ich bin nach der

Operation bei Severo geblieben. Wir haben uns bei der Überwachung des Kranken abgewechselt – bis in den späten Nachmittag. Christof Metzner ist der Mörder, begreif es endlich! Am Tag vor dem Unglück ging ich zufällig an Heidens Haus vorbei. Dabei habe ich gesehen, wie Heiden Metzner regelrecht rausgeschmissen hat. Er rief ihm hinterher, wie enttäuscht er von ihm sei. Wenn er nicht gegen seinen Meister aussagen wolle, brauche er nicht mehr wiederzukommen. Daraufhin hat Metzner gebrüllt, er lasse so nicht mit sich umgehen und ist abgehauen."

Diese Schilderung passte zur Aussage der Nachbarin.

„Was habt ihr sonst noch an Heidens Todestag getan?"

„Mein Gott, wann hörst du mit deinen Fragen auf? Bevor wir zu dem Unglücksvogel gerufen wurden, haben wir ein Schwein präpariert. Es sollte am nächsten Tag bei einer Sektion verwendet werden."

Martin war unsicher. Sagte Gernot die Wahrheit? Unvermittelt stand er auf. Es gab einen Weg, das zu prüfen. Beim Hinausgehen kam ihm ein weiterer Gedanke.

„Sagt", fragte er den Mann am Eingang, „kennt Ihr den Barbier Grothenberg?"

„Wir sprechen nicht über unsere Gäste."

Martin zog ein Geldstück aus seinem Beutel. Ein gieriges Lächeln erschien auf dem Gesicht des Baders.

„Ich sehe, wir verstehen uns. Ja, Grothenberg kommt regelmäßig hierher."

„Erinnert Ihr Euch an die Nacht, in der Professor Heiden starb? Hat der Barbier damals das Bad besucht?"

Der Mann gab sich wirklich Mühe. „Wenn ich mich recht erinnere, kam er gegen die zehnte Stunde. Warum wollt ihr das wissen?"

„Das tut nichts zur Sache. Wie lange blieb er?"
„Bis gegen Mitternacht."
Martin warf dem anderen die Münze zu.

* * *

Es war nicht schwer, Andreas Gerbhart zu finden. Ohne großes Zögern hatte seine Frau die Tür geöffnet. Jetzt saß sie neben ihrem Mann, dem sie von Zeit zu Zeit über den Rücken streichelte. Über seinen Kopf zog sich eine lange gerötete Narbe, die die kurzen Haare nur unzureichend verdeckten. Verlegen hatte Frau Gerbhart gelächelt, als Martin sich ihm vorgestellt hatte. Bald wusste er, weshalb. Andreas Gerbhart war nach dem Eingriff nicht wieder zu klarem Bewusstsein gekommen. In gleichmäßigem Takt wiegte er mit dem Oberköper vor und zurück und stammelte Unverständliches. Auf Martins Bitte erzählte Frau Gerbhart über die Geschehnisse des 19. März. Ihr Mann war am Nachmittag in seiner Werkstatt gewesen und hatte Stoff für einen wichtigen Auftrag gefärbt. Den Lehrjungen hatte er mit einem fertigen Ballen zum Schneider geschickt. Daher musste er den Stoff nach dem Färben ohne Hilfe aus den Bottichen holen und in den Trockenraum bringen. Beim Weg über den Hof war Wasser zu Boden getropft und wegen der Kälte sofort gefroren. Ihr Mann hatte das bei seiner Rückkehr in die Werkstatt wohl vergessen und war auf der vereisten Pfütze ausgerutscht, berichtete die Frau, während sich ihre Augen mit Tränen füllten. Dabei sei er unglücklich gefallen und mit dem Kopf gegen einen Holzbalken gestoßen. Später habe ihn der Lehrling leblos gefunden und sei sofort zum Chirurgen gelaufen. Severo habe eine schwere Kopfverletzung festgestellt und den Verunglückten ohne Zögern in sein Haus bringen lassen. Zwar hätte er eigentlich bis zum nächsten Morgen warten wollen, da er für den Eingriff sehr viel Licht benötigte. Doch angesichts des kritischen Zustands des Patienten habe er sofort mit dem Eingriff begonnen. Für das notwendige Licht habe er sehr viele Kerzen aufgestellt. Zum Schutz vor deren Wärme habe er die Tür in den Flur offen lassen müssen. So hatte die Frau alles mit anhören können.

Martin fragte, ob Severo den Raum verlassen habe. Nur zweimal ganz kurz, antwortete die Frau. „Gegen elf Uhr klopfte ein kleiner verschüchterter Mann an die Tür. Sein Gesicht habe ich nicht gesehen und auch nicht verstanden, was er wollte. Der Chirurg redete beruhigend auf ihn ein, bis er schließlich wieder ging. Irgendwann weit nach Mitternacht kam der Büttel und wollte Severo mitnehmen. Der erwiderte, er könne das Haus unmöglich verlassen, und kehrte sofort wieder zu meinem Mann zurück." Ansonsten seien weder der Chirurg noch sein Helfer aus dem Raum gekommen, das könne sie mit Bestimmtheit sagen. Von drinnen habe sie immer Geräusche gehört – Bohren und Hämmern, Anweisungen. Erst nach drei Uhr am Morgen sei Severo mit seinem Helfer zu ihr in die Küche gekommen. Martin ließ sich den zweiten Mann beschreiben. Kein Zweifel, Gernot von Eisenfels hatte bei der Trepanation assistiert. Enttäuscht wünschte er dem Manne gute Besserung und verabschiedete sich.

X

Am nächsten Morgen fiel das Aufstehen schwer. Die Erkenntnisse des Vortages steckten in seinen Knochen und stimmten ihn verdrießlich. Der Blick aus dem Fenster war kaum dazu angetan, die Stimmung zu verbessern. Es regnete in Strömen. Martin schlurfte niedergeschlagen in die Küche, wo die beiden Frauen das Frühstück vorbereiteten. Philipp war bereits zu seinen Vorlesungen aufgebrochen, die anderen Männer warteten auf das Essen. Martin setzte sich zu ihnen. Seit Klaus tot war, wirkten alle wie von einer Last befreit. Ihn selbst plagten allerdings noch immer Alpträume.

Nach dem Frühstück widmete er sich in der Bibliothek den letzten Seiten von Luchts Buch. Als Agnes in der Tür erschien, zuckte er zusammen. Der Regen hatte aufgehört, die beiden Frauen wollten auf dem Markt einkaufen. Martin nickte.

Nach einer Weile vernahm er ein zaghaftes Klopfen an der Haustür. Als weder Stefan noch Franz oder Michel reagierten, ging er hinunter und öffnete die Tür.

Vor ihm stand eine Frau in zerschlissenem Rock und ohne Schuhe. An ihrer Hand hielt sie ein etwa fünfjähriges Kind, dessen Gesicht von einer Kapuze verdeckt wurde.

„Gott zum Gruße, Professor Lazar?“

„Gott zum Gruße. Nein, der Professor ist außer Haus. Ich bin sein Sekretär."

Sie sah Martin lange an. Schließlich nickte sie. „Professor Lazar hilft den Armen?"

„Das stimmt. Was fehlt Eurem Kind? Soll ich nach dem Professor schicken? Wir erwarten ihn erst am Nachmittag zurück."

Enttäuschung machte sich auf dem Gesicht der Mutter breit.

„Möchtet Ihr nicht eintreten? In der Küche gibt es ein wärmendes Feuer, an dem Ihr Eure Kleider trocknen könnt."

„Danke, nein. Wir möchten nicht zur Last fallen. Wir kehren später zurück."

Damit wollte sie sich umdrehen.

„Kommt herein. Ihr fallt niemandem zur Last!"

Martin zog sie an der Schulter ins Haus. Das Kind folgte stumm. In der Küche rückte er eine Bank dichter ans Feuer und bedeutete der Frau, darauf Platz zu nehmen. Was sollte er jetzt mit den beiden machen? Nach längerem Suchen fand er einige Tücher im Keller. Aus einem Topf nahm er etwas Haferbrei, der vom Frühstück übrig war. Die Frau schüttelte den Kopf.

„Danke. Das können wir nicht annehmen."

„Es ist genug da, nehmt." Aufmerksam beobachtete er, wie sich die Frau bemühte, das Kind abzutrocknen, ohne die Kapuze herunterzuziehen. Das weckte seine Neugier.

„Wer seid Ihr? Woher kommt Ihr?"

„Ich heiße Lise. Wir kommen vom Lande, waren vier Tage unterwegs. Wir wollten einen Arzt besuchen. Er ist tot. Die Nachbarin erzählte von einem Unglück. Sie empfahl uns, hier um Hilfe zu bitten."

„Leidet Euer Kind an den Pocken?" Martin rückte unwillkürlich ein wenig ab. Ein Kopfschütteln war die Antwort.

„Was wollt Ihr dann von Professor Lazar? Soll ich wirklich nicht nach ihm schicken?"

„Ich sag's nur dem Arzt."

Martin versuchte eine andere Strategie. „Die Reise muss Euch ermüdet haben. Wenn Ihr möchtet, könnt Ihr Euch ein wenig hinlegen, bis der Professor zurückkehrt."

„Habt Dank."

„Sagt, wer schickte Euch zu Heiden? So hieß der Arzt doch, den Ihr besuchen wolltet, nicht wahr?"

„Ein Händler kam ins Dorf. Er sah meine Tochter und erzählte von einem Arzt in der Stadt. Er sagte, er könne helfen und nehme nicht einmal Geld."

„Wusste der Mann nicht von Heidens Tod?"

„Nein, er traf ihn im Herbst."

„Woran leidet Euer Kind?"

„Ich sag's nur dem Arzt."

Martin gab auf. Vielleicht würde Philipp ihm später mehr erzählen.

* * *

Zu seiner Erleichterung kehrte der Hausherr schon am frühen Nachmittag zurück. Er passte ihn an der Tür ab und erklärte mit wenigen Worten, was er bisher erfahren hatte. Interessiert ging Philipp in die Küche, wo Mutter und Kind sich auf eine Bank gelegt hatten. Das Kind schlief tief, die Mutter starrte mit offenen Augen an die Decke. Als Philipp auf sie zutrat, richtete sie sich abrupt auf.

„Seid willkommen in meinem Haus. Ich bin Professor Lazar. Kommt, wir gehen in meinen Behandlungsraum. Dort könnt Ihr in Ruhe erzählen, was Euch bedrückt."

Sie nickte und nahm ihr Kind auf den Arm. Zögernd betrat die Frau den Behandlungsraum. Bevor sie sich setzte, warf sie Martin einen misstrauischen Blick zu.

„Vor meinem Sekretär braucht Ihr Euch nicht zu fürchten. Er geht mir bei den Untersuchungen der Patienten zur Hand. Wenn Ihr nun gestattet, nehmen wir Eurem Kind die Kapuze ab, damit ich mir seine Fehlbildung genau ansehen kann. Darum versteckt Ihr das Gesicht, nicht wahr?"

Die Frau nickte. Als Philipp nach der Kapuze griff, schnellte ihre Hand nach vorn und hielt seinen Arm fest. Erst nach mehreren Augenblicken ließ sie ihn los. Ein dunkler Schatten huschte über sein Gesicht, als Philipp die Kapuze vom Kopf schob. Martin beugte sich ein wenig vor. Ein Schauder lief über seinen Rücken. Im Gesicht des Kindes fehlte die Nase, stattdessen überspannte dünne Haut eine kleine Erhebung.

„Was erwartet Ihr von mir?"

„Ein Händler erzählte von einem Arzt. Er sagte, der könne ihr eine Nase geben. Aber der Arzt ist tot. Die Nachbarin schickte uns zu Euch. Bitte helft. Im Dorf sagen sie, mein Kind leide an Aussatz."

Sie griff nach Philipps Arm und hielt ihn fest. Tränen erstickten ihre Stimme. Philipp legte beruhigend seine Hand auf ihre Schulter. Das Kind schaute alle mit großen Augen an.

Nach einer Weile räusperte sich der Arzt. „Aussatz ist es nicht. Das kann ich Euch bescheinigen und Euch für ein paar Tage ein Dach über dem Kopf anbieten. Mehr kann ich leider nicht tun. Ihr seid gewiss von weither gekommen und habt die Strapazen des langen Weges in der Hoffnung auf Hilfe ertragen. Aber es gibt keine Medizin, die Nasen wachsen lässt."

Philipp sah sie eindringlich an. „Ich bin kein Chirurg, sondern Arzt. Ich kuriere Krankheiten und helfe bei Schmerzen. Geht zu Severo, er ist der beste Chirurg weit und breit. Sagt ihm, ich schicke Euch, dann wird er kein Geld nehmen. Ich will Euch allerdings keine große Hoffnung machen. Severo ist ein begnadeter Vertreter seines Standes, aber ich fürchte, Euer Anliegen wird auch seine Fähigkeiten übersteigen!"

„Wenn der andere Arzt helfen konnte, warum tut Ihr es nicht? Ich gebe alles, was ich besitze. Aber helft uns! Es ist ein unschuldiges Kind. Warum straft Gott uns so?" Ihre Worte endeten in einem Weinkrampf.

Martin empfand Mitleid. Tatsächlich stellte sie eine berechtigte Frage. Schließlich war sein Freund kein schlechterer Arzt als Heiden.

„Ihr versteht nicht. Ein Arzt darf nicht operieren! Dafür gibt es die Chirurgen. Meinem Kollegen war es genauso verboten wie mir. Heiden hätte Euch ebenfalls nicht helfen können. Wie kommt Ihr darauf?"

„Der Händler hat es gesagt!"

Philipp schüttelte den Kopf. „Selbst wenn ich mich über die Standesregeln hinwegsetzen wollte, könnte ich Euch nicht helfen. Ich habe noch nie in meinem Leben operiert. Eure Tochter würde bei der Operation sterben. Wenn Euch jemand helfen kann, dann Severo. Geht zu ihm."

Die Frau sah ihn verzweifelt an. „Wir waren schon dort, die Nachbarin empfahl auch ihn. Er hat den Eingriff abgelehnt."

Philipp senkte die Stimme. „Dann betet. Vielleicht erbarmt sich der Allmächtige und es geschieht ein Wunder."

Martin wurde wütend. Natürlich war Heiden in der Lage gewesen, dem Kind eine Nase zu geben. Daran zweifelte er keinen Augenblick. Es bedurfte nur ein wenig Mutes und einer Anleitung. Womöglich fanden sie in Heidens Bibliothek ein brauchbares Buch. Wenn Philipp sich die Operation nicht zutraute, konnten sie das Buch Severo geben. Sie sollten es zumindest versuchen. Philipps Stimme klang wie von weiter Ferne.

„Es tut mir leid, gute Frau. Ruht Euch ein paar Tage aus, dann kehrt in Euer Dorf zurück."

Sie starrte nur vor sich hin und nickte mechanisch. Nach einigen Augenblicken erhob sie sich, zog ihrem Kind die Kapuze über den Kopf und nahm es bei der Hand. „Danke für Eure Gastfreundschaft."

Kaum fiel die Tür zu, hob Martin an. „Warum willst du ihr nicht helfen?"

Zornig fuhr Philipp herum. „Hast du nicht zugehört? Ich sagte bereits, ich kann es nicht! Erstens verbieten es mir die Standesregeln. Operationen sind nur den Chirurgen gestattet. Zweitens habe ich infolge dessen noch nie ein Messer geführt. Wahrscheinlich müsste man Haut von einer anderen Stelle ablösen und auf der Nase ansetzen. Ich habe von italienischen Chirurgen gehört, die dazu in der Lage waren. Aber weder weiß ich, wo man diese Haut hernimmt, noch in welcher Größe. Ich kann es einfach nicht. Ich bin Arzt, verstehst du, und als solcher kümmere mich um innere Leiden!"

„Wenn wir in Heidens Bibliothek ein Buch über solche Operationen fänden, könnte Severo den Eingriff vornehmen."

„Bist du wahnsinnig? Keiner von uns weiß, wie der Eingriff ausgeführt wird. Ich nehme nicht den Tod des Kindes auf mich. Es kann leben! Kommt es auf Schönheit an?"

„Du siehst, wie sie unter ihren Mitmenschen leiden.“

„Dann muss sich die Einstellung ihrer Mitmenschen ändern. Martin, ein guter Arzt erkennt seine Grenzen und geht nicht darüber hinaus. Ich maße mir nicht an, Gottes Werke zu verändern. Alles hat seine Bestimmung!“

Martin schrie enttäuscht. „Ich dachte, dir würde das Schicksal der Menschen am Herzen liegen!“

„Das tut es. Nur werde ich nicht etwas tun, was ich nicht gelernt habe, und so ein Leben gefährden.“

„Es gibt immer ein erstes Mal. Auch die italienischen Chirurgen mussten einmal beginnen.“

Wütend fuchtelte Philipp mit dem Finger vor Martins Nase herum. „Sie haben es beim ersten Mal sicherlich nicht an einem Menschen ausprobiert. Ich kann dem Mädchen nicht helfen, so leid es mir tut. Finde dich damit ab!“

Mit einem lauten Knall warf Martin die Tür hinter sich zu. Nach diesem Streit brauchte er frische Luft.

* * *

Noch voller Zorn griff er Heidens Aufzeichnungen und stapfte zu einer Stelle hinter der Stadtmauer, an der er als Kind gern gespielt hatte. Dort setzte er sich unter einen Baum, wo die Sonne das Gras schon getrocknet hatte.

Greifswald, 10. September 1487

Gestern Nachmittag klopfte ein ärmlich gekleideter Mann an meine Tür. Eines seiner Kinder litt an hohem Fieber. Ohne Zögern folgte ich ihm zu seiner Hütte. In dem Holzverschlag der Familie hing ein vertrauter Geruch, der den Ausbruch der inein-

ander fließenden Pocken verriet. Das Gesicht des Kindes war eine mit einer gelblichen Flüssigkeit gefüllte Blase. Alle Pocken hatten sich zu einer einzigen verbunden. Nie hatte ich einen schlimmeren Ausbruch gesehen. Die Lidspalten waren zugeschwollen, der Atem schwer. Beim Zurückschlagen der Decke sah ich eine weitere große Blase auf dem Oberkörper. Am Oberschenkel befand sich eine offene Wunde. Der Kleine muss mit seinen schmutzigen Fingern gekratzt haben.

Nach der Beschreibung des Vaters war die Krankheit rasch ausgebrochen. Am gestrigen Vormittag habe der Junge über Unwohlsein geklagt. Am Abend seien das Fieber gekommen und die Pusteln herausgetreten. Von Stunde zu Stunde habe sich der Zustand verschlechtert. Bei meinem Besuch war das Kind schon bewusstlos. Die Zunge war erheblich geschwollen. Im spärlichen Schein der Kerze erkannte ich in der ganzen Mundhöhle Pusteln, die sich bis weit in den Rachenraum verbreitet hatten. Meine Frage, ob der Junge etwas gegessen oder getrunken hatte, verneinte der Vater. Sie hatten es versucht, das Kind habe jedoch nichts angenommen. Als ich seine Hand hochhob, um mir den Arm genauer anzusehen, blieb ein Hautfetzen an meinen Fingern kleben. Das arme Kind befand sich in einem weit fortgeschrittenen Stadium. Ich spürte seinen nahen Tod. Dennoch nahm ich den Kampf auf und ordnete alles an, um die Schwellung des Halses zum Abklingen zu bringen. Ich gab den Eltern ein kleines Fläschchen von dem Maulbeersaft, den ich vor einiger Zeit nach der Anweisung Ibn Al-Quffs hergestellt habe. Zwar sind die Maulbeeren nicht aus Syrien, doch werden sie hoffentlich ebenfalls eine heilsame Wirkung entfalten. Aus der Tasche entnahm ich zudem die Salbe, die ich bereits bei Brandwunden erfolgreich eingesetzt habe. Sie verhindert die Entstehung von Eiter. Die Salbe muss sorgfältig auf die Wunde gebracht werden. Ich zeigte den Eltern, wie sie es machen sollten.

Danach sah ich mich im Haus um. In einem anderen Bett saßen drei kleine Kinder, das älteste Mädchen musste etwa sieben Jahre sein, das jüngste zwei. Die rötlichen Wangen der Siebenjährigen deuteten auf ein kommendes Fieber. Keines der Kinder hatte ersichtlich die Pocken überstanden. Ich wies den Vater an, sofort zu mir zu kommen, sollte bei einem der anderen Kinder Fieber auftreten oder sollten Pusteln zu sehen sein.

Heute Nachmittag klopfte er an meine Tür, Fläschchen und Brandsalbe in der Hand. Der Knabe war in den frühen Morgenstunden gestorben. Vermutlich ist er erstickt. Der Vater hat meine Bitte abgelehnt, den Körper öffnen zu dürfen. Auch als ich ihm sagte, er könne damit seinen anderen Kindern helfen, ließ er sich nicht dazu bewegen. Das ist sehr ärgerlich, da die Fälle der ineinander fließenden Pocken ausgesprochen selten sind.

Die nächsten Blätter drehten sich weiter um die Behandlung der Pockenkinder.

Greifswald, 18. Januar 1488

Das Entstehen der Variola, Pocken, entzieht sich leider noch meiner Kenntnis. Anders als Avicenna lehne ich die Materia peccans als Grund für den Ausbruch ab. Ein Kind ernährt sich im Mutterleib nicht vom Menstruationsblut. Das Ausbleiben der monatlichen Blutungen während einer Schwangerschaft muss andere Gründe haben.

Ich neige dazu, die Ursache in einem Stoff zu sehen, der durch die Luft schwebt oder an den Kranken haftet und sich beim Kontakt mit Gesunden überträgt, die Miasmen. Nach meiner

Theorie ist es von oberster Priorität, Kranke von den Gesunden zu trennen.

Die Behandlung der Kranken hängt von der Form der Pocken ab. Anhand meiner Aufzeichnungen kann ich verschiedene Arten voneinander abgrenzen.

Bei den herkömmlichen Pocken ist die Sterblichkeit eigentlich gering. Die Krankheit beginnt mit Kopf-, Glieder- und Rückenschmerzen sowie Fieber, wobei die Anzeichen unterschiedlich stark ausfallen. Übelkeit, Schlaflosigkeit und Unruhe kommen regelmäßig hinzu. Ein sanftes Initialstadium schließt die konfluierenden Pocken aus, besonders wenn die Patienten es gar nicht bemerken. Das Fieber steigt rasch, Schüttelfrost ist nicht selten, gefolgt von Mattigkeit und Halsschmerzen. Es treten flüchtige rosafarbene Hautflecken hervor, die auf Druck verschwinden. Sobald die Pocken heraustreten, sinkt das Fieber. Die Patienten fühlen sich häufig gesund und müssen in diesem Stadium ins Bett gezwungen werden. Gegen Ende des dritten Tages nach Auftreten der ersten Symptome erscheinen hirsekorngroße Effloreszenzen, aus denen sich nach etwa fünf Tagen die typischen Bläschen herausbilden. In den folgenden Tagen trübt sich ihr Inhalt zu einer eiterfarbenen Flüssigkeit. Mit dem sinkenden Fieber kehrt der Appetit zurück. Die Besserung des Allgemeinzustandes ist vor allem bei stärkerem Pustelbefall von kurzer Dauer. Der Pockenausschlag erreicht am achten Tag regelmäßig seine volle Ausprägung, die etwa drei bis fünf Tage andauert. Die Hautspannungen lassen allmählich nach und auch die Schluckbeschwerden bessern sich. Unmittelbar nach der Reifung platzen die Pusteln und der Inhalt trocknet ein. Spätestens in der vierten Krankheitswoche ist die Verkrustung beendet und der Schorf wird unter großem Juckreiz abgestoßen.

Die schlimmen Arten der Pocken – die ineinander fließenden (konfluierenden), die schwarzen und eine weitere Form – treten nicht so häufig auf. Ein heftiges Anfangsstadium ist jedoch ein sicheres Anzeichen für einen schweren Verlauf.

Die konfluierenden Pocken führen häufig, aber nicht immer zum Tode. Meine erste Patientin mit dieser Pockenform war ein Mädchen aus Köln, etwa acht Jahre alt. Bei meinem ersten Besuch sprach sie von Glieder-, Kopf-, Rücken- und Halsschmerzen. Das Fieber begann zu steigen. Ich besuchte sie in den nächsten Tagen häufiger. Zunächst zeigte sich keine Verschlechterung. Trotzdem riet ich der Familie, dem Kind kräftige Nahrung zu reichen. Am Nachmittag des fünften Tages zeigten sich dann die ersten Pusteln, gleichmäßig an Bauch und Brust. Das Fieber ging zunächst zurück. Bald darauf bedeckten die Pusteln auch die Beine. Gleichzeitig klagte das Mädchen über heftige Schmerzen in der Brust. Schon am nächsten Tag überzogen die Pusteln bereits das ganze Gesicht. Die Untersuchung des Mundes zeigte den vollständigen Befall der Mundhöhle. Deswegen gelang es dem Kinde nur unter großen Mühen zu schlucken. Bemerkenswert war der äußerst dichte Befall mit Pocken. In den nächsten beiden Tagen entwickelten sich die Pusteln weiter. Im Gesicht begannen sie bald, ineinander zu fließen. Man konnte von einer einzigen Blase sprechen. Das Konfluieren war auch an anderen Körperteilen zu beobachten. Es ging mit einer Verschlechterung des Allgemeinzustandes einher. Das Fieber stieg nun immer höher, bis das Mädchen das Bewusstsein verlor. Kühle Umschläge halfen nicht. Schließlich konnte ich den langsamen Beginn der Verschorfung an den Stellen feststellen, wo die Pusteln nicht miteinander verflossen waren. Am zehnten Tag zeigte mir die Mutter Hautfetzen, die am Bettlaken klebten. Tags darauf stieg das Fieber weiter.

Am 18. Tag starb das Kind, vermutlich an einer Infektion. Die Behandlung mit den bei Avicenna zu findenden Arzneien zeigte keinerlei Wirkung.

Ein Junge aus Prag litt ebenfalls an den konfluierenden Pocken. Nach einem heftigen Anfangsstadium schien die Krankheit zunächst einen normalen Verlauf zu nehmen. Erst als die Pusteln heraustraten, zeigte sich ihre Neigung zum Ineinanderfließen. Wie bei anderen Fällen dieser Pockenform verbanden sie sich bei ihm zuerst und vor allem im Gesicht miteinander. Und auch hier erfolgte zunächst eine Verbesserung des allgemeinen Zustandes, bevor die rapide Verschlechterung eintrat. Da ich die Todesursache in der Verletzung großer Hautflächen und der Verschmutzung der Wunde sehe, ist die Behandlung darauf zu konzentrieren. Gelingt es, sie zu verhindern, kann man den Patienten durchaus retten.

Anders ist es bei den schwarzen Pocken. Sie führen immer zum Tode. Bei dem stürmischen Initialstadium sind die Rückenschmerzen besonders stark. Bald darauf zeigt sich am Rumpf und an den Extremitäten Scharlachröte. Das Gesicht bleibt von starkem Befall verschont. Während bei den normalen Pocken das Fieber in diesem Stadium sinkt, steigt es bei den schwarzen Pocken weiter an. Die Patienten würgen und erbrechen häufig. Hinzu treten Blutungen an den Augenlidern, Nase und Zahnfleisch. Ihnen folgen einige Stunden später Blutungen der Haut. Dann fallen die Kranken in Bewusstlosigkeit, aus der sie nicht mehr erwachen. Der Tod tritt meist innerhalb von 24 bis 36 Stunden nach dem Auftreten der ersten Anzeichen ein.

Teilweise ist ein etwas abgewandelter Verlauf zu verzeichnen. Bei der zuvor beschriebenen Form der schwarzen Pocken kommt es regelmäßig nicht zur Ausbildung der Pusteln. Bei manchen

Patienten treten sie allerdings dennoch hervor, bleiben dann aber flach und füllen sich nicht mit Sekret. Die auftretenden Blutungen erfassen in diesen Fällen zunächst nur die Pusteln. Sie beginnen schubweise und finden ihre ersten Ausprägungen stets an den Beinen. Von dort greifen die Blutungen auf die oberen Körperregionen über. Selbst auf den freien Hautflächen kann man die Neigung zu Blutungen beobachten. Während die normalen Pocken vor allem bei Kindern auftreten, konnte ich die soeben beschriebene Form bisher nur bei älteren Patienten feststellen, die in ihrer Kindheit nicht an den Pocken gelitten hatten. Haben die Kranken blutigen Auswurf oder erbrechen sie blutig, ist der Tod nah.

Um die geeignete Behandlungsmethode zu finden, muss der Arzt das Anfangsstadium sorgfältig beobachten. Außer bei den normalen, leichten Pocken gibt es allein bei den konfluierenden Pocken Heilungsmöglichkeiten, wenn auch weitaus geringere. Da die schwarzen und eingedellten Pocken stets zum Tode führen, kann man als Arzt in diesen Fällen nur versuchen, den Patienten den Weg dorthin zu erleichtern und einen Priester zu suchen.

Für die gewöhnlichen Pocken lässt sich feststellen: Alle von Avicenna und Rhazes vorgeschlagenen Behandlungsmethoden haben versagt, genauso wie die anderer Kollegen, unter ihnen die ehrwürdigen Ibn al-Quff, Ali Ibn Rabban at-Tabari und Tabit Qurra. Ihre Vorschläge führen nur zu einer geringen Linderung der Leiden.

Neben der Trennung der Kranken zum Schutz der Gesunden und absoluter Sorgfalt im Hinblick auf Sauberkeit muss der Arzt versuchen, Rachen und Mundhöhle frei von Schwellungen zu halten. Andernfalls kann der Patient keine Nahrung mehr zu sich nehmen und wird zu schwach. Zudem hat es sich bewährt, das Aufkratzen der Pusteln zu verhindern, indem Tücher um die Hände gewickelt oder die Arme am Bett befestigt werden.

Das ist alles, was ein guter Arzt unternehmen kann. Ein Mittel, die Krankheit zu verhindern, gibt es nicht.

Martin legte das Blatt zur Seite. Wie bitter muss es für Heiden gewesen sein, sich seine Machtlosigkeit einzugestehen. Doch der Mann hatte sich nicht beirren lassen, weiter geforscht, um kurz darauf einen entscheidenden Durchbruch zu erzielen.

Greifswald, 20. September 1488

Meine Untersuchungen gestatten es mir, von den verschiedenen Pocken eine weitere Form abzutrennen. Sie weist einen ganz anderen Krankheitsverlauf auf und verläuft nicht tödlich. Jedenfalls verlor ich bisher keinen an dieser Form erkrankten Patienten. Leider vermag ich noch nicht zu erklären, wie diese Form hervorgerufen wird.

Den Anstoß gab ein Besuch bei Familie Kreft. Ihr Sohn Valentin wies Anzeichen von Pocken auf. Die Eltern berichteten von einem Nachbarkind, mit dem er gespielt hatte. Da ich jenes Kind selbst behandelt hatte, wusste ich um dessen Pockenerkrankung. Bei Valentin brach zunächst Fieber aus. Den Verlauf seiner Pocken und den des Nachbarkindes verglich ich mit meinen früheren Aufzeichnungen. Dabei fielen mir mehrere abweichende Krankheitsfälle auf.

Während bei den gewöhnlichen Pocken die Pusteln alle mit einem Male akut hervortreten, bilden sie sich bei dieser Form langsam und nacheinander heraus. Sie beschränken sich zudem auf Gesicht und Rumpf, während die ordinären Pocken den ganzen Körper befallen.

Bei der neuen Form zeigen sich vor dem Ausbruch rötliche Flecke. Sie sind nicht größer als ein Punkt, den man mit der Spitze eines Federkiels oder einer Nadel verursachen kann. Aus ihnen entwickeln sich die Pusteln. Schon nach wenigen Tagen trocknen sie ein. Soweit ich sehen konnte, hatten sie bei Valentin Kreft auch die Mundhöhle befallen. Jedoch blieben die Innenflächen seiner Füße und Hände verschont. Ein besonderes Kennzeichen dieser Pockenform ist der ausgeprägte Juckreiz. Zudem hinterlässt die neue Form nicht so hässliche Narben. Und während die gewöhnlichen Pocken in den feuchten Jahreszeiten auftreten, ist diese andere Form auch im Sommer festzustellen.

In der Behandlung beschränkte ich mich auf die Anwendung austrocknender Substanzen und die Fixierung der Arme. Kühlende Verbände verschafften dem Patienten etwas Linderung. Zum anderen hielt ich die Eltern strikt an, jeden Umgang mit anderen Kindern zu verhindern. Schon nach kurzer Zeit war das Kind genesen, ohne an den ordinären Pocken zu erkranken.

Nachdenklich schaute Martin über den Fluss, während er auf einem Grashalm kaute. Die Pflanze hinterließ einen bitteren Geschmack. Angeekelt spuckte er den Halm aus. In der Ferne sah er das Holzrad der Mühle am Ryck gleichmäßig im Wasser drehen. Die Mühle bot den Städtern eine Möglichkeit, das Getreide zu mahlen, das sie vor den Toren anbauen ließen. Im Herbst konnte man zahlreiche Wagen sehen, die das Korn zur Mühle brachten. Arme verwendeten stattdessen Steine mit großen Mulden, in die man die Körner legte und mit einem weiteren Stein zerstieß.

Obwohl die neue Ernte noch ausstand, hatte der Müller gut zu tun, seit der Fluss vom Eis befreit war. Der Geselle von

Schmied Tomas war gerade neben den Müller getreten. Der Dicke gestikulierte wild, der junge Mann schien dennoch nicht zu verstehen. Nach einem längeren Wortwechsel winkte der Müller ab und führte ihn zu einem Behälter. Dort deuteten seine Hände immer wieder eine bestimmte Form an. Vermutlich ging es um einen neuen Behälter.

Die Erkenntnis traf Martin wie ein Blitz. Fluchend erhob er sich und hastete zum Vettentor. Etwas abseits wartete er einen günstigen Augenblick ab.

„Gott zum Gruße!"

Der Wächter lächelte. „Gott zum Gruße. Wollt Ihr mich wieder über Professor Lazar ausfragen?"

„Diesmal nicht. Sagt, erinnert Ihr Euch immer noch an die Tage um Heidens Tod?"

„Da muss ich meinen Geist erst 'n bisschen auffrischen."

„Reicht dazu ein halber Schilling?"

„Etwas mehr sollte es Euch schon wert sein! Ist ja immerhin schon lange her. Zwei Schillinge!"

Martin hatte keine Lust, sich wie eine Gans ausnehmen zu lassen. „Einer, nicht mehr."

Die Wache nickte. Für ihn war es leicht verdientes Geld. „Einverstanden. Was wollt Ihr wissen?"

„Kamen vor Heidens Tod viele Fremde in die Stadt?"

„Nein. Auf Anordnung des Rates mussten wir aufschreiben, wer die Stadt besucht hat, wann er kam und wann er sie wieder verlassen hat. Jeder musste durch dasselbe Tor raus, durch das er gekommen ist. Bei der Kälte kam allerdings kaum jemand, weder mit dem Wagen noch zu Fuß oder zu Pferde. Draußen lag der Schnee ziemlich hoch. Vielleicht waren es zwei oder drei Fremde, so genau weiß ich es nicht mehr. Gebt mir noch

’nen halben Schilling und ich sehe im Buch nach. Es ist noch im Wachhaus.“

Mit einem leisen Seufzer trennte Martin sich von seinem Geld. Da gerade niemand in Sichtweite war, verschwand der Wächter in seinem Holzhäuschen. Mit einem Büchlein in der Hand kam er zurück. Mühsam buchstabierte der Wächter die Namen. Ungeduldig nahm Martin ihm das Buch aus der Hand. In der Liste standen am 18. März zwei Namen. Martin kannte sie nicht, besaß jedoch eine Vorstellung, wer diese beiden Männer sein konnten. Am 19. März war ihr Verlassen der Stadt verzeichnet. Der Ausritt von Philipp und Klaus war für denselben Tag aufgeführt, ihre Rückkehr am 20. März verzeichnet. Alle anderen Einträge lagen zeitlich zu weit vom Mord entfernt und die Verzeichneten hatten die Stadt an dem Mordtag bereits wieder verlassen.

„Musste jede Wache solch ein Buch führen?“

„Jede.“

Martin rechnete im Stillen. Bei vier Haupttoren würde ihn die Frage ein kleines Vermögen kosten. Als er später erschöpft und um Einiges ärmer nach Hause kam, war er sich sicher. Kein Fremder war in der Mordnacht in Greifswald gewesen.

* * *

Zufrieden legte er den letzten Bogen der Kopie für Professor Lucht zur Seite. Es war noch nicht einmal Mittag und bisher standen keine Aufgaben für Philipp an. Martin nahm ein Pergament und notierte in der Mitte das Wort Heiden. Darum herum gruppierte er die Namen Grothenberg, Habicht, Severo, Gernot, Menthe und Pfeifer. Dazu schrieb er jeweils ein mögliches Mordmotiv und das, was er inzwischen wusste. Grothenberg war bis neun Uhr im Rat gewesen. Kurz nach zehn war er in der Badestube erschienen, die er gegen Mitternacht verlassen hatte. Die Zeit zwischen neun und zehn Uhr reichte kaum, um zwei Männer zu ermorden, ihn niederzuschlagen, die Leiche auf dem Tisch zuzunähen, ein Schwein zu besorgen, dies zu präparieren und ihn samt des Mannes vom Tisch zur Stadtmauer zu befördern. Es sei denn, Grothenberg hatte das Schwein bereits fertig präpariert zu Heiden mitgebracht. Doch sollte der Barbier tatsächlich so vorausschauend und aufwendig geplant haben? Er war eher ein Mensch, der sich von seinen Instinkten leiten ließ. Und welche Bedeutung könnte der Tote auf dem Seziertisch für ihn gehabt haben?

Nach gründlicher Überlegung entschied sich Martin, zunächst Habichts Namen von der Liste der Verdächtigen zu streichen. Heiden war erwürgt worden. Dafür hätten Habichts Kräfte niemals ausgereicht, geschweige denn um das Schwein mit der Leiche auszutauschen. Geld für einen gedungenen Mörder besaß er nicht.

Severo hasste Heiden abgrundtief und wusste von der Behandlung seines Sohnes durch Heiden. Wusste er auch von der Inokulation? Abgesehen davon war der Chirurg bei der Trepanation gewesen. Damit schied er ebenso als Mörder aus wie Gernot von Eisenfels, der Heiden die erlittene Entstellung wohl kaum verziehen hatte. Gleichwohl blieb offen, weshalb Severo am Tag nach dem Mord ein Schwein aus dem Kloster brauchte.

Pfeifer und Menthe hingegen mussten die Aufdeckung ihres Betruges befürchten. Heiden war allerdings erwürgt worden und Johann hatte man das Genick gebrochen. Sowohl das eine als auch das andere bedurfte erheblicher Kraftanstrengungen und die Opfer hatten keine Anzeichen eines vorigen Niederschlagens aufgewiesen. Weder der ungelenke Medikus noch der schmächtige Menthe hätten eine aufrecht stehende Person erwürgen können. Aber beide verfügten über genug Geld, um einen anderen für die schreckliche Tat zu bezahlen.

Mit gemischten Gefühlen machte sich Martin auf den Weg ins Armenviertel. Beim Gehen überlegte er, wie er den Menschen gegenübertreten sollte. Schließlich konnte er schlecht an die Häuser klopfen und fragen, ob jemand Heiden getötet hätte. In Gedanken versunken stieß er mit einem Kind zusammen. Als er ihm auf die Beine half, erkannte er den Knaben mit den großen Ohren, der ihm schon auf Heidens Beerdigung aufgefallen war.

„Hoppla, junger Mann. Wohin des Wegs?"

Der Junge musterte ihn misstrauisch von Kopf bis Fuß. „Was geht es Euch an?"

Martin lachte. War dies ein Wink des Schicksals? „Nichts, da hast du Recht. Kannst du mich zu deiner Mutter oder deinem Vater führen?"

Der Junge schaute unentschlossen, dann griff er nach Martins Hand und zog ihn mit sich zu einer kleinen Holzhütte. Dort deutete der Kleine auf den Eingang, riss sich los und verschwand. Martin öffnete vorsichtig die Tür. An der Feuerstelle rührte eine Frau in einem Kessel, auf dem anderen Arm hielt sie ein kleines Kind über ihrem gewölbten Bauch, an ihr Bein schmiegte sich ein Mädchen.

Martin räusperte sich. „Entschuldigt …"

Erschrocken sah ihn die Frau an.

„Wer seid Ihr und was wollt Ihr?"

„Mein Name ist Martin Haffer. Erinnert Ihr Euch an mich? Ich bin Professor Lazars Sekretär und habe mit ihm den Reis gebracht."

Sie überlegte kurz. „Ach ja, ich erinnere mich. Wollt Ihr wissen, ob uns das komische Zeug gefällt? Es schmeckt nicht besonders, aber es stillt den Hunger. Die Kinder brauchen nicht soviel wie von der Hirse. Ich würde etwas davon für den Winter nehmen."

„Ich richte es dem Professor aus. Es wird ihn freuen. Deswegen bin ich jedoch nicht gekommen. Sagt, kanntet Ihr Professor Heiden? Ich sah Euch auf seiner Beerdigung?"

Die Frau nickte. „Der Professor war ein guter Mensch. Der Herr sei seiner Seele gnädig." Sie bekreuzigte sich.

„Würdet Ihr mir mehr über ihn erzählen?"

Die Frau wies auf eine Bank.

„Heiden hat sich um die Pockenkinder gekümmert. Bevor er kam, waren wir Pfeifers Launen ausgesetzt. Er verlangte immer viel Geld, Heiden dagegen gar keines. Oft hat er den Kindern Essen mitgebracht, schwierige Fälle sogar mit zu sich nach Hause genommen und dort gepflegt. Wenn unsere Kinder trotz aller Bemühungen starben, hat der Professor oft das Begräbnis ausgerichtet. Ich war ihm sehr dankbar. Meinen Friedrich hat er lesen und schreiben gelehrt und ihm Botengänge aufgetragen, die er mehr als reichlich belohnt hat. Als mein Friedrich an den Pocken erkrankte, hat Professor Heiden ihn in sein Haus genommen." Die Frau stockte. Sie wischte mit dem Handrücken eine Träne fort. „Wer immer hier im Viertel Hilfe brauchte, er konnte zum Professor gehen. Er hat sich um alle gekümmert, egal ob Bruch, ausgerenkte Glieder oder schwere Krankheit. So wie Euer Herr es mit Severos Hilfe ebenfalls tut. Uns alle hat die Nachricht vom Tod des Professors tief getroffen."

Martin schluckte, kaum wagte er die Frage zu stellen. „Könnte jemand den Professor für Geld ermordet haben?“

Die Frau schüttelte heftig den Kopf. „Jeder von uns hat mindestens ein Kind, das dank Heiden die Pocken überstand. Sogar diejenigen, die Kinder verloren haben, verehrten ihn.“ Sie stockte einen Moment. „Selbst die Schmuggler hätten ihm nichts getan. Dessen bin ich mir ganz sicher.“

„Aber Ihr wisst es nicht!“

„Nein. Wissen kann das nur der Einbeinige Hannes. Er führt die Schmuggler an.“

„Wisst Ihr, wo ich diesen Hannes finden kann? Es ist sehr wichtig.“

„Geht heute Abend in die »Hafenklause«. Sagt, Katrina hat Euch geschickt.“

Martin dankte und verließ die Hütte.

* * *

Martins abendlicher Weg führte durch Greifswalds finsterstes Viertel. Zwei Männer in abgerissenen Kleidern, die ihm alsbald entgegenkamen, waren ihm nicht geheuer. Unsicher drehte er sich um. Aus einer Eingebung heraus beschloss er, ihnen zu folgen. Als er um eine Ecke kam, sah er sie gerade noch am nördlichen Ende der Hundestraße in einem an der Stadtmauer gelegenen Verschlag verschwinden. Interessiert trat er näher. Einen Augenblick wartete er, dann lugte er vorsichtig hinein. Von den Männern war nichts zu sehen.

„Was macht Ihr da?“, hörte er eine kindliche Stimme hinter sich.

Erschrocken schaute er sich um. Friedrich! Er zog den Kopf zurück.

„Bist du mir gefolgt?“

„Ja. Ich habe gesehen, wie Ihr Eurerseits den Männern gefolgt seid. Gehört Ihr zum Vogt?“

„Nein, ich bin Professor Lazars Sekretär.“

„Warum interessiert Ihr Euch dann für die Schmuggler? Wollt Ihr an die Stelle seines Dieners treten?“

Gernot hatte offenbar Recht. Klaus hatte mit den Schmugglern zu tun gehabt.

„Nein, das will ich nicht. Ich suche nur jemanden. Weißt du, wohin die Männer verschwunden sind?“

Friedrich bejahte.

„Verrätst du es mir?“

„Nur, wenn Ihr versprecht, es nicht dem Vogt zu sagen.“

„Natürlich. Ich möchte mit dem Vogt nichts zu tun haben. Ich hatte gerade selbst Ärger mit ihm.“

„Ein Weg führt nach draußen und an der Mauer entlang zum Hafen. Die Schmuggler benutzen diesen Weg.“

Martin pfiff erstaunt. „Und von draußen gelangt man auf gleichem Wege hinein?“

Der Junge nickte. „Nur, wenn man den Mechanismus kennt, der die geheime Tür öffnet.“

„Hab Dank. Eine Frage noch. Wie ich hörte, hat dich Professor Heiden auf Botengänge geschickt. Hast du am Tag vor seinem Tod einen Brief für ihn ausgetragen?“

Zögernd bejahte der Junge. Martin erinnerte sich, wie stolz er selbst gewesen war, als er die ersten Worte lesen konnte.

„Du hast diesen Brief gelesen? Ich verspreche, es niemandem zu sagen.“

Friedrich wich seinem Blick aus. Martin beteuerte nochmals: „Es bleibt unser Geheimnis.“

Der Knabe schluckte.

„Der Professor hatte ihn nicht gesiegelt. Ich habe noch gefragt, ob er ihn nicht verschließen will. Aber er sagte, es sei nicht schlimm, wenn ihn jemand lesen würde.“

„Was stand drin?“

Friedrich schloss die Augen. Dann begann er. „Verehrter Medikus Pfeifer, erweist mir die Ehre, mir bei der Sektion Eures Patienten aus Wackerow zu assistieren. Vermutlich ist der Mann aufgrund von unwirksamen Medikamenten Eures Freundes Menthe gestorben. Sicherlich seid Ihr an der Aufklärung dieses unglaublichen Betruges interessiert. Professor Heiden.“

Martin streichelte Friedrich über den Kopf. Aus seiner Tasche zog er ein Geldstück und gab es dem Kind. Glücklich rannte der Junge davon.

War der „Schwan“ schon schlimm, so war die „Hafenklause“ ein übles Loch. Aufmerksam schaute Martin sich im dunklen Schankraum um. In einer Ecke saß tatsächlich ein einbeiniger Mann. Dünnes Haar zierte seinen Kopf, die Arme waren übersät mit Narben von Messerstichen. Martin nahm seinen Mut zusammen und trat auf ihn zu.

„Seid Ihr Hannes?“

„Wer will das wissen?“

„Mein Name ist Martin Haffer. Katrina schickt mich.“

Der Einbeinige entspannte sich sichtlich. „Katrina? Dann habt Ihr nichts mit dem Vogt zu tun?“

„Nein, und Eure Geschäfte interessieren mich auch gar nicht. Ich möchte nur etwas über Professor Heiden erfahren.“

Der Einbeinige Hannes schnaubte. „Was habt Ihr mit dem Manne?“

„Das tut nichts zur Sache. Sagt, kann man bei Euch etwas anderes als Schmugglerdienste in Anspruch nehmen?“

„Was meint Ihr damit?“

Martin druckste. „Einen gedungenen Mord?“

„Heiden? Niemals.“ Hannes sah Martin fest in die Augen. „Der Professor stand unter meinem persönlichen Schutz. Hier lässt keiner einen Furz, ohne mich vorher zu fragen. Der einohrige Klaus war der Einzige, der sich getraut hätte – und der ist jetzt leider tot.“

„Ihr kanntet Lazars Diener?“, fragte Martin überrascht.

„Natürlich. Mit dem Schlitzohr habe ich die besten Geschäfte gemacht. Seinen Tod nehme ich Euch sehr übel!“

Martin schluckte unwillkürlich. „Warum durfte niemand Heiden anrühren?“

Hannes klopfte auf sein Holzbein. „Heiden konnte zwar das Bein nicht retten, aber den Rest von mir. Das genügte, um meines Dankes sicher zu sein. Er hat uns geholfen, wenn es einen von uns erwischt hat, war verschwiegen wie ein Grab. Als Gegenleistung wollte er nur den verborgenen Weg mitbenutzen. Fragt nicht weshalb. Doch untersteht Euch, nach dem Weg zu suchen. Und jetzt verschwindet!“

Das ließ sich Martin nicht zweimal sagen.

* * *

Die seit Tagen andauernde Hitze machte müde. Auf dem Markt war gleichwohl zu spüren, wie froh die Menschen über den beginnenden Sommer waren. Die Bauern kamen in die Stadt, um ihre Waren zu verkaufen. Auf dem Markt drängte sich ein Stand neben dem anderen. Eine Frau verkaufte Blumen und

Möhren, eine andere frisches Fleisch. Einige Fischer priesen lautstark ihren Fang.

Vor dem Rathausportal erkannte er Grothenberg, der sich angeregt mit Severo unterhielt. Als sein Blick den des Barbiers traf, verfinsterte sich dessen Gesicht. Rasch schaute Martin in eine andere Richtung und schlenderte weiter. Der Geruch von Beeren stieg ihm in die Nase. Etwas Frisches war bei der Wärme genau das Richtige. Als er den Bauern ansprechen wollte, stockte Martin. Sonne und Wind hatten in vielen Jahren tiefe Furchen in das alte Gesicht gegraben, dennoch erkannte er ihn sofort. Vor ihm stand der Mann, der am Tag vor Heidens Tod den „Schwan“ nach dem Streit mit dem anderen Bauern verlassen hatte. Mit brummender Stimme fragte der Mann, was Martin wünsche.

„Gebt mir von Euren Beeren.“

„Möchtet Ihr vorher vielleicht kosten? Sie sind sehr süß.“

Der Mann reichte ihm eine Beere. Ihr köstlicher Saft rann Martin über die Lippen. Er überlegte, wie er den Alten am geschicktesten ausfragen konnte.

„Wunderbar!“

„Nicht wahr? Trotz des langen Winters. Zum Glück war der Frühling warm und trieb die Blüten schnell raus. Die kalten Nächte blieben uns erspart.“

„Ich nehme ein Pfund. Ja, der Winter war in der Tat sehr hart. Sicher war es für Euch auf dem Lande schlimmer als für uns in der Stadt.“

Ein zweiter Bauer gesellte sich zu ihnen. Kein Zweifel, es war der junge Mann aus der Schänke.

„Ach, es gibt nichts zu klagen. Der Herr hat’s am Ende gut mit uns’rer Gemeinschaft gemeint. Das Vieh kam gesund durch den Winter. Das ist viel wert.“

„Sagt, was macht ein Bauer im Winter? Die Ernte ist eingebracht und das Vieh im Stall versorgt. Kommt Ihr manchmal in die Stadt?“

Der Bauer schöpfte keinen Verdacht.

„Ihr könnt es Euch bestimmt nicht vorstellen, aber es gibt auch im Winter genug zu tun. Wir prüfen die Lederriemen für die Pflüge und flicken sie, reparieren unsere Geräte, die wir zur Bestellung der Felder brauchen, töpfern neue Gefäße für die nächste Ernte. Es geht immer etwas zu Bruch. Selten gehen wir in die Stadt. Dann verkaufen wir Euch Städtern Feuerholz.“

„Sonst kommt Ihr nicht hierher?“, erkundigte Martin sich noch einmal.

Sein Nachhaken erweckte Misstrauen. Alle Freundlichkeit wich aus dem Gesicht des Alten.

„Nein.“

Damit nahm er das Geld aus Martins Hand, drückte ihm die Tüte mit Beeren hinein und wandte ihm den Rücken zu. Verärgert über seine Unvorsichtigkeit stapfte Martin in Richtung Fischmarkt davon. In Höhe des Rathauses streifte ihn jemand fast unmerklich beim Überholen. Martin vernahm ein leises Raunen.

„Wenn Euch der Besuch der Bauern in der Stadt so sehr interessiert, seid in zwei Stunden im ‚Schwan‘.“

* * *

Das Bier schmeckte noch immer sauer. Martin hatte sich einen Platz gesucht, von dem aus er den ganzen Schankraum einsah, ohne selbst besonders aufzufallen. Wer nach ihm suchte, würde ihn allerdings ohne Schwierigkeiten finden. Die Tür öffnete sich, in einem Schwall Tageslicht betrat ein junger Mann in bäuerlicher Tracht die Schänke. Sein suchender Blick streifte Martin, dann ging er zur Theke. Für einen Moment glaubte Martin, sich geirrt zu haben. Kurz darauf kam der andere herüber, stellte seinen Krug auf den Tisch und setzte sich ohne ein Wort ihm gegenüber. Er war vermutlich keine zwanzig Jahre alt. Die Witterung hatte sein Gesicht noch nicht gegerbt wie bei dem alten Bauern. Gleichwohl wies sein Körper Zeichen der harten Landarbeit auf. Ein muskulöser Torso zeichnete sich unter dem leicht geöffneten Hemd ab.

„Warum interessiert es Euch, ob wir auch im Winter in die Stadt kommen?", begann der Bursche unvermittelt.

„Eine Frage, die bei Eurem Vater Unbehagen verursachte. Warum wollt Ihr sie beantworten?"

„Von Zeit zu Zeit gönne ich mir gern mal etwas. Da darf man nicht so zimperlich sein wie mein Vater. Was zahlt Ihr?"

Martin schmunzelte. „Ich lade Euch zu einem Krug Bier ein."

„Zum Trinken kann ich auf den Markt zurückkehren."

Damit erhob er sich. Blitzschnell griff Martin nach seinem Arm und zog ihn zurück.

„Setzt Euch! Eine Mark, leicht verdientes Geld. Dafür beantwortet Ihr jede Frage, die ich stelle."

„Hört sich schon besser an." Ein unverschämtes Blitzen erleuchtete die Augen des Bauern. „Legt noch etwas drauf. Sonst könnt Ihr's noch mal bei meinem Vater versuchen."

Zähneknirschend holte Martin weiteres Geldstück aus seiner Tasche und legte es auf den Tisch. Gierig griff der Bauer danach, doch Martin legte flink seine flache Hand darüber.

„Erst die Antworten! Seid Ihr beiden in diesem Winter in Greifswald gewesen?"

„Wir kamen drei-, viermal her. Zum Martinsmarkt und nach dem Jahresanfang noch zwei-, dreimal."

„Wann? Lasst Euch nicht alles aus der Nase ziehen. Auch am 18. März?"

„Mag sein, ich hab's nicht so mit den Tagen. Ich richte mich lieber nach der Sonne. Oh seht, mein Bier ist schon leer."

Martin verstand den Wink. „He, Wirt, bringt noch ein Bier." Dann wandte er sich wieder zu dem Bauern. „Ich vermute, Ihr verkauft nicht nur Feuerholz?"

Statt einer Antwort lachte der andere nervös.

„Nun?"

„Nur Feuerholz, nichts anderes."

„Lügt nicht! Auf dem Markt stand niemand."

„So läuft das nicht. Im Winter bringen wir nur den Familien etwas, die bei uns im Herbst Holz bestellt haben."

„Und wer hatte im letzten Herbst Holz bestellt?"

„Der Medikus."

„Nur der Medikus?" Langsam spürte Martin Ungeduld in sich aufsteigen.

„Der dicke Müller."

„Wer noch? Ihr wart nicht nur bei den beiden!"

„Aber ja, wir besuchten die beiden und verließen noch am selben Tag die Stadt. Ich mag Eure Fragen und Euren Ton nicht. Gebt mir das Geld, ich möchte gehen."

Martin hielt den Bauern am Ärmel fest. „So nicht mein Freund! Erstens haben wir eine Vereinbarung! Zweitens lügst du mich gerade frech an. Für wen hältst du mich? Ihr habt die Stadt erst einen Tag später verlassen. Ich weiß es aus dem Register der Stadtwachen. Ich sag dir noch etwas. Ihr habt Heiden besucht und ihm nicht nur Feuerholz geliefert. Auf eurem Wagen befand sich ein Leichnam!“ Aus dem Gesicht des jungen Kerls wich jegliche Farbe. Er begann zu stottern. „Wo … woher wollt Ihr das wissen?“

„Weil ich euch sah!“ Martin bluffte.

„Ihr lügt! Ihr könnt uns nicht gesehen haben! Die Straßen waren völlig leer! Bei der Kälte ging niemand vor die Tür!“

Abrupt brach der junge Mann ab, zu spät bemerkte er seinen Fehler.

„Ihr habt eure Fuhre bei Heiden abgeladen und seid dann mit eurem Karren hierher gekommen. Beim Bier gab es Streit. Worüber?“

Beschwichtigend hob der Bauer den Arm. Ohne es zu merken hatte Martin die Stimme erhoben. Um sie herum herrschte Stille, alle Besucher der Schänke sahen zu ihnen herüber. Nachdem das allgemeine Gespräch wieder aufgenommen worden war, fuhr Martin leise fort.

„Erzähl schon!“

Der junge Mann verfiel in ein Stammeln. „Wir taten nichts Unrechtes. Wir haben dem Professor nur die Toten gebracht.“

„Woher stammten die Leichname?“

„Es …, es waren Alte und Kranke. Der Professor kam regelmäßig zu uns, um Kranke zu behandeln. Vor seinem Auftauchen herrschten Hunger und Elend im Dorf. Eines Tages bot der Professor an, Geld für Leichen zu zahlen und die Kosten für den Pfarrer zu übernehmen, wenn er sie vorher untersuchen dürfe. Besonders interessierten ihn Patienten des Medikus. Wir nahmen das Geld für die Gemeinschaft. Es geschah nichts Unrechtes. Die Menschen waren doch schon tot. Mein Vater und ich brachten dem Professor die Leichen. Nach vier, fünf Tagen holten wir sie wieder ab und begruben sie im Dorf.

Bald schon hatte das Dorf genug Geld, um Ochsen zu kaufen. Mit ihnen konnten wir die Felder besser bewirtschaften. Mitte März brachten wir ihm Matthias. Nachdem wir ihn abgeliefert hatten, waren die Stadttore geschlossen. Wir mussten bis zum nächsten Morgen warten. Hier in der Schänke erklärte mein Vater, er wolle mit der Sache nichts mehr zu tun haben. Darum stritten wir. Er meinte, es sei unchristlich. Als wir Matthias eine Woche später wie vereinbart abholen wollten, hörten wir von dem Unglück."

„Wie liefen eure Besuche bei Heiden ab?"

„Vor der Stadt gab es ein Versteck, wo wir die Toten im Sommer abgelegt haben. Dann gaben wir dem Professor ein Zeichen. Im Herbst haben wir einen zweiten Boden in den Wagen eingezogen und darüber Feuerholz gestapelt. Wir warteten stets bis zum Einbruch der Dunkelheit, dann brachten wir Heiden die Toten. Danach schlugen wir uns die Nacht um die Ohren und verließen die Stadt am Morgen."

„Dieser Matthias, woran starb er? Ist euch diesmal etwas Merkwürdiges aufgefallen?"

„Keine Ahnung. Soviel ich weiß, hatte der Medikus ihn behandelt. Heiden hatte ihn mehrmals untersucht. Er bat uns sehr eindringlich, Matthias unbedingt zu ihm zu bringen, falls er sterben sollte. Als wir ihn ablieferten, war eigentlich alles wie immer. Nur war der Professor diesmal nicht so freundlich. Sonst gab er uns einen Wegtrunk, diesmal schickte er uns gleich wieder fort."

Martin schob das Geld über den Tisch und legte noch ein paar Münzen hinzu.

„Danke für deine Auskünfte. Sei so gut und zahl mein Bier mit."

XI

Seit Stunden konzentrierte Martin sich wie ein Besessener auf das Tagebuch. Mittlerweile war er in jene Zeit vorgestoßen, in der Heiden die Pockenimpfung weiter vervollkommnet hatte. Heiden hatte bisher nicht herausgefunden, ob er den Tod von Severos Sohn verursacht hatte, aber bei allen anderen Kindern war die Krankheit in abgeschwächter Form verlaufen. Nun lagen nur noch wenige Blätter vor Martin.

Greifswald, 18. Oktober 1489

Bei der Zusammenstellung meiner Erkenntnisse zur Behandlung der Pocken für eine Veröffentlichung ist mir etwas aufgefallen. Die Krankheit bricht häufiger in der Stadt als auf dem Lande aus. Dies spricht gegen die Materia peccans als Ursache. Sie würde zu einem gleichmäßigen Ausbruch führen.

Mein heutiger Ausritt in Dörfer und Siedlungen in der näheren Umgebung bestätigte meine Beobachtung. Mehr noch scheine ich die Ursache der Unregelmäßigkeit und ein Mittel gegen die Pocken gefunden zu haben! Ich hatte die Bauern gebeten mir ihre Kinder zu zeigen und bemerkte ein häufigeres Erkranken der Jungen gegenüber den Mädchen. Demgegenüber macht die Krankheit in der Stadt keine Unterschiede zwischen den Geschlechtern.

Besonders deutlich zeigte sich dies in einer Siedlung. Bei fast allen Knaben erkannte ich hässliche Pockennarben. Dagegen fehlten sie bei den Mädchen. Sie waren nicht erkrankt, obwohl sie die Jungen sogar während deren Erkrankung gepflegt hatten. Die Körper der Kinder scheinen auf bisher unbekannte Weise vor der Krankheit geschützt. Da Mädchen in der Stadt sehr wohl erkranken, kann es kein natürlicher Schutz sein. Eine Untersuchung der Erwachsenen bestätigte dies. Die Gesichter der Frauen wiesen ebenfalls kaum die hässlichen Pockennarben auf, während die Gesichter vieler Männer die eindeutigen Zeichen der Krankheit trugen. Dafür entdeckte ich auf den Handrücken und Armen der Frauen und Mädchen einige Narben, die denen der Pocken nicht unähnlich sind. Allerdings gab es nie mehr als vier, fünf dieser Narben. Auf meine Frage nach ihrer Herkunft wies man mit verlegener Geste auf die Kühe. Die Tiere hätten von Zeit zu Zeit Pusteln an den Eutern, die beim Melken auf die Hände übersprängen. Man erkranke jedoch nur einmal und die Krankheit dauere nie lange. Nach der Beschreibung des Bauern bildeten sich pralle Warzen auf den Händen, die bald austrockneten. Noch einmal untersuchte ich diejenigen Frauen, die Narben der merkwürdigen Warzen aufwiesen. Keine von ihnen war an Pocken erkrankt. Gleiches galt für die wenigen Jungen und Männer, die mit den Pusteln auf den Eutern in Berührung gekommen waren.

Danach suchte ich Dorf für Dorf, Siedlung für Siedlung ab, bis ich einen Hof fand, wo ein Mädchen drei frisch ausgebildete Pusteln auf den Handrücken hatte. Tatsächlich ähneln sie den menschlichen Pockenpusteln. Dem Mädchen scheint es gut zu gehen, Anzeichen von Fieber konnte ich nicht erkennen.

Um herauszufinden, ob die Kuhkrankheit vor dem Ausbruch der menschlichen Pocken schützt, bat ich die Bauern, die Pusteln des Mädchens aufstechen und die Flüssigkeit auffangen zu dürfen. Da ich ihrem Hausvorstand meine Hilfe bei der Entfernung eines vereiterten Zahnes anbot, willigten sie ein.

Greifswald, 20. Oktober 1489

Leider gibt es nicht mehr viele Kinder in der Stadt, denen die Pocken noch nicht zugesetzt haben. Die Seuche klingt ab, ohne dass ich mein Mittel probieren kann, und wird erst in ein paar Jahren zurückkehren! Wer weiß, ob ich dann die Kuhpocken finde oder mein gewonnenes Serum noch taugt. An mir oder Johann kann ich das Mittel nicht versuchen, wir haben die Krankheit beide überstanden.

Im Armenquartier fand ich endlich einen geeigneten Knaben namens Friedrich. Ich fragte seine Mutter, ob er in meine Dienste treten wolle. Zum Ausgleich wollte ich ihm auch ein wenig Unterricht erteilen.

Als Friedrich mich gestern das erste Mal besuchte, unternahm ich zunächst alles, sein Vertrauen zu wecken. Ich ließ ihn einfache Besorgungen machen. Heute zeigte ich ihm meinen Behandlungsraum. Neugierig erkundete er alles und stellte kluge Fragen. Schließlich fragte ich ihn, ob er mir helfen wolle, vielen Menschen das Leben zu retten. Ohne Zögern willigte der Junge ein. Tapferer kleiner Kerl.

Wie bei der Inokulation ritzte ich ihm an drei Stellen die Haut am Oberarm leicht auf und gab mit einer Lanzette etwas von der Flüssigkeit aus den Pocken des Mädchens hinein. Es tat ihm nicht weh, wie er mir versicherte. Zur Belohnung gab ich ihm den süßen Wecken, den Johann für ihn gekauft hatte. Ich nahm ihm das Versprechen ab, am nächsten Tag wiederzukommen und niemandem von unserem Geheimnis zu erzählen.

Martin griff nach dem nächsten Blatt, als er ein dumpfes Geräusch hörte. Neugierig öffnete er die Tür und spähte in den Flur, um zu sehen, wer durch das Haus schlich. Aus seinem Versteck beobachtete er, wie Philipp lautlos die Tür öffnete und hinausschlüpfte. Ohne zu überlegen beschloss Martin, ihm zu folgen. Er wartete einen Augenblick, bevor er zur Tür hinauslugte. Mondlicht erhellte die Straßen. Philipp ging die Kleinschmiedestraße in Richtung Markt. Dicht an die Häuser gepresst, folgte Martin ihm. An der Ecke zur Fischstraße blieb Philipp abrupt stehen und drehte sich um. Gerade noch rechtzeitig drückte Martin sich in einen Hauseingang und hielt die Luft an. Eine Ewigkeit schien zu vergehen, bevor sein Freund weiterging und schließlich in die Knopfstraße einbog. Als Martin die Ecke erreichte, verschwand Philipp gerade in Pfeifers Haus. Zum Staunen blieb ihm nicht viel Zeit, denn in diesem Moment näherte sich eine weitere Person vom Markt her. Rasch zog Martin sich in einen dunklen Gang zurück. Kurz darauf ertönte das Geräusch des Klopfers. Die Tür öffnete sich mit einem leisen Quietschen. Im schwachen Lichtschein erkannte er Apotheker Menthe. Stellte Philipp die beiden Betrüger zur Rede? Um das Gespräch zu belauschen, musste Martin sein Glück auf dem Hof versuchen. Dort lagen die meisten Fenster im Dunkeln. Er brauchte einen Augenblick, um sich zu orientieren, welches der Häuser dem Medikus gehörte. Lautlos schlich er hinüber. Deutlich roch er den Schweinestall. Zum Glück besaß Pfeifer keinen Hund. Ein Fenster stand ein wenig geöffnet. Gespannt lauschte er.

„… niedergeschlagen?“

„Niemand hat Euren Sekretär niedergeschlagen. Weder Menthe noch ich waren je in Heidens Haus. Es hat uns dort nicht hingezogen, als dieser arrogante Kerl noch lebte. Was hätten wir nach seinem Tod dort verloren? Und welchen Grund hätten wir, Euren Sekretär niederzuschlagen?"

Martin sah sich suchend um und entdeckte einen Holzstapel. Vorsichtig kletterte er hinauf und erhielt einen Blick ins Innere des Hauses. Philipp lehnte mit dem Rücken an der Wand neben dem Fenster. Rechts davon saß der Medikus auf einem Stuhl, links der Apotheker.

„Mein lieber Menthe", hob Philipp nun an, „wie ich erfahren musste, besaßen Eure Medikamente zeitweise nur die halbe oder gar keine Wirkkraft. Hat Heiden Euch mit dem Vogt gedroht? Immerhin besaß er detaillierte Aufzeichnungen über Euren Betrug. Das war es, wonach Ihr in seinem Haus gesucht habt, als Ihr meinen Sekretär niedergeschlagen habt. Ich nehme an, Ihr wolltet so lediglich Eure Flucht ermöglichen."

„Niemand wollte Eurem Sekretär etwas antun", erwiderte Pfeifer mit kalter Stimme.

„Dann wolltet Ihr ihn sicherlich auch nicht mit Konfekt vergiften, oder?"

„Das Konfekt war nicht vergiftet. Katzen können es bloß nicht vertragen", warf der Apotheker ein. Pfeifer zischte, er solle den Mund halten.

„Das glaube ich nicht, Menthe. Martin hat Euch von Heidens Verdacht berichtet. Als er dann wieder in Eurer Apotheke auftauchte, musstet Ihr die Aufdeckung Eures Schwindels befürchten, zumal das ihm verkaufte Abführmittel wirkungslos war. Ich habe Heidens Aufzeichnungen gelesen und Euch geprüft. Man hätte meinen sollen, Ihr hättet dazugelernt und Euer einträgliches Geschäft eingestellt. Und Ihr, Medikus, steckt mit Menthe unter einer Decke. Sollte es nicht so sein, erfüllt Ihr

Eure Aufgabe der Apothekenkontrolle schlecht. Beides wird den Rat sehr interessieren."

Selbst auf die Entfernung sah Martin gut, wie Menthe und Pfeifer einen schnellen Blick wechselten. Pfeifer entschied sich für den Angriff.

„Ich warne Euch, ruft Euren Sekretär zurück. Meine Arbeit geht ihn überhaupt nichts an! Genauso wenig wie mein Verhältnis zu Heiden oder meine Schweine! Er hat meinen Stallburschen ausgefragt."

„Ich wüsste nicht, weshalb ich Martin den Mund verbieten sollte. Er ist ein freier Mensch und kann Fragen stellen, wie es ihm gefällt!"

„Er hat Severo unterstellt, er hätte Heiden umgebracht!"

„Ich bitte Euch, Pfeifer, glaubt Ihr denn wirklich, Christof Metzner hätte Heiden getötet? Es gibt Menschen in der Stadt, die dazu weit mehr Grund gehabt hätten als er. Und Ihr beide gehört dazu."

Pfeifer klappte die Kinnlade herunter, während Philipp ungerührt fortfuhr.

„Heiden wusste von Eurem Betrug. Ihr hattet also wahrlich ein gutes Motiv."

„Untersteht Euch, dem Vogt davon zu erzählen! Dieser Narr glaubt alles, was man ihm berichtet."

Philipps Stimme nahm einen gefährlichen Ton an.

„Wollt Ihr mir etwa drohen, Pfeifer? Klaus lebt nicht mehr, ihn könnt Ihr nicht mehr zum Meuchelmord anstiften!"

Der Medikus erbleichte. „Was redet Ihr da? Was haben wir mit Eurem Diener zu schaffen?"

„Nun, seine letzten Worte waren: ‚Schöne Grüße vom Medikus.' Ich habe sie deutlich gehört."

Martin schluckte. Philipp konnte die Worte damals gar nicht gehört haben. Sein Freund vertraute ihm also. Den beiden anderen Männern stockte erkennbar der Atem.

„Wie ich sehe, stimmt es also. Was jetzt? Wollt Ihr mich ebenfalls umbringen?“

Menthe stammelte. „Klaus sollte ihm nur Angst einjagen, damit er den Mund hält.“

„Da hattet Ihr einen wirklich segensreichen Gedanken. Das spricht alles andere als für Euch.“

Pfeifer wischte sich den Schweiß von der Stirn. „Wir haben Heiden nicht umgebracht. Das kann ich beschwören.“

Philipp blieb hart. „Verzeiht, aber nach der Geschichte mit Klaus kann ich das nur schwer glauben.“

Was Pfeifer erwiderte, konnte Martin nicht verstehen, denn in diesem Augenblick betraten zwei weitere bekannte Personen den Raum. In gedrückter Stimmung begrüßten die Anwesenden die Neuankömmlinge. Severo und Grothenberg nahmen Platz, Philipp ließ sich ebenfalls nieder.

Die Lautstärke des Gesprächs nahm ab. Martin sah fasziniert auf die Szene. Ein Arzt, ein Chirurg, ein Barbier, ein Apotheker und ein Lehrer der Medizinischen Fakultät saßen an einem Tisch. Gemeinsam repräsentierten sie die Stände der Heilkunst in Greifswald und jeder der Anwesenden nahm unter seinesgleichen eine besondere Stellung ein.

Wie es aussah, trafen die Männer sich nicht zum ersten Mal. Und da Philipp, obwohl er der Jüngste war, das Gespräch leitete, musste er die Beratung veranlasst haben. Nach einer ganzen Weile verabschiedeten sich Severo und Grothenberg wieder. Philipp blieb noch einen Moment und griff das anfängliche Thema wieder auf.

„Ich werde Euch beide im Auge behalten. Lasst Eure Betrügereien ein für alle mal! Das Ansehen unserer Stände hat durch Heiden erheblich gelitten. Die Stadt braucht uns jetzt! Solltet Ihr Euch nicht an meine Aufforderung halten, lasse ich mich trotz unserer Freundschaft nicht davon abhalten, den Vogt über Eure Machenschaften zu informieren. Gehabt Euch wohl! Und untersteht Euch, meinen Sekretär noch einmal anzugreifen."

Martin verharrte in seinem Versteck. Sosehr er sich bemühte, er verstand nichts mehr. Erst viel später, nachdem sich auch Menthe verabschiedet und im Haus des Medikus alle Lichter verloschen waren, wagte sich Martin auf den Heimweg.

* * *

Am nächsten Morgen erwartete Martin eine unangenehme Überraschung. Seit ihrem Streit über das entstellte Mädchen hatte er Philipp nicht mehr so verärgert gesehen. Sein Freund schritt vor ihm auf und ab.

„Hatte ich dich nicht gebeten, bei deinen Nachforschungen Vorsicht walten zu lassen? Was tust du stattdessen? Hast du Pfeifers Stallburschen ernsthaft gefragt, ob sein Herr Heiden umgebracht hat?"

„So habe ich es nicht formuliert", antwortete Martin ruhig.

Philipp schüttelte den Kopf. „Du machst es mir nicht leicht, mein Lieber. Gerade konnte ich den Vogt von deiner Unschuld überzeugen, da rufst du neuen Ärger hervor. Was hast du dir nur dabei gedacht?"

Martin protestierte. „Ich habe den Burschen vor einiger Zeit zufällig in einer Kneipe getroffen und seine Bekanntschaft gemacht."

„Du treibst dich in Kneipen herum?“

„Das war am Anfang meiner Ermittlungen. Dafür weiß ich jetzt, wer Heiden umgebracht hat.“

Sein Freund ließ sich im Sessel nieder und erwiderte müde: „Wer war es denn diesmal? Habicht?“

„Nein. Der konnte Heiden nicht selbst töten und besitzt kein Geld, um einen anderen dafür zu bezahlen. Einen Auftragsmord kann ich ausschließen. Ich habe mich im Armenviertel umgehört und sogar zu den Schmugglern gewagt. Dort hätte niemand Heiden ein Haar gekrümmt. Und Fremde waren nicht in der Stadt.“

„Wer war es also dann?“, erkundigte sich Philipp resigniert.

Martin verzog das Gesicht. „Du wirst mir ohnehin nicht glauben.“

„Wie kommst du denn darauf?“

„Du kannst dir deinen süffisanten Ton sparen.“

„Sei nicht gleich beleidigt! Die letzten Tage waren wahrlich anstrengend.“

„Heiden fiel einem Komplott zum Opfer!“ Martin sah Philipp triumphierend an. Der schaute nur verständnislos zurück. „Nun, wie ich sah, kennen Grothenberg, Severo, Pfeifer und Menthe sich gut. Immerhin trafen sie sich gestern bei Pfeifer zu einer Art Heilkundigenrat.“

Philipp reagierte gereizt. „Spionierst du mir nach?“

„Es war reiner Zufall. Ich hörte ein Geräusch auf der Treppe. Als ich dich aus dem Haus gehen sah, wurde ich neugierig und bin dir gefolgt. Du glaubst mir, was die Betrügereien von Pfeifer und Menthe anbelangt?“

Philipp nickte. „Wie du hörtest, konfrontierte ich sie gestern mit dem Vorwurf und gab ihnen den gut gemeinten Hinweis, ihren Betrug endgültig aufzugeben.“

„Warum zeigst du sie nicht an? Sie sind Betrüger!"

Philipp lächelte milde. „Auch Betrüger können sich ändern! Glaubst du, sie haben Heiden getötet?"

„Nein, sie sind körperlich nicht dazu in der Lage. Pfeifer ist viel zu dick, Menthe zu schmächtig. Aber sie waren an dem Mord beteiligt. Sieh nur: Grothenberg hasste Heiden, weil er ihn vor den andern Zunftmitgliedern bloßgestellt und ihn kurz vor seinem Tod eines misslungenen Aderlasses bezichtigt hatte. Pfeifer und Menthe mussten die Aufdeckung ihres Schwindels befürchten. Zudem hatte Heiden einen Patienten von Pfeifer auf dem Seziertisch in seinem Keller, worüber er den Medikus informiert hatte. Er wollte die Pfuschereien beim Rat anzeigen."

„Wie hast du herausgefunden, wer der Mann vom Seziertisch war?"

„Zufall. Ich habe den Bauern gefunden, der ihn in die Stadt gebracht hat." Philipp nickte anerkennend.

Nun hielt Martin nichts mehr. „Severo hasste den Professor wegen des Todes seines Sohnes und seiner Frau, auch wenn er nichts von der Inokulation gewusst haben mag. Überdies schadete Heiden ihnen allen. Er verstieß gegen sämtliche Standesregeln. Vielleicht haben sie deswegen gemeinsam den Mord an ihm beschlossen, während jeder von ihnen insgeheim sein eigenes Motiv verfolgte. Pfeifer erschien am Tag des Unglücks bei Severo. Er hatte kurz vorher den Brief erhalten, in dem Heiden ihn des Pfusches und des gemeinsamen Betrugs mit Menthe beschuldigte. Severo hat von allen Beteiligten den meisten Verstand und plante das Verbrechen.

Er sollte an diesem Abend in den Rat, Grothenberg war zu einer Meisterfeier geladen. Auf dem Weg dorthin wäre ein Abstecher zu Heiden nicht aufgefallen. Um Zeit zu sparen, präparierte Severo bereits am Tage das Schwein, das Pfeifer ihm hatte liefern lassen. Nach dem Mord sollten dann Pfeifer und Menthe den Austausch des Kadavers gegen die Leiche auf dem Sektionstisch vornehmen. Dann kam es ein wenig anders. Severo musste eine schwere Kopfverletzung behandeln, was ihn bis in die frühen Morgenstunden beschäftigte. Grothenberg musste ihn im Rat vertreten. Aber das änderte kaum etwas am ursprünglichen Plan. Dem Barbier hat die Zeit gerade so gereicht, um Heiden zwischen dem Verlassen des Rates und dem Besuch der Feierlichkeit im Badehaus zu ermorden.

Da er Grothenberg nie in sein Haus gelassen hätte, diente der Medikus als Lockvogel. Er war ja zur Sektion seines eigenen Patienten geladen. Vermutlich lenkte er Heiden ab und ließ die Tür unbemerkt offen stehen, sodass Grothenberg ins Innere gelangen konnte. Der Barbier erwürgte den Professor im Keller und brach Johann das Genick. Dann machte er sich schnell auf den Weg zum Bad, um den Verdacht von sich zu lenken. Menthe und Pfeiffer übernahmen wie geplant den Austausch des Leichnams mit dem Schwein, schlugen mich vorher nieder und schleppten mich zur Stadtmauer. Vermutlich hat Menthe später den Erfolg des schrecklichen Plans gemeldet, denn in der Nacht klopfte ein kleiner Mann an Severos Tür. Es kann nur Menthe gewesen sein. Vermutlich hat er mich gar nicht erwähnt. Ich war ja mehr tot als lebendig. Severo wusste daher gar nichts von mir, als er mich behandelte!“

Philipp hatte mit großen Augen zugehört. „Deine Theorie klingt abenteuerlich, aber zum ersten Mal schlüssig.“

Martin atmete erleichtert aus. „Sie ist die einzige Erklärung, die die Schwachstellen der einzelnen Personen überwindet und eine Lösung bietet.“

„Und wie wollen wir das beweisen? Nur weil die vier, übrigens gemeinsam mit mir, regelmäßig über die Zusammenarbeit der Heilkundigen beraten, müssen sie nicht ein Mordkomplott aushecken."

„Bis auf Severo steckten alle in erheblichen Schwierigkeiten und mussten um ihre Stellung fürchten."

„Das beweist gar nichts. Deine Erklärung ist bisher lediglich eine Kette von Indizien. Gleichwohl kann sich auch alles anders zugetragen haben. Solange du keinen Beweis findest, sind alle unschuldig."

Allmählich war Martin von Philipps ständigen Entgegnungen enttäuscht. Er war ganz nah an der Lösung, das spürte er in jeder einzelnen Faser seines Körpers.

* * *

An diesem Nachmittag lag stickige Luft wie eine Glocke über der Stadt. Bald würde es ein heftiges Gewitter geben. Von Ferne war schon das tiefe Grollen des Donners zu vernehmen. In Gedanken versunken schlenderte Martin über den Markt. Unablässig grübelte er, wie er seine Theorie beweisen sollte. Als er den Blick hob, sah er Philipp an einer Bude stehen. Der unterhielt sich angeregt mit einem Bauern, dem ein Junge beim Verkauf von Tierfellen zur Hand ging. Sie begannen gerade, alles zusammenzupacken. Philipp verabschiedete sich und ging in Richtung seines Hauses.

Da Martin nicht wusste, was er mit seiner Zeit bis zum Abendessen anfangen sollte, schlenderte er ebenfalls langsam zurück und begab sich in seine Kammer, wo er nach Heidens letzten Aufzeichnungen griff.

Greifswald, 24. Oktober 1489

Mein kleiner Patient ist so tapfer. In den vergangenen Tagen erledigte er Botengänge, lauschte meinem Unterricht und ließ sich untersuchen. Die Schwellung, die sich nach dem Schnitt am Oberarm zunächst gezeigt hatte, war am darauffolgenden Tag bereits wieder abgeklungen. Gestern traten die Schnitte allerdings wieder deutlich aus der Haut hervor. Aus der Rötung entwickelten sich Pusteln länglicher Form. Seit heute bilden sie ein einziges perlmuttfarbenes Bläschen. Am Nachmittag begann Friedrich über Mattigkeit und Kopfschmerzen zu klagen. Zeichen, die auch bei den Menschenpocken auftreten. Um den Verlauf der Krankheit überwachen zu können, überredete ich seine Eltern, ihn bei mir im Hause zu versorgen.

Greifswald, 1. November 1489

Am siebten Tag nach der Verabreichung des Serums bekam Friedrich Fieber. Zunächst befürchtete ich, das Fieber steige zu hoch. Doch so schnell es kam, verschwand es am neunten Tag wieder.

Am Tag, an dem das Fieber auftrat, war die Impfpustel prall gefüllt. Zuvor hatte ich rote Flecken und Streifen um die Stelle der ursprünglichen Pustel bemerkt. Insgesamt war eine Fläche etwa so groß wie meine Hand betroffen. Zugleich fühlte ich eine Schwellung in der Achselhöhle.

Greifswald, 5. November 1489

Dem Jungen geht es wieder gut! Fieber und Mattigkeit sind verschwunden. Um die Pustel herum hatte sich am 12. Tag fester Schorf gebildet, ähnlich wie bei den herkömmlichen Pocken. Die Verkrustung begann ebenfalls von innen heraus. Der Schorf wird wohl morgen abfallen. Friedrich freute sich, als ich ihm weitere Botengänge und damit Verdienst versprach, sobald er wieder gesund sei. Auch die Wiederaufnahme seines Unterrichts kann der Junge kaum abwarten.

Das Gefühl von Heidens Triumph übertrug sich auf Martin. Der Professor hielt das Mittel gegen die Pocken in der Hand! Warum nur hatte der Mörder das Leben dieses genialen Mannes ausgelöscht?

Greifswald, 10. November 1489

Heute Nachmittag erhielt ich ungebetenen Besuch. Dieser unsägliche Mensch ist hinter das Geheimnis meiner Impfung gekommen. Ich fürchte, die unglückliche Frau hat es ihm vor ihrem Tod gebeichtet. Dieser Nichtswürdige drohte mir, ich solle meine Behandlungen unverzüglich einstellen, andernfalls werde er den Rat von meinen Heilmethoden unterrichten. Mir verschlug es fast die Sprache. So kurz vor dem Ziel soll mir der Erfolg nicht vergönnt sein. Was bildet dieser Schwachkopf sich ein? Mein Weg ist der richtige. Damit ich den Störenfried loswurde, gab ich zunächst nach. Zufrieden verließ er mein Haus.

Ausgerechnet jetzt muss mein Werk in Gefahr geraten. Erkennt dieser Mann die Tragweite meiner Forschungen nicht? Schon einmal gerieten wir aneinander und ich wies ihn auf die Beschränktheit seines Geistes hin. Seitdem verfolgt er meine Handlungen mit Argwohn. Was mit dem Kind geschehen ist, tut mir leid. Ein bedauernswerter Rückschlag. Doch alles, was ich unternahm, geschah stets zum Wohl der Menschheit und ich stehe wahrlich kurz davor, sie von einer ihrer schrecklichen Geißeln zu befreien. Glaubt dieser Tor denn wirklich, er könne sich mir in den Weg stellen?

Nun, da ich für den Beweis meiner Theorie nur noch wiederholende Versuche benötige, gibt es kein Halten. Niemand wird mich hindern. Ich muss mit dem zuständigen Stralsunder Bürgermeister über eine Behandlung der dortigen Kinder sprechen. Sobald die Wege im Frühling besser werden, könnte ich die Menschen in Stralsund mit meinem Serum versorgen und meine Theorie beweisen. Die Geschichte der Pocken wird alsbald zu Ende gehen!

Ein zufriedenes Lächeln machte sich auf Martins Gesicht breit. Der Mann, von dem Heiden sprach, konnte nur Severo sein. Also hatte ihm seine Frau doch von der Inokulation erzählt. Verdammt, Severo war wirklich ein guter Schauspieler. Die Überraschung auf dem Markt hatte damals so echt gewirkt. Hastig überflogen seine Augen die nächsten Blätter in der Hoffnung, Heiden werde Severo doch noch beim Namen nennen.

Greifswald, 5. Januar 1490

Heute hat Friedrich mich wieder besucht. Es geht ihm ausgezeichnet. Als ich einen Moment nicht aufpasste, roch er leider an einer Flasche in meinem Behandlungsraum. Ausgerechnet den Betäubungsessig musste er auswählen. Johann fand ihn auf dem Boden. Zum Glück war ihm nichts weiter passiert. Er hatte nur das Bewusstsein verloren. Ich nutzte die Gelegenheit und gab ihm etwas von dem Serum aus den menschlichen Pusteln mit einer Lanzette. Als er wach wurde, erklärte ich ihm, er hätte sich bei dem Sturz verletzt.

Greifswald, 8. Januar 1490

Nichts, Friedrich geht es blendend. Es gibt keine Anzeichen für einen Ausbruch der Pocken bei ihm, und das obwohl er nur die

Kuhpocken überstanden hat. Allerdings ist der Zeitraum zwischen Kontakt mit dem Serum und Ausbruch noch zu kurz, um sicher zu sein.

Greifswald, 20. Januar 1490

Die Pocken brechen bei Friedrich nicht mehr aus, der Kontakt ist zu lange her. Statt krank darnieder zu liegen, unternimmt der Junge mit einer Leidenschaft Botengänge für mich, wie ich sie noch nicht erlebt habe. Er wies nicht einmal kleinste Anzeichen von Fieber auf. Nun muss es mir gelingen, genug Serum von den Kühen zu erhalten, damit ich die Wirksamkeit meiner Behandlungsmethode beweisen kann. Wenn es gelänge, alle Neugeborenen und Kleinkinder frühzeitig zu schützen, stürbe die Krankheit am Ende vielleicht von allein aus.

Das Gefühl der Euphorie und des Triumphes, sich dem Beweis für den Mord zu nähern, erhielt einen schalen Beigeschmack. Martin wurde sich der Tragweite von Heidens Forschungsmethoden bewusst. Nachdenklich legte er das Blatt zur Seite. Heiden hatte Friedrich und mehrere andere Kinder absichtlich mit dem Pockenserum in Kontakt gebracht und womöglich der Gefahr des Todes ausgesetzt. Wie hatte dieser Mann auf das Gelingen seiner Experimente vertrauen können? Hatte Heiden den Tod dieser Kinder in Kauf genommen? Nirgendwo las Martin von Zweifel oder Besorgnis. Selbst der Tod von Severos Sohn hatte Heiden wohl eher aus wissenschaftlichen Motiven beschäftigt. Musste ein Wissenschaftler so skrupellos sein? Welche andere Möglichkeit hätte Heiden besessen, die Wirksamkeit seines Mittels zu testen? Erst jetzt bemerkte Martin das Gewitter, das draußen tobte.

Als er nachdenklich zum Abendessen in die Küche schlich, staunte er nicht schlecht. Am Tisch saßen der Bauer und der Junge, die Tierfelle und frisches Gemüse auf dem Markt verkauft hatten. Bei dem heraufziehenden Unwetter hatte Philipp den beiden eine Unterkunft für die Nacht angeboten.

Gleich nach dem Abendessen verließ der Hausherr die Küche. Martin hörte seine Schritte auf der Treppe. Ein wenig wollte er noch warten, bevor er Philipp mit Heidens letzten Aufzeichnungen konfrontierte. Um nicht unhöflich zu erscheinen, begann er ein Gespräch mit dem Bauern, der ihm stolz seine Einkünfte präsentierte.

„Professor Lazar ist ein guter Herr. Er versteht es, den Menschen Mut zu machen. Seht, dieses Geld dürfen wir behalten. Er möchte nicht einmal einen kleinen Teil davon. Auch nimmt er nur einen geringen Teil der Ernte mit in die Stadt und den bezahlt er sogar noch, obwohl es die Früchte seines eigenen Landes sind! Haltet Ihr das nicht für ungewöhnlich? Wenn ich an die anderen Herren denke …"

„Ja, so mancher täte gut daran, sich an dem Professor ein Beispiel zu nehmen."

Der Bauer nickte. „Von dem Geld können wir uns Tiere kaufen. Man könnte uns als reich bezeichnen, gemessen an anderen Dorfgemeinschaften. Unseren vorigen Herrn hat es keinen Deut geschert, ob wir verhungern. Er hat uns im Herbst stets alle Vorräte genommen. Bei dem hätten wir den letzten Winter nicht überlebt. Der Herrgott hat es gut mit uns gemeint, als er den Professor schickte."

„Ihm liegt das Wohl der Menschen am Herzen. Auch mir hat er in einer schwierigen Zeit geholfen. Ich bin ihm darum zu tiefem Dank verpflichtet."

„Ja, er öffnet seine Haustür wirklich jedem. Ich nehme an, Ihr kennt die Geschichten Eurer Mitbewohner? Sie sind ja kein Geheimnis. Um den Einohrigen ist es nicht schade. Keiner hat verstanden, was der Professor Gutes in ihm gesehen hat. Der war verdorben bis ins Mark. Ihr tatet Recht daran, ihn wie ein Schwein aufzuspießen. Agnes hat es mir vorhin erzählt."

Klaus' Gesicht erschien wieder vor Martins Augen. Martin wechselte das Thema.

„Professor Lazar möchte Wohlstand und Gesundheit für alle."

„Der Herr segne ihn dafür. Um unser Wohlergehen kümmert er sich wahrlich gut. Obwohl wir nur einfache Bauern sind, setzt er sein ganzes Wissen für uns ein, nicht wie der dicke Medikus, der seinen Kopf erst anstrengt, wenn die Münzen in seinen Taschen klingeln."

„Lasst Euch versichert sein, Lazar unterscheidet nicht nach arm und reich."

Der Bauer nickte. „Da habt Ihr Recht. Wer von den anderen feinen Bürgern würde uns an einem Abend wie diesem ein Dach über dem Kopf anbieten und an seiner Tafel bewirten. Vielleicht den Stall, aber eine Bettstatt im Haus? Was die Leute wohl sagen, wenn sie davon erfahren?"

„Der Professor schert sich nicht darum. Und soviel ich weiß, habt Ihr ihn auch schon beherbergt. Betrachtet es als Dank."

Der Bauer stutzte. „Wie kommt Ihr darauf? Der Professor hat noch nie bei uns übernachtet."

Martin schüttelte ungläubig den Kopf. „Aber er hat mir von dem Kind erzählt, das im März Fieber hatte."

„Ja, das stimmt."

Martin nahm erleichtert einen Schluck Wasser.

„Mein Sohn war sehr krank. Der Professor hat ihm Arznei gegeben und kühle Tücher auf die Stirn gelegt. Es dauerte Stunden, bis das Fieber zu sinken begann. Erst, als es dem Kind besser ging, rüstete er zum Aufbruch. Wir wollten ihn davon abhalten, weil die Dunkelheit schon lange hereingebrochen war und es in unserer Gegend Gesindel gibt, dem man im Dunkeln besser nicht über den Weg läuft. Aber der Herr Professor meinte, er hätte noch einen anderen Patienten, nach dem er sehen müsse. Wir gaben ihm zwar eine Fackel. Es ist mir dennoch unbegreiflich, wie er sich in tiefer Nacht zurechtfinden konnte.“

Die Gedanken überstürzten sich in Martins Kopf. Stück für Stück setzte sich das Bild zusammen. Die Welt verschwamm vor seinen Augen. Tränen verschleierten seinen Blick. Lüge und Verrat waren die einzigen Worte, die ihm in diesem Moment einfielen. Er hatte sich zum Narren halten lassen, war benutzt worden wie ein Spielzeug.

Zornig sprang er auf und rannte zur Küche hinaus. Sarah und Agnes schrien erschrocken hinter ihm auf. In seiner Wut nahm er zwei Stufen mit einem Mal, ignorierte den Schmerz im Bein. Ohne zu klopfen stürzte er ins Arbeitszimmer. Leer. Martin rannte zur Bibliothek. Beim Öffnen schlug die Tür krachend gegen die Wand.

Philipp saß mit einem Becher Wein da und starrte in den leeren Kamin.

Martin trat auf ihn zu und baute sich drohend auf.

„Du …, du …“, er rang nach Worten, „Mörder, Lügner“, hauchte er schließlich. „Du hast mich zum Narren gehalten, mich angelogen.“

Martin ließ sich in den Sessel gegenüber fallen und raufte sich wild die Haare. „Wie konnte ich dir vertrauen? Du hast mich nur aufgenommen, um mich unter Kontrolle zu haben."

Leise antwortete Philipp. „Ich nehme an, ihr habt euch in der Küche über meinen Besuch im März unterhalten. Nein, als ich dich aufnahm, wollte ich etwas gutmachen. Schließlich wärst du meinetwegen fast gestorben. Nachdem ich deine Nachforschungen bemerkt hatte, wünschte ich mir, du würdest mich entdecken. Ich habe dich nicht angelogen, nie behauptet, bei den Bauern übernachtet zu haben. Du wolltest es nur glauben. Ich habe nie abgestritten, Heiden getötet zu haben. Ich habe dich immer nach einem Motiv gefragt!"

Martin nickte. „Warum? Heiden hielt das Mittel gegen die Pocken in seinen Händen."

Philipp schüttelte langsam den Kopf. „Du hast es nicht verstanden. Ich dachte, wenn du die Aufzeichnungen liest, würdest du begreifen! Es war ein Fluch, kein Segen. Kurz vor ihrem Tod hatte Severos Frau mir von Heidens Experimenten erzählt. Severo weiß nichts davon! Nach ihrem Tod besuchte ich Heiden und stellte ihn zur Rede, verlangte die Einstellung seiner unseligen Experimente. Er lachte mich aus. Nur die Drohung, den Rat von seinem schändlichen Tun zu informieren, beeindruckte ihn. Als ich dann Anfang Januar das Armenviertel besuchte, lief mir Friedrich über den Weg und erzählte stolz von seinem Dienst bei Heiden. Mir schwante Schlimmes. Als ich ihn untersuchte, entdeckte ich eine frische Wunde auf seinem Oberarm. Der Junge wollte zwar nicht erzählen, woher sie stammte. Ich konnte es mir aber auch so lebhaft vorstellen. Außerdem erfuhr ich von Heidens Nachrichten an den Stralsunder Rat. In diesem Moment wusste ich, Heiden würde sich nicht aufhalten lassen. Jemand musste ihn töten, bevor noch mehr Kinder durch seine Gewissenlosigkeit starben. Mein Beichtvater, der Prior der Dominikaner, bestärkte mich. Ich erzählte Klaus von meinem Vorhaben. Er erwähnte die geheime Pforte in der Stadtmauer in dem Verschlag am nördlichen Ende der Hundestraße, die die Schmuggler für ihre krummen Geschäfte nutzten. Wir verließen die Stadt wie geplant und begaben uns zu meinen Bauern. Die Krankheit des Jungen kam mir sehr gelegen. Nachdem es ihm besser ging, ritten wir in der Dunkelheit los. Die Bauern wollten uns zwar zurückhalten, aber ich erklärte, noch nach einem anderen Patienten sehen zu müssen. Klaus führte uns sicher durch die Nacht zurück. Gott weiß, woher er die Erfahrung hatte. Wir gelangten über Wackerow zur Straße nach Stralsund. Klaus führte uns zu einem Versteck, wo wir die Pferde ließen. Über den zugefrorenen Teich gelangten wir zur Stadtmauer, durch die Pforte in die Stadt und im Schutz der Dunkelheit zu Heiden. Er öffnete die Tür und fragte höhnisch, ob ich ihn wieder von seinen Forschungen abhalten wolle. Nein, ich wolle ihm ein Friedensangebot unterbreiten, erwiderte ich. Damit ließ er mich eintreten. Ich folgte ihm in den Keller. Dort bot ich an, die Sache zu vergessen, wenn er seine Experimente sofort einstellen und Greifswald mit Beginn der Schneeschmelze verlassen würde. Heiden lachte nur und deutete auf seinen Seziertisch. Das sei ein Patient Pfeifers, an dem man deutlich Pfusch erkennen könne. In wenigen Stunden werde er diesen Körper vor den Augen interessierter junger Menschen sezieren und ihnen jede Einzelheit zeigen. Wenn er damit fertig sei, werde er den Rat darüber informieren. Dann müsste wohl eher der Medikus die Stadt verlassen. Heiden fragte, wie ich Pfeifers Pfusch hinnehmen, aber seine Experimente verteufeln könne, wo diese doch allein dazu dienten, die Menschen von einem Unheil zu befreien. Ich fragte zurück, wie er die Opfer, die seine Forschungen gefordert hätten, vor seinem Gewissen verantworten könne. Lapidar erwiderte er, große Taten würden eben Opfer erfordern. Ein Gewissen könne er sich nicht leisten. Severos Sohn sei das einzige ihm bekannte Opfer und es sei fraglich, ob er tatsächlich an der Impfung gestorben sei. Er habe bei völlig gesunden Kindern die Pocken hervorgerufen, warf ich ihm vor. Heiden zeigte seine menschenverachtende Fratze. Das Leben diene der Wissenschaft, meinte er, da müsse sich der Einzelne schon einmal zugunsten der Allgemeinheit opfern. In diesem Moment wusste ich es. Ich musste ihn stoppen. Als Heiden sich umdrehte, würgte ich ihn, bis er tot zusammenbrach. Im Fallen drehte er sich, ich sah in seine hervorgequollenen Augen. Erst da erwachte ich wie aus einem bösen Traum. Klaus war nach oben geschlichen, um sich nach dem Diener umzusehen. Im Flur hatte er ein Geräusch verursacht, das Johann aus der Bibliothek lockte. Klaus brach ihm das Genick, bevor er uns schaden konnte. Dann kehrte er in den Keller zurück. Um Pfeifer nicht in Bedrängnis zu bringen, wollte ich die Leiche auf dem Seziertisch verschwinden lassen. Schnell kamen wir überein, ihn einfach draußen abzulegen. Jeder würde glauben, der Mann sei erfroren, niemand würde ihn näher untersuchen. Allerdings würden die zur Sektion geladenen Burschen sich wohl fragen, wo das angekündigte Studienobjekt wäre! Klaus erzählte von den Treffen, die Heiden nach Mitternacht abhielt. Ich weiß nicht, wie er davon erfahren hatte. Aber uns blieb nicht viel Zeit. Wir wollten eben aufbrechen, um im Dominikanerkloster um Hilfe zu bitten, als du von oben aus der Bibliothek kamst. Klaus streckte dich nieder. Sein Schlag traf dich hart und wir hielten dich für tot. Klaus schlug vor, dich ebenfalls nach draußen zu schaffen. Wir eilten zum Kloster und holten ein Schwein, das an diesem Tag für die Armenküche geschlachtet worden war. Während ich den Leichnam zunähte, präparierte Klaus das Tier. Dann platzierten wir den Kadaver auf dem Seziertisch, luden die Leiche neben dich auf den Karren, mit dem wir das Schwein aus dem Kloster geholt hatten, legten Euch beide voneinander getrennt an der Stadtmauer ab. Vorher hatte ich in der Bibliothek das Buch und deine Kopien gefunden. Ich warf deine Blätter ins Feuer und nahm das Buch mit, damit es nicht in die falschen Hände geriet. Ich verbrannte es einige Tage später. Nachdem wir den Karren zurück ins Kloster gebracht hatten, verließen wir Greifswald auf demselben Weg, wie wir hineingelangt waren. Alles hatte kaum mehr als eine Stunde gedauert. Draußen wärmten wir uns in einem von Klaus' Lagern und kehrten erst am Vormittag zurück. Du kannst dir nicht vorstellen, wie erleichtert ich war, als man nur einen Toten an der Stadtmauer fand. Erst nachdem Heidens Mord für alle geklärt schien, wagte ich nach dir zu suchen. Am Tag vor Heidens Beerdigung erzählte mir Severo zufällig von einem Patienten mit einer heftigen Kopfverletzung. Seine Beschreibung passte auf dich und er konnte mir sagen, wo ich dich finde. Den Rest kennst du."

„Du hast mich eingestellt, um herauszufinden, ob ich dich erkannt hatte!"

„Nein, du hörst mir nicht zu. Ich wollte etwas an dir wiedergutmachen. Ob du es glaubst oder nicht, ich sehnte mich danach, jemandem alles anzuvertrauen. Jeden Tag bereute ich meine Tat mehr. Es ist nicht leicht, einen Menschen zu töten. Fast jede Nacht erscheint Heidens schmerzverzerrtes Antlitz vor meinen Augen." Philipp schlug die Hände vor das Gesicht. „Seit meinem ersten Streit mit Heiden habe ich immer wieder gebetet, der Herr möge ein Wunder geschehen lassen und Heiden auf den rechten Weg zurückbringen. Als ich den kleinen Friedrich traf, wusste ich, Gott hat mir das schwere Los auferlegt, Heidens Treiben ein Ende zu setzen."

„Hat Grothenbergs Geselle Euch gesehen? Musste er deswegen sterben?"

„Nein, den habe ich nicht getötet. Das musst du mir glauben. Klaus fand ihn eines Morgens auf der Straße, als er von seinen nächtlichen Geschäften zurückkehrte, und holte mich. Es war noch dunkel. Leider konnte ich dem armen Kerl nicht mehr helfen. Er musste die ganze Nacht dort gelegen haben und war erfroren. Da kam mir die Idee, ihm die Morde unterzuschieben. Es konnte ihm doch nichts mehr passieren. Da ich den Schlüssel zu Heidens Haus besaß, holte ich schnell ein paar Sachen und wir versteckten sie in seiner Kleidung."

„Warum? Heiden wollte doch nur helfen! Er hielt ein Mittel gegen die Pocken in der Hand."

Philipps Stimme war nur noch ein Flüstern. „Versteh mich doch! Er hat bei gesunden Kindern vorsätzlich Pocken hervorgerufen!"

„Heiden hat eine kontrollierte, abgeschwächte Erkrankung hervorgerufen, die lebenslangen Schutz vor einer weiteren Erkrankung bot."

„Severos Sohn ist daran gestorben! Niemand kann sagen, wie viele Menschenleben das Ungeheuer noch auf dem Gewissen hat. Sollte ich zusehen, wie Heiden weitere Kinder umbringt?"

Martin antwortete mit fester Stimme. „Es steht nicht fest, ob Heiden tatsächlich Schuld am Tod von Severos Sohn trug. Am

Ende hatte er immerhin eine Methode gefunden, die Kindern das Leben rettet. Wenn man etwas von der Flüssigkeit der Kuhpocken impft, verläuft die Erkrankung ganz schwach und man bleibt ein Leben lang vor den menschlichen Pocken geschützt. Und selbst wenn man die Flüssigkeit aus den menschlichen Pocken verwendet, verläuft die Krankheit ganz anders, als wenn die Kinder auf natürlichem Wege erkranken."

„Welch unsinnige Idee. Man hat an Severos Sohn gesehen, wozu Heidens Experimentierlust geführt hat! Die Pocken werden durch das verunreinigte Menstruationsblut der Mutter verursacht, das der kindliche Körper während der Schwangerschaft aufnimmt und später nach der Geburt abstößt."

„Der Ansatz ist falsch. Heiden hatte eine andere Theorie."

„Es gibt keinen Gegenbeweis zur Materia peccans. Für seine abstruse Idee hat Heiden den Tod von Kindern billigend in Kauf genommen. Ich musste ihn aufhalten!"

„Wie hätte er den Beweis denn erbringen sollen? Heiden hatte doch gar keine andere Möglichkeit als durch praktische Experimente."

„Martin, man experimentiert nicht mit Menschen, schon gar nicht, indem man sie bewusst krank macht. Man kann eine Theorie ableiten. Wissenschaftler beweisen Thesen durch Argumente, durch pro und contra, nicht indem sie andere in die Nähe des Todes bringen. Ein Arzt muss Leben erhalten, nicht auslöschen!"

„Das hat Heiden durch seine Forschung versucht. Aber ihr Ärzte seid blind für alles, was sich von euren hergebrachten Ansichten unterscheidet. Ihr seht Dinge, die nicht vorhanden sind, nur weil ein Mann vor Jahrhunderten meinte, sie gesehen zu haben, und alle seinen Ausführungen unkritisch Glauben schenken. Außerdem hat Heiden die Eltern um Erlaubnis für seine Behandlung ersucht."

„Ein Ertrinkender greift nach jedem Strohhalm zu seiner Rettung. Schau dir die Scharlatane an, die durch die Lande ziehen. Sie leben von den Kranken, denen sie baldige Genesung versprechen und dafür das Geld aus der Tasche ziehen. Krankheiten sind von Gott gesandte Prüfungen, denen sich der Einzelne stellen muss. Nur leider verstehen das viele Patienten nicht. Ihnen fehlt der rechte Glaube. Ein Totkranker würde jedes noch so gefährliche Mittel nehmen, wenn man ihm nur Heilung verspricht."

„Du willst Gesundheit für alle, das hast du damals im Hain gesagt. Dann müssen die Menschen das Recht haben, sich auch für eine gefährliche Behandlung oder eine solche mit unbekannten Risiken zu entscheiden. Dieses Recht hast du ihnen genommen, indem du Heidens Leben ausgelöscht hast."

„Ja, jeder hat das Recht auf Gesundheit. Aber jeder hat auch das Recht, vor Ärzten wie Heiden geschützt zu werden, vor Ärzten, die sich nicht scheuen, mit Menschen zu experimentieren."

„Jeder muss selbst entscheiden, ob er eine Behandlung will, deren Erkenntnisse aus derartigen Experimenten resultieren."

„Unabhängig von der Gefährlichkeit der Behandlung gibt es Grenzen, die man weder als Arzt noch als Forscher überschreiten darf!"

„Ach ja?", erwiderte Martin trotzig.

„Man forscht nicht mit Gottes Ebenbild. Es gibt immer eine andere Möglichkeit als Experimente mit Menschen. Heiden hat eine moralische Grenze überschritten."

Martin war aufgesprungen. „Und wer hat diese Grenze gesetzt? Du etwa?"

„Nein, es ist das Leben. Der Respekt vor dem Leben zieht jedem Forscher eine Grenze."

„Darf man diese Grenze auch dann nicht überschreiten, wenn man damit Tausende retten kann? Wie viele Kinder sind schon an den Pocken gestorben? Wie viele werden es noch? Die Impfung verhindert dies!"

„Du kannst nicht einen Menschen töten, um andere zu retten. So eine Abwägung darfst du nicht mal ansatzweise in Betracht ziehen!"

„Hast du mit dem Mord an Heiden nicht dieselbe Abwägung getroffen? Wer gibt dir das Recht den Menschen die Heilung zu verweigern, die Heidens Mittel ihnen verspricht."

„Ich habe einem Monstrum Einhalt geboten! Der Pöbel kann nicht mit der notwendigen moralischen Reife solch eine Entscheidung treffen. Er sieht nur sein nacktes Leben, das er mit dem Mittel retten kann. Heidens Tod war die einzige Möglichkeit, dieses Ungeheuer aufzuhalten!"

„Und wer hat dir das Recht zu dieser Entscheidung gegeben? Ohne Forscher wie Heiden wird es nie Fortschritt zum Wohle der Menschheit geben. Immer wieder werden Wissenschaftler über die Grenzen der Moral hinausgehen. Willst du jeden von ihnen umbringen? Heiden war ein mutiger Mann, der sich auf seinem Weg nicht beirren ließ. Wenn du seine Methoden für verwerflich gehalten hast, hättest du jedes andere Mittel verwenden können, um ihn aufzuhalten. Warum hast du ihn nicht angezeigt? Nein, diesen Mord kannst du nicht rechtfertigen."

Wütend drehte sich Martin um und warf die Tür hinter sich zu.

Anmerkungen zum Text

Die handelnden Personen dieses Romans wie auch die Geschehnisse sind frei erfunden. Die Namen der Bürgermeister und einiger Ratsherren folgen zwar historischen Vorbildern, die um sie herum beschriebenen Geschehnisse haben aber so nicht stattgefunden. Die Straßennamen orientieren sich an den zum Zeitpunkt der Handlung gebräuchlichen Bezeichnungen.

Die Greifswalder Universität wurde 1456 auf Initiative des Bürgermeisters und späteren Rektors Heinrich Rubenow gegründet und besaß von Beginn an vier Fakultäten. Die Medizinische Fakultät als die kleinste davon hatte zunächst nur einen einzigen Lehrer. Zwischen 1480 und 1536 lag sie vermutlich völlig brach.

Die medizinische Entdeckung des Blutkreislaufs gebührt William Harvey (1578 – 1657), der in vielen Versuchen die lange Zeit allgemein anerkannten Theorien Galens widerlegte.

Über viele Jahrhunderte hinweg traten die Pocken immer wieder auf. Bei etwa zehn Prozent der Erkrankten führte die Seuche zum Tod, viele erblindeten oder trugen entstellende Narben davon. Die im Roman beschriebene Ansicht vom Menstruationsblut als Auslöser der Pocken entspricht der damals vertretenen Auffassung, in deren Folge die Behandlung nicht die Verhinderung des Krankheitsausbruchs ins Zentrum rückte, sondern lange Zeit auf eine Milderung der Symptome beschränkt war.

Erst 1713 beschrieb der griechische Arzt Emanuele Timoni eine Art der Inokulation (auch Variolation genannt) bei den Georgiern und Zirkassiern. Sie riefen eine abgeschwächte Pockenerkrankung durch das Aufritzen der Haut mit in Pockeneiter getränkten Lanzetten hervor. Ähnlich verfuhren die Chinesen bereits vor Christi Geburt, die ihren Kindern in Pockeneiter getränkte Bäusche in die Nase steckten. In Indien legte man gleichermaßen befeuchtete Bäusche auf frische Wunden.

Die Schutzimpfung mit Kuhpocken entdeckte Edward Jenner (1749 – 1823). Bei seiner Tätigkeit als Landarzt war er Bauern begegnet, die einen Zusammenhang zwischen der Ansteckung mit den Kuhpocken und den menschlichen Pocken bemerkt hatten. Durch praktische Experimente führte Jenner den Nachweis des durch die Vakzination vermittelten Impfschutzes. 1798 veröffentlichte er die Ergebnisse seiner Studien, die viel Aufsehen erregten und in alle Sprachen übersetzt wurden. 1958 nahm die Weltgesundheitsorganisation ein globales Bekämpfungsprogramm in Angriff. Die konsequente weltweite Impfung der Menschen führte letztlich dazu, dass die Pocken heute als ausgestorben gelten.

Meine Darstellung der Krankheitsbilder der verschiedenen Pockenarten orientiert sich an dem Werk „Die Pocken – Erreger, Epidemiologie und klinisches Bild“ von Prof. Dr. A. Herrlich aus dem Jahr 1967.

Greifswald, im Juni 2011
Emma Wittenstein

Greifswald im späten Mittelalter

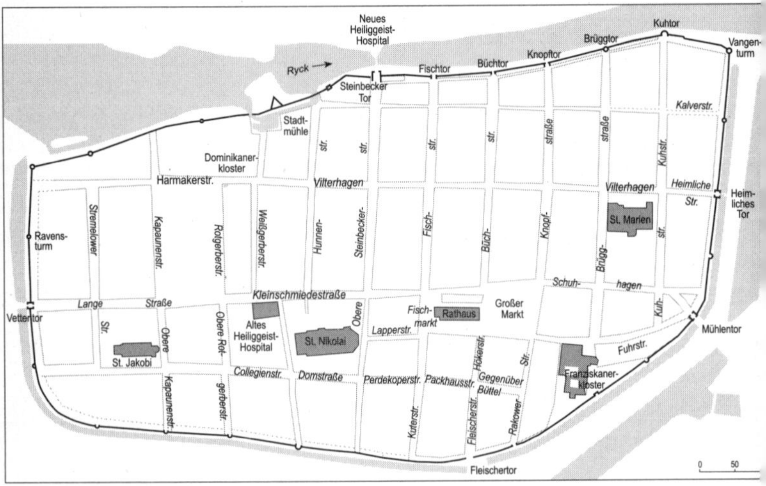

Die Hunnenstraße ist im Buch als Hundestraße bezeich
die Kapaunenstraße als Kapaunstra

Die 1977 geborene Autorin verschlug es zum Studium der Rechtswissenschaften nach Greifswald, wo sie heute noch lebt. Die Gründungsgeschichte der Universität weckte ihr Interesse für das Mittelalter. „Der Teufel vom Ryck“ ist ihr erster Roman.

ISBN 978-3-356-01826-4 | 288 Seiten | Euro 12,99

ISBN 978-3-356-01603-1 | 304 Seiten | Euro 12,99

ISBN 978-3-356-01884-4 | 272 Seiten | Euro 12,99

ISBN 978-3-356-01871-4 | 224 Seiten | Euro 12,99

ISBN 978-3-356-01604-8 | 256 Seiten | Euro 12,99

ISBN 978-3-356-01574-4 | 336 Seiten | Euro 12,99

ISBN 978-3-356-01559-1 | 224 Seiten | Euro 12,99

Frank Goyke
MÖRDER
im Zug
OSTSEE KRIMI
[aus Rostock]